W0412057

DIRK ZANDECKI

Mordsidyll

ES STINKT ZUM HIMMEL! Die Tatwaffe: ein altes Jagdmesser mit Rehfußgriff. Das Opfer: ein entlassener Sträfling aus der JVA Attendorn. Die Täterin: Bäuerin Anna. Das Problem: Sie hat den Falschen niedergestochen. Annas Verwechslung hat fatale Folgen. Nach ihrer Tat stolpert sie im vermeintlich idyllischen Südwestfalen von einem kuriosen Ereignis ins andere, gerät zwischen die Fronten zweier rivalisierender Mafiagruppen und muss sich tatkräftig gegen mysteriöse Fremde zur Wehr setzen. Zwischen Kuhherden und Misthaufen beginnt eine rasante Verfolgungsjagd und bald schon pflastern Leichen Annas Weg.

Ben Ruste, ermittelnder Kommissar aus Olpe, steht in diesem Fall vor einem Rätsel. Und damit nicht genug – zu allem Überfluss muss er einen entführten Schützenvogel aufspüren.

Dirk Zandecki, Jahrgang 1962, lebt in Olpe im Sauerland und arbeitet als freiberuflicher Werbetexter. Vor seiner Selbstständigkeit war der gebürtige Duisburger in Werbeagenturen als Creative Director tätig. Dirk Zandecki ist verheiratet, hat drei Kinder und eine Katze.

DIRK ZANDECKI

Mordsidyll

Kriminalroman

GMEINER *Original*

Besuchen Sie uns im Internet:
www.gmeiner-verlag.de

© 2013 – Gmeiner-Verlag GmbH
Im Ehnried 5, 88605 Meßkirch
Telefon 07575/2095-0
info@gmeiner-verlag.de
Alle Rechte vorbehalten
1. Auflage 2013

Lektorat: Ricarda Dück
Herstellung: Mirjam Hecht
Umschlaggestaltung: U.O.R.G. Lutz Eberle, Stuttgart
unter Verwendung eines Fotos von: © Robert – Fotolia.com
und © suze / photocase.com
Druck: GGP Media GmbH, Pößneck
Printed in Germany
ISBN 978-3-8392-1447-3

Personen und Handlung sind frei erfunden.
Ähnlichkeiten mit lebenden oder toten Personen
sind rein zufällig und nicht beabsichtigt.

KAPITEL 1

18. April

Sehr geehrte Frau Lobbisch,

Sie haben nie auf meine Briefe geantwortet. Ich verstehe, dass Sie keinen Kontakt wünschen. Trotzdem kann ich nicht aufhören, Ihnen zu schreiben. Bitte glauben Sie mir – ich bereue meine Tat zutiefst. Sie können mir nicht verzeihen, ich bin mir darüber im Klaren, dass das zu viel verlangt wäre. Doch ich möchte, dass Sie eines wissen: Ich bin mir meines Fehlers bewusst und ein anderer Mensch geworden. Leider kann ich nicht wiedergutmachen, was ich angerichtet habe. Sie können sich nicht vorstellen, wie oft ich wach liege und mir wünsche, der Morgen hätte nie stattgefunden und alles wäre nur ein schlimmer Albtraum.

Eine Sache liegt mir jedoch besonders am Herzen: Dies wird mein letzter Brief sein. Man entlässt mich vorzeitig, meine Haft endet am 21. April. In Ihren Augen war die Strafe bestimmt viel zu milde. Sie haben recht: Was sind fünf Jahre gegen ein Leben? Aber bitte glauben Sie mir, dass ich die Tragweite meiner Tat erkannt habe. Während der Haft konnte ich vieles über mich lernen. Nach meiner Entlassung werde ich von vorne beginnen und mich nicht mehr bei Ihnen melden. Ich wünsche Ihnen, dass Sie zur Ruhe kommen und wieder glücklich werden können.

Leben Sie wohl.
Tim Mazcevski

Anna knüllte den Brief zusammen. Tränen stiegen ihr in die Augen. Sie starrte durch das Küchenfenster, an dem Regentropfen herunterperlten. Auch der Himmel weinte über diese Ungerechtigkeit. Anna hatte die ganzen Jahre über gewusst, dass ihr dieser Tag irgendwann bevorstand. Sie hatte Angst davor gehabt und sich lange darauf vorbereitet. Nun war sie dennoch überrascht, wie schnell der Moment gekommen war. Jetzt war es also so weit, der 21. April ... Das war bereits in drei Tagen. Wie konnte man ihn jetzt schon entlassen? Nach nicht einmal fünf Jahren!

Traurig starrte Anna auf das zerknitterte Papier in ihrer Hand. Sie strich ihr kariertes Bauwollhemd glatt, stand vom Tisch auf und blickte sich ratlos in der Küche um. Ihr Leben hatte sich mit einem Schlag verändert, doch in ihrem Bauernhaus hatte die Zeit scheinbar stillgestanden. Alles sah noch genauso aus wie vor Klaus' Tod. Die Möbel waren abgenutzt, zusammengewürfelt und stammten größtenteils von seinen Eltern. Damals war sie mit drei Koffern Hals über Kopf zu ihm auf den Bauernhof gezogen, hatte für ihn ihren ersten Ehemann verlassen. Klaus war wie eine Bombe in ihr Leben eingeschlagen, alles änderte sich von heute auf morgen: Sie gab ihr Leben in der Stadt als Frau eines Zahnarztes auf und ging aufs Land, um Bäuerin zu werden. Keine Sekunde bereute sie ihre zweite Ehe, obwohl das Leben zuvor bequem und luxuriös gewesen war. Mit Martin besaß sie ein großes Haus und einen wunderschönen Garten, unternahm mehrmals im Jahr Urlaube an Traumstränden oder Kurztrips in europäische Metropolen. Eigentlich waren sie das ideale Paar – aber eben nur eigentlich, denn Martin wollte nie Kinder und dafür seinen Lebensstil aufgeben.

Und dann trat Klaus in ihr Leben. Auf einem Stadtfest am Bierstand stieß sie zufällig mit ihm zusammen und kippte den Inhalt ihres Glases auf seine Hose. Sofort kamen sie ins Gespräch, ein belangloser Small Talk, bei dem Anna dennoch das Gefühl beschlich, sie würde Klaus bereits seit Jahrzehnten kennen. Nachdem sie ihm ihre Telefonnummer mit der Aufforderung überreicht hatte, sich wegen der Reinigungskosten zu melden, passierte tagelang nichts. Ihre Begegnung ging ihr jedoch nicht mehr aus dem Kopf, immer wieder ertappte sie sich dabei, wie sie an sein Lächeln denken musste. Eine Affäre oder gar eine Liebesbeziehung lag weit jenseits aller Vorstellungskraft, das kam für sie nicht infrage. Allerdings gerieten ihre moralischen Vorsätze schnell ins Wanken, als Klaus sich schließlich bei ihr meldete. Natürlich hatte er die Hose selbst gewaschen und schlug als Wiedergutmachung ein Essen vor. Zu ihrem eigenen Erstaunen nahm sie die Einladung an.

Selbstverständlich mochte Anna Martin und glaubte damals, sie würde mit ihm alt werden. Doch sie hatte sich gründlich getäuscht. Nie hätte sie gedacht, dass es in der Liebe Abstufungen gab, nie für möglich gehalten, dass die Skala der Gefühle nach oben offen war. Als sie zu Klaus auf den Bauernhof zog, fühlte sie sich so glücklich wie nie zuvor. Er war die Liebe ihres Lebens. Anna freute sich über jeden Morgen, den sie an seiner Seite erwachte. Obwohl sie bereits 41 und er 43 Jahre alt war, träumten sie von gemeinsamen Kindern. Zu Beginn wunderte Anna sich gelegentlich, dass sie – trotz ihres Alters – die Welt durch eine rosarote Brille betrachtete. Doch auch in diesem Fall hatte sie geirrt. Die Ehe mit Klaus blieb rosarot, wenn auch das bäuerliche Leben beschwerlich war. In al den Jahren leisteten sie sich gerade einmal einen Herd und Kühlschrank, mehr war nicht möglich. Der neue Kuhstall und die moderne Melkanlage verschlangen ihr ganzes Geld. Klaus hatte sie immer in dunklen Momenten getröstet und beruhigt. Er war sich zu jedem Zeitpunkt sicher gewesen, dass sie mit der Investition ordentlich Gewinn machen würden …

Anna schluchzte nun hemmungslos, Tränen liefen ihr in Strömen die Wangen hinunter. Mit zittrigen Händen hielt sie sich an der Spüle fest. Keine fünf Jahre hatten sie diesen Mazcevski eingesperrt! Er, der alles zerstört hatte!

»Ist das fair?«, rief Anna verzweifelt aus.

Sie spürte, wie eine unbändige Wut in ihr aufstieg. Nein, das war nicht gerecht! Er musste dafür büßen! Wenn der Staat es nicht tat, musste sie eben selbst für Gerechtigkeit sorgen! Sie würde Klaus rächen! Drei Tage … Sie würde da sein!

Hasserfüllt warf sie den Brief in den Müll, bevor sie ein Papiertaschentuch aus der Küchenschublade nahm und sich schnäuzte. Sie versuchte, sich zu beruhigen. Ihr Blick fiel nach draußen, wo der Traktor im Regen vor der windschiefen Scheune stand, die über Eck an das alte Bauernhaus angebaut worden war. Sie fühlte sich leer, doch sie musste weitermachen. Wie so oft wartete der Hof und gönnte ihr keine Pause. Der Traktor musste schnellstens in die Scheune zu den anderen Maschinen gefahren werden. Und es war allerhöchste Zeit, die Kühe zu füttern.

Anna wischte sich die letzten Tränen von der Wange und ging in den Flur. An der Haustür nahm sie ihren grauen Arbeitskittel vom Nagel, zog ihn an und schlüpfte in ihre lehmverschmierten grünen Gummistiefel. Mit geübten Handgriffen band sie ihr schulterlanges, blondes Haar zu einem Pferdeschwanz zusammen. Als sie hinaustrat, blies ihr die kühle Aprilluft entgegen. Immer noch trieb der Regen dunkle Schwaden über das Gehöft. Von den bewaldeten Anhöhen des Umlands wehte der würzige Geruch von Holz und frischem Gras herüber. Auf den Hecken zeichnete sich der erste grüne Schimmer ab und von den Osterglocken, die sie auf der Wiese neben dem Hof gepflanzt hatte, waren die ersten gelben Tupfer zu sehen. Annas Blick folgte dem gepflasterten Weg, der sich am Fachwerkhaus vorbei den Hügel hinaufschlängelte. Am Waldrand grasten drei Rehe, doch Anna wandte sich ab. Heute hatte sie keinen Sinn für die idyllische Natur, in der sie lebte. Sie starrte hinauf zu dem Kuhstall auf der Anhöhe, den Klaus mit der neuen Melkanlage einschließlich rostfreier Milchtanks und dem Güllebecken hatte errichten lassen. Für all das war sie nun allein verantwortlich.

Das Gejaule ihrer Katzen schreckte Anna aus der lähmenden Melancholie. Die drei rauften sich vor der Geräteschenne mit nassem und struppigem Fell um eine abgemagerte Maus, die dabei Stück für Stück in ihre anatomischen Einzelteile zerlegt wurde. Anna seufzte und ging mit hängenden Schultern zum Trecker. Das ganze Gewicht der Welt schien auf ihr zu lasten.

KAPITEL 2

21. April

Da Anna sich kein eigenes Auto leisten konnte, war ihr an diesem regnerischen Tag nichts anderes übrig geblieben, als in aller Frühe von Ratemicke per Bus nach Olpe zu fahren, um von dort die Bahn zu nehmen. Nun saß sie endlich im Bus zur Justizvollzugsanstalt in Attendorn. Sie wusste aus Mazcevskis Briefen, dass man ihn vor zwei Jahren von Werl dorthin verlegt hatte. Auch wenn er in jedem seiner Schreiben betont hatte, wie leid ihm alles tat, sie konnte ihm nicht verzeihen.

Anna saß steif auf der Sitzbank aus rotem Kunstleder. Die dampfende, nasse Kleidung der Menschen um sie herum verströmte einen muffigen Geruch. Sie hatte sich an diesem Morgen bewusst für ihren beigefarbenen Regenmantel und ein unauffälliges, dunkelblaues Kopftuch entschieden. Obwohl sie es fest umgebunden hatte und kein Haar hervorlugte, traute sie sich nicht, jemandem in die Augen zu schauen.

Anna richtete ihren Blick auf ihre schwarze Handtasche, die sie auf ihrem Schoß krampfhaft festhielt, sodass sich ihre Fingerknöchel weiß färbten. Ihre schwieligen Hände waren von der harten Arbeit gezeichnet. Nichts erinnerte mehr an die schönen, gepflegten Finger der Chefsekretärin von einst, dachte Anna wehmütig. Zumindest hatte sich ihre Figur nicht verändert. Dass ihr Körper durch das jahrelange Training als Triathletin beim TV Buschhütten drahtig war, war bei der Arbeit auf dem Hof von Vorteil. Allerdings schmerzte ihre linke Schulter, eine alte Sportverletzung, von Zeit zu Zeit höllisch. Da sie sie täglich belasten musste, schlug ihr der Arzt immer wieder ein künstliches Gelenk vor. Aber wer wollte sich schon mit gerade einmal 46 Jahren Ersatzteile einpflanzen lassen? Sie hatte es eben nicht anders gewollt. Und obwohl das Leben auf dem Land anstrengend und voller Entbehrungen war, fühlte sie sich so frei wie nie zuvor. Sie gehörte einfach auf einen Bauernhof – auch ohne Klaus.

»Justizvollzugsanstalt Ewig.« Die Busansage riss Anna aus ihren Gedanken.

Hastig wischte sie sich mit der Hand die Tränen aus den Augen und verließ mit gesenktem Kopf den Bus. Vielleicht war es doch keine gute Idee gewesen, direkt hier auszusteigen, überlegte sie. Sie blickte zum ursprünglichen Gefängnisbau hinüber, der auf dem Gelände des früheren Klosters ›Ewig‹ errichtet worden war, und dem neueren Komplex daneben. Während Ersterer wie ein kleines Schloss wirkte, vermittelte Letzterer den Eindruck eines eleganten, modernen Vier-Sterne-Hotels. Die gesamte Anlage lag hinter dem Staudamm der Biggetalsperre, eingebettet in ein idyllisches Waldgebiet. Nur die hohe Betonwand mit dem Stacheldraht auf der Mauerkrone ließ erahnen, dass dies eine Justizvollzugsanstalt war. Nicht umsonst nannte man sie im Volksmund ›Hotel Ewig‹, dachte Anna bitter. Angesichts der imposanten Architektur empfand sie ihr Schicksal noch ungerechter als ohnehin schon. Wie mochte es wohl drinnen aussehen? Gab es etwa helle Räume statt dunkler Zellen mit vergitterten Fenstern? Warmes Holz und fröhliche Farben statt trister und blasser Anstaltswände?

Anna spürte, wie wütend und angespannt sie war. Trotz der wenigen Kilometer hatte sie der Weg hierher über eine Stunde gekostet. Ein Blick auf ihre Armbanduhr verriet ihr, dass es bereits 9 Uhr war. Hoffentlich war sie nicht zu spät. Gedankenverloren spannte Anna ihren Regenschirm auf. Die Nässe kroch ihr die Hosenbeine hoch. Erst jetzt merkte sie, dass sie wohl beim Aussteigen unachtsam in eine Pfütze getreten war. Ihre Jeans klebten an den Waden und in ihren Goretex-Schuhen machte sich Feuchtigkeit breit. Wasserdicht, das wusste niemand besser als sie, waren eben nur Gummistiefel. Leider galt das im doppelten Sinne: kein Regen rein, kein Schwitzwasser raus. Ob sie wohl die einzige Frau mit Schweißfüßen war?

»Der nächste Bus kommt erst in eineinhalb Stunden«, sagte eine Stimme hinter ihr.

Anna drehte sich erschrocken um. Vor ihr stand ein älterer Mann in Wandermontur mit einem Rucksack auf dem Rücken. Er lächelte sie freundlich an. »Hier gibt es keine Unterstellmöglichkeit. Aber vorne, direkt hinter der Unterführung, ist ein Hotel. Das Restaurant hat geöffnet, da können Sie einen Kaffee trinken. Sie können sich natürlich auch in der Unterführung unterstellen.« Der Herr deutete auf die gegenüberliegende Straßenseite.

Anna nickte. »Vielen Dank, das ist eine gute Idee.«

Sie wandte sich ab und eilte davon. Als sie die Unterführung erreichte, schob sie ihren Schirm zusammen und steckte ihn zurück in ihre Handtasche. Der Platz war ideal, um unentdeckt zu bleiben. Glücklicherweise waren bei diesem schlechten Wetter ohnehin nur wenige Menschen freiwillig unterwegs. Immerhin hatte der Schauer etwas nachgelassen. Nur ein feuchter, nebliger Nieselregen hing jetzt noch in der Luft.

Aus ihrem Versteck lugte Anna zur Justizvollzugsanstalt hinüber. Sie ließ den Eingang keine Sekunde aus den Augen. Ob er durch diese Tür in die Freiheit kommen würde?

Während sie wartete, trat sie von einem Fuß auf den anderen, um die Kälte zu verscheuchen. Die Zeit schien nicht vergehen zu wollen. Die Minuten krochen dahin. Nach einer geraumen Weile bemerkte Anna zwei Frauen, die in Richtung Bushaltestelle liefen und sich leise unterhielten. Schnell ging sie ein paar Schritte nach hinten in den Schutz der Unterführung, damit die Passantinnen sie nicht sehen konnten. Ungeduldig spähte sie immer wieder zu ihnen hinüber. Endlich traf der Bus ein und nahm die beiden Damen mit. Als er an der Unterführung vorbeifuhr, presste Anna sich eng an die Wand und blickte zu Boden. Dann war sie wieder allein. Anna schaute auf die Uhr: Es war gleich Viertel vor elf. Lange konnte sie nicht mehr bleiben, die Kühe mussten versorgt werden, daran gab es nichts zu rütteln. Obwohl die meisten Bauern aus dem örtlichen Verband anderer Meinung waren, hielt sie daran fest, drei- statt zweimal täglich abzumelken.

Anna beschloss, langsam in Richtung Gefängnis zu gehen, als sich plötzlich etwas am Eingang regte. Gespannt hielt sie den Atem an und kniff die Augen zusammen, um besser sehen zu können. Die Gefängnistür öffnete sich und ein junger Mann mit einer Sporttasche auf der Schulter trat heraus. Er blieb stehen, um den Kragen seiner Lederjacke hochzuschlagen und seine dunkle Wollmütze bis zu den Augenbrauen hinunterzuziehen. Anna musterte ihn. Ihr Puls begann zu rasen. Zuletzt war sie Mazcevski vor fünf Jahren im Gerichtssaal begegnet, doch auch danach hatte sein Konterfei sie in zahlreichen

Zeitungsberichten verfolgt. Er hatte sich verändert, aus dem hageren Jüngling mit dem affigen Ziegenbärtchen war ein kräftiger junger Mann geworden. Überhaupt hatte er während der Haft markantere Züge bekommen. Bestimmt hatte er die Jahre dazu genutzt, Bodybuilding zu betreiben, wie alle im Knast. Anna schnaufte abfällig. Da stand er nun, der Mörder ihres Mannes – in Freiheit und durchtrainiert, als wäre nie etwas gewesen!

Mit einem unschuldigen Blick schaute der junge Mann unschlüssig umher. Anna hatten seine flehentlich bettelnden Rehaugen während der gesamten Prozesstage gequält. Nun suchten sie offensichtlich etwas Bestimmtes. Vermutlich hatte er damit gerechnet, abgeholt zu werden. Ruckartig wuchtete er die Sporttasche über seinen Kopf, offensichtlich um sich vor dem feinen Regen zu schützen, und setzte sich in Bewegung. Statt zur Bushaltestelle zu gehen, schlug er die entgegengesetzte Richtung ein.

Mit einem Schlag fielen von Anna alle Angst und Nervosität ab. Wie in Trance nahm sie die Verfolgung auf. Ähnlich einem Déjà-vu-Erlebnis beschlich sie das Gefühl, das Geschehen bereits erlebt zu haben. Sie sah die ganze Szene wie ein gestochen scharfes Schwarz-Weiß-Foto vor sich, als ob der Regen die Farben aus dem Tag gewaschen hätte. Die Umgebung um sie herum nahm sie nur schemenhaft war, ihr Blick war fest auf seinen Rücken gerichtet. Schnell schloss sie zu ihm auf, kam Meter für Meter näher. Im Gehen öffnete sie ihre Tasche und ließ ihre Hand hineingleiten. Sie hatte erwartet, dass sie aufgeregt sein und zittern würde. Sie hatte damit gerechnet, dass sie in letzter Sekunde ihr Vorhaben abbrechen würde. Doch nun waren es nur noch wenige Schritte. Sie konnte das Leder seiner feuchten Jacke bereits riechen. Der Griff des Messers lag warm in ihrer Hand.

Als er zum Greifen nahe war, zog Anna das Messer aus der Tasche. Mit einem Satz sprang sie nach vorn und rammte ihm das Messer mit aller Kraft in den Rücken. Beim Ausmisten der Ställe hatte sie sich diesen Moment viele Male ausgemalt. Immer wenn sie die Mistgabel in das verklumpte Heu gestochen hatte, hatte sie ihn vor sich gesehen. Sie war sich sicher gewesen, dass es sich genau so anfühlen würde. Aber es war anders. Die Spitze des langen, scharfen Jagdmessers glitt mühelos durch die Lederjacke, doch dann spürte Anna einen Widerstand. Das Messer traf auf etwas Hartes und drang nicht bis zum Schaft ein. Dennoch stürzte ihr Opfer durch die Wucht ihres Angriffs nach vorn. Mit den Händen über dem Kopf an der Sporttasche prallte der junge Mann ungebremst mit der Stirn gegen die Bordsteinkante und blieb regungslos liegen.

In diesem Augenblick empfand Anna weder Triumph noch Mitleid. In ihr war nur eine große Leere. Wie gelähmt betrachtete sie die Gestalt auf dem Boden. Es war kaum Blut zu sehen. War er wirklich tot? Sie hatte mit einer Lache gerechnet.

Anna bückte sich und stupste den Körper an, doch nichts geschah. Der junge Mann lag wie ein nasser Sack in der Gosse und bewegte sich nicht mehr. Als Anna kräftiger an ihm rüttelte, fiel eine CD scheppernd aus seiner Lederjacke auf die Straße. Er selbst gab keinen Laut von sich. Neugierig griff Anna nach der CD-Hülle. Schlagartig wurde ihr klar, dass dies ein Fehler gewesen war. Panik stieg in ihr auf. Jetzt waren ihre Fingerabdrücke auf der Hülle!

Das Motorengeräusch eines Autos schreckte sie auf. Hastig hob sie den Kopf und sah einen dunklen Wagen langsam auf sich zufahren. Sie musste verschwinden – und zwar schleunigst!

Instinktiv steckte sie die CD in ihre Handtasche, erhob sich und eilte mit raschen Schritten davon. Anna hörte, wie das Auto hinter ihr immer näher kam. Sie rannte los, den Blick starr geradeaus gerichtet. Hinter dem Gefängnis endete die Straße und mündete in einen großen Parkplatz, von dem aus eine Wanderstrecke zur Talsperre hinaufführte. Sie wusste, dass der Weg durch den Wald in einen kleinen Trampelpfad überging, der sie zu einer entfernten Bushaltestelle bringen würde. Anna presste im Lauf ihre Tasche eng an den Körper und sprintete den steil ansteigenden Weg hinauf. Sie kam auf dem morastigen Boden ein paar Mal ins Rutschen, doch ihre Angst verlieh ihr ungeahnte Kräfte. Sie wollte einfach nur weg – so schnell wie möglich weg von hier.

*

Alexej stoppte den schwarzen 5er-BMW direkt neben dem regungslosen Körper, der halb auf dem Gehsteig, halb auf der Straße lag. Roman stieg hektisch auf der Beifahrerseite des Wagens aus.

Als er das Messer erblickte, blieb er erstarrt stehen. Dann beugte er sich über den schlaffen Körper und rollte ihn auf den Rücken. »Hey, Boris!«, schrie er und gab seinem Kumpan kurze, leichte Schläge auf die Wangen.

Als seine Bemühungen keinen Erfolg zeigten, schaute er in die Richtung, in die die Frau geflüchtet war. Schnell griff er nach der Sporttasche, die auf der Straße lag, und warf sie ins wartende Auto. »Die Frau mit dem Kopftuch! Ihr hinterher, los beeil dich, Alexej!«, rief er seinem Fahrer zu und sprang in den Waagen.

Der 5er-BMW schoss vorwärts auf den Parkplatz zu. Mit schleuderndem Heck brachte Alexej den Wagen kurz vor dem rot-weißen Poller des Wanderweges zum Stehen.

Beide Männer sprangen heraus und Roman zückte einen Revolver, doch die Frau war mittlerweile auf dem Hügel nur noch schemenhaft zu erkennen. Der feine Nieselregen hing wie Nebel über dem ansteigenden Gelände, die Nadelbäume des Waldes waren im Hintergrund lediglich als dichte Schatten zu erahnen.

Romans Blick glitt auf den morastigen Boden. Als er die frischen Abdrücke von groben Schuhprofilen entdeckte, die sich mit Wasser gefüllt hatten, nickte er seinem Kumpel zu. Mühselig stolperten sie den Weg hinauf. Ihnen blieb nicht viel Zeit, bis die Polizei eintreffen würde, doch sie verloren immer wieder den Halt auf dem matschigen Untergrund.

Nachdem sie wiederholt bergab geschlittert waren, hielt Alexej inne und rückte seine Baseballkappe zurecht. »Es hat keinen Sinn, Roman!«, keuchte er.

Roman blickte resigniert an sich hinunter. Er war noch ungeeigneter gekleidet als Alexej mit seiner Rapperkluft. Die Hosenbeine seines Designeranzugs und sein eleganter Wollmantel waren von Schlammspritzern bedeckt. Dicke Erdklumpen klebten an seinen teuren, schwarzen Lederslippern.

»Du hast recht. Unsere Schuhe sind zu rutschig. Die werden wir uns später schnappen. Das wird die kleine Türkin mir bezahlen!«, raunte er und stopfte seinen Revolver wütend ins Holster unter seiner Anzugjacke.

»Und was machen wir jetzt?«, fragte Alexej kleinlaut.

»Wir fahren zu Viktor, erzählen ihm die ganze Scheiße hier. Der hat bestimmt eine Idee. Los beeil dich, bevor die Bullen kommen.«

*

Lebrecht saß in seinem Mercedes, zog nachdenklich an seiner Zigarette und blies den Rauch langsam zum Seitenfenster hinaus. Zum Glück hatte er seinen Wagen in sicherer Entfernung am Rand des Parkplatzes abgestellt und hatte alles unbemerkt beobachten können. Die Geschehnisse brachten ihn ins Grübeln. Wer war die Frau mit Kopftuch und was waren das für lächerliche Gestalten, die sie verfolgten? Die kamen nicht mal diesen leichten Anstieg hoch! Aber wie denn auch, wenn man die Hosen in den Kniekehlen trug beziehungsweise sich wie ein geleckter Mafiosi kleidete!

In aller Seelenruhe beobachtete er, wie die zwei Karikaturen zu ihrem BMW zurücktrotteten, mit quietschenden Reifen wendeten und davonrasten. Die beiden passten nicht in das Bild. Überhaupt passte hier gar nichts, dachte Lebrecht und zog an seiner Zigarette.

Er blickte zur Straße vor dem Gefängnis, wo der regungslose Körper lag. Wahrscheinlich tot. Er schüttelte den Kopf, als ob er nicht glauben könnte, was er soeben gesehen hatte. Dabei bewegte sich sein schütteres Haar keinen Millimeter, so straff klebte es an seinem Schädel. Durch den Nieselregen hatte er nicht alle Details erkennen können, doch was er gesehen hatte, reichte ihm. So hatte es nicht laufen sollen.

Lebrecht wollte gerade die Zigarette durchs Fenster wegschnippen, als ihm etwas einfiel. Schnell zog er seine

Hand zurück. Er durfte keine Spuren hinterlassen. Sorgfältig drückte er die Kippe in dem überquellenden Aschenbecher seines Mercedes aus. Dann griff er nach seinem Handy, das achtlos auf der Mittelkonsole lag, und versuchte mühevoll mit seinen dicken Finger die kleinen Tasten zu bedienen.

»Ja!«, rief eine schroffe Stimme, bevor Lebrecht das Telefon an sein Ohr halten konnte. »Hast du alles erledigt?«

»Es gab Komplikationen«, antwortete Lebrecht ruhig.

»Du willst mir doch nicht sagen, dass er dir entwischt ist!«

»Das nicht. Aber eine Frau hat ihn niedergestochen.«

»Wie niedergestochen? Auf offener Straße?«

»So ist es. Und sie hat die CD eingesteckt.«

Nach kurzem Schweigen am anderen Ende der Leitung, blaffte sein Auftraggeber: »Sieh zu, dass du sie schnappst und die CD bekommst! Dafür bezahle ich dich schließlich!«

»Es gibt noch ein weiteres Problem«, erklärte Lebrecht unbeeindruckt. »Hier sind zwei Typen aufgekreuzt. Sahen aus wie russische Schmalspurganoven. Die Deppen haben versucht, die Frau zu erwischen. Haben sie allerdings nicht gekriegt. Kann sein, dass die uns vielleicht in die Quere kommen. Aber keine Sorge, ich hab das im Blick. Die Frau ist in den Wald gerannt, ich weiß, wo sie rauskommen wird. Ich hänge mich dran.«

»Das will ich schwer hoffen. Wer ist sie? Kennst du sie?«

»Nein, ich habe nicht die geringste Ahnung, was hier vorgeht. Sie trug ein Kopftuch, wie eine Türkin. Ich werde die Dinge klären.«

Lebrecht trennte ohne ein Wort des Abschieds die Verbindung, zündete sich erneut eine Zigarette an und nahm einen tiefen Zug. Er hatte Routine in seinem Job, nichts konnte ihn aus der Ruhe bringen. Wer zu hastig handelte, machte Fehler. Und er machte keine Fehler. In aller Ruhe ließ er die Ereignisse Revue passieren. Die Frau war mit dem Bus gekommen, folglich würde sie mit aller Wahrscheinlichkeit nach wieder mit einem Bus den Rückweg antreten.

Lebrecht schaltete sein Navigationsgerät ein. Er klickte sich durch einige Menüs, bis er die gewünschte Karte vor sich sah: die Haltestellen im Standortumkreis. Mit einem Blick war ihm sonnenklar, welche Station die Frau anpeilen würde. Aus Gewohnheit öffnete er das Handschuhfach und vergewisserte sich, dass seine Automatik noch darin lag. Erst dann startete er den Motor.

*

Als Anna sich erschöpft ihrem Hof näherte, hörte sie bereits das Muhen der Kühe. Das Vieh hatte volle Euter und mochte offensichtlich keine Abweichung von den festen Melkzeiten. Doch Anna war völlig ausgepumpt. Die Verfolger hatte sie abhängen können, und auch an der Bushaltestelle war sie allein gewesen. Während der ganzen Fahrt hatte sie angespannt aus dem Fenster gestarrt, aber niemand schien ihr zu folgen. Sie hatte es tatsächlich geschafft.

Als sie die Tür zu ihrem Bauernhaus aufsperren wollte, sah sie, dass ihre Jeans und ihr Mantel von oben bis unten mit Schlamm bespritzt waren. Mist! Bestimmt würden sich die anderen Fahrgäste an sie erinnern, schoss es Anna durch den Kopf. Für eine heiße Dusche blieb ihr keine Zeit, obwohl sie sich danach sehnte. Sie empfand das Bedürfnis, sich in jeglicher Hinsicht reinzuwaschen.

In der Diele hängte Anna ihr Kopftuch am Kleiderhaken auf, schlüpfte aus ihren dreckigen Goretex-Schuhen und ging in den kleinen Raum neben der Küche. Hier entledigte sie sich ihrer Kleider und stopfte sie mitsamt der Unterwäsche in ihre altersschwache Waschmaschine. Müde schüttete Anna das Pulver ins Fach, drückte die Tür zu und betätigte den Schalter. Sofort dröhnte das vertraute Rattern durch das Haus. Das beruhigte Anna für einen kurzen Moment. Doch das fordernde Brüllen der Kühe übertönte alles.

Nackt eilte Anna nach oben ins Schlafzimmer, um sich ihre Arbeitskluft anzulegen. Mit dem karierten Baumwollhemd und der grünen Arbeitshose erfüllte sie jegliches Klischee einer Bäuerin im Sauerland, dachte sie lächelnd. Fehlte nur noch der graue Kittel, den sie immer griffbereit unter dem kleinen Vordach vor der Haustür aufhängte.

Wieder unten angekommen, stieg sie in die grünen Gummistiefel und eilte über den gepflasterten Weg den Hügel hinauf zum Kuhstall. Als sie die große Stalltür zu Seite schob, sah sie, wie sich ihre Milchkühe bereits vor dem Zugang zur Melkstation drängten. Anna blickte stolz auf das moderne Innenmelkerkarussel, als sie dessen Eingang öffnete und die ersten Tiere zu den Melkplätzen führte. Anschließend stieg sie die Stufen hinunter zum gefliesten Boden vor dem Rondell, um mit der Arbeit zu beginnen. Mit der Hand melkte sie die Zitzen von Agatha Christie kurz an und stülpte dann die Melkbecher darüber. Es folgten Enid Blyton, Rebecca Gablé und Isabel Allende. Im Anschluss tippte Anna die Namen in das Panel der Melkstation ein. Da Anna ihre Kühe immer nach Schriftstellerinnen benannte, konnte sie sich die Namen bestens merken. Außerdem floss ihr großes Hobby – das Lesen – auf diese Weise wenigstens ein bisschen in ihren Arbeitsalltag ein.

Nachdenklich schaute sie zu, wie die Milch durch die durchsichtigen Schläuche floss. Alles war wie immer. Ihre Tat vor der Justizvollzugsanstalt schien unendlich fern, hatte nichts mit ihrem Leben zu tun. Die Routine holte sie ein, wie jeden Tag von 5 Uhr morgens bis 7 Uhr abends – auch an Samstagen, Sonntagen und Feiertagen.

Plötzlich stieg Anna der unbändige Gestank von Kuhmist in die Nase. Auch wenn sie sich damit arrangiert hatte, roch es heute doch anders, irgendwie intensiver. Anna holte eine Taschenlampe aus dem Werkzeugregal und richtete sie auf den Güllerost am Boden, der die Fäkalien durch einen Kanal in den Behälter hinter dem Stall leitete. Die Jauche stand eindeutig zu hoch. Wahrscheinlich war der Abfluss am Ausgang mal wieder verstopft. Sie musste diese Fehlkonstruktion unbedingt umbauen lassen, wenn etwas Geld übrig blieb. Aber für den Moment musste sie sich anders behelfen – am besten sofort.

Schnell wandte sich Anna ihren Tieren zu und nahm die Becher von den Eutern. Mechanisch griff sie in den Eimer mit Melkfett, rieb die Zitzen ein und drängte die Milchkühe aus dem Rondell heraus, um Platz für die nächsten vier zu schaffen. Mit allen 50 Kühen würde sie rund zwei Stunden beschäftigt sein. Früher, mit Klaus, hatten sie sich die Arbeit geteilt, da war noch Zeit für andere Erledigungen geblieben, und vor allem für ein Privatleben. Doch jetzt, wo sie den Hof allein bewirtschaftete, musste sie sich ihre Zeit genau einteilen.

Obwohl Anna den Melkvorgang eigentlich beaufsichtigen musste, rannte sie aus dem Stall, als die Milch über die Becher durch die Schläuche schoss. Sie lief um das Gebäude herum bis zu der Stelle, wo der Güllekanal in den großen, runden Behälter mündete. Tatsächlich tropfte nur ein klägliches braunes Rinnsal heraus. Anna wischte sich den Schweiß von der Stirn, eilte zurück, trieb die vier Kühe aus dem Karussell und schloss vier neue an die Anlage an. Dann rollte sie den Hochdruckreiniger, der neben dem Eingang des Stalles stand, zu dem verstopften Güllekanal. Mit dem Stecker in der Außendose testete sie das Gerät kurz, bevor sie den Strahl in den Kanal unterhalb des Stalls lenkte. Der kochend heiße Dampf zischte kurz in der kalten Aprilluft, dann besprenkelten auch schon feine Spritzer Kuhmist ihren grauen Kittel. Anna schüttelte bei dem Gedanken den Kopf, dass die Menschen aus der Stadt den Gestank von Kuhscheiße als ›frische Landluft‹ bezeichneten. Wenn man den Güllegeruch als ›original Landluft‹ in Dosen abfüllen könnte, würde man wahrscheinlich ein Vermögen damit verdienen.

Anna hielt die Hochdruckdüse in den Abfluss, bis der Wassertank des Reinigers leer war. Langsam löste sich die Verstopfung, sodass die übel riechenden Fäkalien ungehindert in den Behälter strömen konnten. Sie musste unbedingt die Gülle so bald wie möglich ausfahren, sonst würde der Behälter überlaufen. Doch zunächst waren wieder die Tiere an der Reihe.

Nachdem alle Kühe gemolken waren, füllte Anna aus dem großen, gekühlten Edelstahltank vier Eimer mit frischer Milch ab und trug sie zu dem separaten Stall, in dem sie ihre vier Kälber aufzog. Als sie über die Schwelle trat, ging ihr sofort das Herz auf. Die kleinen Rinder schauten sie wie zu groß geratene Steifftiere aus runden Augen erwartungsvoll an. Die Aufzucht der Kälber war der schönste Teil ihrer Arbeit. Der Lohn für alle Mühe. Anna tätschelte die Köpfe der Tiere und ließ sich die Handgelenke von ihnen ablecken, bevor sie die Tränkeimer am Rand der Box aufhängte. Sofort begannen die Kleinen, daran zu saugen.

Mit einem Seufzen verließ Anna den Stall und schlenderte zum Haus hinüber. Sie liebte zwar das bäuerliche Leben mit den Tieren, doch blieb ihr für die schönen Tätigkeiten immer zu wenig Zeit. Auch machte ihr nach wie vor der typische Landgeruch zu schaffen. Trotz ihres abendlichen Waschgangs blieb er an ihr haften, sodass sie schon lange kein Parfüm mehr benutzte. Wozu auch, was brachte schon eine Mischung aus Scheiße und Chanel?

Während sie die Gummistiefel auszog, betrachtete sie die bemalten Milchkannen vor der Eingangstür des Bauernhauses. Bald würden darin üppige Geranien blühen. Sie waren als erste dekorative Elemente gedacht gewesen, mit denen Klaus und sie den Hof in ein idyllisches Ferienparadies für Gäste hatten verwandeln wollen. Heute waren sie nur ein Überbleibsel unvollendeter Pläne, von denen die Farbe abblätterte. Ein Mahnmal, das sie daran erinnerte, was sie alles ohne Klaus nicht mehr bewerkstelligen konnte.

Bevor ihr die Tränen kamen, wandte sich Anna ab und öffnete den Briefkasten. Werbung und das wöchentliche Anzeigenblatt flatterten ihr entgegen. Gott sei Dank keine neuen Rechnungen.

Sie griff sich die Post und ging in ihr Arbeitszimmer, wo sie kurz nachschaute, ob jemand auf den Anrufbeantworter gesprochen hatte. Keine neuen Nachrichten. Auch im E-Mail-Eingang fand sie gähnende Leere vor. Unentschlossen blieb sie an ihrem Schreibtisch sitzen. Um sich ein warmes Essen zuzubereiten, fehlte ihr heute die Muße. Anderseits knurrte ihr der Magen.

Mit der Post unter dem Arm ging sie in die Küche, setzte einen Kaffee auf und belegte sich ein dick mit Butter bestrichenes Brot mit Käse. Während sie kaute, öffnete sie die Glastür des Schrankes. Als sie ihre Tasse herausnahm, begann ihre Hand plötzlich zu zittern. Sie hielt kurz inne und dreht sich dann langsam zum Tisch, um sich den Kaffee einzugießen. Wie ein Blitz schossen die Bilder des Morgens durch ihren Kopf. Sie hatte sich nicht mehr unter Kontrolle, sie bebte so stark, dass der Kaffee überschwappte. Sie setzte sich, legte ihre Hände auf die geblümte Plastiktischdecke und atmete tief ein und aus. Es war bestimmt nur der Schock. Langsam entspannte Anna sich.

Sie griff erneut nach der Tasse und führte sie mit beiden Händen fest umklammert zum Mund. Als sie einen Schluck zu sich genommen hatte, breitete sich sofort Wärme in ihrem Körper aus. Das tat gut. Ihr Kaffee war ihr heilig. Für diesen einen Moment ließ sie alles ruhen. Einfach dasitzen und die Ruhe genießen. Das waren kleine Augenblicke des Luxus, die sie sich gönnte und die sie brauchte.

Nachdem Anna die Tasse geleert hatte, entfaltete sie das Anzeigenblatt, um die Regionalnachrichten zu überfliegen. Ein Brief fiel heraus und landete ausgerechnet in der Kaffeepfütze. Müde nahm sie ein benutztes Geschirrhandtuch, das über der Spüle hing, und wischte die Lache auf. Als sie den Brief trocken rieb, verschmierte sie die Adresse. Trotzdem erkannte sie die Handschrift sofort. Wieder begann sie zu zittern.

»Ruhig bleiben!«, befahl sich Anna laut und riss energisch den Umschlag auf.

Sehr geehrte Frau Lobbisch,

verzeihen Sie bitte meine Aufdringlichkeit. Obwohl ich mir vorgenommen habe, Sie in Ruhe zu lassen, geht es einfach nicht. Nach wie vor bin ich im Gefängnis, denn ich werde nun doch erst am 24. April entlassen. Es gab offensichtlich einen Fehler in der Datenverarbeitung, vielleicht ist das etwas Genugtuung für Sie. In den letzten Tagen, die ich unvorhergesehen noch hinter Gitter verbracht habe, ist mir eines klar geworden: Ich kann nach meiner Entlassung nicht einfach ein neues Leben beginnen. Bitte geben Sie mir die Gelegenheit, Sie persönlich zu sprechen. Nur ein paar Minuten, danach breche ich den Kontakt ab, falls Sie das wünschen. Bitte, Frau Lobbisch, es wäre mir sehr wichtig.

Ich habe vor, Sie nach meiner Entlassung zu besuchen und sende Ihnen diese Zeilen, damit Sie nicht unvorbereitet sind. Bitte weisen Sie mich nicht ab. Bitte.

Mit freundlichen Grüßen
Tim Mazcevski

*

»Ausgerechnet der Ruste«, raunte der Streifenpolizist dem jungen Polizeimeister Schröder zu. »Wenn du dir deine Karriere nicht versauen willst, halte dich von Ben Ruste fern.«

Schröder schaute von seinen Notizen hoch, die er, wie

er es während seiner Ausbildung gelernt hatte, sofort nach seiner Ankunft gemacht hatte. Er hätte sich nie träumen lassen, dass die Arbeit bei seiner neuen Dienststelle derart aufregend mit einem Gewaltverbrechen beginnen könnte. Der Tatort vor der Justizvollzugsanstalt Attendorn war großräumig mit rot-weißem Absperrband gesichert worden. Mehrere Einsatzfahrzeuge parkten davor, dazwischen standen wenige Passanten, die neugierig versuchten, etwas von dem Geschehen mitzubekommen. Die Kollegen von der Spurensicherung in ihren weißen Overalls suchten jeden Zentimeter ab. Überall standen kleine Markierungen mit Zahlen auf dem Boden. Der Tatort glich einem Ameisenhaufen, bei dem offenbar jeder wusste, was er zu tun hatte. Alles spielte sich genauso ab, wie er es aus seinen Lehrbüchern kannte.

Zufrieden blickte Schröder zu dem Mann hinüber, der gerade aus einem dunkelgrauen Passat ausstieg. Der uniformierte Beamte neben ihm flüsterte ihm erneut zu: »Ben ist ein Fall für sich. Verdammt hohe Aufklärungsrate, allerdings ein notorischer Einzelgänger. Einer, der überall aneckt, wenn du verstehst, was ich meine.«

Schröder nickte, wollte sich jedoch lieber selbst eine Meinung über seinen neuen Vorgesetzten bilden. Er wusste bereits, dass Bernhard Ruste trotz seiner Ende 50 jung geblieben war und von allen nur ›Ben‹ gerufen wurde. Es passte ins Bild, dass Ben Ruste in einem Kapuzenpulli, einer verblichenen Jeansjacke und schwarzen Cordhose steckte. Sein dichtes graues Haar trug er auf Kinnlänge. Schröder bemerkte, dass es strähnig war, und fragte sich, ob sein Chef Gel benutzt hatte oder sich einfach nur zu selten wusch.

Er ging ein paar Schritte auf Ruste zu. »Äh, sind Sie Kommissar Ruste?«

»Der bin ich.«

»Darf ich mich vorstellen? Polizeimeister Schröder, seit gestern auf der Dienststelle in Olpe tätig.«

»Gut, gut. Viele neue Gesichter hier. Sind Sie mit den anderen hergekommen?« Ruste deutete auf einige junge Männer von der Spurensicherung.

»Ja, wir sind die versprochene Verstärkung, ich bin Ihnen zugeteilt«, erklärte Schröder eifrig.

»So, sind Sie das? Ich bin noch nicht dazu gekommen, meine Post zu lesen. Ich wusste gar nichts von Ihrem Kommen, sonst hätte ich es abgelehnt«, erwiderte Ruste.

Schröder schluckte, so hatte er sich seinen Empfang nicht vorgestellt.

»Aber wo Sie schon mal da sind, können Sie ja zeigen, was Sie leisten können. Also, wo ist die Leiche?«, fuhr Ruste fort.

»Es gibt keine Leiche«, antworte Schröder prompt.

Ruste blickte den Neuling verdutzt an. »Und warum bitte schön hat mich die Zentrale zu einem Mord beordert?«, fragte Ruste ungehalten. »›Mord‹ heißt, es muss auch eine Leiche geben, oder haben Sie in Ihrer Schule etwas anderes gelernt?«

»Ja, sicher … äh, nein. Normalerweise ist das so. Doch in diesem Fall hat der Tote überlebt. Äh, ich meine, er wurde erstochen, war aber nicht tot …« Schröder merkte, wie er ins Stottern kam.

Bevor er von Neuem ansetzen konnte, ertönte eine tiefe Stimme hinter ihm. »Das vermeintliche Mordopfer wurde mit einem Messer niedergestochen, ist auf die Bordsteinkante gestürzt und hat das Bewusstsein verloren. Der Mann erlitt dadurch vermutlich eine Schädelfraktur. Hallo, Ben.«

Schröder drehte sich um und stieß fast mit dem Rechtsmediziner zusammen. »Entschuldigung, Dr. Korfmacher«, murmelte er verlegen.

»Hallo, Fabian«, warf Ruste mürrisch ein. »Also kein Mord. Wo ist das Opfer? Kann ich mit dem Mann reden und wer ist er überhaupt?«

Als er und der Mediziner gleichzeitig ansetzten, zu antworteten, entschuldigte sich Schröder verlegen und ließ den auch äußerlich gewichtigen Dr. Korfmacher zuerst sprechen. »Der Mann liegt im Koma. Ich fahre nachher ins Krankenhaus. Bis jetzt kann ich nur sagen, dass es ein Messerstich war, durch den das Opfer nicht lebensgefährlich verwundet wurde. Glücklicherweise steckte die Tatwaffe noch im Körper, sodass sich der Blutverlust in Grenzen gehalten hat. Wie es mit der Kopfverletzung aussieht, weiß ich allerdings noch nicht. Kann sein, dass der Mann bereits wieder bei Bewusstsein ist, kann sein, dass er noch im Koma liegt – und kann sein, dass er nie wieder aufwacht oder Hirnschäden davonträgt.«

»Aha«, grummelte Ruste.

Jetzt sah Schröder seine Chance gekommen. »Der Mann, der verletzt wurde, heißt Boris Wassiljew, ein Russlanddeutscher, der wegen schwerer Körperverletzung und weiterer Delikte hier inhaftiert war und heute entlassen wurde. Der Leiter der Justizvollzugsanstalt, Klaus Ebbing, hat mir diese Informationen gegeben. Er ist bei den Kollegen dort vorn. Am Wanderweg hat man noch mehr Spuren gefunden.«

Schröder deutete auf den Parkplatz, doch Ruste hatte sich bereits in Bewegung gesetzt. Eilig schritt er seinem Vorgesetzten hinterher, der direkt auf Ebbing zusteuerte.

Der Gefängnisdirektor grüßte Ruste mit einem kurzen Handzeichen. »Hat nicht viel von seiner zurückgewonnenen Freiheit gehabt, woll?«

»Tja, so kann's gehen«, erwiderte Ruste. »Klaus, kannst du mir was über das Opfer sagen?«

»Da gibt es nicht viel zu erzählen, Ben. Er war ein guter Bekannter von uns, woll? Boris Wassiljew ist in Kierspe aufgewachsen und dort gemeldet. Typische kriminelle Karriere. Mehrfach verurteilt wegen Drogenbesitzes, Hehlerei, Schmuggel und wiederholte Male wegen Körperverletzung. Wir vermuten, dass er zum inneren Kern der Russenmafia gehört. Nachweisen konnte man ihm aber in dieser Hinsicht nichts. Ist ja immer so, woll?«

Ruste nickte nur kurz und wandte sich stumm den Männern der Spurensicherung zu. Schröder schaute verunsichert zwischen seinem neuen Chef und dem Gefängnisleiter hin und her. Klaus Ebbing galt es in seiner Position zu respektieren, dennoch irritierte Schröder dieses andauernde ›woll‹ am Ende der Sätze. Er war sich nicht sicher, ob er sich an diese sauerländische Spracheigenheit gewöhnen konnte. Dennoch fragte er mit aller gebührenden Höflichkeit: »Könnten wir bitte die Akte von Wassiljew haben, Herr Direktor Ebbing?«

Ruste drehte sich ärgerlich zu ihnen. »Wie heißen Sie noch mal?«

»Schröder.«

»Schröder, merken Sie sich eines: Ich leite hier die Ermittlungen. Quatschen Sie nicht dazwischen, solange Sie nicht gefragt werden«, fauchte Ruste und richtete das Wort wieder an den Gefängnisdirektor. »Sag mal,

Klaus, sind eure Überwachungskameras nicht auch auf die Straße gerichtet? Ist der Angriff in ihrem Aufnahmeradius geschehen?«

»Meine Leute sind bereits dran und werten das Material aus. Du bekommst nachher Kopien.«

»Das wäre schön. Und die Akte von diesem Boris hätte ich auch gerne.«

Schröder meldete sich schüchtern: »Vielleicht handelt es sich um einen versuchten Raubmord. Herr Direktor Ebbing, Sie sagten, der Mann habe bei seiner Entlassung eine Sporttasche bei sich gehabt, von der nun jede Spur fehlt.«

Ruste verdrehte die Augen. Bevor Ebbing antworten konnte, rief er: »Raubmord? Bei einem Knacki, der gerade rauskommt? Was sollte er wohl in der Tasche haben? Seine Beute? Oder doch ein paar vollgeschissene Unterhosen?«

Ruste verabschiedet sich knapp vom Gefängnisdirektor und ging, ohne Schröder weiter zu beachten, in Richtung Wanderweg. Schröder folgte seinem Vorgesetzten in sicherem Abstand zum Anstieg, wo Thorsten Schwenke, der Leiter der Spurensicherung, mit einem jungen Mitarbeiter unter einem kleinen Regenschutzzelt Fußspuren mit einer schnell bindenden Abformmasse ausgoss. Auch weiter oben war der Hügel mit zahlreichen Markierungen übersät. Ungeachtet der Schildchen, hob Ruste das Absperrband hoch und stapfte über den matschigen Boden zu seinem Kollegen. Schröder stockte der Atem. Ungläubig blieb er vor dem Absperrband stehen.

Thorsten Schwenke hielt inne, als Ruste ihn grußlos fragte: »Habt ihr was? Brauchbare Spuren?«

»Wenn du uns freundlicherweise noch ein paar übrig

lassen würdest, könnte es was werden«, meckerte der Leiter der Spurensicherung. »Ja, hier sind jede Menge.«

»Erzähl mir keinen Roman. Was habt ihr?«

»Sagte ich doch: jede Menge frischer Abdrücke. Der Regen hat zwar die meisten verwischt, aber hier vorn, am Rand unter den Bäumen, glauben wir, einige gute zu bekommen.«

»Und?«

»Wie und?«

»Lass dir nicht alles aus der Nase ziehen!«, erwiderte Ruste ärgerlich.

»Anscheinend haben wir es mit drei Verdächtigen zu tun. Vorausgesetzt die Spuren stammen wirklich von den Personen, die in den versuchten Mord verwickelt waren. Was ich dir jetzt schon sagen kann: Eine davon ist klein, vermutlich weiblich, und zwei wahrscheinlich männlich. Alle drei sind der Spurenlage zufolge gerannt. Die beiden Männer sind übrigens zum Parkplatz zurückgekehrt. Sie hatten dort vorn einen Wagen geparkt, die Reifenspuren sind aber sehr, sehr schlecht. Wir haben nur einen Teilabdruck, der Wagen stand auf dem Asphalt. Ich fürchte, die Reifen bringen uns nicht weiter. Mit den Abdrücken von der kleinen Person hingegen können wir etwas anfangen. Nach dem jetzigen Stand schätze ich, sie hat leichte Winterschuhe mit einem ausgeprägten Profil getragen. Reicht dir das?«

Ruste brummte: »Eine Frau, die abgehauen ist. Und zwei Männer, die umgedreht sind. Hm … Wohin führen die Spuren der Frau?«

»Die verlieren sich oben auf dem Damm der Talsperre. Da ist der Weg asphaltiert. Aber wir suchen dort die Umgebung noch ab.«

»Scheißwetter, Scheißfall, Scheißkindergarten hier«, meckerte Ruste und drehte sich um.

»Ach ja, Ben«, rief ihm Schwenke hinterher, »da ist noch was.«

Entnervt drehte sich Ruste um. Der Leiter der Spurensicherung erhob sich, ging zu seinem Koffer und holte seine Digitalkamera heraus.

»Hier sind Bilder der Tatwaffe, die noch im Rücken des Verletzten gesteckt hatte. Höchst ungewöhnlich für das Milieu, aus dem der Mann stammt. Sobald ich das Messer aus dem Krankenhaus erhalte, werde ich es im Labor untersuchen lassen. Aber schau es dir mal an.«

»Wichtigtuer«, zischte Ruste zwischen den Zähnen hervor. Er trottete zurück und schaute auf das Kameradisplay. »Aber … Das ist ja ein Jagdmesser. Mit dem Huf eines Rehbocks als Griff?« Sein Blick wanderte zu Schröder. »Schmidt, davon haben Sie gar nichts erzählt!«

*

Alexej und Roman saßen schweigend in Viktors Wohnzimmer und starrten in ihre Wodkagläser.

»Ihr konntet sie nicht einholen?«, fragte Viktor.

Alexej blickte betrübt auf. »Keine Chance. Sie war so schnell weg. Wir sind ihr noch hinterher, aber dann mussten wir abbrechen. Du verstehst: die Leiche von Boris auf der Straße, unser Auto. Das hätte nur unangenehme Frage gegeben.«

»Ich habe dir schon tausendmal gesagt, wenn du bei mir bist, nimm gefälligst diese alberne Mütze ab«, fuhr Viktor Alexej ärgerlich an.

Alexej zog schnell seine Baseballkappe aus und steckte

sie in die Gesäßtasche seiner Baggy Pants. Dann zupfte er ungeschickt am Bund seiner Jeans, damit seine Boxershorts nicht mehr herauslugten.

»Habt ihr die Frau denn erkennen können?«, fragte Viktor.

»Es war total neblig. Was ich erkennen konnte: sportlich, heller Mantel, Kopftuch ... Also meiner Meinung nach war das eine Auftragskillerin von den Türken«, vermutete Roman. »Bestimmt eine, die bei Al-Qaida da unten im Orient geschult wurde. Die hat Boris blitzschnell umgebracht, so was lernt man nicht auf der Koranschule. Wir sind gerade um die Ecke gekommen, da lag er auch schon am Boden. Ein Stich, zack, tot.«

»Eine Auftragskillerin der Türken? Hast du sie noch alle?« Viktor durchkramte den Inhalt von Boris' Sporttasche, den er auf den Wohnzimmertisch ausgekippt hatte. Außer Wäsche, Schlüssel, einem MP3-Player und ein paar russischen Zeitschriften war nichts dabei – nichts, was irgendeinen Anhaltspunkt für den Mord liefern konnte. »Was wollte die von ihm? Kannte sie ihn?«

Alexej sprang seinem Kumpan zur Seite. »Ich glaube auch, was Roman sagt. Das mit der türkischen Killerin macht schon Sinn. Überleg doch mal! Wir haben den Türken fast das Geschäft abgenommen. Und das, obwohl Boris im Knast war! Jetzt wo er rauskommen sollte, haben die doch Schiss, dass wir noch mehr Ware ins Land bringen!«

»Alexej, Roman ... Was haben Frauen bei den Türken zu melden, hä? Nix, oder?«, blaffte Viktor die beiden an. Er erhob sich und ging nervös im Raum auf und ab. Wieso musste er sich mit solchen Volltrotteln abgeben? Er war schon immer der Einzige gewesen, der was draufhatte. Während die beiden wie bunte Vögel herumrannten, achtete er auf eine vernünftige Tarnung. Er zog sich unauffällig an und sein Wohnzimmer war mit einer Schrankwand aus Eichenfurnier der Inbegriff deutscher Spießigkeit. Allein die drei Ikonenbilder, die auf Holz aufgezogen waren und an der Wand hingen, hatte er sich nicht nehmen lassen. Die ganze Schwermut der russischen Seele war dadurch präsent. Doch wie alles andere verrieten diese sentimentalen Zeugnisse nicht, dass er durch illegale Geschäfte wohlhabend geworden war. Nein, dazu war er viel zu clever. Den einzigen Luxus, den er sich gegönnt hatte, waren ein großer Plasmafernseher und ein Dolby-Surround-System. Während er im Alltag den Schlosser mimte, genoss er seinen Reichtum im Verborgenen: sei es ein Urlaub an der Côte d'Azur oder ein ordentlicher Besuch in einem Edelbordell. Nur noch wenige Jahre und er würde für den Rest seines Lebens nicht mehr arbeiten müssen. Er würde in seiner Villa auf der Krim mit seiner blassen Frau Kinder bekommen und wäre ein geachteter Mann, der sein Glück in Deutschland gemacht hatte.

Aber noch war es nicht so weit – im Gegenteil. Vor ihm lag noch viel Arbeit. Doch er hatte immer gespürt, dass er für größere Aufgaben im Leben bestimmt war. Jetzt war seine Chance gekommen – wenn die zwei Idioten ihm keinen Strich durch die Rechnung machen würden! Nicht nur dass Alexej und Roman affige Klamotten anzogen, nein, sie mussten auch noch dicke BMWs fahren! Das führte zwangsläufig zu Neidern, umso mehr sie keiner festen Arbeit nachgingen. Kein Wunder, dass sie häufiger Besuch von der Polizei bekamen. Das musste er bald ändern. Eine seiner ersten Aufgaben. Er hatte viel von Boris gelernt. Und er würde noch besser sein! Er würde den Türken das Geschäft kaputt machen!

»Vielleicht habt ihr tatsächlich recht und es war Mustafas Bande«, sagte Viktor nachdenklich. »Obwohl ich das Ganze noch immer für total absurd halte. Aber wir werden das herausbekommen. Ich überlege mir etwas. Sagt unseren Leuten noch nichts, verstanden?«

Die beiden Männer nickten. Roman hob sein Glas. »Auf Boris, wir werden ihn nie vergessen! Und auf dich Viktor, unseren neuen Boss!«

Viktor grinste und nahm einen kräftigen Schluck. Er gefiel sich in seiner neuen Rolle. Das Problem war nur, dass allein Boris über die direkten Kontakte verfügt hatte. Alle Lieferungen mit der gefälschten Ware waren über ihn gelaufen, selbst als er im Knast gesessen hatte. Nur er hatte die Hintermänner gekannt und dieses Geheimnis jetzt mit in sein Grab genommen. Doch er würde schon eine Lösung finden! Die Bosse in Russland wussten sicherlich, was zu tun war. Bestimmt setzten sie sich bald mit ihm in Verbindung – und er würde ihnen einen Laden präsentieren, straff organisiert, der tipptopp lief.

Als sie ihren Wodka ausgetrunken hatten, begleitete Viktor seine Untergebenen in den Flur. Sie hatten, wie es sich gehörte, beim Eintreten ihre Schuhe ausgezogen, und beugten sich nun hinunter, um an den Schnürsenkeln zu nesteln.

»Sagt mal«, überlegte Viktor laut, während er die anderen von oben herab beobachtete. »Als ihr der Frau gefolgt seid, da seid ihr doch einen Waldweg hochgelaufen?«

»Ja …«, antwortete Roman zögerlich.

»Und war der Boden weich und matschig?«

»Glaubst du, wir haben Spuren hinterlassen?«, fragte Alexej.

»Ich glaube nicht nur, dass ihr Spuren hinterlassen habt, ich bin mir sicher! Her mit den Tretern!«, schrie Viktor ungehalten.

Er ließ sich die Schuhe der beiden aushändigen und warf sie in der Küche in den Mülleimer. »Leer ihn gleich aus!«, befahl er seiner Frau, die am Tisch saß und in einer Zeitschrift blätterte.

Bevor diese reagieren konnte, wandte er sich grinsend ab. Derart umsichtig hätte selbst Boris nicht gehandelt. Wenn jetzt nicht endgültig bewiesen war, dass er das Zeug zum Boss hatte!

»Und wie sollen wir jetzt nach Hause kommen?«, fragte Alexej vorsichtig. »Sollen wir etwa so Auto fahren? Und wenn uns jemand ohne Schuhe auf der Straße sieht! Das ist doch auffällig, oder?«

Viktor blickte an seinen zwei Handlangern hinunter. Beide trugen weißen Tennissocken, deren Leuchtkraft bei der dunklen Kleidung und dem trüben Tag nicht zu übertreffen war. Er gab Roman seine Sandalen und Alexej seine Badelatschen.

»Aber zurückgeben!«, ermahnte er sie. »Und jetzt verpisst euch und wartet auf meine Befehle!«

Mit Nachdruck schob Viktor seine Gäste durch die Wohnungstür und schlug sie hinter ihnen zu.

Alexej und Roman schauten sich ratlos an und stiegen schweigend die Treppe hinab. Vor dem Haus blieb Roman stehen und betrachtete seine Füße, deren Zehen über die Sandalen hinausragten. Er vermisste seine Designerschuhe jetzt schon.

»Viktor fehlt wirklich der Sinn für modische Kleidung. Immer diese peinlichen No-Name-Sachen. Der ist doch auch erst 24!«, stellte Roman fest. »Glaubst du, Viktor wird ein guter Boss?«, fragte er, bevor er in den BMW einstieg.

»Immerhin hat er die Geschäfte bis jetzt zuverlässig geführt. Und Boss ist Boss. Das haben wir nicht zu entscheiden«, antwortete Alexej und trat mit einem Badelatschen auf die Kupplung.

KAPITEL 3

22. April

Es wollte einfach nicht Frühling werden. Ein feiner Morgennebel umhüllte die Hügel rund um den Hof. Seufzend blickte Anna aus dem Küchenfenster. Ihr kam es vor, als seien ihre Gedanken ebenso getrübt wie der Himmel, als betrachte sie ihre Tat aus einer Distanz. Natürlich spürte sie etwas wie Reue und Entsetzen, aber die Geschehnisse erschütterten seltsamerweise nicht ihr Innerstes. Sie verspürte vor allem Ärger. Die ganze Nacht hatte sie wach gelegen und sich Vorwürfe gemacht, den entlassenen Häftling nicht genauer betrachtet zu haben. Wie hatte sie nur einen wildfremden Menschen erstechen können? Die Zeitungsausschnitte von dem Prozess hatte sie doch aufbewahrt, sie hätte vorher nur einen Blick auf die Fotos werfen müssen! Jetzt war es zu spät! Sie war eine Mörderin. Aber wollte sie wirklich dafür büßen? Würde das etwas ändern?

Nicht einmal die Hofarbeit konnte sie von diesem Gedanken ablenken. Anna merkte beim Melken, wie unkonzentriert sie war. Sie war nicht imstande, die Ereignisse zu verdrängen. Die Bilder der Tat schossen ihr immer wieder mit solch einer Intensität durch den Kopf, dass es ihr fast schwarz vor Augen wurde. Ständig überlegte sie, ob sie sich der Polizei stellen sollte. Würde es ihr Gewissen erleichtern? Und war man ihr nicht sowieso schon auf den Fersen? Immerhin hatte sie bei ihrer Flucht die Tatwaffe am Tatort zurückgelassen. Wie hatte sie nur so dumm sein können, das Jagdmesser zu benutzen, das Klaus von seinem Vater geerbt hatte! Bei solch einem seltenen Stück konnte man bestimmt die Spur zurückverfolgen.

Verzweifelt setzte Anna sich auf den Melkschemel, ein Überbleibsel aus nostalgischen Zeiten, und ließ ihren Tränen freien Lauf. »Kennst mich in letzter Zeit nur mit verheultem Gesicht, was?« Sie tätschelte die Flanke von Patricia Cornwell, die ihr Haupt hob und Anna mit treuen Kuhaugen anblickte.

Anna schaute auf die Uhr. Gleich halb acht, es war Zeit für die Lokalnachrichten, vielleicht erfuhr sie da etwas Neues. In der Zeitung hatte noch nichts über ihren Mord gestanden. Sie schaltete das große Radio ein, das im Melkkarussell an einer Stange an einem Metallhaken hing. Manchmal spielte sie damit auch eine CD ab. Sie hatte gehört, dass Kühe durch Beschallung mehr Milch geben würden, doch nach einigen Versuchen festgestellt, dass ihre Schriftstellerinnen weder auf Klassik noch auf Pop reagierten. Aber immerhin brachte die Musik etwas Abwechslung in ihren straff organisierten Tagesablauf.

Geduldig lauschte Anna der Werbung und wartete gespannt, als der Nachrichtensprecher schließlich seine Zuhörer begrüßte. Gleich die erste Meldung handelte von ihrer Tat. Sie erstarrte. Laut Bericht war vor der Justizvollzugsanstalt ›Ewig‹ ein entlassener Sträfling niedergestochen worden. Der Mann liege noch im Koma und die Polizei wolle aus Ermittlungsgründen keine weiteren Informationen preisgeben.

Anna spürte, wie mit einem Mal eine Last von ihren Schultern genommen wurde. Gleichzeitig stieg Nervosität in ihr hoch. Hoffentlich würde er überleben! Und wie weit waren die Ermittlungen? War man ihr bereits auf die Schliche gekommen? Anna überlegte, ob es angesichts der neuen Entwicklungen nicht besser wäre, sich zu stellen. Auf einmal kam ihr alles absurd und falsch vor. Sie hätte die Tat niemals begehen dürfen! Auch wenn sie Tim Mazcevski erwischt hätte, es wäre Unrecht gewesen.

Anna schaltete gedankenverloren das Radio aus. Plötzlich kam ihr eine Idee. Schnell lief sie in ihr Haus und kramte in der Küche hektisch in ihrer Handtasche, bis sie endlich die CD des Opfers fand. Mit dickem Filzstift stand ›Hits‹ auf der silbrigen Oberfläche geschrieben. Anna eilte zurück in den Kuhstall und legte die CD ein. Zwar kam es ihr makaber vor, die Musik des Mannes zu hören, den sie fast umgebracht hatte und um dessen Leben die Ärzte jetzt vermutlich kämpften, allerdings trieb sie eine unbestimmte Neugierde dazu. Irgendetwas erhoffte sie sich davon. Doch es tat sich nichts – keine Musik. Anna spulte mehrmals nach vorn, aber kein Laut war zu vernehmen. Achtlos legte sie die Hülle auf den alten Stuhl unter das Radio. Seltsam, dachte Anna, vielleicht war die Scheibe kaputt.

Voller Enttäuschung trottete Anna aus dem Stall. Als sie aus der Tür trat, prallte sie mit jemandem zusammen. Erschrocken wich Anna zurück. Ein Polizist? Ein Freund des Opfers?

Sie blickte ängstlich in das Gesicht und rief erleichtert: »Mensch, Ronald! Du hast mich fast zu Tode erschreckt!«

»Tut mir leid. Und guten Morgen erst mal. Ich war gerade auf der Durchfahrt und habe dir frische Brötchen mitgebracht. Spendierst du einen Kaffee dazu?«

Eigentlich konnte Anna ihren alten Schulkameraden im Augenblick wirklich nicht gebrauchen. Sie war viel zu sehr mit sich selbst beschäftigt. Andererseits freute sie sich über die Nähe eines vertrauten Menschen. Ronald war ihr ein guter Freund, auf den sie sich immer verlassen konnte.

»Ja, sicher. Ich wollte sowieso gerade Pause machen. Komm, wir gehen in die Küche«, lud sie ihn ein.

»Lange nicht gesehen. Wie geht es dir?«, erkundigte sich Ronald auf dem Weg zum Bauernhaus.

»Geht so.«

»Was heißt das? Finanzielle Probleme? Du weißt, mein Angebot steht. Ich greife dir unter die Arme und du zahlst es mir erst zurück, wenn du kannst.«

»Ronald, das Thema hatten wir doch schon zigmal. Ich habe immer auf eigenen Beinen gestanden und werde das auch in Zukunft schaffen. Trotzdem danke. Und wie geht es dir?«

»Och, kann nicht klagen. Ehrlich gesagt, ich verdiene mich dumm und dämlich. Das Geschäft läuft sagenhaft.«

Anna schielte nachdenklich zu Ronald hinüber. Hätte sie ihn geheiratet, so wie er es sich immer gewünscht hatte, würde sie heute in Reichtum leben. Immerhin hatte Ronald die Fabrik für Autoteile von seinem Vater geerbt, dem alten Weber, und sie erfolgreich ausgebaut. Er war zu einem wichtigen Zulieferer für die gesamte Branche aufgestiegen. Doch außer Freundschaft hegte sie keine Gefühle für ihn. Aber war sie sich da noch so sicher? Immerhin sehnte sie sich nach einer starken Schulter. Was sollte daran auch verkehrt sein, viele ihrer Schulfreundinnen hatten letztlich nicht ihre leidenschaftliche Liebe geheiratet, sondern den treuherzigen Kumpeltyp, der immer ein offenes Ohr hatte. Beharrlichkeit konnte sich auszahlen.

In der Küche stellte Anna Butter, Käse und Wurst auf den Tisch. Ronald belegte sich ein Brötchen und biss hungrig hinein. Mit vollem Mund murmelte er: »Deine Küche hat es aber auch mal nötig.«

»Ronald!«, ermahnte ihn Anna und goss jedem eine

heiße Tasse Kaffee ein. »Wie läuft es bei dir zu Hause? Was macht die Ehe?«

Er rollte mit den Augen. »Wie soll es gehen? Nadine und ich leben nebeneinander her. Sie führt ein Jetset-Leben, als wäre ich mehrfacher Millionär.«

»Schlimm?«

»Schlimmer«, winkte Ronald ab. »Diese Gleichgültigkeit und Verschwendungssucht! Ich sehe sie kaum noch, dafür lese ich umso häufiger in den Prominentenzeitschriften über sie. Auf welcher Party sie war, welches neue Designerkleid sie getragen hat – und mit welchem Mann sie aktuell zusammen ist. Die meisten sind 20 Jahre jünger als sie. Ihr ausschweifender Lebensstil wird immer mehr zur Belastung. Die Eskapaden bleiben meinen Geschäftspartner nicht verborgen!«

»Und welche Konsequenz ziehst du daraus?« Anna biss sich auf die Lippen. Das war wieder mal typisch für sie. Mit nur einer Frage drang sie bis zum Kern des Problems vor und ließ ihrem Gegenüber keine Chance, ihr auszuweichen.

Doch Ronald erwiderte ruhig: »Anna, du weißt, du musst nur ein Wort sagen, und ich würde Nadine sofort verlassen.«

»Ronald, du bist ein wirklich sehr guter Freund. Aber mehr ist da nicht. Das musst du doch nach all den Jahren einsehen«, entgegnete Anna sanft. Insgeheim wünschte sie sich jedoch eine Umarmung von ihm. Genau in diesem Moment bräuchte sie jemanden, der sie festhielt.

»Hast du übrigens was von dem versuchten Mord in Attendorn gehört?«, fragte sie so beiläufig wie möglich.

»Nicht viel, sehr seltsame Geschichte. Das Opfer war übrigens ein ehemaliger Mitarbeiter von uns. Ein Russlanddeutscher. Wir wussten nichts von seinem kriminellen Hintergrund. Er hat seine Arbeit immer ordentlich erledigt.«

»Du kanntest ihn?« Anna staunte. Sie versuchte, ruhig zu bleiben, doch ihr Herz pochte bis zum Hals.

»Flüchtig. Er war für die Logistik für unsere russische Niederlassung verantwortlich. Er beherrschte die Sprache und war ein Organisationstalent. Das ist aber auch alles, was ich über ihn weiß. Ich bin aus allen Wolken gefallen, als ich gehört habe, dass er kriminell ist. Na ja, man kann den Leuten eben nicht hinter die Stirn blicken.«

»Das ist ja interessant. Hast du denn gehört, ob man schon eine Spur hat?«

»Nein, soweit ich weiß, tappt die Polizei völlig im Dunkeln. Beim Stammtisch werde ich bestimmt mehr erfahren. Wieso interessiert dich das?«

»Ach, nur so. Kam gerade im Radio. Man macht sich eben Sorgen, wenn ein Mörder frei rumläuft.«

»Ich beschütze dich«, grinste Ronald und griff über den Tisch nach ihrer Hand.

Noch vor ein paar Tagen hätte Anna sie schnell weggezogen. Doch heute ließ sie es geschehen. Dennoch vermied sie es, ihm in die Augen zu schauen.

»Magst du noch Kaffee?«

»Ich muss los, Anna.« Ronald erhob sich seufzend und schüttelte Annas Hand – länger als gewöhnlich.

*

Als Ruste morgens mit einem Becher Kaffee sein Büro in der Olper Dienststelle betrat, erwartete ihn sein neuer Mitarbeiter bereits. Offensichtlich musste er sich mit diesem steifen, sommersprossigen Rotschopf fortan den Raum teilen.

»Guten Morgen, Herr Ruste«, begrüßte ihn der junge Beamte. »Das Krankenhaus hat angerufen. Boris Wassiljew liegt noch immer im Koma. Man kann nicht sagen, wann er aufwachen wird, allerdings sind die Ärzte recht zuversichtlich, dass er überleben wird. Das Messer wurde vom Schulterblatt aufgehalten, die Verletzungen halten sich in Grenzen. Das Video von der Überwachungskamera der Justizvollzugsanstalt ist mittlerweile eingetroffen. Und der Bericht der kriminaltechnischen Untersuchung der Tatwaffe liegt auch vor.«

Ruste war von dem Redeschwall seines eifrigen Mitarbeiters erschlagen. So begann kein guter Morgen. Das sah nach viel Arbeit aus. Neben einem Berg unerledigter Akten lagen auf seinem Schreibtisch ein brauner Umschlag und das Messer.

Ruste nahm einen großen Schluck Kaffee und ließ sich auf seinen Drehstuhl fallen. »Haben Sie die Sachen schon gelesen?«, fragte er.

»Nein, natürlich nicht. Die waren an Sie adressiert. Aber ich bin sehr gespannt.«

Ruste hängte seine Jeansjacke über die Lehne und überflog den Bericht aus dem Labor. Die Erkenntnisse waren eher dürftig: An der Klinge hatten die Spezialisten Blutrückstände von Tieren gefunden. Folglich war die Tatwaffe tatsächlich zum Ausweiden genutzt worden. Laut Bericht sind die Spuren allerdings mehrere Jahrzehnte alt, eine genauere Datierung wäre nur durch weitere Untersuchungen möglich.

»Und?«, wollte sein neuer Bürokollege ungeduldig wissen.

»Nix und!«, gab Ruste schroff zurück, immer noch über die Unterlagen gebeugt. »Ist ein altes Jagdmesser, das irgendwann mal benutzt wurde. Das bringt uns nicht weiter. Auf der Klinge sind keine Fingerabdrücke und auf dem Fellgriff schon gar nicht. Man hat Spuren von DNA feststellen können, die noch ausgewertet werden. Das war's. Wir sind so schlau wie gestern. Mal sehen, ob uns die Filmaufnahme helfen.«

Ruste startete seinen PC und öffnete den Umschlag der Justizvollzugsanstalt. Gerade als er den USB-Stick anschließen wollte, den Ebbing ihm mit einer persönlichen Nachricht zugeschickt hatte, klopfte es an der Tür.

Bevor Ruste reagieren konnte, steckte Polizeidirektor Junge seinen Kopf herein. »Störe ich?«

»Nein«, rief der junge Polizeimeister und sprang sofort auf. Seinen Körper spannte sich sichtlich an. »Sie stören selbstverständlich nicht. Guten Morgen, Herr Direktor.«

»Rutsch bloß nicht auf deinem Schleim aus«, nuschelte Ruste kaum hörbar. Er blieb sitzen und beließ es bei einem knappen: »Guten Morgen, Herr Junge.«

Junge betrat das Büro und nickte Ruste zu. »Wie ich sehe, haben Sie sich mit Ihrem neuen Mitarbeiter bereits bekannt gemacht. Ging ja gestern hoch her.«

Er schüttelte dem jungen Mann kräftig die Hand. »Schröder, ich darf Sie hiermit nochmals offiziell an Bord unseres Teams begrüßen und wünsche Ihnen viel Erfolg und eine kollegiale Zusammenarbeit.«

Ruste entging nicht, dass Junge das Wort ›kollegial‹ extra betont und dabei zu ihm hinübergesehen hatte.

»Wo wir gerade dabei sind, gibt es etwas Neues in dem versuchten Mord? Ist der Mann vernehmungsfähig? Haben wir bereits eine Spur?«, wollte Junge wissen.

Ruste hasste es, wenn man mehrere Fragen auf einmal stellte. In diesem Fall konnte er alle mit einem Kopfschütteln beantworten.

Junge wippte auf den Zehenspitzen und wartete dennoch auf eine weitere Antwort. Seufzend ergänzte Ruste: »Boris Wassiljew hat keine Verwandten in Deutschland. Wir haben uns mit den russischen Behörden in Verbindung gesetzt, um festzustellen, ob er dort noch Familie hat. Außerdem haben wir uns gestern in seinem Wohnumfeld umgehört. Keine Erkenntnisse. Wie auch, er war schließlich zwei Jahre im Knast! Wir waren ebenso bei seinem ehemaligen Arbeitgeber – ›Weber Automotive‹. Hat uns auch nicht wirklich weitergebracht. Seine ehemaligen Kollegen konnten nichts Konkretes über ihn sagen. Er war offensichtlich ein unauffälliger und hilfsbereiter Typ. Schröder schreibt einen Bericht, den Sie noch heute bekommen.«

Zum Glück hatte Junge den Namen des Rotschopfs genannt, sonst hätte Ruste dumm ausgesehen. Er konnte sich den Namen dieses bleichen Kerls einfach nicht merken.

»Aber es muss doch irgendeinen Anhaltspunkt geben?«, hakte Junge nach.

»Wir haben die Tatwaffe, Gipsabdrücke von Schuhsohlen. Wir wissen, dass seine Sporttasche fehlt, und wir haben die Aufnahmen der Überwachungskamera.«

»Na, das ist doch was! Kann man das Gesicht des Täters darauf erkennen?«

»Ich wollte mir das Video soeben anschauen. Allerdings hat mir Gefängnisdirektor Ebbing einen Zettel dazugelegt, wir sollen uns keine zu großen Hoffnungen machen, die Aufnahmen seien wetterbedingt schlecht.«

»Dann lassen Sie mal sehen. Kommen Sie, Schröder, sechs Augen sehen mehr als zwei«, sagte Junge jovial und umrundete Rustes Schreibtisch. Er stellte sich mit dem Rotschopf neben Ruste, dem mit einem Schlag wieder bewusst wurde, warum er lieber allein arbeitete.

„Wenn es denn sein muss«, knurrte Ruste, startete die Aufzeichnung und starrte auf seinen PC-Monitor.

Ein alter Stummfilm besaß eine bessere Qualität als die schemenhaften Bilder, die auf dem Monitor erschienen. Der feuchte Nebel der letzten Tage hatte sich auf die Kameralinse gesetzt und die Aufnahmen unbrauchbar gemacht. Die Tat war zwar aufgezeichnet worden, allerdings waren nur verschwommene, grau-schwarze Figuren zu sehen. Man konnte schemenhaft erkennen, wie Wassiljew vor das Gefängnis trat, stehen blieb und seine Sporttasche über den Kopf den hielt. Unmittelbar nachdem er sich in Bewegung setzte, tauchte eine kleine Gestalt hinter ihm auf, die eine Mütze oder eine andere Art Kopfbedeckung trug. Die Person sprang Wassiljew von hinten an, doch es war nicht festzustellen, wie der Hieb mit dem Messer ausgeführt wurde. Der Täter kniete kurz neben Wassiljew nieder, bevor er sich mit schnellen Schritten entfernte. Wenige Sekunden später hielt ein großes Auto neben dem Opfer, aus dem ein Mann heraussprang. Er beugte sich zu Wassiljew herunter, ergriff die Sporttasche und stieg wieder ein. Dann verschwand der Wagen aus dem Blickfeld.

»Das war es«, sagte Ruste resigniert. »Wir wissen jetzt lediglich mit Sicherheit, dass zwei weitere Personen am Tatort waren und die vermisste Tasche mitgenommen haben.«

»Wieso zwei?«, fragte Schröder.

Ruste drehte sich zu seinem unerfahrenen Kollegen um und rollte mit den Augen. »Der da auf der Aufnahme ist auf der rechten Seite ausgestiegen. Folglich saß links noch der Fahrer. Es sei denn, das Auto wurde ferngesteuert oder wir haben es mit einem englischen Fabrikat zu tun – was die Ermittlungen wesentlich erleichtern würde.«

Schröder errötete augenblicklich. »Bei der Größe könnte der Täter weiblich sein«, gab er nach einem kurzen Räuspern zu bedenken. Offensichtlich wollte er seinen Schnitzer wiedergutmachen. »Auch der Leiter der Spurensicherung meinte, dass die Abdrücke der Winterschuhe auf eine Frau hindeuten.«

Junge nickte anerkennend. »Ach, das ist ja interessant. Vielleicht war es eine Beziehungstat? Haben Sie schon in dieser Richtung ermittelt, Herr Ruste?«

»Nein, habe ich nicht. Aber ich habe bereits eine konkrete Idee, in welchem Umfeld wir den Täter aufspüren können. Kommen Sie, Schreiber, wir müssen los. Sie entschuldigen uns, Herr Polizeidirektor.«

»Schröder, ich heiße Schröder!«

Sein Chef knallte die Tatwaffe, die noch in der Plastiktüte der Spurensicherung steckte, auf den Tresen des Jagdgeschäftes in Kreuztal. Schröder schaute neugierig den Händler an, der mit hochgezogenen Augenbrauen Ruste beobachtete. Ein alter Herr über die 80, dessen altmodische schwarze Weste, die er unter seiner braunen Strickjacke trug, über dem Bauch spannte. Eine goldene Uhrkette machte das Bild perfekt – der Mann stammte aus einem anderen Jahrhundert.

»Tag, Ben. Lange nicht gesehen, was macht der Vater?«, begrüßte er Ruste.

»Vater ist seit sechs Jahren tot.«

»Oh, stimmt. Hab ich vergessen. War ein guter Kamerad und Polizist. Und du? Immer noch bei der Kripo?«

»Deswegen bin ich hier. Der Junge hier ist übrigens mein neuer Assistent. Schneider, das ist Bruno Geite.«

Schröder wollte seinen Vorgesetzten korrigieren, entschied sich jedoch dafür, lieber den Mund zu halten. Nachdem er bei der Auswertung des Aufnahmevideos nicht die beste Figur gemacht hatte, wollte er jetzt nicht noch mehr Unmut auf sich ziehen.

»Wir haben nicht viel Zeit. Schau dir mal das Messer an. Kommt es dir bekannt vor?«

Der übergewichtige Jagdhändler nahm die Plastiktüte und wollte sie öffnen.

»Nicht aufmachen! Ist ein Beweisstück«, ermahnte ihn Ruste.

»Ja, wie soll ich denn sonst was erkennen, Junge?«

»Meine Güte, der Beutel ist durchsichtig! Setz die Brille auf und sag mir, was dir dazu einfällt!«

»Ganz der Vater, ganz der Vater, woll?«, der alte Händler lächelte Schröder an. »Sie haben ihn wohl nicht mehr gekannt, was, junger Mann?«

»Nein, leider«, antwortete Schröder.

»Man könnte auch *glücklicherweise* sagen«, lachte Geite mit einem Rasseln in der Lunge, wie es nur langjährige Raucher hervorbringen. »Im Vergleich zu seinem Vater ist Ben die Freundlichkeit in Person.«

Der alte Herr hob die Plastiktüte in die Höhe. »Was soll ich sagen, Ben? Ein Jagdmesser, um genauer zu sein, ein Rehfußmesser. Bei der Länge könnte man fast sagen, es ist ein Hirschfänger.«

»So weit sind wir auch, Bruno. Unsere Spezialisten

haben daran Blut von Tieren nachweisen können. Und zuletzt Menschenblut. Ich will es mehr Details, Bruno. Stammt es aus eurem Geschäft?«

Geite setzte seine Brille auf und betrachtete das Messer nochmals von allen Seiten. Während Ruste unruhig mit den Fingern auf den Glastresen trommelte, schaute sich Schröder unauffällig im Geschäft um. Mit der Einrichtung, die noch älter als ihr Besitzer sein mochte, wirkte der Laden wie ein Antiquariat: Alte Vitrinen mit Waffen und Munition, Ständer mit ausgeblichener Kleidung und haufenweise Gemälde schmückten nebst Geweihen in allen Größen den Raum. Am schlimmsten fand Schröder jedoch den modrigen Muff. Ihm als Stadtmensch war die Jagd fremd, allein der Gedanke an tote Tiere, die stückweise in Kühltruhe aufbewahrt wurden, versetze ihn in Panik.

»Und?«, fragte Ruste den alten Geite ungeduldig, der noch immer die Tüte mit der Tatwaffe hin- und herwendete.

»Solinger Klinge, altes Stück. Ob es von uns kommt, weiß ich nicht.«

»Dir fällt also nichts auf?«

»Nun ja, ich würde sagen, es ist ein Stück aus den 30er- oder 40er-Jahren, so wie die Klinge gearbeitet ist. Sehr solide, muss ich sagen, auch die Dicke des Stahls. Da steckt noch Handarbeit dahinter. Das gibt es heute nicht mehr. Heute wird alles auf Maschinen gemacht. Ich kann dir ein paar neue Stücke zeigen.«

»Nein, lass mal. Haben Sie das notiert, Schneider?«

»Äh, sehr wohl, Herr Ruste. Ich heiße Schröder, aber das nur am Rande«, antwortete Schröder kleinlaut.

»Ja, ja … Jetzt noch mal zu dir, Bruno. Wer besitzt solche Messer? Sind das alte Nazi-Waffen oder so was?«

Geite zwirbelte mit den Fingern an seinen buschigen Augenbrauen herum. »Also, das kann sehr gut sein. Ist auf jeden Fall ein Sammlerstück aus der Zeit. Ich habe dir doch erzählt, dass der Göring bei uns hier zur Jagd war. Mein Vater hat mich damals mitgenommen. Als kleiner Junge war ich bei den Treibern dabei. Mann, ich kann dir sagen, so etwas hat es vorher und nachher hier im Ort nicht mehr gegeben. Weißt du, was die an einem Tag geschossen haben?«

Ruste klopfte dem alten Mann auf die Schulter. »Lass gut sein, Bruno. Das kannst du mir bei einem Bier erzählen. Ich muss jetzt weiter ins Büro. Du hast uns sehr geholfen.«

Die altertümliche Türglocke bimmelte, als Ruste den Laden verließ. Er drehte sich nochmals um und winkte dem alten Geite zu.

»Ach ja, Ben«, hielt der Ladenbesitzer den Kommissar zurück. »Und schöne Grüße an deinen Vater. Er war schon lange nicht mehr beim Stammtisch. Ich hoffe, es geht ihm gut, woll?«

Schröder folgte seinem Vorgesetzten mit eiligen Schritten nach draußen.

»Unglaublich«, grummelte Ruste. »Na ja, sieht jedenfalls so aus, als hätten wir es hier mit einem fremdenfeindlichem Hintergrund zu tun. Oder was meinen Sie? Woher kommen *Sie* eigentlich?«

»Ich komme aus Bottrop. Und meinen Sie wirklich, die Täter könnten Nazis sein? Gibt es denn überhaupt welche in dieser Gegend?«

»Bottrop?« Ruste runzelte die Stirn. »Liegt das nicht im tiefsten Ruhrgebiet? Wieso kommen Sie dann ins Sauerland?«

»Ich wollte nach Olpe, weil das Kommissariat einen sehr guten Ruf genießt. Und ich dachte, da könnte ich noch was lernen. Ich habe keine Probleme mit der Provinz.«

Schon wieder hätte sich Schröder auf die Zunge beißen können. Hatten ihn alle guten Geister verlassen? Wie konnte er nur so dämlich sein? Verlegen blickte er Ruste an. Ihm schwante Böses.

»*Provinz*? Wir sind hier also in der *Provinz*?«

»So habe ich das nicht gemeint … Gibt es denn hier nun rechtsradikale Gruppierungen?«, lenkte Schröder schnell ab.

»Sie werden es kaum glauben, aber wir haben den aufrechten Gang gelernt«, entgegnete Ruste, während er seinen Passat aufschloss. »Und es gibt einige hier, die den rechten Arm heben können. Aber für jemanden, der aus einer Weltmetropole wie Bottrop kommt, muss das ja unvorstellbar sein.«

»Tut mir leid. Ich wollte Sie wirklich nicht beleidigen. Fahren wir jetzt ins Büro?«, fragte Schröder schüchtern.

»Nein, zum Friedhof. Ich muss meinem Alten ja noch die Grüße vom Bruno ausrichten. Und dann, Schmitz, dann werden wir mal ein wenig im rechten Sumpf rühren.«

»Schröder. Ich heiße Schröder!«

*

Lebrecht trat seine Zigarette aus, hob sie auf und steckte sie in eine Plastiktüte. Dann stellte er sich wieder neben seinen silberfarbenen Mercedes und warf einen Blick durch sein Fernglas. Von diesem Wanderparkplatz aus hatte er eine perfekte Sicht auf den Hof von dieser Anna

Lobbisch. Es war ein Kinderspiel gewesen, sie ausfindig zu machen. Wie er vermutet hatte, war sie gestern zu der Bushaltestelle nahe der Talsperre gekommen. Von dort aus hatte er sie unbemerkt zu ihrem Haus verfolgt. Wenn es nach ihm gegangen wäre, hätte er ihr sofort einen Besuch abgestattet und ihr die CD abgenommen. Kurzer Prozess – Job erledigt. Aber nein, sein Auftraggeber war anderer Auffassung. Lebrecht müsse die CD unauffällig entwenden, auf keinen Fall dürfe er Spuren hinterlassen oder gar der Frau ein Haar krümmen.

Lebrecht schnaufte abfällig. Unauffällig? Gewaltlos? Wie sollte er das denn machen? Diese Lobbisch raste den ganzen Tag auf ihrem Bauernhof hin und her. Tagsüber konnte er schlecht in das Haus eindringen, um sich dort in Ruhe umzusehen. Wie sollte er also an die CD kommen, wenn er sie ihr nicht direkt abnehmen konnte? Was sollte diese kleine Person denn schon an Widerstand leisten? Er hatte schon ganz andere Kaliber zum Reden gebracht! Aber er musste sich nun mal an die Anweisungen seiner Kunden halten.

Lebrecht kramte in seiner Jackentasche und zündete sich eine neue Zigarette an. Immer diese Warterei! Sobald sich eine günstige Gelegenheit bot, würde er den Hof auf den Kopf stellen, sein Geld kassieren und dann erst mal für eine Weile in die Sonne verschwinden. Irgendwann musste diese Frau ja mal den Hof verlassen.

*

Während der Fahrt schwiegen Schröder und Ruste sich an, bis der Kommissar den Wagen vor einer dreistöckigen Jugendstilvilla in Siegen parkte.

»Was wollen wir hier?«, fragte Schröder zögerlich.

»Wir statten dem Obernazi der Region einen Besuch ab.«

Schröder stieg aus und blickte sich um. Das beeindruckende Gebäude befand sich in einer vornehmen Gegend in Hanglage. In der Ferne konnte er das obere Schloss und etwas darunter die Fürstenkrone auf der Nikolaikirche erkennen. Keine schlechte Adresse für einen Braunen.

Eilig folgte er seinem Vorgesetzten zu der wuchtigen Eichentür, neben der ein Schild aus Plexiglas angebracht war.

»›DNU – Deutsche Nationale Union, Zweigstelle Westfalen Lothar Franke, Rechtsanwalt‹«, las Schröder laut vor.

»Gauleitung Westfalen wäre treffender«, witzelte Ruste.

In der protzigen Empfangshalle mit hohen Säulen und Marmorfußboden stand lediglich ein moderner Schreibtisch mit verdeckter LED-Beleuchtung. Dahinter saß eine attraktive Empfangsdame, die Ruste und Schröder ohne weiteres Aufheben vorbeiließ, als sie ihre Dienstausweise vorzeigten.

Als sie das Büro von Lothar Franke betraten, wurden sie von dem Vorsitzenden der Deutschen Nationalen Union höflich begrüßt. Schröder hatte sich eine braune Höhle ganz anders vorgestellt. Der Raum war geschmackvoll mit geradlinigen Designermöbeln eingerichtet, nichts deutete auf rechtsradikales Gedankengut hin. An den Wänden hingen expressionistische Bilder, die früher als entartete Kunst gegolten hätten. Auch Franke selbst erweckte nicht den Eindruck eines tumben Nazis. Sein gut sitzender, dunkelblauer Anzug und die eloquente

Aussprache passten zu seinem Beruf als Rechtsanwalt, aber nicht zu einem extremistischen Rädelsführer.

Franke bat sie an einen kleinen Konferenztisch in dem geräumigen Büro und sagte mit ruhiger Stimme: »Kommen wir zur Sache. Was führt Sie zu mir?«

»Der versuchte Mord eines Russlanddeutschen vor der JVA in Attendorn. Unsere Ermittlungen haben ergeben, dass die Tat wahrscheinlich einen fremdenfeindlichen Hintergrund hat«, begann Ruste ohne Umschweife.

Franke lächelte. »Und da kommen Sie zu mir? Sehe ich aus, als würde ich Leute auf offener Straße angreifen? Oder glauben Sie, meine Parteikollegen würden Derartiges tun? Welche Stereotypen tragen Sie denn noch mit sich herum? Wir arbeiten auf politischer Ebene – ausschließlich! Wir sind eine demokratische Partei und setzen uns friedlich für unsere Ziele ein.«

»Danke für Ihren Vortrag, aber wir sind hier nicht auf einer Wahlkampfveranstaltung«, erwiderte Ruste ungehalten. »Ich bin nicht so rhetorisch geschult wie Sie und will es daher direkt formulieren: Unsere Spur führt ins rechte Lager. Wir hätten gerne Ihre Mitgliederliste.«

»Dazu bin ich nicht verpflichtet. Es sei denn, Sie haben eine richterliche Verfügung.«

»Die brauche ich nicht. Mich können Sie mit Ihrem ganzen Hokuspokus nicht beeindrucken. Ihre DNU ist eine Truppe von rechten Schlägern übelster Sorte, die von einer Clique aalglatter Agitatoren wie Ihnen angeführt wird. Und Sie wollen laufende Ermittlungen nicht behindern, oder? Also, die Liste bitte!«

Franke ging nicht auf Rustes Provokation ein. »Sie glauben doch nicht ernsthaft, dass Sie mich damit einschüchtern, Herr Kommissar. Übrigens sollten Sie sich als leitender Beamter zu Befragungen angemessen kleiden.«

Der Hieb saß offensichtlich. Ruste war sprachlos. Eilig kam Schröder seinem Vorgesetzten zu Hilfe. »Die Tatwaffe stammt mit allerhöchster Wahrscheinlichkeit aus dem nationalistischen Umfeld. Es besteht daher der dringende Verdacht, dass Ihre Parteimitglieder oder der DNU Nahestehende in das Verbrechen verwickelt sind. Ein Durchsuchungsbefehl ist eine reine Formalität. Und bestimmt würde die Presse anwesend sein, wenn wir im großen Stil Computer und Akten aus Ihrem Büro tragen. Und ich bin mir sicher, dass die Kollegen vom Verfassungsschutz uns gerne unterstützen würden.«

Franke blickte Schröder mit zusammengekniffenen Augen an. Dann gab er schließlich nach. »Also gut, Sie sollen die Liste bekommen. Dennoch kann ich Ihnen versichern, dass wir nichts mit der Tat zu tun haben. Warum sollten wir auch einen Russlanddeutschen umbringen?«

»Warum schlagen Ihre Skinhead-Banden unschuldige Menschen zusammen?«, entgegnete Ruste gereizt.

»Meine Sekretärin im Vorzimmer wird Ihnen die Papiere aushändigen. Ich denke, das Gespräch ist hiermit beendet.«

»Nicht ganz«, wandte Ruste ein. »Wo waren Sie am 21. April?«

»In Düsseldorf auf einem Landestreffen der Parteivorsitzenden. Meine Sekretärin wird Ihnen auch dazu eine Teilnehmerliste überreichen, damit Sie das überprüfen können«, antwortete Franke.

»Na, dann lassen wir uns mal diese Liste von Ihrem Gauleiter-Treffen geben«, bemerkte Ruste spitz und verließ grußlos das Büro. Schröder nickte Franke kurz zu und eilte seinem Chef hinterher.

Auf dem Weg zum Auto drehte sich Ruste zu Schröder, der versuchte, mit ihm Schritt zu halten. »Nicht schlecht … Auch Ihr Vorstoß gerade«, bemerkte Ruste.

»Danke.« Schröder freute sich ehrlich. Er wusste von den Kollegen, dass dem Kommissar nur selten ein Lob über die Lippen kam. »Sagen Sie mal, kommt dieser Anwalt aus dem Ausland?«

»Meines Wissens nicht. Wie kommen Sie darauf?«

»Er hat einen harten Akzent, er rollt das R so stark – wie ein Amerikaner.«

Ruste lachte. »Willkommen im Siegerland, Sch*rrr*öder. Hier *rrr*ollen alle das *RRR*. Abe*rrr* ganz tief im *Rrr*achen, verstehen Sie?«

»Oh …« Schröder wollte dem nichts mehr hinzufügen. Das dritte Fettnäpfchen, heute war nicht sein Tag.

Ruste zündete sich eine Zigarette an. »Machen Sie sich keinen Kopf. Ich würde sagen, wir gehen jetzt im Büro die Liste durch und gleichen sie mit unserer Kartei ab. Morgen beginnen wir mit den Befragungen.«

Nach wenigen Zügen trat er den Glimmstängel aus und klimperte mit den Schlüsseln. Als sie losfuhren und Ruste sich in Schweigen hüllte, beschloss Schröder, an das überraschend kollegiale Gespräch von vorhin anzuknüpfen. »Vielleicht war alles doch völlig anders. Ich meine den versuchten Mord.«

»Was wollen Sie damit sagen?«

»Kann es nicht Wassiljews Freundin gewesen sein? Immerhin sprechen die Fußabdrücke für eine Frau.«

»Eine Freundin, ja? Und warum sollte sie ihren Freund töten?«

»Eifersucht. Das häufigste Tatmotiv.«

»Mit wem sollte Wassiljew denn im Knast bitte schön fremdgegangen sein? Es sei denn natürlich, er hat seine feminine Seite entdeckt. Sie wissen, was ich meine … Mensch, denken Sie doch mal nach, bevor Sie mich mit Ihrem Quatsch nerven.«

Schröder schwieg beleidigt, während Ruste das Radio einschaltete und der Musik lauschte.

»Wer singt da?«, fragte der Kommissar.

»Adele«, gab Schröder kurz angebunden zurück.

Ruste grinste. »Nicht schlecht, was, Schneider?«, brummte er, drehte voll auf und trommelte mit den Fingern im Takt auf das Lenkrad.

*

»Sollen wir es wirklich tun? Sollen wir nicht warten, bis Boris wieder gesund ist?«, fragte Roman zögerlich, während er in der Dunkelheit einen Parkplatz für den VW-Bus suchte.

Wie erleichtert war er gewesen, als er erfahren hatte, dass ihr Anführer zwar lebensgefährlich verletzt, aber nicht tot war. Für Viktor konnte dies das jähe Ende seiner Karriere bedeuten. Hoffentlich würde ihr Chef auch wirklich zurückkehren.

»Sollen wir die Tat einfach hinnehmen und untätig warten, bis er wieder aufwacht, he? Was glaubst du, was er dann mit uns macht?«, blaffte Viktor zurück. »Nein, wir tun das einzig Richtige. Ich sage dir: Boris wird stolz auf uns sein, wenn er aus dem Krankenhaus kommt!«

Viktors Laune hatte sich offensichtlich nicht gebessert. Die Nachricht von Boris' Zustand hatte er nicht so erfreut aufgenommen wie Roman. Und dann hatte er sich auch noch während der ganzen Fahrt nach Köln lauthals beschwert, dass er sich, als ›derzeitiger Chef‹, zwischen die drei Schläger im hinteren Teil des Kleinbusses zwängen musste, während Roman und Alexej es sich auf der Vorderbank gemütlich gemacht hatten.

»Halt hier sofort an! Und jetzt los, Leute. Lasst es uns erledigen!«, rief Viktor ungehalten. Als Roman den Wagen zum Stehen brachte, öffnete Viktor die Tür und stieg umständlich aus dem Wagen aus.

Roman und die anderen folgten ihm, bewaffnet mit ihren Baseballschlägern.

»Habt ihr eigentlich an meine Schuhe gedacht, die ich euch geliehen habe?«, fragte Viktor, während er den Stoßtrupp durch die Straßen der Kölner Innenstadt führte.

Roman dachte im ersten Moment, er habe sich verhört. Als ob es jetzt nichts Wichtigeres gebe als diese blöden Latschen! Es hatte schon seinen Grund, warum Boris ihr Anführer war und nicht Viktor.

»Wir bringen sie dir morgen, okay?«, antwortete Roman so gelassen wie möglich. Er betete inständig, dass diese Aktion, die auf Viktors Mist gewachsen war, sie nicht ins Unglück stürzen würde.

Die Schläger lässig auf die Schultern gelegt, liefen sie ihrem Ziel entgegen. Als die Diskothek in Sichtweite war, hob Viktor kurz die Hand und die Gruppe blieb stehen. Als er wenig später das Zeichen gab, stürmten sie los. Ihr Angriff erfolgte schnell, innerhalb von Sekunden hatten sie den Türsteher ausgeschaltet, sodass dieser noch nicht einmal seinen altbekannten Satz ›Nur für Mitglieder‹ beenden konnte. Unmittelbar nachdem sie in den Innenraum eingedrungen waren, begannen sie mit vereinten Kräften, auf die Gäste, die Einrichtung aus Metall und die Spiegel einzuprügeln. Obwohl etwa zehn türkische Gangmitglieder anwesend waren, gelang es ihnen, sie zu überwältigen. Einige Männer stürzten verletzt zu Boden, während die wenigen Frauen im Raum vor den herumfliegenden Scherben in Deckung gingen. Die Szene erinnerte Roman an einen Gangsterfilm zu Zeiten der Prohibition, der vor seinem inneren Auge ablief.

Auch Alexej war offensichtlich ganz in seinem Element. Wie in Trance schlug er mit seinem Baseballschläger um sich. Er kannte in solchen Situation keine Hemmungen. Er machte einen Satz zu einem Barhocker, hinter dem sich ein Mann verschanzt hatte, der gerade im Begriff war, in die Innentasche seines Jacketts zu greifen. Ein gezielter Schlag in den Magen und der Gegner krümmte sich. Ein Schlag auf den Hinterkopf und er war kampfunfähig.

Von der Seite stürmte ein bulliger Mann auf Roman zu. Reflexartig wirbelte Roman herum, sodass sein Baseballschläger hörbar durch die Luft zischte. Es knackte, als er den Unterarm seines Angreifers erwischte. Wie ein Stier in der Arena brach das Muskelpaket zusammen.

Auf Kommando von Viktor ließen sie zeitgleich die Baseballschläger fallen und zückten ihre Pistolen. Die wenigen Männer, die noch einigermaßen aufrecht standen, hoben die Hände, während die Frauen unentwegt kreischten.

»Schnauze!«, brüllte Viktor und schoss in die Decke.

Als alle verstummten, war nur noch das gelegentliche Stöhnen der Verletzten zu hören. Nachdem die Gegner entwaffnet waren, trieben sie alle auf der Tanzfläche zusammen.

»Hinknien, sofort!«, rief Viktor und schaute sich in der Diskothek um. Sein Blick blieb an einer Gestalt hängen, die scheinbar unbeeindruckt auf einer Couch in der hintersten Ecke saß. Roman musste sich eingestehen, dass es ihn beeindruckte, wie seelenruhig Mustafa Arslan an seinem Wasserglas nippte.

Viktor hingegen bekam vor Wut einen hochroten Kopf und schritt drohend auf ihn zu. »Mustafa, wir wissen, dass ihr hinter dem Mordanschlag auf Boris steckt. Händigt uns diese Killerin aus und alles kommt in Ordnung.«

Mustafa stellte sein Glas ab. Er rieb sich mit der Hand die Nasenspitze. In seinem Arm hielt er seine Verlobte Özlem Cengiz, deren Schönheit Roman den Atem geraubt hatte, als er sie das erste Mal gesehen hatte. Doch jetzt zitterte sie vor Schreck.

»Ach, Viktor. Warum müsst ihr Russen immer zuerst draufschlagen und könnt nicht reden?«, fragte Mustafa und lächelte herausfordernd.

»Ich will nur die Frau, dann ist Frieden.«

»Viktor, du glaubst doch wohl selbst nicht, dass wir jemals eine Frau schicken würden. Und warum sollten wir Boris überhaupt umbringen?«

»Wer sollte es denn sonst getan haben, he?«

Mustafa rollte entnervt mit den Augen. »Das hatte Boris dir schon immer voraus. Ich bedaure sehr, dass er im Koma liegt. Mit ihm kann man reden. Wir hatten uns, sagen wir, diplomatisch geeinigt. Ihr habt Teile des Marktes bekommen, wir konnten in Ruhe unsere Geschäfte machen. Und jetzt? Jetzt befindet er sich gerade einmal einen Tag im Krankenhaus und du zettelst einen Krieg an.«

»Hör mal zu, du Arschloch. Entweder du rückst die Frau raus oder es gibt wirklich Krieg. Wir machen euch alle fertig. Einen nach dem anderen. Geht das in dein Hirn?«

»Ach, Viktor, du hättest mehr von Boris lernen sollen. Ich sage es zum letzten Mal: Wir haben nichts mit dem Mordanschlag zu tun. Warum auch?«

»Warum? Weil wir mächtiger werden! Und jetzt Schluss mit dem Gequatsche, entweder du lieferst uns die Mörderin oder …«

»Oder was? Willst du mich umbringen? Das ist nicht dein Ernst.« Mustafa baute sich drohend auf. »Deine ganze Familie würde ausgerottet werden. Deine Freunde, alle, die dir lieb sind. Und am Schluss bist du selbst dran. Es wird qualvoll für dich, glaube mir.«

»Meinst du?« Viktor griff nach dem Arm von Özlem, die schutzlos auf dem Sofa kauerte, zog sie grob zu sich und setzte ihr die Pistole an die Schläfe.

Die türkischen Bandenmitglieder auf der Tanzfläche zuckten nervös, doch ein Handzeichen von Mustafa genügte, um sie zu beruhigen. »Das wird dir leidtun, Viktor.«

»Das werden wir sehen. Wir nehmen sie als Geisel, bis ihr uns die Killerin ausliefert habt. So einfach ist das, Mustafa.«

KAPITEL 4

23. April

Ein Geräusch hatte Anna geweckt. Schlaftrunken drückte sie den Lichtschalter des Weckers auf dem Nachttisch. Gleich 2 Uhr. Was störte bloß ihre Nachtruhe?

Obwohl man im Sauerland noch im April mit Schnee rechnen musste, war das Schlafzimmerfenster gekippt, damit sie genügend frische Luft bekam. Der Ruf eines Käuzchens drang aus dem nahe gelegenen Wald herüber. Aber der hatte sie bestimmt nicht aufgeschreckt. Das nächtliche Rauschen der Fichten, die Vogelstimmen, das gelegentliche Muhen der Kühe und das Klirren, wenn die Tiere gegen die Metallstangen stießen – das alles kannte sie. Es musste etwas anderes gewesen sein.

Anna stand auf, schlich barfuß zum Fenster und spähte durch die Gardine in den dunklen Hof hinunter. Manchmal kam Wild auf der Suche nach Nahrung aus dem Wald bis ans Wohnhaus heran. Doch draußen schien alles ruhig zu sein: keine Tiere, keine Spur von Menschen, die sich vielleicht verfahren hatten. Angestrengt blickte sie in die Dunkelheit und versuchte, neben den schemenhaften Umrissen der Sträucher und Bäume etwas zu erkennen.

Plötzlich hörte sie das Geräusch erneut. Ihr Herz blieb vor Schreck fast stehen. Die Dielen im Wohnzimmer unter ihr knarzten! Ab und zu ächzte das alte Gebälk bei großer Hitze oder Kälte, doch dieses Knarren – das war anders. Anna stand wie angewurzelt in ihrem Schlafzimmer und lauschte. Das Blut rauschte ihr derart in den

Ohren, dass sie fast befürchtete, sie würde sonst nichts mehr hören. In diesem Moment ächzte es wieder unter ihr. Eindeutig – da war jemand!

Vorsichtig schlich Anna zu ihrem Bett und tastete den Nachttisch ab. Verdammt! Sie hatte das schnurlose Telefon auf der Ladestation in der Diele vergessen! Wie hatte ihr das passieren können? Sonst nahm sie es immer mit nach oben, um genau für solch einen Fall gerüstet zu sein!

Voller Panik blickte Anna sich im Zimmer nach einer Waffe um, fand jedoch nichts, womit sie sich hätte wehren können. Ihre Gedanken überschlugen sich. Wie sollte sie sich verhalten? Krach schlagen und den Einbrecher vertreiben oder ruhig bleiben und so tun, als ob sie schliefe? Was wollte er überhaupt hier? Sie bewahrte im Haus keine nennenswerten Wertsachen auf. Waren es etwa Komplizen des Verbrechers, den sie versucht hatte, zu töten? Wollten sie sich nun rächen?

Sie widerstand dem Impuls, das Licht einzuschalten. Noch konnte sie fliehen. Sie musste sich lediglich hinunterschleichen und versuchen, zum Dorf zu gelangen. Doch ein weiteres Geräusch machte ihre Pläne mit einem Mal zunichte. Nicht die Diele unten, sondern eindeutig die Treppe nach oben zu ihrem Schlafzimmer knarzte unter dem Gewicht des Fremden. Der einzige Ausweg war versperrt.

Anna presste ihr Ohr an die Tür. Der Eindringling gab sich die größte Mühe, geräuschlos vorzugehen, doch das alte Haus entlarvte jeden seiner Schritte. Anna konnte genau verfolgen, wie er Stufe um Stufe erklomm. Sie war vor Angst wie gelähmt. Was sollte sie tun?

Der Unbekannte kam immer näher. Gleich würde er den oberen Treppenabsatz erreicht haben. Im fahlen

Mondlicht fiel Annas Blick auf die Klinke. Sie musste die Tür abschließen! Doch ihre Hand griff ins Leere. Dieser Scheißschlüssel! Wo war nur dieser Scheißschlüssel?

Mit ihrem ganzen Gewicht drückte Anna ihren Rücken gegen die Schlafzimmertür. Bilder schossen durch ihren Kopf, wie ihr jemand die Kehle durchschnitt … Wie ihr jemand kalte Lederhandschuhe an den Hals legte … Wie jemand sie mit einer Drahtschlinge erwürgte … Anna japste nach Luft. Auf Zehenspitzen eilte sie zum Nachttisch. Leise zog sie die Schublade auf und wühlte darin herum. Wie viel Zeit würde ihr noch bleiben?

Endlich stießen ihre Finger auf kaltes Metall. Sie griff nach dem Gegenstand. Der Schlüssel! Jetzt nur keine Sekunde verlieren, keine einzige Sekunde, dachte Anna verzweifelt. Die wenigen Schritte bis zur Tür zogen sich endlos dahin. Alles erschien ihr wie ein Albtraum, so absurd und irreal. Am liebsten hätte sie hysterisch gelacht. Panisch begann sie am Schlüsselloch zu hantieren. Ihre Hände zitterten. Schließlich traf sie. Mit zitternden Händen drehte sie den Schlüssel herum. Sie hielt die Luft an, als sie sah, dass die Klinke langsam hinuntergedrückt wurde. Schnell drehte Anna den Schlüssel weiter, bis der Riegel einrastete – die Tür war abgesperrt!

Der Einbrecher gab seine Vorsicht auf. Energisch rüttelte er am Griff und versuchte, gewaltsam einzudringen. Anna schrie. Sie schrie aus Leibeskräften.

*

Alexej hatte als Strohmann eine alte Fabrikhalle gemietet. Etwas abseits der Landstraße zwischen Kierspe und Meinerzhagen gelegen, schützten sie dichte Bäume vor neugierigen Blicken. Ein idealer Platz für das Hauptquartier ihrer kriminellen Organisation, das Alexej offiziell als Autowerkstatt angemeldet hatte. Viktor hatte ihm gar nicht so viel Weitsicht zugetraut.

Völlig ungestört konnten sie in der Halle die Teile umpacken, die die Lkws aus Russland in Hängern brachten und die sie als Markenware in Umlauf brachten. Bei langen nächtlichen Aktionen diente ihnen das Bett in der hinteren Ecke des fensterlosen Büros, das von der Halle abgetrennt war, als Ruhestätte. Wo sonst Roman und vor allem Alexej schliefen, saß nun Özlem zusammengekauert, mit Handschellen an den Metallrahmen gekettet. Die Wimperntusche war verwischt, das fahle Neonlicht ließ ihre Augenringe noch dunkler erscheinen. Nur das Flimmern des kleinen Fernsehers auf dem wackligen Aktenschrank, das Viktor nur aus dem Augenwinkel wahrnahm, belebte die Atmosphäre ein wenig.

Viktor sah zu Roman und Alexej hinüber, die rauchend vor seinem Schreibtisch saßen. Beide starrten auf Viktors Handy, das neben dem überfüllten Aschenbecher auf dem Schreibtisch lag.

»Wie lange jetzt?«, fragte Alexej.

»Fünf Stunden«, antwortete Roman und blickte auf seine Rolex.

»Dein Mustafa hat wohl keine große Sehnsucht nach dir, was?«, fauchte Viktor die Geisel an. Er drückte seine Zigarette aus und fächerte den Rauch des letzten Zuges mit der Hand weg.

»Was sollen wir jetzt mit ihr anstellen?«, fragte Roman.

»Genau, was ist, wenn sie Mustafa völlig egal ist?«, ergänzte Alexej.

»Eine türkische Verlobte ist eine Heilige! Glaubt mir,

er wird alles daran setzen, sie zu befreien. Stellt euch nur die Schmach vor! Er würde für immer sein Gesicht und den Respekt seiner Leute verlieren«, erklärte Viktor.

»Und was ist, wenn er wirklich nichts mit dem Anschlag zu tun hat? Ich meine, das kann doch sein, oder? Wir haben überhaupt keine Beweise.« Roman blickte Viktor nachdenklich an.

»Kann sein. Aber selbst wenn – er ist so einflussreich, dass er die Killerin auftreiben wird.«

»Clever, Viktor. Ey, das ist wirklich genial von dir. Er macht unsere Arbeit. Wir bekommen die Schlampe auf dem Silbertablett serviert und können Boris rächen. Apropos, habt ihr was von ihm gehört?«, fragte Alexej.

»Er liegt noch im Koma. Es ist besser, wenn wir nicht im Krankenhaus aufkreuzen. Ich habe eine Spionin als Putzfrau auf der Station eingeschleust. Sobald sich was ändert, werden wir in Kenntnis gesetzt«, erläuterte Viktor stolz. Er würde schon allen beweisen, welch ein guter Chef er war! Er würde alle Zweifler eines Besseren belehren – nur durfte Boris nicht mehr aufwachen!

Er stand auf und ging zu Özlem. Das Mädchen wich vor ihm zurück und kauerte sich in eine Ecke. »Weißt du was über den versuchten Mord an unserem Kumpel? Bist du sogar selbst die Attentäterin?«

Özlem reagierte nicht. Sie zog ihre Knie enger an sich und vermied es, Viktor anzuschauen.

»Hey, ich rede mit dir!«, fuhr er die Geisel an. Viktor griff nach ihrem Arm, riss sie zu sich und schlug ihr mit der flachen Hand ins Gesicht. »Ich will jetzt wissen, ob du etwas vom Anschlag mitbekommen hast. Du bist doch jeden Tag in der Nähe von Mustafa. Also rede!«

Özlem schaute ihn wie ein verwundetes Reh mit ihren

dunklen Augen an. Auf ihrer Wange zeichnete sich der Abdruck von seinem Schlag rot ab. Leise flüsterte sie etwas auf Türkisch.

»Was war das? He? Sag das noch mal, aber laut und deutlich, damit wir dich verstehen können.« Drohend hob Viktor seine Hand, doch das Mädchen schüttelte verzweifelt den Kopf.

»Scheiße«, murmelte Viktor, »entweder die verarscht uns oder sie kann keinen Brocken Deutsch. Was meint ihr?«

»Keine Ahnung. Ich habe sie nur einmal bei Verhandlungen zwischen Boris und Mustafa gesehen, da hat sie aber keinen Ton von sich gegeben«, erwiderte Roman.

»Wir könnten sie foltern, dann kriegen wir es raus«, schlug Alexej mit leuchtenden Augen vor.

Viktor schüttelte den Kopf. »Nein ich habe eine bessere Idee. Wenn Mustafa uns nicht die Attentäterin bringt, müssen wir seine Verlobte wohl zu ihm schicken.«

Alexej und Roman schauten ihn verwundert an. Viktor hatte auf diese Reaktion gewartet und lächelte zufrieden. »Aber wir schicken sie scheibchenweise zurück.«

*

Trotz der Kälte schwitzte Anna vor Erschöpfung. Zum Glück hatten ihre Schreie den Eindringling in die Flucht geschlagen. Aus dem Fenster hatte sie beobachtet, wie die schemenhafte Gestalt über den Hof geflüchtet war. Ein schwerfälliger Mann, dessen Statur sie an einen Boxer erinnert hatte.

Anna saß an die Wand gelehnt auf dem Boden. Sie war

völlig ratlos, was sie nun tun sollte. An die Polizei konnte sie sich auf keinen Fall wenden. Dieser Einbruch hing hundertprozentig mit ihrem Mordversuch zusammen. Sie würde die Ermittler nur auf ihre Fährte locken – sie würde selbst für ihre Sicherheit sorgen müssen.

Entschlossen stand sie auf, ging zur Zimmertür und sperrte sie auf. Vorsichtig spähte sie hinaus. Sie musste sich vergewissern, dass die Flucht kein Täuschungsmanöver gewesen war.

Der Flur schien menschenleer. Mit wackligen Knien schlich sie sich aus dem Schlafzimmer. Als sie das Licht einschaltete, fühlte sie sich gleich ein bisschen sicherer. Barfuß ging sie ins Erdgeschoss hinunter. Die massive Eichentür zum Hof stand weit offen. Schnell schlug Anna sie mit einem Krachen zu und sperrte sie von innen zu, bevor der Eindringling womöglich zurückkam. Wie war er bloß ins Haus gekommen?

Sie schlug den Weg Richtung Jagdzimmer ein, das sich der Vater von Klaus einst eingerichtet hatte. Am Waffenschrank, eine Art Tresor mit Zahlenschloss, gab Anna die Kombination ein und öffnete die Tür. Zögerlich entschied sie sich gegen das Jagdgewehr und das Kleinkaliber und griff nach der doppelläufigen Schrotflinte. Anna hantierte eine Weile am Verschluss der Flinte herum, bis sich der Lauf öffnen ließ. Mit zwei Patronen gefüllt, klappte sie die Waffe zu. Nun konnte sie die weiteren Räume inspizieren.

Im Wohnzimmer waren alle Schubladen herausgezogen worden. Papiere und Bücher lagen verstreut auf dem Boden. Ein Windstoß bauschte die Gardinen auf. Hier war er also eingedrungen. Anna ging zum Fenster, um es sich genauer anzuschauen. Der Rahmen war unbeschädigt. Wahrscheinlich hatte sie es selbst in der Kippstellung offen gelassen. Anna schloss es und rüttelte daran. Als sie sich vergewissert hatte, dass es nicht mehr aufging, schlich sie in die Küche. Auch hier war alles durchwühlt, Mehl, Zucker und Kaffee waren auf der Anrichte ausgekippt worden. Systematisch untersuchte Anna Raum für Raum. Überall fand sie das gleiche Durcheinander vor. Mit vorgehaltener Schrotflinte inspizierte sie jeden Zentimeter hinter den Türen und Möbelstücken. Offensichtlich war niemand mehr im Haus. Sie war allein. Langsam senkte sie die Waffe.

Seltsam, schoss es ihr durch den Kopf, dass sie den Einbruch erst so spät bemerkt hatte. Wie konnte jemand derart lautlos sein? Vor allem wenn man so behäbig war wie dieser Eindringling!

Anna verspürte mit einem Mal einen Brechreiz. Der Gedanke, dass jemand das ganze Haus auf den Kopf gestellt hatte, dass jemand in ihre sicher geglaubte Intimität eindringen konnte, bereitete ihr Übelkeit. Sie rannte zur Toilette, um sich zu übergeben. Danach ging es ihr besser. An Schlaf war jetzt allerdings nicht mehr zu denken. Anna beschloss, das Chaos zu beseitigen. Nichts mehr sollte sie an den Fremden erinnern.

Nach gerade mal einer Stunde sah ihr Haus wieder ordentlich aus. Müde blickte sie auf die Uhr. In wenigen Stunden musste sie sich schon wieder um die Kühe kümmern. Sie kroch zurück in ihr Bett, die Schrotflinte vorsichtig in Griffweite an die Wand gelehnt. Bei eingeschaltetem Licht lag sie wach. Trotz ihrer Erschöpfung konnte sie nicht einschlafen. Anna fühlte sich allein, schrecklich allein. Gerne hätte sie geweint, doch ihre Tränen schienen versiegt. Sie wünschte sich, Ronald wäre bei ihr. Mit seiner souveränen Art hätte er ihr Halt geben können. Doch das beklemmende Gefühl der Einsamkeit blieb. Unruhig wälzte sie sich umher, bis das Piepsen des Weckers sie aufschreckte.

Anna wäre gerne liegen geblieben, aber das ging nicht. Auch heute nicht. Es ging nie. Schlaftrunken zog sie sich an und machte sich ohne Dusche und Frühstück an die Arbeit. Die ausgefüllten Tage ließen ihr wenig Freiraum zum Nachdenken, ließen Überlegungen nur selten zu, wie sie ihr Leben anders gestalten könnte. Es war so einfach, sich dem Trott zu ergeben. Ihre nächtliche Sehnsucht nach Ronald kam ihr bei Tageslicht mit einem Mal albern vor. Noch war die Zeit für Veränderungen nicht reif.

Anna nahm das Gewehr mit in den Stall und legte es in Sichtweite unter das Radio, bevor sie mit dem Melken begann. Sie ärgerte sich, dass es noch zu kalt war, um die Kühe auf die Weide zu bringen. Ihre Heuvorräte waren langsam aufgebraucht, bald würde sie teures Futter kaufen müssen. Pellets kamen ihr jedenfalls nicht ins Haus!

Nachdem sie zwei Stunden ohne Unterbrechung mit dem Melken beschäftigt gewesen war, trat sie ins Freie, um ihre Müdigkeit mit Frischluft zu bekämpfen. Die Wolken der letzten Tage verzogen sich langsam, und die ersten Sonnenstrahlen blinzelten über die Wipfel. Zum ersten Mal in diesem Jahr roch es nach Frühling. Die Schrotflinte, die sie mit einem Gurt über der Schulter trug, kam ihr plötzlich deplatziert vor. Alles war so friedlich. Bald würden die ersten Schwalben zurückkehren, bald würden die Feldblumen sprießen und von ihren Kühen auf der Weide gefressen werden. Anna liebte diese Zeit.

Heute war ein guter Tag, um Gülle auszufahren. Der Behälter quoll ohnehin fast über.

*

Lebrecht saß in seinem Wagen auf dem Wanderparkplatz und kaute auf einem Schnitzelbrötchen herum. Sein nächtlicher Einbruch war reichlich in die Hose gegangen. Er war zwar ohne Probleme über das Fenster eingestiegen – ein Klacks für einen Profi wie ihn –, hatte aber die CD nicht finden können. Zu allem Überfluss wusste diese seltsame Bäuerin jetzt, dass jemand hinter ihr her war. Als sie wie am Spieß geschrien hatte, war er in Versuchung geraten, die Tür einzutreten und den Verbleib der CD mit Gewalt aus ihr herauszupressen. Aber nein, er durfte der Frau ja kein Haar krümmen!

Es war schon eine verdammt seltsame Geschichte, in die er hier hineingeraten war, überlegte er, während er einen Schluck Mineralwasser aus einer Plastikflasche trank. Warum erstach eine kleine Bäuerin einen russischen Kriminellen? Und warum hatte sie nach seinem nächtlichen Einbruch nicht die Polizei gerufen? Er hatte fest damit gerechnet, dass innerhalb weniger Minuten Einsatzfahrzeuge auftauchen würden. Doch stattdessen lief diese Lobbisch jetzt mit einem Schrotgewehr über der Schulter herum.

Lebrecht legte das Fernglas auf den Beifahrersitz und stieg aus, um ins Gebüsch zu pinkeln. Gerade als der Strahl auf das Gras plätscherte, klingelte sein Handy im Auto.

»Na klar, ausgerechnet jetzt«, fluchte er laut. Der penetrante Ton schallte durch das Tal. In der Sekunde, als er seinen Wagen erreichte, hörte das Läuten auf. Er schaute auf dem Display nach der Rufnummer. Der Anrufer hatte sie unterdrückt. Das konnte nur einer sein. Er rief seinen Auftraggeber an.

»Verdammt, wo steckst du denn?«, schimpfte die Stimme am anderen Ende der Leitung.

»Ich bin noch auf dem Parkplatz. War nur kurz draußen, um mir die Beine zu vertreten.«

»Hast du die CD etwa nicht bekommen?«

»Ich bin gestern Nacht eingestiegen, habe alles auf den Kopf gestellt und nichts gefunden. Keine Sorge, der Frau ist nichts passiert. Um weiterzusuchen, müsste ich wieder auf den Hof. Aber die Lobbisch rennt dort jetzt mit einer Schrotflinte herum.«

»Wieso Schrotflinte?«

»Nun ja, sie hat mich wohl gestern gehört«, gab Lebrecht kleinlaut zu. Die panischen Schreie der Bäuerin verschwieg er lieber.

»Dann behalt sie im Auge und ruf mich an, falls sich etwas tut. Du unternimmst nichts, bevor du nicht weitere Anweisungen von mir bekommst, verstanden?«

»Sie bezahlen und ich tue, was Sie sagen.«

*

Als Ruste zur Dienststelle kam, war auf den Fluren schon reger Betrieb. Seine Kollegen rannten alle mit Notizblöcken bewaffnet in den großen Konferenzraum.

Ein sichtlich erregter Schröder kam auf ihn zu: »Polizeidirektor Junge hat sämtliche Einsatzkräfte zusammengerufen. Scheint eine große Sache zu sein. Es muss um eine Entführung gehen, mehr haben wir noch nicht gehört.«

Ruste trat als Letzter ins überfüllte Zimmer. Der gesamte Olper Polizeistab schien hier versammelt zu sein. An der Stirnseite des Raumes saß Junge auf einem Podest neben dem übergewichtigen Vorsitzenden des Schützenvereins Willi Bremicke und dessen Vertreter Alfons Ströbel. Die Männer blickten mit ernsten Gesichtern in die Runde. Bremicke, dessen hochroter Kopf gleich zu platzen schien, wischte sich mit einem Taschentuch den Schweiß von der Stirn.

Junge wartete, bis sich die Unruhe gelegt hatte, bevor er die Sitzung eröffnete. »Es hat eine skandalöse Entführung gegeben. Gestern Nacht wurde beim Schreiner Wehner eingebrochen und …«, er machte eine bedeutungsvolle Pause, »es wurde der Olper Schützenvogel entführt.«

Junge ließ die Worte im Raum stehen, wahrscheinlich damit die Männer das Gesagte verkraften konnten. Immerhin waren die meisten unter ihnen selbst Schützenbrüder. Tatsächlich mussten einige der hartgesottenen Polizisten, die in ihrem Dienst schon so manches gesehen und erlebt hatten, erst mal schlucken, wie Ruste bemerkte.

Den Blick auf die entsetzen Gesichter gerichtet, fuhr Junge fort: »Die Entführer haben ein Schreiben hinterlassen, in dem sie 10.000 Euro Lösegeld fordern, andernfalls drohen sie damit, den Schützenvogel auf einem öffentlichen Platz zu verbrennen. Meine Herrschaften, Ihnen dürfte wohl allen klar sein, dass wir uns nicht derartig vorführen lassen können! Für alle ist die oberste Priorität, den Schützenvogel unbeschadet aus den Fängen der Entführer zu befreien.«

Viele der anwesenden Beamten klatschten Beifall oder nickten eifrig mit dem Kopf. Ruste hatte den Eindruck, im falschen Film zu sein. Er blickte zu Schröder neben ihm, der eifrig mitschrieb. Ruste wandte sich genervt ab und schaute stur nach vorn.

»Willi, vielleicht willst du noch etwas dazu sagen?«, wandte sich Junge an Bremicke.

»Was soll ich sagen? Es ist ein schmähliches Verbrechen. Einzigartig in unserer langjährigen Vereinsgeschichte. Ich möchte nicht, dass etwas davon an die Öffentlichkeit gelangt, und zähle auf eure Diskretion. Wie ich sehe, sind die meisten ja Kameraden.« Er wischte sich erneut den Schweiß von seiner Stirn und nickte dem Direktor zu.

»Wir werden jeden Stein in Olpe und Umgebung umdrehen. So einen großen Vogel kann man nicht einfach im Handschuhfach verstecken. Im Sekretariat werden gerade Fotos des Entführungsopfers ausgedruckt. Ich schlage vor, dass wir an den neuralgischen Punkten Straßensperren einrichten und insbesondere Lieferwagen inspizieren. Außerdem sind leer stehende Gebäude, Garagen und Scheunen zu überprüfen. Meine Herren, ich hoffe, ich kann den Olper Vogel bereits heute Abend wieder dem Vorsitzenden übergeben.«

Während Junge, Bremicke und Ströbel sich bedeutungsvoll die Hände schüttelten, rief Ruste laut von hinten: »Kann man nicht einfach einen neuen bauen? Es ist doch noch Zeit bis zum Schützenfest.«

Irritiert suchten die Blicke von Junge den Raum ab. Ruste wartete, bis der Direktor ihn als Übeltäter ausfindig gemacht hatte, bevor er grinsend aufstand.

»Herr Ruste, können Sie sich vorstellen, wie wir in der Öffentlichkeit dastehen, wenn der Vogel verbrannt wird? Man wird uns in der ganzen Region auslachen! Sie sind doch auch Schützenbruder! Eigentlich müsste Ihnen die

Tragweite des Falles klar sein. Machen Sie sich also an die Arbeit!«, rief Junge und wandte sich wieder Bremicke und Ströbel zu.

Ruste verließ kopfschüttend den Raum. Es war kaum zu glauben. Auch wenn er aus Tradition Mitglied des Vereins war, diese Aktion ging zu weit! Die gesamte Olper Polizei jagte die Entführer eines Schützenvogels! Und das auf Anordnung von oben!

Genervt trotte er in sein Büro, gefolgt von Schröder, der vor Tatendrang strotzte. »Wo sollen wir anfangen?«

»Bei den Nazis«, antwortete Ruste.

»Glauben Sie, die stecken auch dahinter?«

»Schröder«, Ruste drohte der Geduldsfaden zu reißen, »wir werden uns natürlich nicht an dieser albernen Suche beteiligen, sondern den versuchten Mord aufklären. Verstanden?«

»Aber der Direktor hat doch eben gesagt …«

»Aber der Direktor hat doch eben gesagt«, äffte Ruste seinen jungen Kollegen nach. »Hören Sie, wir machen hier ernsthafte Ermittlungsarbeit. Und *ich* sage, was als Nächstes ansteht. Sie können sich von mir aus später beschweren. Wir gehen unsere Nazis durch, mit dem Vogel beschäftigen wir uns nebenbei.«

»Aber …«

Schröder wollte protestieren, doch Ruste duldete keine Widerworte. »Also los! Worauf warten Sie noch?« Er nahm die Notizen über die DNU-Mitglieder vom Schreibtisch und ging zur Tür. »Haben Sie übrigens mal eine Besucherliste von Wassiljew aus dem Gefängnis angefordert?«

»Nein, habe ich nicht …« Schröder blickte verdattert drein. »Ja sicher, wir müssen zuerst die befragen, die zu

Wassiljew Kontakt hatten. Dass keiner von uns vorher darauf gekommen ist …«

*

Anna kam gerade vom mittäglichen Melken, als ein VW-Bus die geschotterte Auffahrt zum Hof herauffuhr. Auf den Seitenflächen prangte das Logo des Fernsehsenders WDR. Wie hatte sie das nur vergessen können?

Anna lief zurück in den Stall und versteckte die Schrotflinte unter einem Strohballen. Dann eilte sie dem Bus entgegen, aus dem zwei Männern ausstiegen sowie eine Frau mit lockigen Haaren, die sie aus dem Fernsehen kannte.

»Hallo, ich bin Anne Willmes, Moderatorin der ›Lokalzeit Südwestfalen‹«, begrüßte die junge Frau Anna. »Das sind Carsten, unser Kameramann, und Achim, der Tontechniker.«

»Ich habe Sie total vergessen«, entschuldigte sich Anna sofort.

»Wir waren doch für heute verabredet, oder? Wir wollten einen Beitrag für unsere Reportageserie ›Starke Frauen in Südwestfalen‹ drehen.«

»Ja, ja, natürlich. Aber ich bin gar nicht vorbereitet. Schauen Sie mal, wie ich aussehe.«

Die Journalistin musterte Annas Kittel und ihre grünen Gummistiefel. »Also, Sie sehen genauso aus, wie man sich eine starke, selbstständige Bäuerin vorstellt.«

»Kann ich mich trotzdem noch zurechtmachen?«, fragte Anna.

»Eigentlich haben wir dafür keine Zeit. Das Licht ist zudem gerade perfekt. Uns wäre es lieb, wenn wir sofort starten könnten. Wir filmen Sie bei Ihrer Arbeit und ich stelle Ihnen ein paar Fragen. Sie bleiben einfach ganz natürlich. Das kommt authentisch rüber …«

»Ich bin auch gleich wieder da!«, rief Anna dazwischen und eilte ins Haus, ohne eine Reaktion der Moderatorin abzuwarten. In der Diele blieb sie vor dem Spiegel stehen. Die schlaflose Nacht hatte ihre Spuren hinterlassen. Unter den Augen zeichneten sich dunkle Ringe ab, ihre Gesichtsfarbe war blass und die Haare hingen in fettigen Strähnen herunter. Schnell rannte sie ins Bad, warf sich kaltes Wasser ins Gesicht und kniff sich in die Wangen, damit sie etwas rosiger erschienen. Dann ging sie hinunter, zog eine frische Bluse und eine Jeans an. Im Flur nahm sie ihr Kopftuch vom Kleiderhaken, um damit die ungewaschenen Haare zu verdecken. Erneut prüfte sie ihr Äußeres. Schon besser, so könnte es gehen.

Als sie wieder zum Filmteam stieß, bestanden die Moderatorin und der Kameramann darauf, dass Anna zumindest ihre Gummistiefel und den Kittel anzog. »Wir wollen Sie glaubwürdig zeigen, Frau Lobbisch«, erklärte Anne Willmes.

»Wie Sie wollen!« Anna lächelte gequält und folgte den Anweisungen.

»Wir sind ja fast Namensvetterinnen«, munterte die Journalistin sie auf. »Jetzt erzählen Sie mal, wie so ein typischer Tag auf dem Hof aussieht. Und zeigen Sie uns bitte alles!«

*

Schröder und sein frisch gebackener Chef saßen in seinem Dienstwagen und nahmen ein verspätetes Mittagessen zu sich. Nachdem sie die Cheeseburger am Drive-in-Schalter in Empfang genommen hatten, war Ruste an dieses sonnige Plätzchen am Waldrand gefahren und hatte in bestimmendem Ton erklärt, er würde sich nun eine wohlverdiente Pause gönnen.

Schröder hingegen prüfte die DNU-Liste, die er auf einem Klemmbrett fixiert hatte, während er seinen Burger aß. Hinter vielen Namen war bereits ein Häkchen gesetzt. Das Alibi dieser Parteimitglieder hatten sie bereits überprüft. Bei einigen stand jedoch ein Fragezeichen. »Bei vielen habe ich gar nicht den Eindruck, dass sie Nazis sind«, murmelte er.

»Was erwarten Sie denn? Dass man uns mit einem Hitlergruß empfängt und alle braune Hemden tragen?«, erwiderte Ruste, während er am Strohhalm seiner Cola light saugte.

»Wenn ich ehrlich bin – so was in der Richtung.«

»Das Problem steckt in den Köpfen«, erklärte Ruste. »Es ist die Einstellung der Leute. Aber vielleicht sind wir ohnehin auf der falschen Fährte. Wahrscheinlich spielt Ausländerfeindlichkeit in diesem Fall gar keine Rolle. Was meinen Sie?«

Schröder blieb der Bissen im Hals stecken. »Was meinen Sie mit ›Rolle‹?«, fragte er unsicher.

»Wie?«, fragte Ruste zurück.

»Sie sagten, es spiele keine *Rolle.*«

»Ich meinte es so, wie ich es gesagt habe. Was haben Sie auf einmal?«

›Rolle‹ war ein Unwort, das Schröder augenblicklich in seine Vergangenheit in Bottrop zurückkatapultierte. Schlagartig tauchten die Ereignisse wieder vor seinem inneren Auge auf. Wie sein Vater, ein Bergarbeiter, der –

wie man im Ruhrpott sagte – ›gutes Geld‹ verdiente hatte, seinem schmächtigen Sohn eine andere Berufswahl als die eigene ans Herz gelegt hatte. Wie stolz sein alter Herr gewesen war, selbst wegen des Zechensterbens in die Frührente geschickt, als sein Sohn das Gymnasium besuchte. Schröder hatte daher seinen Vater nicht damit belasten wollen, dass die anderen Kinder der Klasse ihn hänselten und er nirgendwo dazugehörte. Durch diese Probleme wurde ihm schon früh klar, wohin sein Weg gehen sollte: Er wollte Polizist und respektiert werden.

Gerade als sich mit seiner Zuteilung zur Dienststelle in Bottrop alles zum Besseren zu wenden schien, schlug kurz nach seinem Arbeitsantritt das Schicksal zurück. Schröder saß gerade auf der Toilette, als die Tür aufflog und jemand brüllte: »Einsatz! Alle sofort in voller Montur unten im Hof antreten!«

Eilig putzte er sich den Hintern ab, riss sich die Hose hoch und raste aus der Kabine heraus. Er rannte über den Flur des ersten Stockes, während seine Kameraden ihm schon mit schusssicheren Westen und Helmen grinsend entgegenkamen. An der Ecke zur großen Haupttreppe stieß Schröder dann mit dem Dienststellenleiter zusammen.

»Schröder, wohin so eilig?«, fragte der Mann, dessen Statur allein schon Respekt einflößend war.

»Einsatzbefehl, Herr Polizeihauptkommissar!«

»Sie wollen wohl eine tragende Rolle bei uns spielen, Schröder?«

Die anderen Polizisten auf dem Gang waren stehen geblieben und begannen, hinter seinem Rücken zu kichern.

»Sehr gerne, Herr Polizeihauptkommissar!«, antwortete Schröder unbeirrt.

»Quasi eine Hauptrolle, was, Schröder?« Der Leiter grinste ihn an. »Oder finden Sie das ganze Revier scheiße?«

Sein Vorgesetzter brach in schallendes Gelächter aus und klopfte Schröder auf die Schulter. Hinter ihm konnten sich die anderen nicht mehr zurückhalten – sie brüllten vor Lachen. Schröder sah sich verunsichert um, bis sein Blick an der Toilettenpapierrolle hängen blieb, die in seinem Hosenbund einklemmt war. Bei seinem Spurt über den Gang hatte sie sich abgewickelt, sodass Schröder eine endlos lange Papierbahn hinter sich hergezogen hatte. Seit diesem Tag hatte er auf dem Revier den Spitznamen ›Rolle‹. Die entfernteste Stelle, auf die er sich hatte versetzen lassen können, war im Sauerland gewesen. Seine größte Befürchtung war nun, dass die Geschichte bis hierher vorgedrungen war.

Schröder nahm daher seinen ganzen Mut zusammen und fragte Ruste direkt heraus: »Sie haben keinen Hintergedanken?«

Ruste verschluckte sich fast an seiner Cola. »Sagen Sie mal, Schröder, war da was in Ihrem Burger? Was haben Sie bloß? Ich habe den Eindruck, *Sie* sind von der Rolle? Kann das sein?«

»Ach nichts, alles gut. Entschuldigung, war nur so ein Gedanke. Ich bin etwas durcheinander«, gab Schröder sichtlich erleichtert zurück.

»Na, dann kümmern wir uns jetzt um die Besucherliste von Wassiljew, und vielleicht sollten wir einige alte Jäger befragen. Dieses Messer ist derart ungewöhnlich, jemand muss es schon mal gesehen haben!«, gab Ruste zurück und saugte weiter an seiner Cola light.

KAPITEL 5

24. April

Ronalds Geländewagen stand vor der Tür, als Anna nach dem Melken in ihr Bauernhaus zurückkehrte. Bevor sie nach ihm suchte, ging sie ins Jagdzimmer, um die Schrotflinte im Waffenschrank zu verstauen. Dann öffnete sie die Tür zur Küche, wo sie der Duft von Kaffee und frischen Brötchen empfing – doch von ihrem alten Freund war keine Spur zu sehen.

»Ronald? Wo steckst du?«, rief Anna in den Flur.

»Ich bin oben, im Bad. Ich habe mich mit Marmelade bekleckert.«

Warum wusch er sich nicht direkt in der Küchenspüle?, wunderte sich Anna. Sie setzte sich an den Tisch und wartete geduldig, bis Ronald herunterkam. Als er den Raum betrat, wirkte er verlegen.

»Ich wollte dich überraschen. Es ist ein schöner, sonniger Tag, vielleicht können wir nach dem Frühstück ein Stück spazieren gehen. Was meinst du?«

»Musst du nicht ins Büro?«, fragte sie, während sie Kaffee einschenkte.

»Wozu bin ich selbstständig?«

»Bin ich auch, aber ich kann nicht einfach die Arbeit liegen lassen.«

Ronald teilte sein Brötchen, bestrich es mit Erdbeermarmelade und biss hinein. Mit vollem Mund sagte er: »Ich dachte, du könntest Abwechslung vertragen. Du wirkst in letzter Zeit angespannt. Ist irgendwas? Bedrückt dich etwas?«

Anna schüttelte den Kopf. »Nein, alles in Ordnung. Ich habe nur viel zu tun.«

»Kann ich dir ein wenig helfen? Hättest du dann mehr Freizeit?«

Anna freute sich über das Angebot. Sie konnte wirklich etwas Ruhe und Zerstreuung gebrauchen – und vor allem einen Freund. »Das wäre prima«, willigte sie ein. »Ich wollte heute Gülle abpumpen und ausfahren, da kannst du mir zur Hand gehen.«

»Gülle?«, fragte Ronald ungläubig und sah an seinem Anzug herunter.

Anna lachte und strich eine Strähne hinters Ohr. »Na gut, vielleicht machen wir etwas anderes. Wie wäre es, wenn wir zusammen den Kälbchen ihre Milch geben?«

»Hört sich besser an«, gab Ronald lächelnd zurück.

»Dann lass uns direkt loslegen«, forderte Anna ihn auf.

»Geh du schon vor, ich räume noch hier auf.«

»Ach, lass stehen, das mache ich später.«

»Keine Widerrede. Ich mache den Küchendienst und dann komme ich zur Fütterung nach.«

»Okay, aber beeil dich.«

Anna stand auf und schlenderte zum Stall. Ronald war ein echter Schatz, der alles dafür tat, ihr zu helfen. Wenn er wüsste, wie dringend sie momentan tatsächlich seinen Beistand brauchte.

Als sie im Kuhstall die ersten Tränkeimer mit Milch aus dem Container gefüllt hatte, stieß ihr Freund zu ihr. Gemeinsam trugen sie die Behälter zum Trakt mit den Kälbern.

»Es ist eigentlich keine Arbeit, vielmehr eine Freude«,

sagte Anna, als sie die Eimer am Stallzaun einhakten. Die Jungtiere begannen sofort, mit ihren rosa Zungen an den Saugern zu lecken. »Sind sie nicht süß?«, fragte Anna.

»Ja«, stimmte Ronald zu. Er streichelte den Kopf eines braun-weißen Kalbes.

Beide schauten schweigend zu, wie die vier Kleinen schmatzend ihre Milch tranken. Nach einer Weile unterbrach Ronald zögerlich die Ruhe. »Anna, ich sehe, wie sehr dir die Landwirtschaft am Herzen liegt. Also, ich meine … wenn du das in Zukunft weitermachen möchtest, ich könnte mir vorstellen …« Ronald machte eine kurze Pause und räusperte sich. »Also, ich könnte mir vorstellen, mit dir auf deinem Hof zu leben. So, jetzt ist es raus.«

Anna blickte ihren Freund ernst an. Sie wollte ihm auf freundliche Weise einen Korb geben, biss sich dann aber auf die Lippen. Nach den Ereignissen der letzten Tage war ihre gesamte Welt aus den Fugen geraten. Es war wie ein Strudel, der sie immer tiefer hinunterzog. Ronald hatte die Kraft, sie zu befreien. Doch reichte das für ein ganzes Leben? Was war mit Zuneigung? Könnte sie ihn mit der Zeit richtig lieben?

Ronald schaute ihr direkt in die Augen. »Du brauchst mir jetzt keine Antwort zu geben. Aber versprich mir, gründlich darüber nachzudenken.« Er machte eine ausholende Geste. »Anna, uns bleibt nicht mehr viel Zeit, bevor wir alt werden. Ich habe beschlossen, keine Sekunde meines Lebens mehr zu vergeuden.«

Bevor Ronald noch mehr Erklärungen liefern konnte, legte Anna ihm zwei Finger auf die Lippen. »Pssst. Du brauchst nicht weiterzureden.«

Er seufzte. »Sollen wir jetzt vielleicht spazieren gehen?«, schlug er vor.

»Gerne.«

Gemeinsam schlenderten sie zum nahe gelegenen Wald. Anna kam es wie eine Ewigkeit vor, seit sie das letzte Mal hier gewesen war, dabei liebte sie die Natur. Ihre Eltern hatten sie immer mitgenommen, um Pilze und Blaubeeren zu sammeln, die ihre Mutter dann zu Hause verarbeitet hatte. Sie hatte eine glückliche Kindheit gehabt, die ihr später fast unwirklich vorgekommen war. Als sie Mitte 30 war, wimmelte es in ihrem Bekanntenkreis vor familiären Konflikten und Beziehungsproblemen. Alle waren mit ›Aufarbeiten‹ beschäftigt – nur sie nicht. Im Vergleich zu den früh- und spätkindlichen Katastrophen ihrer Freunde war ihre Jugend völlig ereignislos verlaufen. Und was ihr angesichts der Probleme um sie herum schier unglaublich schien: Sie verstand sich bestens mit ihren Eltern. Manchmal beschlich sie das Gefühl, dass sie gerade deswegen Menschen anzog, die mit Problemen beladen durchs Leben gingen und in ihr eine verständnisvolle Zuhörerin sahen. Daher empfand sie es als einen Wink des Schicksals, als sie Klaus traf. Endlich jemand ohne größere seelische Lasten. Jemand, der mit beiden Beinen auf dem Boden stand und der als erwachsener Mann sein Leben selbst in die Hand nahm. Klaus war so wie sie gewesen.

»Wie war eigentlich deine Kindheit?«, fragte sie Ronald.

»Beschissen!«, antwortete er knapp, bevor er sich in einem Redeschwall erging, dessen Stichworte Anna in der Vergangenheit zu oft gehört hatte: Erfolgreicher Vater, Erfolgsdruck, immer Leistung, nie Spaß, Privatuni, Geschäft, Geld und noch mal Geschäft. Dabei wäre er so gerne wie alle anderen gewesen. »Ihr habt mich in der Schule doch alle für einen reichen, verwöhnten Pinkel gehalten – und ich wollte einfach nur dazugehören!«

Anna kannte solche Geschichten zur Genüge: Jeder bog sich seine Wahrheit zurecht, wie sie ihm gerade passte. Doch damit hatte sie gründlich aufgeräumt. Auch jetzt nahm sie kein Blatt vor dem Mund. »Ronald, du erzählst doch Blödsinn. Du warst in der Klasse der größte Angeber. Du hattest immer die besten Sachen an und bist in der Oberstufe mit einem nagelneuen Auto vorgefahren. Bei deinen Geburtstagspartys wimmelte es vor Bediensteten. Wer will denn Klammerblues tanzen, wenn jemand mit einem Silbertablett vorbeikommt und Häppchen anbietet? Jetzt sag nicht, das hätten deine Eltern dir vorgeschrieben! Wundert es dich da wirklich, dass niemand etwas mit dir zu tun haben wollte, außer ein paar spießigen Speichelleckern, die sich einen guten Posten bei euch in der Firma sichern wollten?«

Ronald reagierte eingeschnappt wie ein kleiner Junge. Anna wusste, dass nur sie sich traute, mit ihm so offen zu reden.

»Und warum gehst du dann mit mir spazieren, wenn ich so ein Arsch bin?«, wollte er wissen.

»Nun ja, du warst einer. Aber ich glaube, du hast dich gebessert.« Sie lächelte Ronald beschwichtigend an. Dann hielt sie inne. Aus dem Wald ertönte ein leises, helles Läuten. »Hörst du das?«, fragte sie.

»Was ist das?«

»Ein traumhafter Ort, an dem ich schon sehr, sehr lange nicht mehr war!«, gab Anna zurück und beschleunigte ihre Schritte.

Hinter einer Biegung tauchte auf einer Lichtung eine kleine Kapelle auf. Durch das Geäst der umstehenden Bäume fiel das Sonnenlicht auf die weiß gestrichenen Wände. In dem Bach, der sich an diesem malerischen Platz talabwärts schlängelte, stand ein Wasserrad, dessen Schaufeln gegen winzige Glocken schlugen.

»Wow, ist das schön«, staunte Ronald.

»Komm, wir gehen hinein«, sagte Anna und rannte los.

Ronald folgte ihr in den kleinen Gottesraum, der nur durch wenige Kerzen erhellt wurde. Anna bekreuzigte sich, nachdem sie ihre Finger in den Behälter mit Weihwasser getaucht hatte. In der Vergangenheit hatte sie der katholischen Kirche den Rücken gekehrt, doch seit dem Tod von Klaus fand sie einen tief gehenden Trost im Glauben. Sie warf Münzen in den Opferstock, ging langsam die drei Bankreihen der Kapelle entlang und nahm zwei Kerzen aus dem Ständer vor dem kleinen Altar. Eine gab sie Ronald, die andere zündete sie selbst an und steckte sie in das schmiedeeiserne Gestell. Nachdem auch Ronald sein Licht zu den zu den anderen gestellt hatte, setzten sie sich in die vorderste Bank und betrachteten das Marienbild hinter dem Altar.

Ronald legte einen Arm um Anna und strich ihr zärtlich über die Haare. »Gemeinsam können wir glücklich werden, Anna«, flüsterte er.

Anna ließ es geschehen. Ronalds Umarmung löste ein warmes Gefühl in ihr aus, sie genoss die Nähe eines vertrauten Menschen. Aber nur für einen kurzen Moment – auf einmal stiegen Zweifel in ihr auf. Eine innere Stimme meldete sich, die sie ermahnte, dass es nicht richtig sei. Natürlich hatte sie vor wenigen Minuten intensiv an ihren verstorbenen Mann gedacht – wie immer, wenn sie in der

Kirche eine Kerze anzündete. Es kam ihr so vor, als ob Klaus sie warnen wolle. Aber wovor?

Rasch löste sich Anna aus der Umarmung. »Das war schön«, sagte sie und erhob sich. »Komm, lass uns zurückgehen.«

*

Im Morgengrauen hatte Lebrecht wieder seinen Beobachtungsposten auf dem Wanderparkplatz eingenommen. Als die Bäuerin endlich ihren Hof verlassen hatte und in Richtung Wald verschwunden war, nutzte er seine Chance und durchsuchte die Räume im Bauernhaus erneut. Dieses Mal hinterließ er keine Spuren, allerdings konnte er auch keinen Erfolg verbuchen. Die CD war nicht aufzufinden.

Als sein Handy klingelte, ging er sofort ran. Er hatte den Anruf seines Auftraggebers bereits erwartet.

»Und? Bist du weitergekommen? Hast du sie bekommen?«

»Nein, keine Ahnung, wo die ist«, erwiderte Lebrecht. »Ich habe nochmals alles auf den Kopf gestellt. Sie kann nicht im Haus sein.«

»Mich interessieren deine Mutmaßungen nicht, ich will die CD! Und zwar ohne Aufsehen zu erregen!«

»Ich kann noch Monate weitersuchen oder mir die Frau direkt vorknöpfen.«

Sein Auftraggeber schwieg. Als es Augenblicke später noch immer still in der Leitung blieb, rief Lebrecht in den Hörer: »Hallo? Sind Sie noch dran?«

»Ja, sicher!«, blaffte sein Klient zurück. »Ich überlege.«

Lebrecht wartete geduldig. Er beobachte eine Krähe, die sich im sonnigen Morgenlicht auf die Lehne einer der

Sitzbänke niederließ, die den Wanderparkplatz umsäumten. Sie legte den Kopf zur Seite und beäugte die Scheibe Ei, die Lebrecht vor wenigen Minuten von seinem Frühstücksbrötchen gefischt und weggeworfen hatte.

»Dann geht es wohl nicht anders, ich kann nicht länger warten. Schnapp dir die Frau und besorg mir die CD! Aber sieh zu, dass du sie nicht verletzt.«

»Okay. Wird erledigt. Das wird allerdings etwas teurer. Sie wissen ja, die Frau ist bewaffnet und mein Risiko steigt.«

»Wie viel?«

»3.000 zusätzlich.«

»Geht in Ordnung.«

Lebrecht legte grinsend auf. Warum nicht gleich so? Das würde ein Kinderspiel werden. Er hatte gewusst, dass sein Auftraggeber einlenken würde. Nicht umsonst hatte er bei seinem letzten Einbruch bereits Vorkehrungen getroffen.

Voller Vorfreude rieb er sich die Hände, nahm seine Waffe aus dem Handschuhfach und stieg aus dem Auto. Ihm fiel auf, dass die Krähe mitsamt der Scheibe Ei verschwunden war. Gutes Vorbild, dachte er, der Vogel hat sich unbemerkt das genommen, was er wollte. Und das, obwohl Lebrecht nur drei Meter entfernt gewesen war.

*

Anna hantierte am Gülleanhänger herum, den sie nach Ronalds Besuch mit dem Trecker hinter den Kuhstall gefahren hatte. Sie musste endlich den vollen Behälter leeren! Heute wollte sie mindestens drei Fuhren auf die Felder ausfahren. Der Boden konnte die Düngung gut gebrauchen, und der Zeitpunkt war ideal, kurz bevor sie die Tiere auf die Weide bringen würde. Bei der Gelegenheit könnte sie gleich die Zäune kontrollieren. Es lag viel Arbeit vor ihr, sie musste sich sputen.

Vorsichtig schraubte Anna den armdicken Schlauch an dem Fass auf dem Wagen fest. Allzu oft passierte es, dass die Muffe verkantete und ein feiner Nebel Kuhscheiße auf sie hinabrieselte. Das sollte ihr heute nicht passieren. Sie schaltete die Pumpe ein, die mit einem lauten Dröhnen den Dung durch den Schlauch beförderte. Zufrieden beobachtete sie den Vorgang. Alles war dicht. Jetzt musste sie nur noch darauf achten, dass die Gülle in dem Anhänger nicht überfloss. In Augenblicken wie diesen wünschte sich Anna, wieder zu rauchen. Sie mochte keinen Leerlauf. Entweder musste sie sich beschäftigen oder Pausen mit einer Tasse Kaffee in vollen Zügen genießen. Mit einer Zigarette würden die quälenden Minuten schneller vergehen. Allein wegen einer zeitraubenden Güllepumpe würde sie nicht wieder mit dem Laster anfangen – früher hingegen hatte sie trotz des Leistungssports gerne geraucht.

Während sie wartete, ließ Anna die letzten Tage Revue passieren. Es war so viel passiert: Ronalds lieb gemeintes Angebot und nicht zuletzt der Besuch des Fernsehteams. Aber angesichts ihres Mordversuches und des Einbruchs verblasste dieser Höhepunkt. Auch wenn sie die Filmaufnahmen von ihrer Trübsal abgelenkt hatten, konnte sie nicht ignorieren, dass sie in Gefahr schwebte. Nicht umsonst war die Schrotflinte ihr ständiger Begleiter.

Anna schaute zum Kuhstall hinüber, um sich zu vergewissern, dass die Waffe immer noch griffbereit an der Außenwand lehnte. Plötzlich nahm sie aus dem Augenwinkel eine Gestalt wahr, die in diesem Moment um die Ecke des Stalles bog. Erstaunt blickte Anna die fremde Person an. Es war ein kräftiger Mann, dessen platt gedrücktes Gesicht sie an einen Boxer erinnerte. Etwas an ihm kam ihr bekannt vor. War der Eindringling, der über den Hof geflüchtet war, nicht auch so schwerfällig gewesen? Ein Anflug von Panik stieg in ihr auf. Schnell machte sie einen Satz zu ihrer Schrotflinte und spannte beide Hähne.

*

Ruste rekelte sich auf seinem Schreibtischstuhl. Schröder saß ihm seit geraumer Zeit stumm gegenüber und tippte ununterbrochen auf seiner Computertastatur. Ob sein Zögling wohl erwarte, dass ihm das Gerät den Täter automatisch präsentierte, wenn er nur lange genug davor hockte?

Ruste schnaufte abfällig und lehnte sich zurück. Er hatte schlechte Laune, noch schlechtere als sonst. Als er heute Morgen auf der Dienststelle eingetroffen war, hatte er sich doch tatsächlich von Junge eine Standpauke anhören müssen. Er habe mal wieder eigenmächtig gehandelt. Habe die Anweisungen nicht befolgt. Habe nichts in der Sache mit dem Schützenvogel unternommen. Er sei ein notorischer Eigenbrötler und so weiter. Junge war doch total bescheuert, geradezu fanatisch wegen dieses dämlichen Vogels!

Ruste ließ seinen Blick durch das karge Büro schweifen, um sich von seiner Wut abzulenken. Genau wie er es mochte, war der Raum funktional eingerichtet. Lediglich Poster, die vor Einbruch und Drogen warnten, schmückten die kargen Wände. Auch sein Schreibtisch war aufgeräumt, geradezu leer, was er nur seiner radikalen Ablagemethode zu verdanken hatte, alle Unterlagen unsortiert hinter die Türen der Büroschränke zu verstauen. Schröders Schreibtisch hingegen war mit Papieren überhäuft und rund um den PC-Monitor klebten gelbe Post-its mit Notizen. Ruste wusste aus Erfahrung, dass dies einen schlechten Eindruck bei den Vorgesetzten machte. Er würde seinen Schützling beizeiten noch in die Feinheiten des Kripodienstes einweisen müssen.

Ruste stand auf und wanderte gelangweilt zum Fenster. Er schaute vom oberen Stockwerk seines Büros zur Fassade des Supermarktes auf der gegenüberliegenden Straßenseite hinunter. Dort hing wieder ein neues Plakat. Obwohl die Reklame jeden Monat wechselte, waren es seit Jahren immer die gleichen Frauen, die ihn von der Werbewand anlächelten: feenhafte Geschöpfe mit blitzblanken Zähnen, jung geblieben, während er mittlerweile grau geworden war. ›Frisch eingetroffen: Frühlingsgemüse‹ stand als Botschaft auf dem Plakat. Ruste fragte sich schmunzelnd, ob sich die Schlagzeile auf die abgebildete Frau oder auf den Korb mit Grünzeug bezog, den sie vor sich hielt. Wäre ja mal eine Abwechslung!

Wenn er es allerdings genau betrachtete, erinnerten ihn diese Models an seine Exfrau Sabine – ein Kapitel in seinem Leben, bei dem ihm das Lachen schnell verging. Eigentlich hatten sie zu Urzeiten sehr viel Spaß zusammen gehabt, doch dann war aus ihr nach und nach eine Art Heilige geworden. Im Grunde kein Wunder, dachte sich Ruste, als er seinen Blick über die nahe gelegenen Häuser Olpes schweifen ließ. Der ganze Ort bestand im Grunde aus Ämtern, einer Handvoll Unternehmen und katholischen Einrichtungen. Angesichts der Ausdehnung des katholischen Besitzes konnte der Eindruck entstehen, die Mutter Kirche habe in Rom nur eine Zweigstelle eingerichtet. Und genau da begann das Problem mit seiner Ex. Nachdem Sabine sich zunächst mit Kuchenbacken in karitativen Einrichtungen engagiert hatte, waren schnell Gesprächsgruppen dazugekommen. Und dann Wochenendseminare und die Mitgliedschaft im Kirchenchor. Schließlich hatte sie sich regelmäßig mit anderen Frauen der Gemeinde zum Kaffee getroffen, um Religions- und Lebensfragen zu diskutieren. Er hingegen hatte damit nichts anfangen können.

Jeden Tag wurde er bei der Arbeit mit Delikten konfrontiert, die einen vom Glauben abkommen ließen. Er wusste, wie es hinter den gepflegten Vorgärten und den sauberen Fassaden tatsächlich aussah. Lange genug war er nun im Sauerland Polizist, um die trügerische Idylle zu durchschauen – in Olpe ebenso wie in den umliegenden Dörfern. Das Verbrechen machte nicht am Waldrand oder an Weidezäunen halt, sinnierte Ruste, während er weiter aus dem Fenster starrte. Da er Tag und Nacht gearbeitet hatte, waren ihm und Sabine ohnehin nicht viel Raum für Zweisamkeit geblieben. Und dann hatte sie damit begonnen, ihn in den wenigen gemeinsamen Stunden bekehren zu wollen. Natürlich hatte er sich dagegen gewehrt! Niemand schrieb ihm vor, was er zu denken oder zu glauben hatte! Er wäre wunderbar damit klargekommen, dass jeder seine Art zu leben verfolgte, doch seine Ex hatte sich damit nicht zufriedengeben wollen. Sie könne nicht mit einem Zyniker zusammenleben! Rust schnaufte. Schnell war es zwischen ihnen eisig geworden und eines Tages hatte sie ihre Koffer gepackt. Damit hatte der Spuk wenigstens ein Ende genommen.

Ruste wandte sich seufzend Schröder zu. »Was tippen Sie da eigentlich die ganze Zeit?«

»Die Berichte unserer Ermittlungen. Und ich recherchiere.«

»Hm. Es wäre gut, wenn Sie auch einen Bericht schreiben würden, dass wir uns zwischendurch mit dem verschwunden Schützenvogel beschäftigen. Das könnte nicht schaden.«

»Kein Problem. Ich habe übrigens etwas richtig Interessantes gefunden.« Schröder zeigte mit einem Stift auf den Bildschirm. »Die Kölner Kollegen haben bei der Meinerzhagener Polizei nach dem Halter eines VW-Busses gefragt. Er stand am 22. April im Halteverbot und hat ein Knöllchen bekommen. An sich nichts Ungewöhnliches, aber jetzt kommt es: Am selben Tag hat in unmittelbarer Nähe eine Art Bandenkrieg in einer Diskothek stattgefunden. Verdächtig viele Besucher türkischer Herkunft wurden verletzt, es gab sogar Knochenbrüche. Aber aus den Zeugen ist nichts herauszubekommen. Die Meinerzhagener Beamten haben einen gewisser Roman Neufeld aus Kierspe als Halter des VW-Busses ausfindig gemacht, der einschlägig vorbestraft ist und als Mitglied der russischen Mafia gilt. Die Kölner Kollegen vermuten daher, dass es sich bei dem Vorfall in der Diskothek um einen Bandenkrieg zwischen der Türken- und der Russenmafia handelt, und wollten Neufeld vernehmen. Die Meinerzhagener Beamten haben ihn zu Hause nicht angetroffen und daher alle Polizeidienststellen in den umliegenden Kreisen alarmiert, nach dem VW-Bus Ausschau zu halten. Da ja Boris Wassiljew ebenfalls aus

Kierspe kommt und zudem der Russenmafia angehören soll, kam mir die Idee, dass vielleicht ein Zusammenhang mit dem Mordanschlag vor der JVA besteht.«

Ruste verschlug es fast die Sprache, doch er riss sich vor seinem Schützling zusammen. »Und ob es da einen Zusammenhang gibt. Das können wir ganz leicht feststellen. Haben Sie mittlerweile die Besucherliste aus der JVA? Ich wette, dieser Roman Neufeld steht darauf. Und dann haben wir eine Spur!« Endlich kam Bewegung in den Fall und Ruste musste sich nicht weiter um diesen dämlichen Schützenvogel kümmern.

»Nein, leider habe ich die Liste noch nicht«, zerstörte Schröder kleinlaut seinen Enthusiasmus.

»Wie? Sie sollten die doch längst anfordern«, fauchte Ruste ärgerlich.

»Habe ich doch. Aber meine E-Mails kommen immer wieder zurück. Empfänger unbekannt. Es ist fast so, als ob die JVA vom Internet abgeschnitten ist. Ich wollte anrufen, sobald ich die Berichte fertig habe.«

»Ach was. E-Mail, anrufen … So etwas erledigt man auf direktem Wege. Kommen Sie! Wir fahren hin, das geht schneller«, rief Ruste und zog sich seine verwaschene Jeansjacke an.

*

Entsetzt blickte Anna den Mann an, der in einigen Metern Abstand vor ihr stehen geblieben war. Sie zielte mit der Waffe auf den Boden vor ihn.

»Keinen Schritt weiter! Wer sind Sie?«, rief sie streng und tastete gleichzeitig mit der freien Hand nach der lärmenden Güllepumpe, um sie abzustellen. Den Fremden ließ sie dabei keine Sekunde aus den Augen. Sie hatte keinen Zweifel daran, dass der nächtliche Eindringling vor ihr stand. Obwohl sie sein Gesicht nicht gesehen hatte, war sie sich sicher. Die Statur stimmte haargenau mit der jener Gestalt überein, die nachts über den Hof gehuscht war. Und es konnte kein Zufall sein, dass nur einen Tag nach dem Einbruch ein Mann mit eben dieser Statur aus heiterem Himmel bei ihr auftauchte.

Der Mann hob entschuldigend die Hände und lächelte sie stumm an. In diesem Moment nahm Anna etwas Dunkles aus dem Augenwinkel war, das unmittelbar an ihrem Kopf vorbeiflog. Erschrocken blickte sie auf. Es war eine Krähe, die sich am Rand des Stalldaches niederließ, mit einer Scheibe hart gekochtem Ei im Schnabel, die sie nun fallen ließ und genüsslich aufpickte.

Sie war von diesem ungewöhnlichen Anblick einen Moment zu lang abgelenkt, denn ihr Gegenüber kam einige Schritte heran. Hastig zielte Anna mit dem Lauf ihres Gewehres wieder auf ihn. »Halt! Oder ich schieße!«

»Aber, aber, wer wird denn gleich gewalttätig werden«, sagte der Mann beschwichtigend. »Ich will doch nur etwas abholen, das Ihnen nicht gehört. Dann bin ich gleich verschwunden. Geben Sie mir die CD!«

Anna drohte, den Boden unter den Füßen zu verlieren. Das hatte er also in ihrem Haus gesucht. Aber woher wusste er von der CD? Wer war er? Ein Polizist sicher nicht, so sah er nicht aus.

Sie erschrak, als das Boxergesicht entschlossen auf sie zu schritt. Blitzschnell zielte sie mit der Flinte auf den Boden vor ihm und betätigte den Abzug. Doch lediglich ein leises Klicken war zu hören. Anna ließ sich nicht beirren und richtete das Gewehr auf die Beine des Mannes, um ihn mit einer gezielten Schrotladung endgültig aufhalten. Wieder geschah nichts. Ihr Gegner stand unversehrt vor ihr.

Er griff in seine Tasche und holte grinsend zwei Patronen vor. »Beim nächsten Mal sollten Sie sich vorher vergewissern, ob die Waffe geladen ist. Ich hatte vorhin erfreulicherweise die Gelegenheit, erneut Ihr schönes Haus zu besuchen, und da dachte ich mir, es sei besser, wenn ich die mal an mich nehme. Sie könnten ja noch jemanden verletzen, oder?«

In Anna regte sich der Fluchtimpuls. Ihre Muskeln spannten sich an und ihr Körper begann, nahezu unmerklich zu zucken. Der Mann reagierte sofort und zog aus seinem Hosenbund eine Pistole.

»Na, na. Die ist geladen«, ermahnte er sie, den Lauf auf sie gerichtet.

Anna nahm all ihren Mut zusammen. Sie setzte an zu sprechen, doch im ersten Moment versagte ihre Stimme. Zitternd stieß sie hervor: »Was wollen Sie?«

»Nur die CD. Geben Sie sie mir und niemandem passiert etwas.«

»Ich weiß nicht, wovon Sie sprechen«, log Anna, während sie überlegte, wo sie die CD gelassen hatte. Steckte sie nicht noch im Radio im Kuhstall?

»Ich spreche von der CD, die Sie dem Mann weggenommen haben, den Sie mit einem Messer vor der JVA erstochen haben«, antwortete der Fremde ungerührt.

Anna schluckte. Weiter zu leugnen hatte offensichtlich keinen Sinn, ihr Mordversuch war also nicht unbemerkt geblieben. Wollte das Boxergesicht sie erpressen? Und wieso wollte er unbedingt diese unbrauchbare CD?

Zahlreiche Fragen schossen ihr durch den Kopf. »Wer garantiert mir, dass Sie mir nichts tun?«

»Oh, ich fürchte, Sie müssen mir vertrauen. Sie haben gar keine andere Wahl.«

Sie spürte, dass ein Menschenleben für diesen Mann keinen Wert hatte. Er würde sie töten, wenn er nicht bekam, was er verlangte. »Na gut, ich gebe Ihnen, was Sie wollen. Aber nicht hier. Lassen Sie uns eine Übergabe vereinbaren.«

»Jetzt hör mal zu, du Bauerntrampel. Ich bin seit Tagen hinter dir her, um diese beschissene Scheibe zu bekommen. Ich kann dich auch hier und jetzt abknallen und in Ruhe deinen Hof auf den Kopf stellen. Dann wäre mein Job ebenfalls erledigt.«

Anna hob beschwichtigend die Hände. »Ist ja gut, ist ja gut. Allerdings weiß ich gar nicht, wo ich sie hingelegt habe. Da war nämlich überhaupt keine Musik drauf. Ich muss sie erst suchen.«

»Dann los!«, blaffte das Boxergesicht sie an. »Und suchen Sie schnell, ansonsten …«

Während Anna mit der nutzlosen Schrotflinte vor dem Mann an der hinteren Wand des Kuhstalls entlangging, suchte sie fieberhaft nach einem Plan. Sie wusste aus zahlreichen Kriminalromanen, dass keine Überlebenschance mehr bestand, wenn der Bösewicht erst einmal das Objekt der Begierde in den Händen hielt. Sie hatte sein entschlossenes Gesicht gesehen – ihr würde es nicht anders ergehen. Zeugen wurden immer ermordet. Doch sie war eine mutige und starke Frau, die schon ganz andere Situationen im Leben gemeistert hatte. Damit würde sie auch fertig werden.

Entschlossen wirbelte Anna herum und stieß dem

völlig überraschten Mann den Gewehrkolben mit voller Wucht in den Bauch. Sie hatte gut getroffen. Wie ein Taschenmesser klappte das Boxergesicht in sich zusammen. Die Waffe war also doch noch für etwas gut, dachte Anna zufrieden und ließ die Flinte fallen. Dann rannte sie um ihr Leben. Doch wohin sollte sie flüchten? Das Haus war zu weit entfernt und die Felder boten keine Deckung. Allein der Kuhstall konnte ihr Schutz bieten.

Anna schlug einen Haken und lief um das Gebäude herum in Richtung Eingang. Die Strecke kam ihr unendlich lang vor, doch sie konnte es schaffen. Trotz Gummistiefel! Sie war immer noch in Topform.

»Du verdammte Schlampe!«, hörte sie das Boxergesicht hinter sich schreien.

Endlich hatte sie das Tor erreicht. Während sie aufschloss, lugte sie vorsichtig um die Ecke. Ihr Angreifer näherte sich keuchend, doch er war noch am hinteren Teil des Stalls – viel zu weit entfernt, um ihr gefährlich zu werden.

Anna schob das hölzerne Rolltor zur Seite, huschte hinein und ließ den mächtigen Metallriegel hinter sich einrasten. Erleichtert atmete sie auf. Das würde er niemals von außen aufbekommen. Schnell vergewisserte sie sich, dass die oberen Fenster des Stalls verschlossen waren. So konnte er nur über das Dach durch den Lüftungsschacht einsteigen, doch er kannte sich ja hier nicht aus, beruhigte sich Anna. Ihre Panik legte sich langsam. Irgendwann würde schon jemand auf den Hof kommen, dann musste dieser Kerl verschwinden. Sie hatte Zeit gewonnen – und ihr Leben gerettet.

Anna zuckte zusammen, als ihr Verfolger laut am Tor rüttelte. Doch er merkte schnell, dass er keine Chance hatte. »Mach auf! Ich verspreche dir, dass dir nichts passieren wird!«, sagte er mit säuselnder Stimme.

Darauf konnte er warten, bis er schwarz wurde, dachte Anna trotzig. Sie ging zum Melkkarussell, wo das Radio am Haken hing, und öffnete das CD-Fach. Tatsächlich, die CD war noch da! Sie nahm sie heraus, steckte sie in die Hülle und schob sie in ihre Kitteltasche. Jetzt musste sie nur noch Geduld haben.

Anna blickte zu ihren Tieren hinüber, die sie sanftmütig anschauten. Hier, bei ihren Rindern, fühlte sie sich geborgen. »Ihr seid meine Freunde und Beschützer, was?«, flüsterte sie.

Dann machte sie sich auf die Suche nach einem Gegenstand, mit dem sie sich verteidigen konnte Doch nichts eignete sich als Waffe. Wieso hatte sie nur in ihrer Panik die Flinte fallen gelassen? Und die Mistgabel war im Stall bei den Kälbern! Ihr Blick glitt über die Schubkarre und die kleine Handschaufel. Damit würde sie sich nicht gegen eine Schusswaffe verteidigen können.

Lautes Krachen ließ sie erschrocken herumfahren. Direkt hinter ihr lösten sich Holzsplitter vom Tor und flogen ins Innere. Der Kerl hatte die Axt gefunden, durchfuhr es Anna. Seine Schläge wurden vom lauten Muhen der Kühe übertönt. Anna schaute erstarrt zu, wie sich das Loch schnell vergrößerte. Er besaß offensichtlich große Kräfte. Nach nur wenigen Hieben war die Öffnung breit genug, dass sein hässliches Boxergesicht zu sehen war.

Als er Anna erblickte, schrie er sie wutentbrannt an: »Entweder du machst auf, oder ich knall dich ab.« Drohend hob er seine Pistole nach oben, sodass Anna die Spitze des Laufes erkennen konnte.

Der Anblick der Waffe löste sie aus ihrer Erstarrung. Schnell rannte sie aus dem Sichtfeld des Eindringlings. Während die Axt wieder lautstark auf das Tor niedersauste, öffnete Anna eine der Absperrungen, hinter denen sich die Kühe ängstlich aneinanderdrückten. Sie zwängte sich mit aller Kraft zwischen die Tiere und versuchte, sie in Richtung Ausgang zu treiben, doch die Herde drängte immer wieder zurück.

»Los, lasst mich nicht im Stich. Ich brauche eure Hilfe«, rief Anna verzweifelt und schob die Leitkühe nach vorn. Um ihren Worte Nachdruck zu verleihen, schlug sie ihnen aufs Hinterteil. »Macht schon, ihr Mistviecher! Ich kümmere mich jeden verdammten Tag um euch. Jetzt könnt ihr euch revanchieren!«

Ein lauter Knall ließ Anna innehalten. Sie ging in Deckung und lugte zwischen den Tieren hindurch zum Tor. Das Boxergesicht hatte es geschafft, durch das Loch hindurch den Riegel zu lösen. Das breite Tor rollte zur Seite. Ihr Verfolger hatte freie Bahn.

Anna verschanzte sich hinter ihrer Herde. Sie kniff und trat die Kühe unmittelbar vor sich, die sich zwar lautstark beschwerten, aber dennoch nach vorn drängten. Einer Kettenreaktion gleich bewegten sich die Tiere nacheinander und binnen weniger Sekunden schob sich die gesamte Herde dem Ausgang entgegen. Anna nutzte die Gunst der Stunde, drängte sich zwischen Enid, Isabel und Rebecca und ließ sich von ihren geliebten Schriftstellerinnen mitreißen.

Ein lautes »Verdammt« und ein stumpfer Aufprall signalisierten Anna, dass der ungebetene Gast ihren Kühen aus dem Weg gegangen war – oder eher gehechtet. Doch sehen konnte sie das Boxergesicht zwischen all den Tieren nicht. Grinsend tätschelte Anna die Flanke von Isabel, die ungerührt neben ihr her trabte. Sie hoffte inständig, dass die Rinder zur Wiese nahe dem Bauernhaus laufen würden, doch die Herde kam bereits einige Meter vor dem Kuhstall zum Stehen. Anna spähte vorsichtig über den Rücken der Kühe. Das Boxergesicht war aus dem Stall herausgelaufen und ließ aus wenigen Metern Entfernung seinen Blick suchend über die Herde schweifen. Es war nur eine Frage von wenigen Minuten, bis er Anna in dem Gewühl entdecken würde.

Sie durfte nicht zögern, sondern musste sofort handeln. Ihre einzige Chance war der Kälbchenstall nebenan. Zwar würde sein Holztor einer Axt ebenfalls nicht standhalten, allerdings befand sich dort die Mistgabel. Außerdem war Anna in bester körperlicher Verfassung, während ihr Widersacher stämmig und plump war. Sie hatte eine Chance. Anna rannte los, ohne sich umzusehen.

»Bleib stehen. Mach es nicht noch schlimmer!«, brüllte ihr Verfolger hinter ihr.

Anna sprintete zum kleinen Stall, schob das Tor einen Spalt auf und schlüpfte hindurch. Als sie es gerade zuziehen wollte, spürte sie einen Widerstand. Zentimeter um Zentimeter vergrößerte der Eindringling die Öffnung. Anna stemmte sich fest dagegen und zerrte mit aller Kraft am Griff. Ihre Gummistiefel rutschen ständig auf dem glitschigen Untergrund weg. Nichts gab ihr Halt. Er war stärker als sie.

Anna ließ das Tor zurückschnappen, sodass das Boxergesicht leicht nach hinten fiel. Noch bevor er sich wieder fangen konnte und das Tor ganz öffnete, sprintete sie zu einer Box, in der eine trächtige Kuh stand. An die Mistgabel war jetzt nicht mehr zu denken. Anna hatte keine

Zeit, sie zu suchen, stattdessen warf sie sich in einer Ecke des Abteils auf den Boden und verteilte das mit Kuhmist vermischte Stroh über ihrem Körper. Es war zwar eine reichlich dämliche Idee, sich hier verstecken zu wollen, aber immerhin hatte sie eine.

»Was soll dieses alberne Versteckspiel? Ich weiß, dass Sie hier sind. Ich finde Sie. Kommen Sie lieber von allein raus!«, brüllte das Boxergesicht. Er konnte nicht mehr allzu weit weg sein.

Anna hielt den Atem an. Genau in diesem Augenblick muhte die schwere Kuh neben ihr laut. Bevor sie sich versah, packte eine Hand ihren Kittel und zog sie grob aus dem Strohberg heraus.

*

Als Ruste mit Schröder in der JVA eintraf, empfing sie ein verwirrter Gefängnisdirektor. »Die Besuchsliste willst du haben, oder, Ben? Eigentlich kein Problem, ein Knopfdruck und sie wird ausgedruckt, woll? Aber im Augenblick geht das nicht, die EDV spinnt«, erklärte Ebbing.

»Was heißt ›die EDV spinnt‹?«, frage Ruste nach.

Ebbing druckste herum und erzählte etwas von vorübergehenden technischen Problemen. Offensichtlich wollte er nicht mit der Sprache herausrücken. Ruste ließ sich jedoch nicht so schnell abwimmeln. Schließlich blieb dem Gefängnisdirektor nichts anderes übrig, als mit der Wahrheit herauszurücken: »Zwei Mitarbeiter der Nachtschicht haben sich seit geraumer Zeit Pornos aus dem Internet heruntergeladen. Eigentlich ist das unmöglich, wir haben da so eine Firewall, aber einer hat ein Programm installiert, mit dem sich der Schutz umgehen lässt.«

»Und was hat das mit der Besucherliste zu tun?«, fragte Schröder.

»Nun ja. Weil das System offen war, haben wir uns einen Virus eingefangen. Die beiden erwartet natürlich ein Disziplinarverfahren, das sich gewaschen hat. Seit Tagen spinnt nun die EDV. Alle Termine, Dienstpläne, Entlassungen, Einlieferungen – einfach alles ist durcheinander. Teilweise sogar komplett vertauscht. Morgen kommen die IT-Spezialisten, extra aus Berlin. Jetzt müssen wir alles dreimal prüfen, korrigieren und von Hand erledigen. Du kannst dir nicht vorstellen, was hier los ist«, erklärte Direktor Ebbing an Ruste gewandt.

»Dann gib uns die Liste auf Papier. Ist kein Problem!«, erwiderte Ruste.

»Doch, ist es. Wir haben keine Papierlisten mehr. Alles ist digitalisiert. Und jetzt ist alles ein digitales Chaos.«

»Hör mal, Klaus«, sagte Ruste in ruhigem Ton zu Ebbing, »es ist dringend. Wir müssen ermitteln. Und wir vermuten, dass der Täter oder die Täterin aus dem Bekanntenkreis Wassiljews kommt beziehungsweise ihn im Gefängnis besucht hat.«

»Es geht aber nicht, Ben«, gab Ebbing genervt zurück. »Ich habe alle Hände voll zu tun, hier den Betrieb überhaupt aufrechtzuerhalten.«

»Klaus, ich habe den Auftrag von ganz oben. Ich meine, der Alte schickt mich, damit ich diese Liste hole und die Leute überprüfe. Was soll ich dem sagen? Dass deine Leute Pornos gucken und deshalb ein potenzieller Mörder weiter frei herumläuft?«

»Gut! Also gut! Ich kümmere mich darum. Aber dazu muss jemand die Besucherbücher eines Jahres Seite für Seite durchgehen. Das dauert. Mehr kann ich im Augenblick nicht für euch tun. Es sei denn, die IT-Leute spielen morgen ein Back-up ein, und wir können wieder arbeiten.«

Gefängnisdirektor Klaus Ebbing betonte die englischen Begriffe, als wolle er seine Fachkompetenz unterstreichen und Respekt zurückgewinnen. Auf Ruste machte das überhaupt keinen Eindruck. Im Gegenteil. »Du solltest von deinem Gehirn auch ein Back-up anlegen. Bis morgen früh – allerspätestens – brauche ich die Liste. Mach's gut, Klaus«, sagte er und ging zur Tür.

»Einen Moment! Ich wäre euch beiden sehr dankbar, wenn ihr die Virusgeschichte für euch behaltet. Danke.« Ebbing winkte müde, als die Kriminalpolizisten das Büro verließen.

*

Voller Hass blickte das Boxergesicht Anna an. »Jetzt reicht es mir. Eigentlich müsste ich dich für dieses Theater bestrafen. Also los jetzt, rück die CD raus! Meine Geduld ist am Ende.«

»Ich habe sie nicht«, erwiderte Anna trotzig.

Der Mann holte aus und schlug Anna mit der flachen Hand ins Gesicht. Der Hieb war so kräftig, dass sie umfiel und gegen die hölzerne Trennwand der Stallbox geschleudert wurde.

Drohend kam das Boxergesicht auf sie zu. »Vielleicht muss ich dir einige Knochen brechen, bis du dich erinnerst.«

Er trat Anna mit voller Wucht in den Magen, dass sie sich krümmte. Der Schmerz tobte durch ihren gesamten Körper. Sie bekam kaum Luft. »Moment, Moment …«, ächzte sie bettelnd. »Ich gebe Ihnen die CD ja. Ich gebe sie Ihnen.«

Mühsam wandte sie sich zur Trennwand, um sich daran hochzuziehen. Sie würde ihn nicht länger täuschen können. Es gab keinen Ausweg mehr. Sie hatte verloren. Vielleicht war das die gerechte Strafe für ihr Mordattentat, dachte sie. So schloss sich der Kreis.

Als sich Anna gerade ihrem Widersacher zuwenden wollte, um ihm die CD auszuhändigen, fiel ihr Blick auf einen alten metallenen Melkeimer, der jenseits der Trennwand auf dem Boden stand. Reflexartig packte sie den Henkel, dreht sich blitzschnell um und schleuderte den Behälter mit voller Wucht gegen die Schläfe des Boxergesichts. Benommen taumelte der Mann zur Seite und verlor das Gleichgewicht. Er stürzte auf die trächtige Kuh zu, die erschrocken, trotz ihres Gewichts, kräftig mit beiden Hinterbeinen ausschlug. Ein Huf traf den Kopf des Mannes mit voller Wucht. Wie ein Pingpongball änderte der Kopf des Boxergesichts die Flugrichtung und prallte gegen das nächste Hindernis: die massive Trennwand der Box. Anna hörte ein lautes Knacksen, dann war es still. Allein ihre trächtige Kuh tänzelte noch nervös in der Box herum.

Vorsichtig ging Anna auf den Mann zu. Mit verrenktem Kopf lag er reglos auf der Seite. Anna stieß mit dem Fuß gegen seinen Arm. Er ließ sich schlaff beiseiteschieben. Sie nahm ihren ganzen Mut zusammen, beugte sich hinunter und stupste ihren Verfolger mit den Fingern an. Als er nicht reagierte, drehte Anna ihn auf den Rücken. Da sah sie es – der Schädel war an einer Seite eingedrückt und sein Blut hatte das Stroh rot gefärbt. Entsetzt blickte sie in das Boxergesicht. In seinen leblosen Augen konnte sie noch die Überraschung sehen.

Im ersten Moment empfand Anna Erleichterung, dann durchfuhr sie jedoch ein entsetzlicher Gedanke: Dieses Mal hatte sie wirklich einen Menschen getötet. War es Notwehr gewesen? Ging es gar als ein Unfall durch? Sie hatte ihn nur für einen Moment außer Gefecht setzen wollen, hatte ja nicht ahnen können, dass es zu dieser Kettenreaktion kommen würde! Drei Treffer auf einmal: Melkeimer, bockende Kuh und Boxenwand. Fakt war aber, ihr Schlag hatte alles ausgelöst und den Unbekannten ins Jenseits befördert.

Erschöpft setzte sich Anna auf den Boden. Sie hatte einen Menschen auf dem Gewissen. Wie sollte das mit ihr bloß weitergehen? Wann würde dieser Albtraum endlich aufhören?

»Hallo, hallo … Ist da wer?«, riss sie eine Stimme aus ihren Überlegungen. Jemand war vor dem Kuhstall.

KAPITEL 6

24. April

Die führenden Ermittler waren von Junge in den kleinen Konferenzraum der Olper Polizeidienststelle beordert worden, um das weitere Vorgehen in der Entführung des Schützenvogels zu besprechen. Ruste lümmelte sich neben Schröder auf einen der unbequemen Plastikstühle hinter den Tischen, die in dem zweckmäßig eingerichteten Raum in U-Form angeordnet waren. Gelangweilt starrte er zum Polizeidirektor, der an der Stirnseite vor der Leinwand Position bezogen hatte.

Junge kam schnell zur Sache und tobte lautstark, da keiner der Polizisten Ermittlungserfolge vorweisen konnte. »Vor unserer Nase wird ein bunt bemalter Vogel mit einer Spannweite von ungefähr 1,6 Metern gestohlen. Der Vorsitzende des Olper Schützenvereins findet in seinem Briefkasten ein zweites Drohschreiben der Entführer. Ich frage mich: Wie kann das sein? Warum wurde das Haus nicht observiert?«

Nachdem Junge der versammelten Mannschaft mit seinem Vortrag die Hölle heißgemacht hatte und die Runde auflösen wollte, erhob sich Ruste. »Halt, falls ihr euch erinnert: Wir haben noch einen anderen Fall! Einen versuchten Mord, vielleicht sollten wir mal darüber sprechen!«

Ein Blick auf Junges zerknirschtes Gesicht verriet Ruste, dass sein Vorschlag dem Polizeidirektor nicht gefiel. Aber der konnte schlecht etwas dagegen einwenden, immerhin handelte es sich um eine laufende Ermittlung! Wollte Junge ernsthaft, dass die gesamte Belegschaft ausschließlich einem lächerlichen Vogel hinterherjagte?

Als hätte Junge seine Gedanken gelesen, stimmte er missmutig zu. Ruste bat Schröder und die anderen zwei Beamten, die an dem Fall mitarbeiteten, sich wieder zu setzen, und lud Schwenke von der Spurensicherung hinzu.

»Meine Herren«, begann Junge mit ernster Miene und räusperte sich umgehend.

Seufzend ließ sich Ruste auf seinen Plastikstuhl fallen. Der Herr Polizeidirektor ließ sich offensichtlich nicht das Heft aus der Hand nehmen – und erst recht nicht von ihm, dessen war sich Ruste bewusst. Und das obwohl Junge gar keine Ahnung von den Ermittlungen hatte!

»Der Mordversuch an dem Russlanddeutschen Boris Wassiljew, direkt vor den Toren der JVA, ist gute drei Tage her«, erläuterte Junge. »Sie sind alle Profis und wissen, dass die Spur langsam kalt wird. Mit jedem Tag, der verstreicht, werden unsere Chancen geringer, den oder die Täter zu fangen. Ich darf sie daher bitten, Ihre Ergebnisse jetzt auszutauschen, damit wir gemeinsam eine Strategie für die weiteren und hoffentlich erfolgreichen Ermittlungen erarbeiten können. Ich gebe jetzt das Wort an Bernhard Ruste, der den Fall leitet.«

Ruste erhob sich wieder. »Der Ermittlungsstand ist meines Erachtens unbefriedigend«, erklärte er, unbeeindruckt davon, dass Junge unbedingt seine Pissmarke als Chef hatte setzen müssen. »Die Tat fand auf offener Straße statt, vor den Kameras der JVA, und dennoch haben wir bisher kaum Anhaltspunkte. Ich fasse jetzt den Status zusammen und Sie ergänzen bitte, wenn Sie zu einem Punkt neue Erkenntnisse oder Ideen haben.«

Ruste ging zur Tafel, nahm einen Marker in die Hand und hielt in Stichworten die Ergebnisse fest. »Die Tatwaffe lieferte keine brauchbaren Fingerabdrücke. Bisher also eine Sackgasse. Wir können hier noch einige ältere Jäger befragen, vielleicht erinnert sich einer an dieses ungewöhnliche Jagdmesser. Die Aufzeichnungen der Überwachungskameras wurden von Spezialisten bearbeitet. Die Kontraste sind jetzt schärfer, aber man erkennt immer noch nichts. Leider auch nicht das Nummernschild des Autos, das kurz nach der Tat neben dem Opfer hielt. Es ist ein BMW, das ist eindeutig. Und man sieht auf dem Video, dass der Beifahrer die Sporttasche von Wassiljew mitnimmt. Wir haben eine Auflistung des Inhalts von der JVA bekommen. Alles harmlose Sachen. Damit stecken wir auch hier in einer Sackgasse.«

Ruste machte eine kurze Pause und nickte seinen Kollegen zu, bevor er fortfuhr: »Peter und Jörg haben das familiäre und berufliche Umfeld Wassiljews überprüft. Er war offensichtlich bei allen beliebt. Bei seiner Arbeit hat er sich unauffällig verhalten. Damit können wir hier ebenfalls eine Sackgasse vermerken.« Ruste setzte einen Haken hinter die Stichworte ›Familie‹ und ›Beruf‹. »Eine weitere Spur führte aufgrund der Tatwaffe, die laut Untersuchungsbericht ungefähr aus der Zeit des Dritten Reichs stammen muss, ins rechtsradikale Milieu. Doch auch diese erste Vermutung hat uns keine konkreten Ergebnisse gebracht.« Ruste machte eine bedeutungsvolle Pause und blickte zu seinem jungen Adjutant. »Aber eine Spur haben wir. In einer Kölner Diskothek gab es einen Bandenkrieg zwischen der Türken- und der Russenmafia. Das haben die Kölner Kollegen bisher rausbekommen, nicht wahr, Schröder?«

Schröder, offensichtlich überrascht, dass Ruste das Wort an ihn übergab, nickte zustimmend. »Laut dem letzten Bericht gehen die Kollegen davon aus.«

»Interessant ist vor allem, dass in unmittelbarer Nähe zu der Diskothek der VW-Bus eines gewissen Roman Neufeld geparkt hatte. Der kommt aus Kierspe und wird ebenso wie Wassiljew dem Umfeld der Russenmafia zugerechnet. Mittlerweile wurde die Fahndung nach ihm eingeleitet. Er ist offensichtlich nach dem Angriff in der Diskothek untergetaucht – so wie mehrere Russlanddeutsche, die wir in unserer Kartei haben und als Mafiamitglieder gelten.«

»Ja, dann sind wir doch einen großen Schritt weiter«, sagte Junge. »Sehen Sie zu, dass Sie diese Bande aufspüren und vernehmen.« Der Direktor erhob sich. Ein Zeichen dafür, dass für ihn die Konferenz als beendet galt.

»Aber was ist mit den Abdrücken der Schuhsohlen?«, fragte Schwenke.

Junge setzte sich entnervt wieder hin und sah den Leiter der Spurensicherung ungeduldig an.

»Wir haben am Tatort sehr gute Abdrücke nehmen können«, erklärte Schwenke. »Es sind Damenwinterschuhe der Größe 37 mit stark ausgeprägten Profilen. Ein Modell der Firma Goretex, das breit über den Handel vertrieben wird. Ein Massenprodukt also. Allerdings ist das Profil charakteristisch abgelaufen. Mit anderen Worten: Kommen wir der Frau auf die Spur und können uns ihre Schuhe ansehen, kommen wir in dem Fall weiter.«

»Danke für Ihren Hinweis, Herr Schwenke«, sagte Direktor Junge und lächelte süffisant. »Nun, Herr Polizeikommissar Ruste, wie passt dieses Indiz zu Ihrer Theorie von einem Bandenkrieg? Was hat eine Frau mit der Türken- oder der Russenmafia zu tun? Können Sie mir das erklären? Und haben Sie sich schon überhaupt die JVA-Besucherliste von Wassiljew vorgenommen?«

Die Frage überraschte Ruste. So viel Gespür hatte er seinem Vorgesetzten nicht zugetraut. »Sie haben völlig recht«, antwortete Ruste und tauschte grinsend mit Schröder vielsagende Blicke aus. »Darf ich Ihnen das gleich unter vier Augen erklären?«

Schröder kam seinem Chef eifrig zu Hilfe. »Und was den Fall angeht: Vielleicht haben wir es mit zwei unabhängigen Spuren zu tun, die sich bei zufällig kreuzen. Vielleicht war der Täter eine Frau? Oder jemand, der bewusst Frauenschuhe trug, um uns zu täuschen? Vielleicht hatte der BMW gar nichts mit dem Mord zu tun, sondern es waren Komplizen, die Wassiljew abholen wollten.«

»Etwas absurd, aber die Spurenlage würde diese Vermutung stützen«, ergänzte Schwenke zögerlich.

»Gute Überlegung, Schröder«, brummte Junge. »Das war es dann, meine Herren. Ruste und Schröder, Sie bleiben hier und erläutern mir umgehend, warum Sie sich beim Thema Besucherliste so kindisch angegrinst haben!«

Rasch hatte Anna den leblosen Körper des schweren Mannes in die Ecke der Box gezogen und mit Stroh bedeckt, bevor sie vor den Stall getreten war. Sie war noch damit beschäftigt, die Halme von ihrem Kittel zu klopfen, als sie beim Anblick ihres Besuchers erstarrte. Anna erkannte ihn sofort wieder: Den jungen Mann, den sie *eigentlich* hatte töten wollen. Er hatte sich überhaupt nicht verändert. Er war noch immer der schlaksige Junge, nur das alberne Kinnbärtchen hatte er abrasiert.

»Ich will Sie nicht sehen, verschwinden Sie!«, befahl Anna.

Tim Mazcevski stand verloren zwischen den ganzen Kühen, die noch immer ziellos auf dem Vorplatz herumgingen. »Sie wissen, wer ich bin?«

»Sicher, Herr Mazcevski. Verschwinden Sie auf der Stelle!«

»Ich bitte Sie. Geben Sie mir nur fünf Minuten. Ich komme direkt aus dem Gefängnis.«

Anna beäugte den jungen Mann misstrauisch. Er trug eine Jeans und einen Parka mit Fellbesatz an der Kapuze. Seine Gesichtszüge waren kantiger, als sie sie in Erinnerung hatte. War er etwa erwachsen geworden?

»Was wollen Sie von mir?«, fuhr ihn Anna schroff an.

»Ich möchte mit Ihnen reden. Einfach nur reden, wenn Sie es erlauben?«

Anna stand überhaupt nicht der Sinn nach Reden. Sie musste das Problem mit der Leiche lösen, und zwar schleunigst.

»Ich habe keine Zeit. Ich muss mich um die Tiere kümmern. Sie müssen zurück in den Stall.«

»Ein bisschen früh, um die Kühe schon aus dem Stall zu lassen, oder? Sie müssen wissen, meine Familie hatte früher auch Milchvieh und das durfte erst im Mai raus. Soll ich Ihnen helfen, die Tiere hineinzutreiben?«

»Danke, das schaffe ich allein. Ich würde mich wirklich wohler fühlen, wenn Sie jetzt verschwinden und Ihre Briefe einstellen würden. Gehen Sie nach Hause.«

»Das kann ich nicht. Mein Vater will mich nach dem … also, nach dem Unfall nicht mehr sehen. Nur meine Mutter hat mich im Gefängnis besucht. Ehrlich gesagt weiß ich überhaupt nicht, wo ich hin soll.« Mazcevski blinzelte in die Sonne. »Kann ich nicht doch helfen? Das wäre schön.«

Anna zögerte. Irgendwie tat ihr der Junge leid. Er schien einsam zu sein – wie sie. Und hatte sie nicht den Entschluss gefasst, die Vergangenheit ruhen zu lassen? Nachdenklich ließ sie den Blick über ihre Herde schweifen. Etwas Hilfe beim Eintreiben der Tiere könnte nicht schaden.

»Gut, ich hole zwei Leinen für die Leitkühe«, gab Anna schließlich nach. »Sie bleiben hier.« Sie ging in den Stall und kam mit zwei orangefarbenen Nylonstricken heraus. »Sie nehmen die da, das ist Agatha Christie, und ich nehme die hier, Enid Blyton. Sie wissen, wie das geht?«

»Klar, weiß ich … Komische Namen.« Gekonnt legte er dem Tier den Strick um den Hals und klinkte den Karabinerverschluss in der Metallöse ein. Dann zog er die Kuh in Richtung Tor. Doch Agatha weigerte sich, Mazcevski zu folgen. »Na los, komm schon!«, rief der junge Mann und zog fester.

Anna konnte sich ein Lächeln nicht verkneifen. Belustigt beobachtete sie, wie Agatha trotzig stehen blieb und den Kopf senkte. Mazcevski schlug ihr mit der flachen Hand aufs Hinterteil und sprang dann nach vorn, um erneut am Seil zu ziehen. Anna musste anerkennen, dass er seine Aufgabe ohne Angst anging, wie es nur jemand konnte, der mit den Tieren aufgewachsen war. Agatha schien ihn schließlich als Führer anzuerkennen und setzte sich in Bewegung. Langsam trottete sie hinter ihm her.

»Na, geht doch«, lobte Mazcevski.

»Das haben Sie gut gemacht«, sagte Anna zu ihrem jungen Helfer und führte Enid hinter Agatha in den Stall.

Sie schaute zurück auf den Vorplatz, um sich zu vergewissern, dass der Rest der Herde den Leittieren folgte.

»Sie müssen hierhin.« Anna deutete auf die Anbindestelle im Stall. »Die anderen kommen von allein. Ich muss kurz hinter dem Gebäude etwas erledigen, bin gleich wieder da. Achten Sie auf die Kühe«, sagte Anna und gab Mazcevski ihre Leine.

Sie lief aus dem Stall. Wie hatte sie das nur vergessen können? Sie musste schnellstens die Spuren des Kampfes beseitigen, bevor Mazcevski sie entdeckte. Als sie an der Güllepumpe angekommen war, hob sie die Schrotflinte vom Boden auf und verbarg sie notdürftig in einem kleinen Gebüsch. Das musste vorerst reichen. Später würde sie sich in Ruhe darum kümmern. Im Eilschritt trat sie den Rückweg zu ihren Tieren an.

Als sämtliche Kühe im Stall waren, schloss Anna sorgfältig die Absperrungen der Metallzäune. »Ich danke Ihnen.« Sie drehte sich zu Mazcevski um und sah ihm direkt in die Augen. Es war das erste Mal, dass sie dabei keinen unbändigen Hass empfand. »Na kommen Sie. Wir können ja einen Kaffee trinken!«

Auf dem Weg hinunter zum Bauernhaus wunderte sich Anna über sich selbst. Wer hätte gedacht, dass sie einmal mit dem Jungen, der ihren Ehemann getötet hatte, zusammensitzen würde? Doch sie hatte das Gefühl, etwas wiedergutmachen zu müssen – so wie er. Immerhin hätte sie ihn noch vor drei Tagen am liebsten umgebracht und es beinahe auch getan. Sie musste das Kriegsbeil endgültig begraben, es hatte sie bereits in genügend Schwierigkeiten gebracht.

Anna führte Mazcevski in die ›gute Stube‹, wie sie ihr Wohnzimmer gern nannte. Als sie mit dem Tablett mit

Kaffeetassen und Plätzchen hereinkam, stand Mazcevski vor dem Bild, das im Glasrahmen über der Couch hing. »Sind Sie das?«

Anna lächelte. »Nein, das ist ein Druck von Jan Vermeer. Es ist ein altes, berühmtes Bild. ›Das Mädchen mit dem Perlenohrgehänge‹. Klaus, also mein Mann, hat es mir geschenkt. Er fand auch, dass die Frau mir ähnlich sieht.«

Betreten setzte sich Mazcevski in den alten Sessel mit Lehnen aus dunklem Holz, während Anna auf dem Sofa Platz nahm. Die Sitzflächen waren abgenutzt, sodass sie die gehäkelten Deckchen, die noch von ihrer Schwiegermutter stammten, darauf gelegt hatte. Auch wenn sie sich neue Möbel wünschte, daran war im Augenblick nicht zu denken. Und irgendwie passten die altmodischen Überwürfe zu der urigen Anrichte, deren Holz ebenso wie das des kleinen Wohnzimmertischs im Laufe der Jahrzehnte fast schwarz nachgedunkelt war. Der einzige Luxus, den sich Klaus und Anna gegönnt hatten, war die neue Terrassentür. Doch nicht einmal die Terrasse selbst war fertig. Seit Klaus' Tod standen die Bauarbeiten still.

Anna blickte Mazcevski durchdringend an. »Sie möchten, dass ich Ihnen die Last Ihrer Schuld abnehme, richtig?«

Der junge Mann schüttelt nachdenklich den Kopf. »Nein. Mir ist die Tragweite meiner Tat bewusst. Ich möchte Ihnen lediglich versichern, dass es mir aufrichtig leidtut. Ich kann Ihren Mann nicht ins Leben zurückholen. Ich kann es nicht ungeschehen machen. Aber Sie sollen bitte nicht von mir denken, dass mich das Geschehene kaltlässt. Es wird mich mein ganzes Leben lang begleiten.«

Anna trank schweigend ihren Kaffee. Der Schmerz saß doch noch tiefer, als sie gedacht hatte. »Wissen Sie, wenn man jemanden über alles liebt, aber diese Liebe sich nicht erfüllt, dann rinnt das Leben einfach so dahin. Man vergisst schnell, wie kostbar das eigene Dasein ist.«

Mazcevski nickte und rührte gedankenverloren mit dem Löffel in seiner Kaffeetasse. »Ich hatte noch nie solch ein starkes Gefühl. Aber ich kann mir vorstellen, was Sie meinen. Ich wollte Ihnen Ihren Mann nicht wegnehmen, glauben Sie mir das.«

Tränen stiegen Anna in die Augen. »Sie machen es sich verdammt einfach. Immerhin haben Sie ihn angefahren und sind dann abgehauen. Klaus lag eine Stunde im Graben, ehe man ihn fand. Kostbare Zeit ist verstrichen, bevor Sie die Polizei benachrichtigt haben – und das auch noch anonym. Mein Mann hätte überleben können, ist Ihnen das jemals klar geworden?«

»Ich weiß, dass ich alles verkehrt gemacht habe. Ich war in Panik geraten. Ich habe eben den Wagen meiner Eltern ohne Erlaubnis genommen, um zur Disco zu fahren, und dort etwas getrunken. Als ich dann am frühen Morgen zurückgefahren bin, tauchte plötzlich kurz hinter der Kurve Ihr Mann vor dem Wagen auf. Glauben Sie mir, ich habe sofort aufs Bremspedal getreten, aber die Bremsen haben versagt! Diese billigen Fälschungen! Aber das wissen Sie ja bereits. Verstehen Sie mich nicht falsch, mir ist bewusst, dass ich mich nicht richtig verhalten habe. Aber als die Polizei mich ausfindig gemacht hatte, habe ich sofort die Wahrheit erzählt. Und hätten die Bremsbacken funktioniert, wäre es gar nicht so weit gekommen! Ich wäre rechtzeitig zum Stehen gekommen. Die Polizei hat ja bestätigt, dass das Material so miserabel war, dass es sich bei der Vollbremsung quasi in Pulver aufgelöst hat!« Auch Mazcevski liefen nun Tränen über die Wangen.

Anna wollte seinen Arm ergreifen, um ihn zu trösten, doch ihre Hand zuckte zurück. Sie fühlte sich hin- und hergerissen. Sie musste sich eingestehen, dass sie so etwas wie Genugtuung empfand. War es nicht ausgleichende Gerechtigkeit, dass der Junge nun so verzweifelt war? Andererseits hegte sie auch Mitgefühl für ihn. Seine Reue war echt. Und er hatte recht – wären die Autobremsen keine minderwertigen Fälschungen gewesen, hätte Mazcevski Klaus vermutlich nie angefahren. Doch sie konnte ihm beim besten Willen nicht vergeben. Noch nicht.

»Und jetzt, was haben Sie jetzt vor?«, lenkte Anna das Gespräch in eine neue Bahn.

Mazcevski wischte sich die Tränen aus dem Gesicht und trank seinen Kaffee in einem Zug aus. »Ich weiß es noch nicht so genau. Ich habe im Knast eine Lehre als Schreiner gemacht und mein Abi nachgeholt. Ich hatte vor, mir eine Wohnung zu suchen und Architektur zu studieren.«

»Architektur? Interessant. Mein Mann hat sich auch dafür interessiert. Vor allem für traditionelle Bauernhäuser. Wir … ich meine, ich wohne ja selbst auf einem sehr alten Hof. Ich kann Ihnen ja seine Bücher ausleihen, wenn Sie wollen?«

»Das, das … wäre mir eine Ehre«, stotterte Mazcevski überrascht.

Anna kam eine Idee. »Wissen Sie was? Wir sollten einmal zusammen zum Friedhof gehen und das Grab von Klaus besuchen. Vielleicht finden wir dann beide unseren Frieden und können wieder in die Zukunft blicken. Was halten Sie davon? Haben Sie Zeit?«

»Das ist mehr, als ich erwarten durfte.«

Anna und Mazcevski standen gerade auf, als es an der Wohnzimmertür klopfte. »Anna, bist du da? Die Haustür war nicht verschlossen …«

»Ja, Ronald, komm ruhig herein!«, antwortete Anna und wartete, bis ihr alter Schulfreund seinen Kopf durch die Tür gestreckt hatte. »Was verschafft mir die Ehre, dich an einem Tag zweimal sehen zu dürfen? Ich bin es ja gar nicht mehr gewohnt, so häufig Besuch zu empfangen!«

»Ähm, ja, ich wollte mit dir etwas besprechen. Störe ich?«, fragte Ronald.

»Nein«, antwortete Anna, »Herr Mazcevski wollte sowieso gerade gehen.« Sie deutete ihrem Besucher mit einem Kopfnicken an, dass es besser wäre, aufzubrechen.

»Sind Sie etwa der Typ, der Klaus über den Haufen gefahren hat?« Ronald schritt mit hochrotem Gesicht drohend auf Mazcevski zu.

»Es ist alles in Ordnung, Ronald. Wirklich. Wir haben geredet.«

Mazcevski stand auf. »Ja, dann … Auf Wiedersehen, Frau Lobbisch. Es hat mich wirklich gefreut, dass Sie mir zugehört haben.«

Er streckte Anna seine Hand hin, die sie ergriff, ohne darüber nachzudenken. Als sich ihre Handflächen berührten, erstarrte sie für einen Moment. Doch der Schreck wich schnell einem Gefühl von Erleichterung. Das war ein wichtiger Schritt, dachte Anna. Sie musste lernen, dem Jungen zu vergeben.

Sie lächelte ihn an. »Rufen Sie mich an und lassen Sie uns unser Vorhaben bald umsetzen.«

»Gerne«, flüsterte Mazcevski. Er ließ Annas Hand los und nickte stumm in Ronalds Richtung, bevor er den Raum verließ.

Ronald schaute ihm skeptisch hinterher. »Du willst dich doch nicht ernsthaft mit diesem Mörder treffen?«

»Nein, ich will keinen engeren Kontakt. Aber ich muss die Geschehnisse aufarbeiten, und ich glaube, die Gespräche mit ihm könnten mir helfen.«

Ihr alter Schulfreund blickte sie stumm an, bevor er zögerlich sagte: »Ja du hast recht, wir sollten die Vergangenheit ruhen lassen und nach vorne schauen. Mir ist auch eine gute Idee für die Zukunft eingefallen. Deshalb bin ich hier.«

Er setzte sich Anna gegenüber und nahm ihre Hände in die seinen. »Ich habe über uns nachgedacht. Heute Morgen glaube ich, Zuneigung von deiner Seite aus gespürt zu haben. Du weißt, Anna, dass ich von einem Leben mit dir träume. Deshalb habe ich mich gleich umgehört. In der Nähe der Talsperre steht ein großes Bauernhaus zum Verkauf, wo wir gemeinsam einziehen könnten. Ich weiß, wie wichtig dir das Leben auf dem Hof …«

»Ronald, Ronald …«, unterbrach ihn Anna. »Das ist lieb von dir. Allerdings ist es zu früh. Ich bin noch nicht bereit.«

»Aber unser Spaziergang heute …«, widersprach Ronald.

»War vielleicht ein zarter Anfang«, ergänzte Anna. »Und du bist noch verheiratet! Wir kennen uns doch gar nicht näher, ich meine, wir kennen uns lange, aber mehr nicht. Gib uns Zeit. Bitte.«

»Anna, ich kenne dich jetzt seit fast 40 Jahren. Wie lange soll ich denn noch warten?«

»Ronald, ich verstehe dich. Ich habe jedoch wirklich keinen Kopf dafür. Es ist in den letzten Tagen so viel passiert.«

»Komm, fahr mit mir zu dem Hof und schau ihn dir wenigsten an. Du wärst alle Geldsorgen los. Und wir gehören zusammen, das fühlst du doch auch?«

»Ich weiß momentan überhaupt nicht, was ich fühle. Das hat nichts mit dir zu tun. Tu mir einen Gefallen, beende erst mal deine Ehe, bevor wir weitersehen, okay?«

Ronald ließ nicht locker. Er griff in die Innentasche seines Sakkos und holte ein Bündel Papier heraus. »Ich habe ein Geschenk für dich, quasi als Aussicht auf unseren Lebensbund«, sagte er mit einem entschuldigenden Lächeln und zückte einen Kuli. »Den Kaufvertrag für den Hof.«

Das war zu viel für Anna. »Komm, lass gut sein. Nimm den Stift und die Papiere wieder mit. Ich brauche wirklich Zeit. Ich möchte vorerst hier bei meinen Tieren bleiben. Auf *meinem* Hof. Hier gehöre ich hin. Bitte lass mich jetzt alleine.« Sie wollte nur noch ihre Ruhe. Sie musste nachdenken.

Enttäuscht faltete Ronald den Vertrag zusammen und steckte ihn mitsamt dem Kuli wieder ein. »Bitte denk darüber nach. Mach es uns nicht so schwer. Du weißt, wo du mich findest«, sagte er leise. Dann stand er auf und verließ ohne ein weiteres Wort das Wohnzimmer.

Anna schaute ihm hinterher. Wie hatte das passieren können? Hatte sie ihm am Morgen wirklich derart Hoffnung gemacht, dass es diesen Schnellschuss rechtfertigen würde? Nein, Ronald hatte überstürzt gehandelt. Nie und nimmer hatte sie ihm signalisiert, dass sie gleich morgen mit ihm ein gemeinsames Leben anfangen wolle! Sie lehnte sich seufzend in ihrem Sofa zurück. Und dann auch noch die Sache mit Mazcevski! Ihr schwirrte der Kopf. Aber sie hatte keine Zeit zum Nachdenken. Sie hatte Dringliches zu tun. Eine Leiche wartete auf sie!

Anna zog sich ihren schmutzigen Kittel an, schlüpfte in die mistbeschmierten Gummistiefel und machte sich auf den Weg, den Hügel hinauf. Auf einmal tauchte Mazcevski hinter dem Kuhstall auf und lief ihr entgegen. Mit großen, ungläubigen Augen blickte er Anna an.

*

In ihrem Quartier wartete Viktor mit seinen zwei Gehilfen vergebens auf eine Reaktion der türkischen Mafiabande. Mittlerweile war Özlem seit fast 48 Stunden in ihrer Gewalt. Auch der zweite Entführungstag war bereits zur Hälfte verstrichen und Mustafa hatte sie noch immer nicht geregt. Die Zeit schien zu kriechen.

Viktor starrte abwechselnd auf sein Handy und zur Geisel hinüber. »Wenn er sich nicht bald meldet, müssen wir etwas unternehmen.«

Er musste diese Täterin unbedingt ausfindig machen. Sollte Boris aus dem Koma erwachen, würde Viktor sie ihm präsentieren. Damit könnte er zu seinem gleichberechtigten Partner in der Organisation aufsteigen. Und wenn sein Boss das Zeitliche segnete, was er hoffte, hätte er als neuer Kopf der russischen Mafiabande ein Zeichen gesetzt. Mit ihm würde Mustafa kein so leichtes Spiel haben wie mit Boris!

»Meinst du, Mustafa hat vor, uns zu überfallen?«, fragte Roman.

Viktor verdrehte die Augen. Solch eine blöde Frage konnte nur der geleckte Roman stellen. »Wie soll das gehen?«, knurrte Viktor. »Er kennt unser Versteck nicht. Und selbst wenn – draußen stehen vier Mann mit Maschinengewehren. Außerdem können wir innerhalb von zehn Minuten weitere zwanzig Leute herbeordern!« Wütend starrte er Alexej an, der seine Rapperkappe wie immer verkehrt herum trug, und riss ihm die Mütze vom Kopf. »Weg mit dem dämlichen Ding, wir sind hier nicht in der Bronx!«

Alexej murmelte etwas ärgerlich vor sich hin und nahm einen großen Schluck aus der Wodkaflasche.

»Aber wie geht's jetzt weiter, Viktor?«, fragte Roman unbeirrt. »Wir können nicht ewig warten. Die Jungs draußen fragen sich auch schon, was die ganze Aktion soll. Du musst was tun.«

»Du hast recht. Du hast ja völlig recht ...« Viktor verpasste Roman eine klatschende Ohrfeige. »Aber du hast mir keine Vorschriften zu machen, kapiert?«

»Tut mir leid«, gab Roman kleinlaut zurück, während er seine Wange hielt, »ich wollte dir keine Vorschriften machen. Ich wollte dich nur informieren, wie die Stimmung ist.«

»Das weiß ich selbst. Ich weiß auch, dass wir jetzt aktiv werden müssen.« Er machte eine Pause. »Wir werden die Kleine in Stücken zu Mustafa zurückschicken.«

»Zersägen?«, fragte Roman freudig und nahm ebenfalls einen ordentlichen Schluck aus der Wodkaflasche.

»Hört mit dem Saufen auf!«, fuhr Viktor seine beiden Untergebenen an. »Ihr braucht eure Sinne später noch. Um auf deine Frage zurückzukommen, Roman: Zersägen kommt zum Schluss.« Grinsend schaute er zu

Özlem. »Wir beginnen mit einer Hand. Mit ihrem Ringfinger, samt Verlobungsring. Damit Mustafa keinen Zweifel daran hat, dass das schöne Geschenk von seiner Kleinen stammt. Los, Alexej, hol den Bolzenschneider aus der Werkstatt.«

Eifrig lief Alexej nach nebenan und kam mit einer großen Zange zurück. Trotz Viktors Ermahnung trank er einen noch großen Schluck Wodka, bevor er schwankend auf Özlem zuging. Sie versuchte, sich auf den Bauch zu drehen und ihr Gesicht im dreckigen Laken zu verbergen. Alexej riss sie herum. Verzweifelt trat Özlem nach ihm. Alexej lachte, ließ demonstrativ seine Muskel spielen und schlug ihr ins Gesicht. Roman eilte hinzu und warf sich auf die Geisel, sodass Alexej in aller Ruhe ihren linken Arm fixieren konnte. Als er die Zange ansetzte, ballte Özlem die Faust. Viktor trat ans Bett heran und drückte ohne große Mühe die Finger auseinander.

»Das hast du ganz allein deinem Mustafa zu verdanken, vergiss das nicht«, sagte Viktor und riss Alexej die Zange aus der Hand. Als er die Griffe zusammendrückte, sah er aus dem Augenwinkel, dass Roman feige den Kopf zur Seite drehte. Özlem schrie wie am Spieß. Fast hätte Viktor das leise Knacken des Fingers gar nicht gehört.

»Das ist sie!«, brüllte Roman plötzlich. »Das ist sie!«

Viktor hielt verwundert inne. Er verstand nicht, was Roman meinte. »Wer ist was? Spinnst du?«

Jetzt deutete Roman hektisch zum kleinen Fernseher auf dem Aktenschrank, in dem gerade stumm die Regionalnachrichten des WDR liefen. »Die da, das ist sie! Das ist die Frau, die Boris umbringen wollte. Dasselbe blaue Kopftuch, das ist die Frau. Eindeutig.«

»Stell den Ton an«, befahl Viktor und ließ von Özlem ab. Konzentriert verfolgte er die Sendung ›Starke Frauen in Südwestfalen‹. Als der Name der Interviewten eingeblendet wurde, rief er: »Da! ›Anna Lobbisch, Landwirtin aus Ratemicke‹. Die holen wir uns!«

»Aber warum sollte eine Bäuerin Boris umbringen wollen?«, zweifelte Roman.

»Keine Ahnung«, mischte sich Alexej ein. »Aber du hast recht. Das ist die Frau, die sich über den Boss gebeugt hat und dann abgehauen ist. Ich erkenne sie. Gleiche Statur, das Gesicht, das Kopftuch. Es passt alles. Das ist sie, eindeutig.«

Viktor starrte ungläubig auf den Finger in seiner Hand. Der Verlobungsring glitzerte blau im fahlen Neonlicht. »Oh, Scheiße«, flüsterte Viktor, »Oh, was für eine Scheiße.« Schnell ging er zum Kühlschrank.

*

»Was ist passiert?« Anna war davon ausgegangen, dass Mazcevski den Hof längst verlassen hatte. Doch jetzt stand er verstört vor ihr, sein Parka und seine Jeans waren dreckverschmiert und seine ehemals weißen Turnschuhe komplett mit Schlamm verkrustet. Nur sein Gesicht war weiß. »Sie sind ja leichenblass! Geht es Ihnen gut?

»›Leichenblass‹ passt«, erwiderte Mazcevski erstaunlich ruhig. »Das passt wirklich.«

»Woher kommen Sie?«, fragte Anna streng.

Mazcevski fuhr sich mit seinen Händen verlegen durch die Haare. »Das wissen Sie doch genau. Ich habe vorhin die Kälbchen gesehen, die wollte ich vor dem Gehen noch kurz besuchen, und …« Er zögerte, schaute Anna aber fest in die Augen. »Dann habe ich in einer der Boxen Beine aus dem Stroh herausragen sehen.«

»Sie haben die Leiche entdeckt!«, entfuhr es Anna.

»Ich habe die Leiche entdeckt«, bestätigte Mazcevski kopfnickend. »Und daraufhin hab ich mir gedacht, das klingt jetzt bestimmt bescheuert, aber ich hab mir gedacht, ich lasse die Leiche lieber verschwinden, bevor Ihr Freund oder jemand anders sie entdeckt.«

Anna war baff. Sie stemmte die Hände in die Hüften und ging vor Mazcevski auf und ab. »Sie haben was? Sie haben das Boxergesicht verschwinden lassen? … Aber das geht Sie doch gar nichts an! Es ist besser, Sie vergessen alles und verschwinden von hier! Sofort! Ich habe schon genug Schwierigkeiten.«

»Das glaube ich Ihnen aufs Wort. Der Tote war bewaffnet und er sah nicht sehr vertrauenserweckend aus. Haben Sie ihn in Notwehr getötet? Ich hatte einfach das Gefühl, ich müsste Ihnen helfen, ich müsste Ihnen beistehen. Ich weiß nicht, was geschehen ist. Aber eines erscheint sicher: Sie wollen keine Polizei. Und Sie haben riesige Probleme. Möchten Sie mir nicht erzählen, was los ist, Frau Lobbisch?«

Anna gestikulierte wild mit den Armen. Ihr fehlten die Worte. Wie konnte sich dieser Junge da einmischen? Das machte alles nur noch komplizierter. »Was geht Sie das an? Wo ist die Leiche jetzt?«, fuhr sie Mazcevski wütend an.

»Ich habe sie in den Güllebehälter hinter dem Kuhstall geworfen. Der Mann hatte keine Papiere bei sich. Nur eine Pistole und einen Autoschlüssel. Ich hab mich auf die Suche gemacht und den dazugehörigen Mercedes auf einem Wanderparkplatz da vorne gefunden.« Er zeigte in Richtung des Waldes. »Keine Sorge, ich habe den Wagen im Gehölz versteckt und meine Fingerabdrücke abgewischt. Meinen Sie nicht, ich sollte jetzt erfahren, was geschehen ist?«

Anna starrte den jungen Mann verwundert an. Wieso tat er das? Warum hatte er nicht direkt die Polizei gerufen? »Was soll das alles, Herr Mazcevski? Glauben Sie, wenn Sie mich decken, wären wir quitt?«

Mazcevski rollte mit den Augen. »Quatsch, das glaube ich nicht. Ich glaube, dass Sie den Mann in Notwehr getötet haben, und zwar kurz bevor ich aufgetaucht bin. Es sah aus, als ob Sie in der Box mit ihm gekämpft hätten. Stimmt das?«

Anna nickte stumm. Der Junge hatte eine gute Beobachtungsgabe. Ihr Bild von dem unverantwortlichen Jugendlichen, der ihr Leben zerstört hatte, bröckelte immer mehr.

»Wie kann ich Ihnen also helfen?«, fragte Mazcevski erneut.

»Ich glaube, ich muss Ihnen einiges erklären, und das wird Ihnen nicht gefallen«, antwortete Anna zögerlich. »Aber die Leiche kann nicht in dem Güllebehälter bleiben. Ich war gerade dabei, ihn leerzupumpen. Kommen Sie mit, Sie können mich dabei unterstützen.« Sie machte eine kurze Pause, bevor sie fragte: »Nach all dem, was nun passiert ist … Darf ich Tim zu Ihnen sagen?«

»Gerne.«

»Ich bin Anna.«

*

Alexej saß am Steuer seines BMWs, während Roman am Navigationsgerät herumhantierte. Zwar hatten sie die Adresse von dieser Lobbisch leicht über das Internet herausbekommen, doch sie konnten das Haus einfach nicht finden. Sie fuhren jetzt bereits das dritte Mal die Landstraße nach Ratemicke auf und ab.

»Hier! Das muss es sein. Da hinten muss ihr Hof liegen«, rief Roman und deutete auf einen geschotterten Pfad, der einen Hügel hinaufführte. Am Rande des Weges, versteckt inmitten eines Weidenbusches, stand ein silberner Briefkasten mit roter Metallfahne.

Alexej lenkte den Wagen von der Landstraße. »Glaubst du, Mustafas Braut ist ins Krankenhaus reingegangen?«, frage Alexej, als er langsam den Schotterweg entlangfuhr.

»Ja klar, was sonst?«, antwortete Roman.

»Ich verstehe nicht, warum wir sie überhaupt hinbringen mussten. Die wird doch nur Probleme machen. Wir hätten sie einfach kaltmachen sollen«, überlegte Alexej laut.

»Viktor hat gesagt, er will einen unnötigen Krieg mit den Kölner Türken vermeiden. Ich glaube, so etwas nennt man ›Deeskalation‹«, erklärte Roman. »Wir schnappen uns gleich diese Bäuerin und übergeben sie Mustafa als Entschuldigung. Obendrein kriegt er seine Verlobte mit angenähtem Finger zurück. Viktor meint, so können sich alle Beteiligten beruhigen, und Boris wird zufrieden sein, wenn er wieder aufwacht. Und das wird er! Vielleicht quetscht er dann gemeinsam mit Mustafa die Bäuerin aus, warum sie das Attentat verübt hat. Durch *sie* sind wir doch erst in diesen Schlamassel geraten. Ich kann mir gut vorstellen, dass sie sie umbringen. Quasi eine Art Friedensbündnis, das mit dem Blut der Täterin besiegelt wird.«

Alexej verdrehte die Augen. Roman laberte einfach zu viel. Er quatschte immer dieses blöde Zeug! Er hingegen hätte Mustafas Verlobte einfach abgeknallt! Aber leider hatte Viktor das Sagen und der hatte ihnen einen klaren Auftrag gegeben. Und genau den würde er jetzt ausführen, ganz gleich, was der Boss weiter geplant hatte.

KAPITEL 7

24. April

Auf dem Weg zum Güllebehälter dachte Anna darüber nach, was sie von Tims Hilfe halten und wie viel sie ihm preisgeben sollte.

»Sie erzählen mir die Geschichte, wenn Sie bereit dazu sind, okay? Bis dahin nehme ich an, dass Sie ungefährlich sind.« Tim lächelte sie unsicher an.

Anna nickte ernst. »Ich erzähle es dir, sobald wir Ruhe finden.«

Als sie hinter dem Kuhstall ankamen, blickte Anna in den kreisrunden Betonbehälter, der bis auf einen hüfthohen Rand im Boden versenkt war. Die Leiche konnte unmöglich dort drin bleiben. Sie würde aufsteigen, sobald sich Gase im Körper gebildet hatten. Anna beschloss, den unbekannten Toten am nächsten Tag an einer unzugänglichen Stelle im Wald zu vergraben. Obwohl sie bereits einen Teil der Gülle abgepumpt hatte, würde sie weitere fünf bis sechs Ladungen in den Anhänger befördern müssen, bis das Becken halbwegs leer war. Und um die Gülle auszufahren, war es bereits zu spät. Zwar verfügte ihr Traktor über starke Scheinwerfer, aber die Arbeit im Dunkeln war auf den hügeligen Feldern immer mit Risiken verbunden.

»Weißt du schon, wo du heute Nacht schläfst?«, fragte sie Tim, der neben ihr auf die Gülle starrte.

Tim zuckte unschlüssig mit den Schultern. »Keine Ahnung. Im Hotel wahrscheinlich. Ich kann mir ja nachher ein Taxi rufen.« Er deutete auf die Gülle. »Soll ich jetzt da rein und ihn rausholen? Ich habe Steine mit den Seilen aus dem Kuhstall an ihm festgebunden, damit er unten bleibt.«

»Das Becken ist drei Meter tief«, erklärte Anna. »Da kannst du nicht einfach hineinsteigen, geschweige denn bis zum Grund tauchen. Außerdem dämmert es schon. Nein, ich pumpe jetzt noch den Anhänger voll, im Anschluss melken wir die Kühe, bereiten das Futter vor und dann erzähle ich dir die ganze Geschichte. Du kannst im Wohnzimmer schlafen, wenn du willst.«

Anna hatte zwar ein zwiespältiges Gefühl dabei, Tim bei sich im Haus übernachten zu lassen, aber hatte sie eine andere Wahl? Immerhin war er jetzt in die Geschichte verstrickt. Und vielleicht war es von Vorteil, wenn sie die Nacht über nicht allein war. Womöglich tauchte ja noch jemand unverhofft auf …

»Ich kann mir gut vorstellen, dass es Ihnen nicht recht ist, wenn ich unter Ihrem Dach schlafe«, unterbrach Tim ihre Überlegungen. »Vielleicht sollte ich einfach morgen früh wiederkommen?«

Sein Einfühlungsvermögen überraschte Anna. Lächelnd strich sie sich eine blonde Strähne aus dem Gesicht, bevor sie antwortete: »Wir wollten uns doch duzen. Schon vergessen? Und so dreckig wie du bist, kannst du unmöglich in ein Hotel gehen. Die rufen sofort die Polizei und fünf Minuten später stehen die bei mir vor der Tür. Nein, das geht in Ordnung, du kannst ruhig hier schlafen.«

Sie schaltete die Pumpe ein, die mit ihrem typischen Gurgeln die Fäkalien in den Anhänger des Traktors beförderte. Anna und Tim lauschten schweigend. Die

Sonne versank allmählich hinter den Wipfeln der Nadelbäume und tauchte die Schleierwolken hoch am Himmel in ein zartes Rosa. Hinter dem Hügel konnte man in der Dämmerung einige Häuser Ratemickes und den Zwiebelturm der Kirche mit der großen, goldenen Turmuhr ausmachen. Bald würde die Kirche durch Außenstrahler erleuchtet werden, dann war der Anblick des kleinen Dorfes besonders schön. Alles sah nach Postkartenidylle aus. Nie würde jemand vermuten, welch verwickelte Verbrechen sich gerade in diesem friedlichen Tal abspielten.

»Bewirtschaften Sie, äh, ich meine, bewirtschaftest du den ganzen Hof allein?«, durchbrach Tim das Schweigen.

»Ja. Das habe ich dir zu verdanken.« Unmittelbar nachdem Anna die spitze Bemerkung geäußert hatte, bereute sie es. »Tut mir leid. Es ist nur so … Ich bin einfach noch nicht darüber hinweg, verstehst du? Noch nicht … Auch wenn du mir hilfst, wofür ich dir dankbar bin. Ich weiß nicht, ob du das nachvollziehen kannst.«

Ohne eine Reaktion abzuwarten, wandte sich Anna zur Pumpe und schaltete sie aus. Der Anhänger war randvoll mit Gülle. Während sie die Verbindung des armdicken Schlauchs von der Pumpe löste, schielte sie zu Tim hinüber. Er blickte sie Hilfe suchend an. Offensichtlich wollte er etwas erwidern, doch er kam nicht mehr dazu. Zwei schemenhafte Gestalten bogen um die hintere Ecke des Kuhstalls. Anna hob die Augenbrauen und bedeute Tim stumm, sich umzudrehen. Sie merkte sofort, dass mit den beiden etwas nicht stimmte. Ihre Art, zu gehen, wirkte bedrohlich. Anna kniff die Augen zusammen und erkannte, dass beide eine Waffe in der Hand hielten.

»Ich glaube, ich schlafe doch nicht im Bauernhaus«, flüsterte Tim. »Wir müssen weg. Wir müssen beide schleunigst weg.«

*

»Darf's noch eins sein, Ben?«, fragte die Kellnerin seiner Stammkneipe, als sie Rustes leeres Bierglas vom Tresen nahm.

Dankbar blickte er sie an. Er wandte sich schnell von dem Betrunkenen ab, der ihm lallend seine tief schürfenden Erkenntnisse über die Schlechtigkeit der Welt erklären wollte. »Ja sicher, noch ein Krombacher.« Ruste nickte der Kellnerin zu und zündete sich eine Zigarette an.

Im Raucherbereich des Gasthofs am Olper Marktplatz drängten sich die Menschen der Stadt, um bei einem Bier den Feierabend ausklingen zu lassen. Wenn sich der Freundeskreis der Schützenbruderschaft jeden Monat in dieser Kneipe traf, setzte sich Ruste in den Pinkelpausen gelegentlich ab, um sein Nikotinpegel zu stabilisieren. Als einziger Raucher der Gruppe hatte er klaglos akzeptiert, dass die Besprechungen in der rauchfreien Zone des Gasthofs abgehalten wurden. An diesem Abend war er jedoch zu früh aufgetaucht und nutzte die Zeit, während er auf Ebbing und die anderen Schützenbrüder wartete, um ausgiebig zu rauchen.

Ruste ließ seinen Blick durch die gut gefüllte Kneipe schweifen. Unter den vielen fremden Gesichtern erkannte er eine Frau, mit der er zwei Jahre nach seiner Scheidung einen Tanzkurs besucht hatte, und schaute schnell weg. Er konnte sich nicht an ihren Namen erinnern, nur daran, dass er ihr oft auf die Füßen getreten war. Während er in der Tanzschule nur Ausschau nach Frauen hatte halten wollen, war jene Dame vom Ehrgeiz getrieben gewesen, in den Kursen voranzukommen. Ruste hatte den Anfängerkurs noch zwei weitere Male belegt, jeweils mit einer neuen Partnerin. Doch er war keinen Schritt weitergekommen – weder beim Tanzen noch mit den Rendezvous. Auch der Plan, in einer gemischten Jogginggruppe jemanden kennenzulernen, war klaglos gescheitert. Mit seiner Raucherlunge war er weit abgeschlagen hinterhergehechelt. Und welche sportliche Frau würde eine Einladung zum Abendessen von einem Mann annehmen, der wie ein Greis nach Luft japste und vor Schweiß triefte?

Ruste war noch immer in Gedanken an seine kläglichen Annäherungsversuche versunken, als ihm jemand von hinten auf die Schulter klopfte. Fast hätte Ruste vor Schreck sein Bierglas fallen lassen. Als er sich missmutig umdrehte, lächelte ihn sein Schützenbruder Ronald Weber entschuldigend an.

»Guten Abend, Ronald«, grummelte Ruste. Er spülte seinen Ärger mit Bier hinunter und gab der Bedienung einen Wink, dass sie noch zwei weitere Pils zapfen sollte. Eigentlich war ihm Weber ganz sympathisch. Trotz seines Wohlstands und der privilegierten Stellung war er immer auf dem Teppich geblieben.

»Hallo, Ben. Und, was macht unser Vogel?«, fragte Weber.

Ruste schüttelte den Kopf. »Keine Spur. Jedenfalls habe ich nichts gehört. Und du brauchst gar nicht weiterzubohren, das ist die Wahrheit.« Ruste war sich bewusst, dass sich die aufsehenerregende Entführung wahrscheinlich längst in ganz Olpe herumgesprochen hatte. Aber solange davon nichts in der Zeitung stand, galt es für ihn als nicht offiziell.

Weber lächelte. »Ich habe eine Überraschung für euch, damit solche Probleme in Zukunft verhindert werden können. Ihr werdet Augen machen. Wart nur ab!« Er klopfte auf die Aktentasche unter seinem Arm und trank einen großen Schluck von dem frisch gezapften Pils. Nachdem er das Glas auf den Bierdeckel abgestellt hatte, wischte er sich mit den Handrücken den Schaum von der Oberlippe. »Sag mal, Ben, du arbeitest nicht zufällig an dem Mordfall in Attendorn, oder? Der ist mysteriös, was? Hat der Mann eigentlich überlebt?«

Ruste wollte Weber gerade eine freundliche Abfuhr erteilen, als sich Alfons Ströbel und Willi Bremicke zu ihnen gesellten. Die Männer begrüßten sich und bestellten eine weitere Runde. Ronald Weber prostete den beiden Neuankömmlingen zu und sagte: »Ich wollte Ben soeben wegen diesem spektakulären Fall vor der JVA in Attendorn ausquetschen.«

»Hört mal, ihr wisst, dass ich über laufende Ermittlungen nicht sprechen darf.«

»Ja, sicher«, entgegnete Weber, »wir möchten doch nur wissen, ob wir nachts noch vor die Tür gehen können, das ist alles.«

»Man hört, Mafiabanden aus Köln und aus dem Märkischen Kreis würden sich einen Krieg liefern«, ergänzte Alfons Ströbel.

»So, hört man das?«, wunderte sich Ruste. Es war allein schon erstaunlich, dass etwas Internes überhaupt nach außen drang. Aber noch bemerkenswerter war, mit welcher Geschwindigkeit sich die Neuigkeiten in Olpe verbreiteten. Allerdings hatte das auch sein Gutes, im Gegenzug erhielt die Polizei aus der Gerüchteküche doch so manch wertvollen Hinweis. »Was hört man denn sonst noch?«, erkundigte er sich interessiert.

»Man munkelt, dass unser Schützenvogel entführt wurde«, entgegnete Willi Bremicke scherzhaft. »Gibt es denn da etwas Neues?«

Ruste zuckte mit den Schultern: »Das ist mir klar, dass dich brennend interessiert. Aber ich kann dir wirklich nichts sagen. Und wegen des Attentats vor der JVA gibt es keinen Grund zur Panik. Wir haben die Sache im Griff.«

Als er Ebbing erblickte, der soeben den Raucherraum betrat, winkte Ruste ihn freudig heran. Hoffentlich konnten sie jetzt das Thema wechseln und die Ermittlungen ruhen lassen. Immerhin hatte er Feierabend!

Doch nachdem der Gefängnisdirektor seine Vereinskameraden begrüßt hatte, machte er Ruste sofort einen Strich durch die Rechnung. »Seid ihr denn schon mit der Tatwaffe weiter, Ben? Solch ein ungewöhnliches Jagdmesser, da muss es doch eine Spur geben!«, plauderte Ebbing arglos aus.

Ruste fiel aus allen Wolken. Das war ein wichtiges Detail bei den Ermittlungen, das bisher nicht veröffentlicht worden war und keinesfalls nach außen dringen sollte! Er blickte Ebbing scharf an. »Nein, da hast du was falsch verstanden. Das war kein Jagdmesser.«

Ebbing erwiderte: »Aber ich habe es doch selbst gesehen! Der Rehbockgriff ragte aus dem Rücken des Opfers heraus.«

»Da musst du dich getäuscht haben«, zischte Ruste böse, schlug jedoch sogleich einen versöhnlichen Ton an. »Mehr kann ich euch wirklich nicht sagen. Außerdem sitzt da drüben der Lokalredakteur von den Westfälischen Nachrichten. Der hat schon wieder *solche* Ohren.« Zur Untermalung seiner Worte breitete er die Arme aus und wechselte dann schnell das Thema. »Außerdem sind wir jetzt vollzählig. Wie wäre es, wenn wir uns nebenan an den Tisch setzen und uns um die Vereinsangelegenheiten kümmern?«

Ebbing hatte Rustes Wink mit dem Zaunpfahl offensichtlich verstanden. »Ja, dann lasst uns mal anfangen. Das mit der Waffe habe ich bestimmt völlig missverstanden. Also, ich wollte da keine Gerüchte in die Welt setzen. Am besten, ihr vergesst alles, was ich gesagt habe«, erklärte er umständlich.

Weber lockerte seine Krawatte und grinste den Gefängnisdirektor an. »Wenn ich dich nicht so gut kennen würde, hätte ich es dir abgekauft«, sagte er ironisch. »Komm, Ben, erzähl doch mal! Jetzt ist es erst richtig spannend!«

Ruste wurde allmählich wütend. »Hört zu, Leute, das geht wirklich zu weit. Ich möchte nicht, dass diese Geschichte unseren Kreis hier verlässt. Das ist alles hochsensibel. Ihr habt mich verstanden, oder?«

Ströbel und Bremicke zogen beide die Augenbrauen hoch und blickten sich vielsagend an. Ruste war sich sicher, dass die Schützenbrüder ihren Frauen sofort die brandheißen Neuigkeiten erzählen würden, wenn sie nach Hause kämen. Er konnte es förmlich vor sich sehen, wie sich die Details zur Tatwaffe wie ein Lauffeuer durch Olpe und Attendorn verbreiteten. Er hatte wenig Hoffnung, dies verhindern zu können.

*

Tim zog Anna an ihrem Kittel. »Schnell, wir sollten sofort verschwinden.«

Anna erwachte aus ihrer Schockstarre. »Los, rauf auf den Traktor!« Sie umrundete das große Fahrzeug und kletterte die kurze Leiter zum Führerhaus hinauf. Oben angekommen, duckte sie sich in ihren Sitz. Tim hatte sich neben sie gekauert.

Anna wagte einen Blick zurück. Die beiden Männer hatten ihre Schritte beschleunigt und zielten mit den Handfeuerwaffen in ihre Richtung. Plötzlich fielen unmittelbar hintereinander zwei Schüsse. Anna ging instinktiv tiefer in Deckung und sah zu Tim hinüber. Er war nicht getroffen worden.

Ruckartig drehte sie den Zündschlüssel herum. Sie mussten hier dringend weg. In der gläsernen Fahrerkabine von Annas geliebtem Claas-Traktor saßen sie wie auf dem Präsentierteller. Als die mächtigen 4.500 Kubikzentimeter Hubraum ansprangen, erzitterte der Schlepper im Leerlauf. Anna legte den ersten Gang ein und ließ die Kupplung schnell kommen. Das schwere Gefährt samt Gülleanhänger machte einen Sprung nach vorn und Anna gab Vollgas. Während sie auf die sanft abfallende Weide neben dem Kuhstall zuraste, schaltete sie hoch. Den Stacheldrahtzaun, der die Koppel eingrenzte, überrollte sie einfach. Die dicken Reifen würden das schon aushalten. Ein Blick auf den Tacho verriet Anna, dass sie trotz des Anhängers die 40 Stundenkilometer geknackt hatte. Das musste reichen, um die Gestalten abzuschütteln.

Anna richtete sich langsam auf und schaute in den großen Seitenspiegel. Von den Verfolgern keine Spur. Ohne vom Pedal zu gehen, steuerte sie die schwere Landmaschine über die Hügel und ließ dabei den Spiegel nicht aus den Augen. Dröhnend wühlte sich die Maschine durch den aufgeweichten Boden. Trotz der guten Federung wurden sie heftig durchgerüttelt. Tim, der sich mit aller Kraft auf den ausklappbaren Beifahrersitz gehievt hatte, klammerte sich nun an den Haltebügel des Kabinenrahmens. Als Anna nach ein paar Metern das Tempo drosselte, ließ er den Griff erleichtert los.

»Hut ab! Aber wie soll es jetzt weitergehen? Was hat das alles zu bedeuten?«, fragte er und sah sich suchend nach ihren Verfolgern um.

»Nun fahren wir erst mal zum Waldweg und dann ins Dorf runter. Ich hoffe, da sind wir sicher. Dann überlege ich weiter«, erwiderte Anna.

»Wer war das?«, wollte Tim wissen.

»Ich habe eine Vermutung. Ich erzähle es dir später, okay?«

»Es wäre aber gut, wenn du mich jetzt aufklären würdest.«

»Das ist eine lange Geschichte.«

»Also hör mal«, entgegnete Tim ungehalten, »ich finde eine Leiche bei dir. Dann werden wir beschossen. Und nun bin ich mit dir auf der Flucht. Ich denke, da habe ich sofort eine Erklärung verdient. Wer weiß, was noch auf mich zukommt!«

»Das sind Kriminelle, die uns verfolgen. Warum, weiß ich nicht. Aber ich habe sie schon einmal gesehen«, sagte Anna entschieden.

»Oh, Kriminelle … Darauf wäre ich nicht gekommen«, bemerkte Tim spitz.

»Hör mal, Tim. Ich lasse dich in Ratemicke an der ›Dorfschenke‹ raus. Da bestellst du dir ein Taxi und fährst zu einem Hotel. Morgen treffen wir uns und ich erzähle dir alles, versprochen.« Anna blickte angestrengt in die Dämmerung. Mittlerweile war die Sonne fast vollständig hinter dem Horizont versunken. »Ich muss mich konzentrieren. Da vorne kommen wir zum Weg.« Sie zeigte in die Richtung des Waldrandes, der mehrere hundert Meter entfernt lag. Die Bäume zeichneten sich wie schwarze Scherenschnitte vor dem Himmel ab. »Gleich ist es stockdunkel, aber ich lass die Lichter lieber aus, oder was meinst du?«

»Mach, was du willst!« Tim verschränkte seine Arme vor der Brust und starrte stur in den Außenspiegel auf seiner Seite. »Oh Scheiße …«, entfuhr es ihm plötzlich.

Alarmiert schaute Anna in ihren Seitenspiegel. Hinter ihnen flogen die Lichtkegel eines Wagens über die Hügel. Mit einem Satz landete das Auto holpernd auf dem rutschigen Boden und brach aus, doch der Fahrer brachte es sofort wieder unter Kontrolle. Schlamm spritzte im hohen Bogen, als es zurück auf Kurs gebracht wurde und genau auf sie zuhielt.

»Gib verdammt noch mal Gas!«, brüllte Tim.

Anna trat das Gaspedal voll durch, kuppelte und schlug krachend die Gänge rein. Der Traktor gewann schnell an Tempo, doch gegen den Wagen hatte die schwere Landmaschine keine Chance. Trotz seines Schlingerns kam er immer näher. Anna erkannte schemenhaft im Rückspiegel, wie sich jemand aus dem Beifahrerfenster herauslehnte. Nahezu zeitgleich hörte sie einen lauten Knall, gefolgt von einem metallischen, stumpfen Geräusch. Die Kugel war offensichtlich in den Gülleanhänger eingeschlagen.

»Nun mach doch was, die haben uns gleich!«, rief Tim panisch. Der Wagen hinter ihnen holte deutlich auf. Trotz des fahlen Abendlichtes konnte Anna nun erkennen, dass sie von einem dunklen BMW verfolgt wurden. Sie schaute nach vorn zum Waldrand, der ihr wie eine rettende Insel vorkam. Doch es waren immer noch einige hundert Meter.

»Schneller, schneller!«, trieb Tim sie vom Beifahrersitz aus an.

»Verdammt, was glaubst du, was ich mache? Mehr schafft die Maschine nicht!«, schimpfte Anna aufgeregt zurück.

Zwei Schüsse übertönten den aufheulenden Motor. Eine Kugel schlug erneut lautstark in den Anhänger ein, während die andere das rechte Hinterrad traf. Anna spürte sofort in der Lenkung, wie der Traktor aus der Spur zog. Eine ruckartige Bewegung und das Fahrzeug samt Anhänger würde kippen. Sanft steuerte sie dagegen und versuchte, mit geradem Kurs auf den Waldrand zuzuhalten. Erneut schlug ein Schuss in den hinteren Reifen ein. Der schwere Traktor drohte, jeden Moment auszubrechen. Unter größter Anstrengung gelang es Anna, den Luftverlust auszugleichen.

Im Seitenspiegel war mittlerweile die Motorhaube des BMW zu sehen. Der Beifahrer hing mit seinem halben Oberkörper aus dem Fenster und versuchte, an dem Anhänger vorbei auf die Räder des Traktors zu zielen.

»Verdammt, machen Sie endlich was!«, rief Tim verzweifelt.

Anna legte einen Hebel an der Bedienkonsole um. Als Tim sie fragend anblickte, deute sie nur lächelnd mit dem Daumen hinter sich. Aus der Auslassdüse des Anhängers schoss die Gülle in hohem Bogen heraus. Der kräftige Schwall klatschte mit voller Wucht auf die Windschutzscheibe des BMWs. Sofort kam der Wagen ins Schleudern und schlitterte über die aufgeweichte Weide.

»Cool! Das hast du gut gemacht!«, jubelte Tim und schlug Anna freudig auf die Schulter.

Doch Anna wusste, dass sie nur Sekunden, höchstens eine Minute, gewonnen hatte.

Tim öffnete hingegen wagemutig das Seitenfenster und riskierte einen Blick nach hinten. »Der Wagen steht. Die haben den ganzen Mist auf dem Auto.« Er lachte erleichtert. »Das musst du sehen, der Typ, der sich aus dem Fenster gebeugt hat, ist voller Scheiße!«

Anna sah im Spiegel, dass der Fahrer ausstieg und die Gülle mit der Hand von der Scheibe wischte. Dann konzentrierte sie sich wieder aufs Fahren. Der Traktor ließ sich immer schwerer lenken. Fast die gesamte Luft war aus dem getroffenen Reifen entwichen. Als wieder ein Drahtzaun vor ihr auftauchte, drosselte sie das Tempo. »Festhalten!«, warnte sie Tim.

Doch dieses Mal verlief es nicht ohne Schaden. Der Stacheldraht riss und wickelte sich um die Vorderachse. Sein loses Ende schlug wie eine Peitsche gegen die Fahrerkabine. Der Traktor rutschte einen kleinen Abhang am Weiderand hinunter und krachte mit einem heftigen Schlag auf den Waldweg. Tim flog fast bis unter die Kabinendecke und landete unsanft auf dem Sitz. Als Anna das Lenkrad um fast 90 Grad drehte, um dem Wegverlauf zu folgen, wurde er zur Seite geschleudert und landete mit dem Oberkörper halb auf Anna. Unsanft drückte sie ihn weg. Bald hatten sie es geschafft, gleich würden sie das Dorf erreichen.

Plötzlich riss eine Kugel ein faustgroßes Loch in die Plexiglasscheibe neben Tim und pfiff haarscharf an ihren Köpfen vorbei. Daran hatte Anna nicht gedacht. Die Verfolger konnten nun vom Feld aus die Beifahrerseite unter Beschuss nehmen. In der komplett verglasten Kabine gaben sie ein einfaches Ziel ab.

Mit aller Kraft trat Anna auf die Bremse. Der Traktor grub sich in den Schotter ein, sodass der schwere Gülleanhänger ihn von hinten aus der Spur drückte. Sie schaltete den Motor aus. »Hinter mir her, schnell«, forderte sie Tim auf und sprang auf der geschützten Fahrerseite aus dem Traktor heraus. Tim hechtete kopfüber hinter ihr her und bremste den Sturzflug mit seinen Händen an den Treppenstufen ab. Genau in diesem Moment splitterte das Beifahrerfenster mit einem lauten Knall.

Tim rappelte sich auf. »Keine Sekunde zu spät, was?«

»Los, wir müssen da durch und über den Berg«, zischte Anna und sprintete das steil ansteigende Waldstück hinauf, das dicht mit Fichten bewachsen war. »Keine Angst, ich kenne mich hier aus. Im Dunkeln können wir die Männer bestimmt abschütteln«, sagte sie zu Tim, der sich hinter ihr durch das Laub vorantastete. »Aber ein bisschen schneller, wenn's geht!«

*

Georg Winkelmann pustete sich in die Hände und rieb sie aneinander, um sie zu wärmen. Neben ihm standen Karl Wörner und Manfred Steffens in ihren grünen Jägersachen. Obwohl die Hosen und Jacken dick ausgepolstert waren, fröstelten sie. Es versprach eine der klaren Aprilnächte zu werden, die im Sauerland erfahrungsgemäß eiskalt ausfielen. Wörner reichte Winkelmann seinen mit Cognac gefüllten Flachmann, während Steffens sich heißen Tee aus seiner Thermoskanne eingoss.

»Bin mal gespannt, ob wir heute den Fuchs erwischen«, meinte Winkelmann. »Der kommt langsam viel zu nah ans Dorf heran.«

»Wir haben gleich einen freien Himmel. Sobald der Mond aufgeht, ist die Sicht bestimmt gut«, erwiderte Wörner leise. Er setzte das Fernglas an und suchte den dichten Wald vor ihnen ab.

Winkelmann und seine zwei alten Freunde hatten in den letzten Wochen in ihrem gemeinsamen Jagdgebiet am Rande von Ratemicke vermehrt die Losung von einem Fuchs gefunden. Der Kot war ein Hinweis darauf, dass dies sein bevorzugtes Revier war. Aufgrund der Spurenlage hatten sie sich entschlossen, sich heute statt auf dem Hochsitz am Boden auf die Lauer zu legen.

»Es könnte wirklich etwas wärmer sein«, bemerkte Winkelmann knapp, während er durch das Fernrohr seines Kleinkaliberjagdgewehrs über den Stapel von Baumstämmen lugte, hinter dem sie sich verschanzt hatten.

Er registrierte mit Wohlwollen, dass seine Kollegen nicht auf seine Bemerkung eingingen. Es war eben gute, alte sauerländische Tradition, bei der Jagd still zu sein. Ganz anders war das mit Leuten aus der Stadt, die mit ihrem Gequatsche nur die Tiere scheu machten. Manchmal hatte Winkelmann den Eindruck, diese Möchtegernjäger nahmen die Pirsch nicht ernst. Doch gerade zu dieser Stunde, wenn die Sonne unterging, begann das Rascheln und Knacken, wenn sich das Wild durch das Unterholz bewegte. Gerade jetzt galt es, ruhig zu sein und den Stimmen des Waldes zu lauschen …

Der aufheulende Motor eines Traktors riss Winkelmann aus seinen Gedanken.

»Was soll das denn?«, fragte Steffens erstaunt.

»Hörte sich so an, als ob das Geräusch von Annas Hof kommt …«, antwortete Wörner, als plötzlich zwei Schüsse fielen.

»Das ist aber sehr seltsam. Wer jagt denn heute? Und vor allem bei Annas Hof?«, gab Winkelmann zu bedenken.

Das Motorgeräusch wurde immer lauter. Wieder hallten Schüsse durch den Wald.

»Das sind keine Gewehre«, meinte Steffens.

»Natürlich ist das ein Gewehr!«, widersprach Wörner. »Ich frage mich nur, wer hier in unserem Revier jagt?«

Die drei alten Jäger lauschten angestrengt. Das Dröhnen des Traktors hatte jetzt den Waldweg unterhalb ihres Jagdpostens erreicht. Mit einem Mal erstarb der Motor, weitere Schüsse ertönten.

»Das ist aber nah. Da stimmt was nicht. Sollen wir nachschauen?« Steffens sah seine Jagdgefährten fragend an.

»Was sollen wir im Dunkeln machen? Wir bleiben besser hier und warten ab«, antwortete Wörner.

Angestrengt blickten alle drei durch ihre Ferngläser, doch die Bäume standen so dicht, dass sie die Ereignisse am Waldrand nicht erkennen konnten. Winkelmann räusperte sich. »Ich weiß nicht. Ich habe ein ungutes Gefühl. Bleiben oder gehen?« Er nahm sein Gewehr und lud es durch. »Nur zur Sicherheit.«

Nur wenige Minuten später hörten die Jäger, wie etwas rechts von ihnen durch das Unterholz lief. Das war kein Tier. Die abgestorbenen Äste am Boden knackten zu laut, das Laub raschelte zu deutlich. Es mussten mehrere Menschen sein.

Wörner griff in die Außentasche seiner Jägerhose und holte seine kleine Taschenlampe hervor. Er leuchtete in die Richtung, aus der die Geräusche kamen. »Halt! Wer da!«, rief er.

Niemand antwortete. Stattdessen knallte noch ein Schuss durch den dunklen Wald. Die Kugel schlug in den Holzstapel vor den drei alten Jägern ein.

»Ich glaube, ich spinne«, entfuhr es Winkelmann. »Seid ihr verrückt? Wir sind Jäger!«, rief er.

Lautstark krachten zwei weitere Kugeln in die Deckung der Jäger ein.

»Was machen die? Sind die wahnsinnig?«, flüsterte Steffens.

»Feuer einstellen!«, rief Wörner.

Als ein weiterer Schuss folgte, der die Jäger knapp verfehlte, legte Winkelmann sein Gewehr an. »Jetzt reicht's!«, schimpfte er und spähte knapp über den Rand der Baumstämme. Gezielt feuerte er auf die Stelle, wo er die Verrückten vermutete.

Die Antwort kam postwendend. Auf die drei Jäger wurden mehrere Salven abgefeuert. Holzsplitter, Rinde und kleine Äste flogen durch die Luft. Die Jäger duckten sich hinter ihrem Baumstapel.

»Das geht zu weit! Feuer frei!«, befahl Wörner.

Zeitgleich kamen die drei erfahrenen Jäger aus ihrer Deckung. Es entfachte sich ein Schusswechsel, in dem Steffens mit einem Mal nach hinten geschleudert wurde. Er griff sich an den Oberarm. »Die haben mich getroffen!«

Voller Zorn feuerten die anderen beiden Jäger ihre Magazine leer. Dann war Ruhe. Als Winkelmann sein Gewehr sinken ließ, sah er Wörners Taschenlampe auf dem Boden liegen. Sie leuchtete in das welke Unterholz des Waldes. Jetzt war ihm klar, warum sie ein so gutes

Ziel abgegeben hatten. Sie waren quasi im Rampenlicht gestanden.

Winkelmann hob die Lampe auf und richtete sie auf Steffens' Arm. »Ich werde ihn mit meinem Gürtel abbinden. Du musst schleunigst ins Krankenhaus.« Während er an seinem Hosenbund nestelte, wandte er sich an Wörner: »Hast du dein Handy dabei? Ruf einen Krankenwagen und die Polizei. Wollen wir doch mal sehen, wer uns da unter Beschuss genommen hat.« Rasch schlang er seinen Gürtel um den Oberarm, zog ihn fest und drückte das lose Ende Steffens in die Hand. »Hier, halt fest, damit die Blutung gestoppt wird.«

Wörner wählte währenddessen die Notrufnummer. »Kein Netz hier. Hätte ich mir denken können. Komm, gucken wir nach, ob wir diese Irren erledigt haben, und dann kümmern wir uns direkt um Manfred.«

Winkelmann und Wörner luden im Schein der Taschenlampe ihre Gewehre nach. Jenseits des Lichtkegels schien der Wald undurchdringlich schwarz. In dieser Dunkelheit könnten sich ihre Gegner verbergen und jeden Augenblick unverhofft losschlagen. Die Ruhe war trügerisch, das wusste Winkelmann.

»Aber vorsichtig. Baum für Baum. Jeder gibt dem anderen Feuerschutz, falls wir erneut angegriffen werden«, sagte er zu seinem Kameraden und schaltete die Taschenlampe aus.

Langsam schlichen die beiden mit den Gewehren im Anschlag den bewaldeten Hang hinab. Meter um Meter sicherten sie das abschüssige Gelände. Nach wenigen Schritten stießen sie auf einen reglosen Körper. Winkelmann schaltete die Taschenlampe ein, das Gewehr in der Armbeuge schussbereit.

Der Mann, der vor ihnen lag, war mit diesem neumodischen Zeug gekleidet, das Jugendliche gern trugen. Neben seinem Kopf lag eine bunte Kappe im Laub. Aus seiner Brust sickerte aus zahlreichen Einschlusslöchern Blut.

Wörner stieß ihn mit dem Fuß an. »Der ist tot, woll? Was war das nur für ein Verrückter? Sieht schon etwas kriminell aus, woll? Schau mal die Automatikwaffe an. Damit kann man einen Baum fällen. Da haben wir aber Glück gehabt.«

Winkelmann leuchtete mit der Lampe auf das silbrig glänzende Großkaliber neben dem Toten. »Also, wenn du mich fragst, waren das vorhin noch mehr Leute. Da hat nicht nur einer gefeuert«, überlegte er.

Wörner rieb sich am Kinn. »Du hast recht. Wer weiß, wer sich hier noch rumtreibt. Ich habe ein ganz komisches Gefühl. Wir sollten schleunigst verschwinden. Der Rest ist Sache der Polizei, woll?«

*

Ruste saß mit seinen Schützenbrüdern im Nichtraucherraum des Gasthofs und diskutierte seit über einer Stunde Vereinsangelegenheiten. Wie immer bestellten sie Runde um Runde, Ruste hatte bereits aufgegeben, zu zählen. Wie alle anderen war er gespannt darauf, welche Überraschung Ronald Weber nun endlich enthüllen wollte.

»Liebe Schützenbrüder, ich habe eine Ankündigung zu machen«, begann Weber salbungsvoll. »Es ist kein Geheimnis, dass unser Schützenvogel entführt wurde. Ich habe mir daher Gedanken gemacht, wie wir so etwas in Zukunft vermeiden können.« Weber machte eine Pause und blickte stolz in die Runde. Dann öffnete er feierlich seine Aktentasche und nahm drei große Blätter heraus, die jeweils in der Mitte gefaltet waren. »Ich habe unsere Ingenieure und die Werbeagentur daran gesetzt, einen neuen und innovativen Vogel zu entwerfen. Hier sind die Ergebnisse.« Weber entfaltet das erste Papier. »Voilà! Ein Schützenvogel komplett aus Carbon.« Bedächtig schob er den zweiten und dritten Entwurf in die Tischmitte. »Oder aus Aluminium. Oder aus Edelstahl. Und das Beste daran: Der Vogel wird mit einem GPS-Peilsender ausgestattet, sodass man auf den Zentimeter genau seinen Standort feststellen kann. Die Konstruktionen sind natürlich so gewählt, dass die Vögel Sollbruchstellen aufweisen und somit runtergeschossen werden können. Na, was sagt ihr dazu?«

Die Schützenbrüder starrten skeptisch auf die Zeichnungen vor ihnen. Die Entwürfe ähnelten Raumschiffen aus einem Science-Fiction-Film oder Abwandlungen von Batman, aber nicht einem traditioneller Schützenvogel. Man konnte eigentlich überhaupt keine Ähnlichkeit mit einem Vogel erkennen.

»Das ist doch mal ein Schritt nach vorne«, ergänzte Weber, als eine Reaktion ausblieb. »Kein anderer Verein ist so modern. Das hat Strahlkraft für die ganze Region und zeigt, wie innovativ wir sind, oder?«

»Äh …«, Alfons Ströbel wollte etwas erwidern, doch ihm fehlten die Worte.

»Ich merke schon, das müsst ihr erst mal sacken lassen«, plauderte Weber unbeirrt weiter. »Wir könnten aber einen der Entwürfe bis zum Schützenfest realisieren. Wäre kein Problem.«

Auch Willi Bremicke bekam nur ein klägliches »Äh … Ronald« heraus. Diese Schützenvögel hatten allen die Sprache verschlagen.

»Also, ich finde die Ideen gar nicht schlecht«, bemerkte Ruste und lehnte sich lächelnd zurück.

*

Nachdem Anna und Tim den Kamm des bewaldeten Berges erklommen hatten, hetzten sie nun auf der anderen Seite in Richtung Ratemicke. Äste schlugen ihnen ins Gesicht und hinterließen schmerzhafte Kratzer. In Annas Haaren hatten sich zahlreiche kleine Fichtenzweige verfangen. Immer wieder stolperten sie in der Dunkelheit über Wurzeln, die aus am Waldboden ragten.

Auf ihrer Flucht hatten ihnen Stimmen aus der Nähe etwas zugerufen, aber Anna hatte sie nicht verstanden. Da sie nicht hatte reagieren können, ohne den Verfolgern ihren Standort preiszugeben, war sie mit Tim einen Bogen um die Stelle gelaufen, von der die Rufe kamen. Kurz darauf hörten die beiden hinter sich vereinzelte Schüsse. Sie warfen sich ängstlich zu Boden, als plötzlich ein Schusswechsel wie in einem Western losging. Die Kugeln wurden in so schneller Folge abgefeuert, dass sie kaum voneinander zu unterscheiden waren. Anna und Tim waren zu einem breiten Baumstamm gerobbt und hatten sich flach ins Laub gedrückt. Dann war plötzlich alles vorbei gewesen.

Anna kam es jetzt so vor, als seien seit der Schießerei Stunden vergangen. Hoffentlich war niemand verletzt worden. Ihr Bedarf an Leichen war wirklich gedeckt.

Hinter ihr japste Tim nach Luft. »Durchhalten!«, flüsterte sie. »Es ist nicht mehr weit.« Sie rechnete jeden Augenblick mit einem weiteren Kugelhagel. Sie konnte sich und Tim keine Verschnaufpause gönnen.

Vor ihr lichteten sich die Bäume. Sie mussten am Waldrand angekommen sein. Anna erhöhte noch mal das Tempo, bis sie schließlich an die verlassene Landstraße gelangte, die nach Ratemicke führte. Aus der kurzen Entfernung waren die Lichter des Dorfes gut zu erkennen. Auch der Mond zeigte sich nun am Himmel und leuchtete ihnen den Weg. »Wir haben es gleich geschafft«, sprach Anna Tim Mut zu.

Sie zog ihn am Arm mit sich. Die Aussicht, bald in Sicherheit zu sein, schien ihn zu beflügeln. Er mobilisierte nochmals alle Kräfte und schloss schnell zu ihr auf. Schon nach wenigen Minuten erreichten sie völlig verschwitzt die ersten Häuser. Anna hielt direkt auf die ›Dorfschenke‹ zu.

Als sie mit Tim eintrat, schaute sie Jutta, die Wirtin, verwundert an. Auch der einzige Gast, der Schreiner Bernd, blickte erstaunt von seinem Bierglas auf.

»Wie seht ihr denn aus?«, fragte Jutta. »Habt ihr die Schüsse im Wald gehört? Habt ihr etwa was damit zu tun?«

»Tut mir leid, Jutta, ich habe jetzt keine Zeit für Erklärungen. Kann ich mal dein Telefon benutzen?«, erwiderte Anna.

Jutta runzelte die Stirn und reichte ihr den Apparat. Anna wählte die Handynummer von Ronald. Glücklicherweise war sein Gerät eingeschaltet. Ihr Freund hob nach nur wenigen Freizeichen ab, meldete sich jedoch in einem barschen Ton, als ob er sich gestört fühle. Als er aber ihre Stimme erkannte, klang er sofort freundlicher.

»Ronald, hör zu, es ist sehr dringend. Ich kann dir jetzt nicht alles erzählen.«

Jutta und Bernd spitzten die Ohren. Offensichtlich genossen sie die Aufregung in dem sonst so ereignislosen

Ratemicke. Anna wandte sich vom Tresen ab und hielt ihre Hand vor die Sprechmuschel: »Ronald, ich brauche ganz dringend deine Hilfe. Ich werde verfolgt. Jemand hat auf mich geschossen. Außerdem ist Tim Mazcevski bei mir. Ronald, ruf auf keinen Fall die Polizei an, das bringt nur noch mehr Ärger. Du musst mich hier abholen und in Sicherheit bringen.«

»Wo?«, fragte Weber am anderen Ende.

»Bei Jutta in der ›Dorfschenke‹ in Ratemicke.«

»Keine Sorge, ich komme sofort.«

Anna reichte Jutta das Telefon und bedankte sich. Tim, der völlig verdreckt und erschöpft war, hielt sich mit Mühe auf einem Hocker am Tresen aufrecht. Jutta beäugte den jungen Mann. Ein großes Fragezeichen stand ihr ins Gesicht geschrieben, doch sie hielt sich zurück. Statt Tim auszuquetschen, setzte sie ein hilfsbereites Lächeln auf. »Ihr seht aus, als ob ihr einen Schnaps gebrauchen könntet. Komm, der geht aufs Haus.«

Anna schüttelte den Kopf. »Danke, das ist lieb, aber wir müssen gleich weiter. Wir hatten eine Panne. Sonst nichts.«

»Dann nehme ich die zwei«, meldete sich Schreiner Bernd zu Wort. Die Wirtin rollte mit den Augen, gab ihm einen Schnaps und gönnte sich selbst einen. Anna ging in Richtung Tür und gab Tim ein Zeichen, ihr zu folgen. Gemeinsam traten sie in die kalte Aprilnacht hinaus. Sie sondierte die Lage. Keine Menschenseele bewegte sich auf der Durchfahrtsstraße durch Ratemicke. Sie führte Tim zum Parkplatz, der neben der Kneipe außerhalb des Lichtkegels der Straßenlaternen in der Dunkelheit lag.

»Warum konnten wir nicht da drin warten und die Polizei rufen?«, fragte Tim.

»Weil ich keine Polizei gebrauchen kann. Schon die Leiche im Güllebecken vergessen? Außerdem will ich die Leute in der Kneipe nicht in Gefahr bringen. Es kann gut sein, dass die Verfolger hier auftauchen.«

Tim verzog missmutig das Gesicht. »Na klasse! Da stellen wir uns lieber hier draußen hin und lassen uns abknallen, oder was?«

»Tim, es tut mir unendlich leid, dass ich dich in die Sache hineingezogen habe. Ich habe gerade Ronald angerufen, einen guten Freund von mir. Er war heute Nachmittag auf dem Hof. Da hast du ihn kurz gesehen. Er holt uns ab und hilft uns.«

Tim drehte sich beleidigt zur Seite. Der arme Junge zitterte am ganzen Körper. »Am besten gehen wir doch noch mal hinein und rufen dir ein Taxi«, schlug Anna vor. »Du übernachtest in einem Hotel, dort bist du sicher. Du kannst dich dann bei mir melden und ich erkläre dir alles. Das ist doch eine gute Idee, oder?«

Tim wackelte stumm mit dem Kopf. Anna deutete die Bewegung erleichtert als Zustimmung. Sie wollte gerade wieder zur Kneipe gehen, als Tim entgegnete: »Abgelehnt. Du steckst in mächtigen Schwierigkeiten, und ich habe sehr viel bei dir gutzumachen. Vielleicht ist es kein Zufall, dass sich nun die Gelegenheit ergibt. Ganz gleich, was vorgefallen ist, ich helfe dir.«

Resigniert ließ Anna die Schultern sinken. Der Gedanke gefiel ihr überhaupt nicht. Wer weiß, wohin die ganze Geschichte noch führte! Nach der Schießerei würde die Polizei mit ihr sprechen wollen und dann könnte sie ihren Mordversuch und den unbekannten Toten im Güllebecken nicht mehr verheimlichen. Alles würde auffliegen. Und sie schwebte weiter in Lebensgefahr – genauso wie der ahnungslose Tim. Sie musste ihm alles erklären. Das war sie ihm schuldig, auch wenn ihm nicht gefallen würde, was sie zu sagen hatte. Anna blickte die Landstraße entlang. Endlich tauchten Scheinwerfer in der Ferne auf.

*

Roman war sauwütend. Er ärgerte sich darüber, dass die Verfolgungsjagd seinen Anzug ruiniert hatte. Er stank nach Scheiße und der teure Stoff war zerrissen, weil er sich bei der Schießerei auf dem Boden hatte wälzen müssen. Wer hatte bloß auf sie gefeuert? Hatten die Bäuerin und der Typ etwa Gewehre im Wald deponiert? War es die Polizei gewesen? Wer auch immer sie angegriffen hatte, die Ballerei war komplett schiefgelaufen! Und Alexej hatte es auch noch erwischt.

Grimmig kämpfte sich Roman durch das dichte Unterholz. Er war Profi genug, um sich nicht von Gefühlen leiten zu lassen. Er hatte handeln müssen. Sein Kumpan war tot, da war nichts mehr zu machen gewesen. Doch sein Magazin war leer, er musste weg, nur weg von diesen schießwütigen Gegnern. Die Strecke zurück zum Wagen schien ihm zu riskant. Sollten die Bullen das Auto doch entdecken, es war sowieso gestohlen. Also hatte er sich entschlossen, den Hügel hinaufzuschleichen und tiefer in den Wald vorzudringen. Vielleicht hatte er Glück und diese Lobbisch irrte noch irgendwo herum. Falls er sie treffen sollte, würde er ihr und ihrem Begleiter mit bloßen Händen das Genick brechen.

Immer wieder schlitterte Roman rückwärts den Hang hinab. Manche Stellen waren steiler, als es der Geländeverlauf vermuten ließ. Er würde sich seinen Anzug vollends ruinieren. Als er wieder einmal abrutschte, schlug er mit dem Schienbein gegen einen kleinen Felsen. Jeder normale Mensch hätte vor Schmerz gestöhnt, aber er war aus einem anderen Holz geschnitzt. Er rappelte sich auf und setzte unbeirrt seinen Weg fort. Er hatte nur noch einen Gedanken im Kopf: Diese Bäuerin musste er kriegen. Koste es, was es wolle … Und er musste unbedingt den Boss anrufen, sobald er wieder in die Zivilisation zurückkehrte. Viktor würde sicher toben, wenn er hörte, dass die Sache gehörig danebengegangen war. Aber es konnte doch auch wirklich nicht so schwierig sein, eine Bäuerin zu fangen! Wie hatten sie das nur vermasseln können? Er hatte es schon häufiger mit viel kräftigeren und gefährlicheren Gegnern zu tun gehabt. Ausgerechnet eine zierliche Bäuerin entkam ihm!

Endlich erreichte er eine unbeleuchtete Landstraße und konnte diesen dreckigen Wald hinter sich lassen. Er orientierte sich kurz und erkannte schnell, dass er in der Nähe von Ratemicke war. Im Mondlicht folgte Roman dem Weg in Richtung Dorf. Sobald er dort angekommen war, wollte er sich nach der Lobbisch umschauen. Erst wenn er sie dort nicht fand, würde er Viktor anrufen müssen und sich von ihm abholen lassen. Nach der Schießerei im Wald würde die Polizei bestimmt bald im Ort auftauchen.

Roman ging einige Minuten den Weg entlang, als er plötzlich seinen eigenen, lang gezogenen Schatten auf dem Asphalt erblickte. Reflexartig drehte er sich um. Die Scheinwerfer eines Autos näherten sich schnell. Hastig sprang er in das dichte Buschwerk am Straßenrand. Nach wenigen Sekunden raste der Wagen mit unverminderter Geschwindigkeit an ihm vorbei. Der Fahrer hatte ihn bestimmt nicht gesehen, dafür war er zu flink gewesen. Aber seinen Anzug konnte er jetzt komplett in den Müll werfen!

Leise fluchend betrat er wieder die Fahrbahn. Nach einigen Gehminuten erreichte er das Ortsschild von Ratemicke. Kurz danach tauchten bereits die ersten Einfamilienhäuser und Straßenlaternen auf. Wären die Fenster der Wohnungen nicht erleuchtet gewesen, hätte man meinen können, das Dorf wäre ausgestorben. Um sicherzugehen, verbarg sich Roman in den Häuserschatten, während er durch den Ort lief. Nach einer scharfen Kurve erblickte er in rund 200 Meter Entfernung das hell erleuchtete Schild der ›Dorfschenke‹. Roman kniff die Augen zusammen. Es brannte noch Licht im Gastraum, durch die Scheiben erkannte er schemenhaft Menschen. Er versteckte sich hinter der großen Mülltonne eines Wohnhauses, um unbemerkt die Lage zu sondieren. Alles schien ruhig. Als er sich gerade an die Gaststätte heranschleichen wollte, wurde er plötzlich von Autoscheinwerfern geblendet. Hastig ging Roman wieder in Deckung und spähte vorsichtig über die Tonne.

Ein Mercedes-Geländewagen hielt vor der ›Dorfschenke‹. Roman traute seinen Augen nicht. Diese Bäuerin und das Milchgesicht traten aus der Dunkelheit des Parkplatzes neben der Kneipe und stiegen eilig in den Wagen. Als er davonbrauste, holte Roman sein Handy aus der Innentasche seines Anzugs und tippte mit der Notizfunktion das Autokennzeichen ein. Er hatte eine Spur! Damit war er nicht auf ganzer Linie gescheitert. Ob sich Viktor damit besänftigen ließe? Schweren Herzens wählte er die Nummer seines Bosses.

KAPITEL 8

24. April

Nach dem zweistündigen Treffen mit seinen Vereinskameraden verließ Ruste leicht angetrunken den Gasthof. Als Weber im Anschluss an seine Präsentation fluchtartig den Stammtisch verlassen hatte, waren sie noch zusammengesessen und hatten Runde um Runde bestellt. Bei dem Gedanken an die bizarren Entwürfe des Unternehmers musste Ruste grinsen.

Fröstelnd schlug er den Kragen seiner Jeansjacke hoch. Glücklicherweise war es trocken, aber für April dennoch bitterkalt. Trotzdem galt Rustes erster Gedanke nicht seinem warmen Zuhause, sondern einer heiß glühenden Zigarette. Zwei Stunden ohne Nikotin. Bier trinken ohne Rauchen – das ging gar nicht.

Ruste fischte aus seiner fast leeren Schachtel eine Marlboro und zündete sie an. Der erste Zug kribbelte wohltuend in der Lunge und ließ ihn das Frostwetter vergessen. Zum Glück hatte er heute Nacht keinen Bereitschaftsdienst, dachte er zufrieden. Gut gelaunt begann er zu summen und trat den Heimweg an. Weit hatte er es ja nicht.

Die dunklen Fenster rings um den Marktplatz mahnten Ruste zur Ruhe. Obwohl er hier jeden Tag vorbeikam, blieb er schwankend stehen und betrachtete die traditionellen Häuser mit ihren Schieferfassaden. Ihm gefiel hier im Zentrum die Kombination von alten und modernen Bauten. Er ließ seinen Blick zu der Bronzestatue des

Pannenklöppers am Rande des Platzes schweifen, der an die Geschichte des Schmiedehandwerkes erinnerte. Ruste betrachtete die vertraute Figur und wunderte sich wie immer darüber, dass Pfannen eine Stadt wie Olpe derart reich gemacht hatten.

Ein Flüstern riss ihn aus seinen Überlegungen. Irritiert blickte er sich um, bis er drei Leute an der Bushaltestelle neben dem Marktplatz wahrnahm. Sein geschultes Polizeigehirn registrierte sofort, dass sich zwei Männer und eine Frau mit Kopftuch leise unterhielten. Moment – Kopftuch? War da nicht was gewesen? Irgendetwas klingelte dumpf in seinem leicht vernebelten Kopf. Hatte nicht ein Kopftuch bei dem versuchten Mord in Attendorn eine Rolle gespielt? Da war doch was bei den Zeugenaussagen gestanden! Irgendein kleines Detail am Rande, das wichtig sein konnte. Ruste zermarterte sich sein Gehirn, doch er kam einfach nicht darauf. Er nahm sich vor, gleich morgen früh die Akten noch einmal durchzuschauen …

Plötzlich klingelte sein Handy. Ruste zog es aus der Brusttasche seiner Jacke. Das Präsidium! Verdammt, er hatte doch frei. Zähneknirschend nahm er den Anruf an und raunzte wirsch ins Telefon: »Was ist? Ich habe Feierabend!«

»Das weiß ich, Ben«, meldete sich der diensthabende Polizeibeamte. »Aber Peter Leuters musste mit seiner Tochter in die Kinderklinik nach Siegen. Wahrscheinlich Masern.«

»Ja und? Komm zur Sache«, fauchte Ruste.

»Wir haben einen Anruf aus dem Olper Krankenhaus bekommen. Da ist heute eine junge türkische Frau aufgetaucht – mit ihrem abgetrennten Finger in einer Alditüte nebst einer eisgekühlten Flasche Wodka.«

Ruste zündete sich eine neue Marlboro an und nahm einen tiefen Zug. »Und was soll ich da tun? Soll ich ihn wieder annähen, oder was?«

»Nein, natürlich nicht. Die Frau wollte keine Angaben zur Person machen und auch nicht dazu, wie sie den Finger verloren hat. Nach der Not-OP haben uns die Ärzte verständigt. Hat halt ein bisschen gedauert …«

»Fass dich kurz! Die Fakten bitte«, unterbrach Ruste seinen Gesprächspartner.

»Ein Streifenbeamter ist schon im Krankenhaus und hat den Fall aufgenommen. Die Frau ist aktenkundig. Das heißt, wir hatten ihre Fingerabdrücke.« Lautes Gelächter tönte aus dem Hörer. »Wie makaber, nicht wahr? Jedenfalls wurde sie mal im Zusammenhang mit ihrem Verlobten vernommen, einem gewissen Mustafa Arslan, der dick im Geschäft ist. Sie selbst heißt Özlem Cengiz, eigentlich völlig unbescholten. Ich frage mich, wie so jemand einen Kriminellen heiraten …«

»Verdammt, erzähl mir keine Romane!«, rief Ruste ungehalten.

»Ist ja gut! Arslan gilt im Kölner Raum als *der* Mafiaboss. Ich dachte, das wäre für deine Ermittlungen interessant. Da läuft doch die Fahndung wegen des Bandkrieges zwischen Russen und Türken, oder? Na ja, ist dein Fall und der vom Neuen, also …«

»Also rufst du direkt mal den Ruste an. Der ist ja geschieden und hat keine Kinder! Wozu braucht der auch Freizeit? Das dachtest du doch, oder?«

»Tut mir …«

»Ach Scheiße, ich bin sowieso in der Nähe. Ich rede mit der Frau.« Verärgert beendete Ruste das Gespräch.

Angetrunken wie er war, konnte er eigentlich keine

Befragung durchführen. Aber wen interessierte um diese Uhrzeit schon sein Alkoholpegel! Er machte kehrt und schlug die andere Richtung zum St.-Martinus-Hospital ein. Wie gut, dass Olpe so klein war!

Nach wenigen Minuten hatte Ruste das Krankenhaus erreicht. Gerade als er sich an der Pforte melden wollte, schlug sein Handy erneut Alarm.

»Verdammter Dreck! Was ist heute nur los?«, rief Ruste verärgert.

Wieder quasselte der Diensthabende ins Telefon. »Ben, soeben hat die Klinik noch mal angerufen. Das wird dich interessieren. Denn das sind Neuigkeiten, die …«

»Fass dich kurz!« Ruste schrie vor Wut.

»Dann eben kurz: Boris Wassiljew ist aus dem Koma erwacht!«

Na prima, dachte Ruste. Wen sollte er jetzt zuerst besuchen?

*

Nach einer geraumen Weile, die sie still im Auto gesessen waren, brach Ronald schließlich das Schweigen: »Also, was ist eigentlich los? Ihr seht fürchterlich aus!«

Anna schaute zunächst an sich herunter und blickte dann nach hinten zu Tim, der auf der Rückbank saß und aus dem Fenster starrte. Sie waren beide von oben bis unten verdreckt und ihre Haut völlig zerkratzt. Die Flucht hatte schlimmere Spuren hinterlassen, als sie gedacht hatte.

Sie drehte sich wieder nach vorn und schaute ihren alten Freund an. »Wir wurden verfolgt. Mehr weiß ich nicht.«

Ronald schlug vor Wut aufs Lenkrad. »Verdammt, Anna! Du holst mich aus einer wichtigen Sitzung, siehst aus, als ob du dich im Schlamm gewälzt hättest, und der Mörder deines Mannes ist bei dir. Und jetzt sagst du mir, du hast keine Ahnung?«

»Tut mir leid, Ronald, mehr kann ich dir nicht sagen.«

»Ich dachte, ich bedeute dir etwas? Ich bin für dich da, Anna. Du musst mir sagen, was los ist, damit ich dir helfen kann.«

»Ronald, nicht jetzt. Ich brauche erst mal Abstand. Und Ruhe. Können wir eine Weile in deiner Jagdhütte an der Listertalsperre bleiben?«

Ronald brummte ärgerlich. »Ja, sicher. Aber nur unter einer Bedingung: Du erzählst mir bald, was los ist. Ich mache mir große Sorgen. Sehr bald, verstanden?«

Anna blickte stumm auf die nächtliche Landstraße, die sich einsam durch den Wald schlängelte. In jeder Kurve verlor sich das Licht der Scheinwerfer in den dichtstehenden Fichten.

»Vielleicht war es ein Stalker«, sagte sie leise. »Ich bekomme seit einiger Zeit Anrufe, bei denen sich keiner meldet. Und ich habe öfter das Gefühl, dass jemand nachts auf dem Hof herumschleicht.« Das entsprach zwar nicht ganz der Wahrheit, aber vielleicht gab sich Ronald mit dieser Version vorerst zufrieden.

»Ein Stalker? Der dich nachts durch den Wald jagt? Tisch mir nicht so einen Unsinn auf!«, erwiderte Ronald.

Anna überlegte, wie sie ihn möglichst glaubwürdig besänftigen konnte. Denn würde sie ihm erzählen, was tatsächlich im Wald passiert war, müsste sie auch von ihrem Mordversuch und der Leiche im Güllebecken berichten. Zwar hatte sie den Mann in Notwehr getötet, aber wer würde ihr die unglaubliche Geschichte ernsthaft abnehmen? Außerdem wollte sie nicht auch noch Ronald in diese komplizierte Sache hineinziehen. Es reichte, dass Tim darin verwickelt war.

»Ich glaube, ich kenne den Typen. Er ist entfernt mit mir verwandt. Eine uralte Geschichte, die jetzt eskaliert ist. Ich kann dir das nicht mit ein paar Worten erklären. Aber die Polizei wäre der falsche Weg, weil ich nicht ganz unbeteiligt daran bin. Verstehst du?«

»Nein, das verstehe ich nicht. Ich denke auch nicht, dass das die Wahrheit ist, Anna. Aber ich kann dir nur versichern, dass du dich voll auf mich verlassen kannst«, sagte Ronald. In seiner Stimme schwang Enttäuschung und Resignation mit.

»Das weiß ich. Und dafür bin ich dir dankbar. Wir müssen uns jetzt erst mal in Sicherheit bringen und morgen werde ich alles regeln.« Anna wusste zwar noch nicht, was sie regeln sollte, doch sie hoffte, Zeit zu gewinnen.

Ronald steuerte den Mercedes über die Brücke, die über die Biggetalsperre verlief. Anna schaute aus dem Fenster. In den leicht gekräuselten Wellen auf dem See spiegelte sich der Mondschein. Die Wasseroberfläche sah im Licht wie flüssiges Silber aus. Beim Anblick dieser Idylle kamen Anna die letzten Tage wie ein schlechter Traum vor.

An einer Ampel bog Ronald auf die Landstraße ab, die sich entlang des Ufers der Listertalsperre wand. Anna kannte diese Strecke gut. Es war nicht mehr weit. Schweigend fuhr Ronald weiter und bog nach kurzer Zeit auf einen asphaltierten Wirtschaftsweg ab. Er schlängelte sich einen lang gezogenen Hügel hinauf, auf dem zahlreiche kleine Holzhäuser standen. Vor einem schmiedeeisernen Tor parkte Ronald seinen Wagen. Dahinter führte ein schmaler Kiespfad zu seiner Jagdhütte.

»Ich schließe euch kurz auf, dann müssen wir erst mal schauen, ob noch Vorräte da sind«, sagte Ronald und ging zur Eingangspforte.

Anna und Tim folgten ihm stumm. Ronald zog aus seiner Tasche einen Schlüsselbund hervor und öffnete die Tür. Nachdem er das Licht eingeschaltet hatte, machte er eine einladende Geste. »Dann mal herein in meine bescheidende Hütte. Ihr findet euch bestimmt zurecht.« Er verschwand in der kleinen Kammer neben der rustikal eingerichteten Küchenzeile und rief: »Mineralwasser, Bier, Knäckebrot und einige Dosen sind noch da.«

»Danke, Ronald, das reicht«, antworte Anna.

Ronald kam zurück in den Wohnraum. »Ihr müsst nur noch Feuer im Kamin machen. Das Wasser in der Dusche wird elektrisch erhitzt. Ich lass euch jetzt allein. Schließt ab. Hier seid ihr sicher. Aber morgen reden wir, Anna. Morgen gibt es keine Ausflüchte.«

Anna drückte fest seine Hand und hauchte ihm einen Kuss auf die Wange. »Danke. Danke für alles, Ronald.«

Als ihr alter Freund den Kiesweg hinunterging, blickte Anna ihm nach. Dann fiel ihr noch etwas Wichtiges ein. »Ronald!«, rief sie ihm hinterher. »Da ist noch was.«

Er machte kehrt und kam ihr ein paar Schritte entgegen.

»Die Kühe! Jemand muss sich morgen um die Kühe kümmern. Das kannst du bestimmt nicht machen. Hast du ein Telefon hier in der Hütte?«

Er schüttelte den Kopf. »Nein, aber du kannst mein Handy benutzen.« Er kramte in seiner Innentasche.

»Nicht nötig. Um die Uhrzeit kann ich Bauer Wernike sowieso nicht mehr anrufen. Könntest du ihm morgen früh so um 5 Uhr Bescheid geben? Ginge das? Auf ihn ist wirklich Verlass, er hat mir schon öfter geholfen.«

»Klar, mache ich. 5 Uhr. Ist ja nicht mehr so lange hin. Wie heißt der noch mal?«

»Wernike. Ich kenne seine Nummer auswendig. Soll ich sie dir diktieren?«

»Ja sicher doch, Anna.«

Anna nannte die Ziffern und Ronald tippte sie direkt in sein Mobiltelefon ein. Dann sah er sie nochmals eindringlich an. »Schlaf gut.«

»Ronald?«

»Ja?«

Sie ging auf ihn zu und umarmte ihn fest. Als sie ihn wieder losließ, lächelte er sie aufmunternd an. »Alles wird gut, Anna. Bis morgen«, beruhigte er sie und ging zu seinem Auto.

Hoffentlich würde wirklich alles gut werden, dachte Anna. Sie glaubte nicht daran. Die Geschichte wuchs ihr langsam über den Kopf.

*

Ein müder Pförtner erklärte Ruste den Weg zur Intensivstation des St.-Martinus-Hospitals. Er hatte beschlossen, zuerst Wassiljew einen Besuch abzustatten. Wer wusste schon, ob er nicht wieder ins Koma fallen würde! Außerdem war ohnehin ein Streifenbeamter bei dieser Frau ohne Finger.

Als Ruste nach einer kurzen Aufzugsfahrt in der richtigen Etage eintraf, war kein Mensch auf dem spärlich beleuchteten Gang zu sehen. Der typische Krankenhausgeruch mit einer Mischung aus Reinigungs- und Desinfektionsmitteln stieg ihm in die Nase. Auf dem glattgewienerten PVC-Boden spiegelte sich das gedimmte Licht der Lampen. Ruste schaute sich suchend um. Alle Patienten schienen bereits friedlich zu schlafen. Schließlich fand er neben einer breiten Milchglastür das Schild: ›Intensivstation – bitte hier schellen‹.

Ruste drückte auf die Klingel. Wenige Augenblicke später öffnete ihm eine junge Frau in blauer OP-Kleidung. »Was kann ich für Sie tun?«, fragte sie.

»Ruste mein Name. Ich komme von der Olper Kripo und leite die Ermittlungen im Fall Boris Wassiljew. Man hat mich informiert, er sei aus dem Koma erwacht und vernehmungsfähig.«

»Ah, Herr Ruste. Sie wurden uns schon angekündigt. Kommen Sie bitte herein, ich hole gleich Doktor Driesen dazu. Ich bin Schwester Barbara.«

Ruste folgte der Schwester in eine Art Schleuse. Sie reichte ihm Plastiküberzieher für die Schuhe, einen Mundschutz und einen blauen Kittel samt Haube. »Das müssen Sie bitte anziehen. Dann noch bitte die Hände desinfizieren. Anschließend kommen Sie durch diese Tür. Sie werden bereits erwartet.«

Ruste folgte den Anweisungen, bevor er auf die Intensivstation trat. Ein leises Piepen verschiedener medizinischer Messinstrumente empfing ihn. Vom Flur aus konnte er durch die Scheiben in mehrere Krankenzimmer blicken. Die Patienten waren an Geräte angeschlossen, die auf den Monitoren Herzkurven und andere Vitalfunktionen anzeigten.

Ruste stand unschlüssig auf dem Korridor, als eine junge Frau in weißem Kittel sympathisch lächelnd auf ihn zu trat. »Guten Abend, ich bin Jasmine Driesen, die diensthabende Ärztin.«

»Guten Abend, Kommissar Ruste. Kann ich mit Wassiljew sprechen? Wie sieht's mit seinem Erinnerungsvermögen aus?« Ruste beäugte die junge Dame ihm gegenüber. Die Ärztin könnte glatt seine Tochter sein, doch angesichts seiner dauerhaften Misserfolge bei Frauen standen die Chancen dafür sehr schlecht. Um nicht zu sagen, gleich null, wie sich Ruste eingestand.

»Wir haben unsere Untersuchungen noch nicht vollständig abgeschlossen«, antworte Doktor Driesen. »Aber Herr Wassiljew leidet wohl an keiner genuinen Amnesie, weist also keinen Gedächtnisverlust auf. Eigentlich ist das sehr ungewöhnlich bei der Schwere der Fraktur. Hinzu kommen das Schädel-Hirn-Trauma und das Koma. Da treten häufig Gedächtnislücken oder andere Ausfallerscheinungen auf. Aber kommen Sie, Sie können ihn kurz sprechen.«

Die Ärztin öffnete eine der Glastüren. Boris Wassiljew lag mit geschlossenen Augen im Bett, umgeben von Schläuchen und Kabeln. Sein Kopf war mit Verbänden vermummt und wurde von einer metallenen Konstruktion gehalten, die Ruste an seine Fischertechnik-Baukästen erinnerte. Auch über seinen Oberkörper spannten sich Bandagen, die offensichtlich die Wunde am Rücken schützten.

Doktor Driesen trat ans Bett heran. »Herr Wassiljew, sind Sie wach?«, fragte sie leise.

Wassiljew schlug die Augen auf und klimperte mit den Wimpern. Das sollte wohl das Kopfnicken ersetzen.

»Hier ist ein jemand von der Kriminalpolizei für Sie, der mit Ihnen reden möchte. Fühlen Sie sich stark genug dafür?«

»Ja, sicher«, krächzte Wassiljew.

Ruste kam näher, damit der Patient ihn sehen konnte. »Hallo, Herr Wassiljew. Ich bin Ben Ruste. Ich möchte Sie nicht übermäßig strapazieren. Können Sie sich daran erinnern, dass Sie vor der JVA in Attendorn angegriffen wurden? Dabei hat man Ihnen eine Stichverletzung zugefügt. Sie stürzten und haben eine Schädelfraktur erlitten.«

»Ja, ich weiß.«

Ruste atmete tief ein. Jetzt kam er endlich in diesem verzwickten Fall einige Schritte vorwärts!

»Haben Sie den oder die Täter erkannt?«

»Nein. Ich wurde von hinten attackiert. Ich kann mich daran erinnern, dass ich gefallen bin. Ab dann ist alles schwarz.«

»Haben Sie gar nichts gesehen? Fiel Ihnen etwas vor dem Anschlag auf? Haben Sie jemanden bemerkt, einen Mann oder eine Frau? Vielleicht haben Sie den Täter bereits gesehen, als Sie aus der JVA herauskamen?«

»Nein, da war niemand. Es hat genieselt. Meine Freunde wollten mich eigentlich abholen, doch als sie nicht kamen, wollte ich zum Parkplatz gehen. Dann hat es mich von hinten umgerissen.«

Ruste kam eine Idee. »Wollte Sie zufällig ein gewisser Roman Neufeld abholen? Kennen Sie ihn?«

»Neufeld? Nein, der Name sagt mir nichts.«

»Können Sie mir denn bitte sagen, wer Sie abholen wollte?«

Wassiljew schwieg eine Weile. Schließlich erwiderte er: »Ich kann mich nicht erinnern.«

»Was soll das heißen, Sie können sich nicht erinnern?«

»Keine Namen! Ich kann mich an keinen Namen erinnern! Das gibt es doch gar nicht! … Ich selbst bin Boris

Wassiljew, aber ich weiß nicht mehr, wie meine Eltern heißen.« Er begann lautstark zu stöhnen.

»Ich glaube, wir brechen hier ab«, mischte sich die Ärztin ein. »Herr Wassiljew hat offensichtlich Schäden davongetragen. Es ist immer ein Schock, wenn man die Lücken bemerkt.«

»Ja, selbstverständlich«, pflichtete Ruste widerwillig bei. Er wandte sich zum Gehen. »Ach, können Sie mir sagen, wo die junge Frau mit dem abgetrennten Finger liegt? Das ist mein nächster Fall.«

Die Ärztin rief Schwester Barbara, die ihn zur Chirurgie begleitete. Glücklicherweise schwieg sie, während sie durch die verlassenen Gänge des Krankenhauses gingen. Ruste stand nicht der Sinn nach Small Talk. Er war stinkwütend. Dieser Fall war wie verhext! Kaum tat sich eine Spur auf, endete sie nach kurzer Zeit in einer Sackgasse. Es war, als ob ihm das Schicksal eine lange Nase drehte. Auch hatte er keine große Hoffnung, dass das Mädchen ihn irgendwie weiterbringen würde. Das war doch nur ein weiterer verrückter Fall, der ihm bestimmt Ärger einbringen würde. Mordversuch mit einem Nazimesser, türkisches Mädchen mit abgetrenntem Finger, entführter Schützenvogel – was für eine glorreiche Ausbeute in den letzten drei Tagen! Ruste hatte das Gefühl, er sei der einzig Normale in einer Welt voller Irrer.

Auf der Station lieferte die Schwester Ruste bei Doktor Sommerscheidt ab, ein sportlich aussehender Arzt, der in einem grünen OP-Kittel steckte. Nachdem sie sich begrüßt hatten, führte ihn der Arzt direkt zum Krankenzimmer der jungen Frau.

»Ein uniformierter Kollege von Ihnen ist seit einer Weile bei Frau Cengiz. Und ein türkischer Bekannter, den sie angerufen hat«, erklärte Doktor Sommerscheidt und blieb vor der Tür stehen.

»Kann man sie vernehmen? Und welche Verletzungen weist sie denn genau auf?«, erkundigte sich Ruste.

Der Arzt lächelte ihn trotz der späten Stunde milde an. »Die Patientin hat die OP gut überstanden und ist stabil. Nun, was ist vorgefallen? Sie stand heute Nachmittag bei uns in der Empfangshalle mit dem abgetrennten Finger in einer Plastiktüte, gekühlt von einer eiskalten Wodkaflasche. Ihre Hand war notdürftig verbunden. Die Verletzung könnte von einer Schneidpresse stammen. Wir hatten schon ähnliche Fälle bei Arbeitern aus den umliegenden Betrieben, doch es ist ungewöhnlich, dass der Schnitt nicht sauber und zudem nur der Ringfinger betroffen war. Wir konnten ihn annähen, allerdings nicht alle Nervenbahnen wiederherstellen. Er wird wahrscheinlich taub und unbeweglich bleiben. Wenn wir Pech haben, hängt er sogar leblos herunter. Aber immerhin. Die Frau hat keine Angaben gemacht. Sie hat kein Wort verloren, weder zu ihrer Person noch wie es zu ihrer Verletzung kam. Wir haben dann direkt nach der OP die Polizei verständigt. Es hätte ja auch im ersten Moment der Schock sein können. Aber sie ist wohl der deutschen Sprache nicht mächtig und hat, nachdem sie aus der Narkose aufgewacht ist, uns nur Zeichen gegeben, jemanden anrufen zu wollen. Tja, und jetzt ist dort im Zimmer ein junger Mann, laut Ihrem Kollegen ihr Verlobter, der ebenso wenig gesprächig wie sie ist.«

Ruste zog die Augenbrauen hoch. Sollte er auf einmal Glück haben? Der Mann hatte ihm innerhalb von drei Minuten alles Wichtige erzählt. Und dann wurde ihm auch noch der Mafiaboss aus Köln auf dem Silbertablett serviert! Wäre doch alles so einfach!

Ruste betrat wortlos das Zimmer. Im Bett lag eine hübsche Frau mit dunkelbraunen Augen, deren schwarzes Haar trotz der Strapazen glänzte. Sie schaute Ruste traurig an und senkte dann ihren Blick auf ihre dick bandagierte Hand. Direkt neben ihr stand ein drahtiger, junger Mann mit welligen Haaren und bemerkenswert hellen blauen Augen. Das war also Mustafa Arslan. Ruste kannte seinen Namen aus den Akten. Immer wieder war er als Verdächtiger aufgetaucht, doch bisher konnte man ihm nichts nachweisen. Zwar war es kein Geheimnis, dass er einen mafiosen Schmugglerring anführte, doch der Kerl war höchst geschickt. Ruste registrierte anerkennend die ungeheure Präsenz des Mannes. Äußerst ungewöhnliche Ausstrahlung für dieses Alter, da konnte er sich schon mal auf Schwierigkeiten einstellen.

Doch zunächst wandte sich Ruste an den uniformierten Kollegen, der etwas abseits in der Ecke des Raumes stand, und begrüßte ihn mit einem Kopfnicken. Er kannte Wachmeister Benders flüchtig und wusste, dass er als zuverlässig galt. Flüsternd erklärte ihm Benders jetzt, dass er der Frau die Fingerabdrücke abgenommen hatte, nachdem sie sich weder ausweisen noch auf andere Art zur Klärung ihrer Identität beitragen konnte. Mustafa Arslan habe bestätigt, dass die junge Frau seine Verlobte sei und Özlem Cengiz hieße. Benders erklärte, ihm sei der Fall derart mysteriös erschienen, dass er die Kollegen von der Kripo eingeschaltet habe.

Ruste bedankte sich knapp für die gute Vorarbeit und wandte sich an Arslan. In Erwartung großer Gegenwehr begann er das Gespräch forsch. »Kommissar Ruste, guten Abend. Ich darf Sie bitten, das Zimmer zu verlassen, da wir hier eine offizielle Ermittlung durchführen. Wir müssen Ihre Verlobte vernehmen, da sie wahrscheinlich durch Fremdeinwirkung verletzt wurde. Es besteht der dringende Verdacht, dass sie Opfer einer Straftat wurde. Warten Sie bitte vor der Tür, mit Ihnen möchte ich gleich auch noch sprechen.«

Arslan musterte den Kommissar, ohne eine Miene zu verziehen. »Das werde ich nicht. Özlem ist nicht vernehmungsfähig, wie Sie selbst unschwer erkennen können. Außerdem kann sie gar kein Deutsch.«

Ruste versuchte, den professionellen Eindruck zu wahren, doch innerlich explodierte er fast. Wie hatte er das vergessen können!

Bevor er reagieren konnte, fuhr Arslan fort: »Ich habe vorsorglich unseren Anwalt herbestellt, da ich mit solchen Komplikationen gerechnet habe. Ich darf Sie wiederum bitten, unverzüglich den Raum zu verlassen. Sie behindern den Heilungsprozess meiner Verlobten. Sie sehen doch selbst, dass sie in ihrem Zustand keine Aufregung gebrauchen kann, schon gar keine Befragung, die sie an das traumatische Erlebnis erinnert.«

»Die Ärzte und ich haben den Eindruck, dass Ihre Verlobte in stabiler Verfassung ist. Und Sie könnten dann bitte übersetzen.«

Er ging auf das Bett zu, doch Arslan stellte sich ihm demonstrativ in den Weg. »Sie sehen doch, dass sie einen Schock erlitten hat. Würden Sie jetzt gehen oder muss Ihnen mein Anwalt die rechtlichen und disziplinarischen Konsequenzen aufzeigen?«

Ruste ärgerte sich über sich selbst. Nicht nur, dass ihm vorhin dieser Fehler unterlaufen war. Nein, er musste sich eingestehen, dass der junge Mann ihn beeindruckte. Er hatte nicht mit diesen geschliffenen Umgangsformen gerechnet. Es war kein Wunder, dass man Arslan nicht festnageln konnte. Bedauerlich, dass der Bursche seine Intelligenz für kriminelle Geschäfte einsetzte.

»Ich komme morgen früh mit einem Dolmetscher wieder. Wenn kein psychologisches Gutachten vorliegt, werde ich Ihre Verlobte befragen. Falls sie sich weigert, muss ich sie leider mit aufs Präsidium nehmen. Den beschwerlichen Transport wollen Sie ihr doch sicherlich ersparen, oder? Ich weise Sie hiermit darauf hin, dass Ihre Verlobte das Krankenhaus nicht verlassen darf.«

Grußlos ging Ruste aus dem Raum. Das Gleiche wie bei Wassiljew! Eine Spur, aber keinen Schritt weiter. Arslan hatte ihn glatt gegen die Wand laufen lassen. Ruste ärgerte sich maßlos.

»Und jetzt?«, ertönte es in seinem Rücken.

Wütend drehte sich Ruste um. Benders schloss die Zimmertür hinter sich und blickte ihn fragend an.

»Nix und jetzt! Sie haben doch alles mitbekommen. Sie bleiben hier und lassen nach Dienstende eine Ablösung kommen. Sehen Sie zu, dass der kleine Wichtigtuer nicht auf die Idee kommt, die Frau hier rauszuschaffen. Haben Sie verstanden?«

»Geht klar. Ist die Frau verhaftet?«

»Nein! Sie ist nicht verhaftet, sie ist das Opfer! Aber sie soll das Krankenhaus nicht heimlich verlassen! Natürlich können Sie Mustafa Arslan und seine Verlobte nicht daran hindern, zu gehen, doch vermitteln Sie ihm den Eindruck, dass er dafür unsere Zustimmung braucht, kapiert?«

Benders nickte eingeschüchtert und marschierte davon.

»Wohin gehen Sie? Sie sollen hierbleiben!«, rief ihm Ruste hinterher.

»Ich suche einen Stuhl, auf dem ich vor dem Krankenzimmer Posten beziehen kann«, erwiderte Benders und bog um die Ecke.

Ungeduldig wartete Ruste, bis der uniformierte Kollege mit einer Sitzgelegenheit zurückgekehrt war. Dann eilte er durch die Gänge dem Ausgang entgegen und zündete sich direkt vor der Pforte eine Zigarette an. Normalerweise meldete sich nach einem Arzt- oder Krankenhausbesuch sein schlechtes Gewissen und ermahnte ihn, das Rauchen aufzugeben. Doch in dieser Nacht war ihm das scheißegal. Je eher er diese durchgedrehte Welt verlassen konnte, desto besser. Ruste nahm einen extra tiefen Zug, wütend über seine Niederlagen an den Krankenbetten. Als hätte eine höhere Kraft seine selbstzerstörerische Einstellung bemerkt, klingelte just in diesem Augenblick sein Mobiltelefon. Er blies den Rauch aus, steckte die Zigarette in den Mundwinkel und nahm das Gespräch an. Natürlich war es das Präsidium.

»Ruste«, meldete er sich barsch.

Nachdem er dem diensthabenden Beamten einen Augenblick zugehört hatte, fiel ihm die Kippe aus dem Mund. »Was? Eine Schießerei bei Ratemicke? … Ein Toter, ein verletzter Jäger. Und warum erfahr ich das erst jetzt? … Verdammte Scheiße, krankes Kind hin oder her, sorg dafür, dass Peter seinen Arsch zum Tatort bewegt. Ich will das ganze Team da haben. Spurensicherung inklusive. … Das hast du schon in die Wege gleitet? Gut! Ich komme sofort!«

Er trat die Kippe auf dem Boden aus und wählte die gespeicherte Nummer des Taxirufes. »Ruste. Ich brauche ein Taxi zum Olper Krankenhaus. Aber sofort. Und jetzt geben Sie mal ordentlich Gas, das ist ein Polizeieinsatz und kein Scherz. Und wehe, der Wagen ist nicht in einer Minute hier!«

KAPITEL 9

25. April

Anna und Tim saßen sich stumm in dem kleinen Wohnraum der Jagdhütte gegenüber. Nachdem Ronald gegangen war, hatten sie sich erschöpft in die Sessel fallen lassen und seitdem nicht mehr bewegt. Doch gerade hatte die kleine Kuckucksuhr an der Wand Mitternacht geschlagen und Anna konnte ihr Magenknurren nicht länger ignorieren.

»Ich schau mal nach, was ich im Kühlschrank und in der Speisekammer finde. Vorne ist ein Bad mit Dusche, vielleicht machen wir uns frisch und essen etwas. Dann erzähle ich dir alles, okay Tim?«

»Soll ich als Erster ins Bad?«

»Ja, mach mal. Ich kümmer mich dann schnell ums Feuer.« Anna inspizierte zunächst den Kühlschrank, der bis auf zwei Flaschen Champagner und drei Gläser Oliven völlig leer war. Sie schüttelte den Kopf. »Typisch Ronald. Dann eben Dosenfutter.« Sie holte aus der Kammer zwei Büchsen Ravioli und kippte deren Inhalt in einen Topf. Nachdem sie den Herd angeschaltet hatte, ging sie zum Kamin und entzündete die Holzscheite, die darin bereitlagen.

Als Tim frisch geduscht den Raum betrat, prasselte bereits das Feuer und Anna hatte den großen, schweren Holztisch mitten im Zimmer gedeckt. Während sie aßen, verloren sie kein Wort. Nicht nur Tim, auch Anna verschlang gierig die aufgewärmten Teigtaschen und spülte sie mit Mineralwasser hinunter. Der lange Tag und vor allem die anstrengende Flucht durch den Wald hatte sie einiges an Kraft gekostet!

Nachdem die letzte Ravioli verspeist war, bat Anna Tim, eine Kanne Tee zu kochen, und ging duschen. Als Anna in ein weißes Badetuch gehüllt zurückkehrte, saß Tim gedankenverloren am Esstisch und schaute sich in dem geräumigen Raum um. Sein Blick blieb an präparierten Raubfischen hängen, die mit offenen Mäulern zwischen Ronalds Angeln neben einem Regalbrett mit den unterschiedlichsten Haken hingen.

»Die Bezeichnung ›Jagdhütte‹ ist reichlich untertrieben, das hier erinnert eher an eine komfortable Blockhütte in Kanada. Von außen sah das Haus gar nicht so geräumig und chic aus«, sagte er.

»Ja, Ronald neigt dazu, alles imposant und kostspielig zu gestalten. Das ist eben so seine Art«, erwiderte Anna, während sie sich eine Tasse Tee eingoss und sich Tim gegenübersetzte. »Ich schätze, dass du jetzt eine Erklärung hören möchtest?«

»Ja, gerne«, antworte Tim.

»Ich weiß gar nicht, wo ich anfangen soll. Was ich dir zu erzählen habe, wird dir überhaupt nicht gefallen. Es fällt mir echt schwer.«

»Fangen Sie einfach mal von vorne an.«

Stumm blickte Anna ihn an. Ihm war gar nicht aufgefallen, dass er sie wieder siezte. Vielleicht war es ein unbewusstes Zeichen dafür, dass sich die Distanz zwischen ihnen vergrößerte.

»Nun gut«, begann Anna schließlich zögerlich. »Wenn man plötzlich einen geliebten Menschen verliert, fühlt man sich wie ein Goldfisch, der allein in einem Aquarium seine Bahnen zieht. Man nimmt zwar alles wahr, aber nichts kann zu einem vordringen. Es ist wie in einem einsamen Kerker. So ging es mir. Ich dachte, der einzige Weg, zurück ins Leben zu finden, ist der, die Scheibe um mich herum zu zerstören. Und diese Scheibe warst du, Tim. Ich sage es direkt und ehrlich heraus: Ich habe dich gehasst. Ich hab dich gehasst, weil du mir das Liebste genommen hast. Es war wie ein Schlag ins Gesicht, als ich aus deinem Brief von dem bevorstehenden Ende deiner Haft erfuhr. Ich wollte Rache und dachte, selbst für Gerechtigkeit sorgen zu müssen. Daher habe ich beschlossen, dich am Tag deiner Entlassung zu töten. Ich dachte wirklich, wenn du tot wärst, könnte ich wieder ein normales Leben führen.«

Tim schluckte. Er starrte sie mit weit aufgerissenen Augen an. »Uff … Das ist ziemlich hart. Das muss ich erst mal verdauen.« Nach einer kurzen Pause blickte er sie argwöhnisch an. »Aber ich habe Ihnen doch geholfen. Ich habe mein Leben für Sie riskiert! Und wie soll ich heute beruhigt mit Ihnen unter einem Dach schlafen? Haben Sie immer noch Mordgedanken?«

»Nein, nein!« Anna schüttelte energisch den Kopf. »Das ist vorbei! Ich habe den Fehler gemacht, alles in deine Person zu projizieren. Doch letztendlich war ich diejenige, die sich nicht mit der Realität abfinden konnte. Ich bin nicht damit klargekommen. Du warst … Ich kann es dir nicht beschreiben. Du warst eben das Aquariumglas, das ich zerschlagen musste. Und dann habe ich etwas Schreckliches getan.«

Anna seufzte. Sie nahm einen Schluck warmen Tee, bevor sie Tim die Geschichte von Anfang an erzählte. Von ihrem Anschlag auf den Falschen vor der JVA und von dem nächtlichen Einbruch. Von dem Boxergesicht, der sie wegen der CD bedroht hatte und nun tot im Güllebecken lag. »Tja, und die letzte Attacke hast du ja selbst miterlebt«, schloss sie ihren Bericht. »Ich habe keine Ahnung, wer diese Männer sind und was sie wollen. Es muss aber mit meiner Tat zusammenhängen.«

Tim schüttelte ungläubig den Kopf. »Dann habe ich es einem reinen Zufall zu verdanken, dass ich hier lebend sitze? Ich fasse es nicht!«

»Ich habe mich an dem Falschen gerächt und meine Rache war falsch«, erwiderte Anna mit zittriger Stimme. »Es tut mir alles unendlich leid. Dieses Mal bin ich diejenige, die um Verzeihung bitten muss …« Sie merkte, wie ihr Tränen in die Augen stiegen, und sah auf ihre Tasse, die sie fest umklammerte.

Tim lachte bitter. »Um ein Haar hätten mich dann auch noch diese finsteren Typen umgebracht. Muss wohl mein Karma sein, was? Ich komme mir vor wie in einem schlechten Film. Das ist doch ein übler Scherz …«

»Nein, leider ist das die bitterernste Realität«, gab Anna leise zurück. »Es gibt sowohl für mein Vorhaben als auch für die Tat keine Entschuldigung. Das weiß ich. Allerdings ist in den letzten Tagen so viel passiert, dass ich gar nicht richtig darüber nachdenken konnte. Ich weiß nicht, was ich tun soll … Ich weiß nur, dass du die Wahrheit verdienst, nach all dem, was du für mich getan hast. Und es wäre wohl besser, wenn du gehst, bevor ich dich in noch größere Gefahr bringe. Bestimmt ist es das Vernünftigste, wenn ich jetzt die Polizei informiere und alles gestehe.«

Tim verharrte regungslos auf seinem Stuhl und starrte auf die Tischplatte. Anna wischte sich die Tränen von den

Wangen. Nachdem sie sich eine Weile stumm gegenüber gesessen hatte, stand sie auf und ging zur Küchenzeile, um mit etwas kaltem Wasser ihr Gesicht zu kühlen.

»Weißt du was?«, sagte Tim plötzlich hinter hier.

Anna registrierte sofort, dass er sie geduzt hatte. Hatte sie durch ihr Geständnis und ihre Ehrlichkeit sein Vertrauen zurückgewinnen können?

Sie wandte sich ihm zu und lächelte ihn an. »Was?«

»Ich trinke eigentlich nie Alkohol, doch jetzt könnte ich einen Schnaps vertragen. Dein Freund hat bestimmt welchen im Eisfach. Du kannst sicher auch einen gebrauchen, oder?«

»Ja, das wäre nicht schlecht«, antwortete Anna und fügte nach einer kurzen Pause hinzu: »Das mit Ronald ist aber nicht so, wie du denkst.«

»So? Wie ist es denn? Ihr habt euch vorher draußen sehr innig umarmt.« Tim deutete mit dem Kopf auf eines der Fenster.

Anna durchsuchte den Kühlschrank und fand eine volle Flasche Korn. Mit zwei Gläsern trat sie an den Tisch und goss sie randvoll. »Es ist … Ach, ich kann das nicht erklären. Es ist einfach alles zu viel. Das mit Ronald ist … ich weiß nicht was. Er ist ein guter Freund. Vielleicht auch mehr, vielleicht auch nicht.«

Sie kippten ihren Schnaps in einem Zug hinunter. Der Korn brannte angenehm in Annas Magen. Nachdenklich blickte sie zu dem Kamin, in dem das Feuer loderte.

»Ach, hast du eigentlich noch diese CD?«, unterbrach Tim das Schweigen.

»Ja, sicherlich. Die müsste noch in der Tasche meines Kittels stecken. Der ist im Bad, ich hole ihn gleich. Was hast du mit der CD vor?«

»Was ich damit vorhabe?«, wiederholte Tim ihre Frage. Er blickte sich suchend im Raum um. »Ich habe da so eine Idee. Aber die muss wohl bis morgen warten.«

*

Erfreulicherweise hatte sich der Taxifahrer an Rustes Anweisung gehalten und war mit halsbrecherischem Tempo durch die Stadt und über die Landstraße nach Ratemicke gejagt. Nach rekordverdächtigen sieben Minuten Fahrzeit war Ruste im Dorf eingetroffen.

»Vielleicht bewerben Sie sich bei Ihrem Talent bei der Autobahnpolizei«, verabschiedete er sich von seinem Chauffeur, der das Lob mit einem zufriedenen Lächeln quittierte.

Vor der ›Dorfschenke‹ standen bereits zwei Streifenwagen. Trotz der späten Stunde hatten sich zahlreiche Neugierige aus dem Ort zusammengefunden. Bei den Minustemperaturen stieg ihr Atem im Licht der Straßenlaternen in kleinen Wölkchen auf.

Ruste wurde bereits von einem uniformierten Beamten erwartet. »Kommissar Ruste, der Tatort liegt im Wald. Ich habe die Anweisung, Sie hinzufahren.«

Nachdem sie in eines der Polizeiautos eingestiegen waren, steuerte der Kollege den Wagen über die Landstraße und bog nach wenigen Minuten in einen dunklen Wirtschaftsweg ab, der sich entlang des Waldes schlängelte. Ruste sah in einiger Entfernung einen taghellen Lichtschein, der sich oberhalb des Wirtschaftsweges im Wald abzeichnete. Als sie sich näherten, erkannte Ruste zahlreiche Einsatzfahrzeuge, die kreuz und quer auf dem Weg parkten. Sie umzingelten einen großen Traktor samt

Anhänger, der quer am Waldrand stand. Ruste blickte nach links, wo eine große Kuhweide lag, deren Stacheldrahtzaun an einer Stelle niedergedrückt war. Als er aus dem Wagen stieg, dröhnte der Dieselkompressor, der den Strom für die zahlreichen Lampen erzeugte, in seinen Ohren. Und neben dem Dieselgestank des Kompressors stieg ihm der penetrante Geruch frischer Gülle in die Nase.

Widerwillig stapfte Ruste das steil ansteigende Gelände in den Wald hinauf, wo die meisten Halogenstrahler aufgestellt waren. Ohne eine Taschenlampe gestaltete sich der Anstieg mühsam. Ständig stolperte Ruste über Wurzeln, die im Dunkeln auf ihn zu lauern schienen. Als er endlich am Tatort ankam, stemmte er keuchend die Hände auf die Knie. Hätte er gewusst, dass er noch eine halbe Wanderung hinlegen muss, hätte er heute Abend nicht so viel geraucht.

Als er wieder zu Atem kam, stellte er sich aufrecht hin und verschaffte sich einen Überblick. Eine vergleichsweise große Waldfläche war mit Flatterband abgegrenzt worden, in der die Kollegen der Spurensicherung in ihren weißen Overalls schon zugange waren. Jenseits der Absperrung stand ein Zinksarg. Der Deckel war nicht verschlossen. Direkt davor unterhielten sich Korfmacher und Schwenke angeregt. Ruste registrierte zufrieden, dass neben dem Rechtsmediziner und dem Leiter der Spurensicherung Schröder und Leuters ihren Posten bezogen hatten. Hatte sich der diensthabende Kripobeamte also trotz kranken Kindes die Ehre gegeben. Wenigstens etwas! Dann blieb nicht alles in dieser Nacht an ihm hängen.

Schröder erblickte seinen Chef als Erster und winkte ihn aufgeregt heran. »Kommissar Ruste, guten Abend. Hier ist das Opfer, wenn Sie es sehen möchten?«

Ruste trat an den Sarg heran und warf einen Blick hinein, bevor er in die Runde fragte: »Also, was ist passiert?«

»Soll ich anfangen?«, wollte Schröder wissen.

»Nur zu«, ermunterte Leuters seinen jungen Kollegen.

Schröder blätterte in seinem Notizblock. »Also, die Situation stellt sich wie folgt dar: Drei ältere Jäger, die Personalien haben wir aufgenommen, wurden von Unbekannten beschossen. Die Herren haben sich gewehrt und das Feuer erwidert. Dabei wurde dieser Mann«, er deute auf die Leiche, »tödlich getroffen. Wir haben seine Fingerabdrücke genommen und direkt durch den mobilen Scanner unten im Einsatzwagen geschickt. Das Opfer heißt Alexej Borgmann, ein Russlanddeutscher aus Kierspe, der wegen diverser Delikte aktenkundig ist.«

»Schon wieder ein krimineller Russlanddeutscher aus Kierspe? Erstaunlich viel Zufälle, was?«, fragte Ruste.

»Genau«, erwiderte Schröder. »Und noch viel mehr: Wie dieser Roman Neufeld und Boris Wassiljew wird er dem Umfeld der Mafia zugerechnet.« Er blickte seinen Vorgesetzten auffordernd an.

»Erstaunlich viele Mafiosi im Sauerland, was?« erwiderte Ruste und grinste seinen Schützling an.

Schröder ließ sich nicht beirren und fuhr fort: »Einer von den Jägern wurde ebenfalls angeschossen. Er ist jedoch nicht lebensgefährlich verletzt und auf dem Weg ins Krankenhaus. Außer dem Todesopfer müssen noch weitere Menschen an der Schießerei beteiligt gewesen sein. Zum einen wurden zahlreiche Fußspuren sichergestellt, die auf mehrere Personen hindeuten. Zum anderen haben wir Hülsen von zwei verschiedenen Handfeuerwaffen gefunden. Die vielen Einschusslöcher im Traktor unten am Waldrand stammen von denselben Kalibern.

Die Maschine gehört einer Bäuerin, deren Hof hinter der Koppel liegt. Ihr Name ist Anna Lobbisch. Wir hatten noch keine Gelegenheit, zu ihr zu fahren und sie zu vernehmen. Und zuletzt steht auf der Weide noch ein verlassener BMW voller Gülle. Der Wagen hat gefälschte Nummernschilder. Wir nehmen an, dass das Opfer und vermutlich weitere Personen damit gefahren sind. Tja, das ist alles sehr mysteriös. Aber vielleicht hängt der Fall mit dem Mordversuch vor der JVA zusammen? Immerhin gibt es doch gewisse Parallelen.«

»Was meint ihr?«, gab Ruste die Frage an seine anderen Kollegen weiter.

»Das Opfer wurde jedenfalls mehrfach getroffen«, erklärte der Rechtsmediziner. »Noch konnte ich nicht feststellen, welche Kugel letztlich tödlich war. Sieht aber nach einem Herzschuss aus.«

Ein Streifenbeamter tippte Ruste auf die Schulter. Er reichte ihm einen dampfenden Pappbecher mit Kaffee.

»Oh, danke. Der kommt genau richtig!« Ruste nahm einen großen Schluck, bevor er erneut fragte: »Also, was denkt ihr?«

»Ich glaube, dass sich die Schießerei mit den Jägern unbeabsichtigt ergeben hat«, antwortete Leuters. »Das war bestimmt nicht geplant. Die waren hinter jemand anderem her. Auch das Zusammentreffen mit der Bäuerin beziehungsweise ihrem Traktor erscheint mir eher zufällig. Vielleicht hat sie etwas gesehen, was sie nicht sehen sollte. Ich würde vorschlagen, als Nächstes zu ihrem Bauernhof zu fahren. Es ist seltsam, dass sie sich noch nicht bei uns gemeldet hat. Die beiden Jäger sind wegen der Schießerei ohnehin so aufgeregt, dass sie das ganze Dorf verrückt machen. Bald haben wir die komplette Weltpresse hier! Schröder, Sie haben doch mit den Männern bereits gesprochen und zur Diskretion gemahnt, oder? Vielleicht setzen Sie am besten das Protokoll auf? Sie haben die Fakten sowieso schon hervorragend zusammengetragen.«

Schröder reagierte nicht und suchte angestrengt mit seiner Taschenlampe auf dem Waldboden nach Spuren. Ruste musste grinsen. Das würde ihm auch nicht helfen!

Ruste deutete auf die zahlreichen Einschüsse in den umstehenden Bäumen und bemerkte süffisant: »Sieht ja aus wie im Krieg hier …«

Das Kratzen des Funkgeräts von Schwenke setzte Rustes Ausführungen ein jähes Ende. Der Leiter der Spurensuche entfernte sich einige Schritte, um in Ruhe die Meldung entgegenzunehmen.

»Das dürfte euch interessieren«, rief Schwenke in die Runde. »Einer meiner Männer hatte den Auftrag, die Fußspuren weiterzuverfolgen. Ein paar führen den Wald hinauf und jenseits des Hügels wieder hinunter. Dort kommt man auf die Landstraße nach Ratemicke, allerdings verliert sich da die Fährte. Nach seiner Ansicht müssen es drei Personen gewesen sein. Zwei waren im Wald dicht beieinander, die dritte hat einen anderen Weg gewählt.«

»Sieht nach einer Verfolgungsjagd aus, oder?«, fragte Schröder.

»In der Tat. Notieren Sie das, Schröder!«, befahl Ruste. »Und jetzt fahren wir zu dieser Bäuerin. Auf geht's!« Er klatschte in die Hände, um Schröder und Leuters anzutreiben, und begab sich selbst an die Spitze seines Teams.

Als sie unten auf dem Wirtschaftsweg angekommen waren, stiegen die Kripobeamten in einen Streifenwagen, der sie zu dem nahe gelegenen Hof brachte. Ausgerüstet mit lichtstarken Taschenlampen näherten sie sich dem alten Fachwerkhaus, das im Dunkeln lag.

»Kein Licht.« Leuters zückte seine Dienstwaffe. »Man kann ja nie wissen, kommt mir alles unheimlich vor.«

Wie Schröder griff auch Ruste automatisch nach seinem Holster, doch hielt dann in der Bewegung inne. Er war ja eigentlich gar nicht im Dienst! Seine Waffe war sicher im Schrank verschlossen! Er gab seinen zwei Kollegen ein Zeichen, dass er hinter ihnen in Deckung gehen würde. Eigentlich hätten sie schusssichere Westen anziehen können, doch dafür war es jetzt zu spät.

Gemeinsam versuchten sie, in der Dunkelheit auszumachen, ob jemand im Schutz der Dunkelheit auf sie lauerte. Als sie nichts Verdächtiges bemerkten, ging Ruste resolut auf die Eingangstür zu. Er betätigte die Schelle, doch im Haus rührte sich nichts. Nachdem sich nach wiederholtem Klingeln nichts regte, drückte er die Klinke hinunter. Die Tür war unverschlossen. Ruste ließ seinen bewaffneten Kollegen den Vortritt.

»Hallo, hier ist die Polizei! Ist jemand da?«, rief Leuters und taste sich in den dunklen Flur vor.

Als eine Reaktion ausblieb, durchkämmten die Beamten Zimmer für Zimmer. Nirgendwo war eine Spur von dieser Anna Lobbisch zu finden. Der Fall wurde zunehmend verzwickter.

»Und jetzt?«, fragte Schröder, als sie wieder auf dem Hof standen.

»Jetzt nehmen wir uns den Schuppen da vor.« Ruste leuchtete mit seiner Lampe auf den Anbau neben dem Bauernhaus.

Doch auch hier war in den zahlreichen Ecken und Winkeln zwischen den landwirtschaftlichen Geräten nichts zu entdecken. Anschließend folgten sie einem Pfad den Hügel hinauf zu einem Stall, der offensichtlich erst vor Kurzem erbaut worden war. Nachdem Ruste das Tor aufgeschoben hatte, leuchteten Leuters und Schröder mit ihren Waffen im Anschlag in den Stall. Die Kühe blickten müde in das grelle Licht und begannen lauthals zu muhen. Ansonsten schien alles ruhig zu sein.

Ruste ertastete neben dem Eingang einen Lichtschalter. Im grellen Licht der zahlreichen Neonröhren begannen die Beamten, den gesamten Stall zu inspizieren. Als die Suche erfolglos war, nahmen sie sich den angrenzenden, kleineren Raum vor, in dem Kälbchen und eine trächtige Kuh untergebracht waren. Auch hier keine Spur.

»Eine Bäuerin würde niemals freiwillig ihre Tiere allein lassen«, sagte Ruste und trat nach draußen. Er zündete sich eine Zigarette an und schaute auf seine Armbanduhr. Mittlerweile war es drei Uhr in der Früh. »Wir sollten es morgen noch mal versuchen. Schröder, Sie setzen die Befragung im Dorf fort und ich fahre zu den Eltern von diesem …?«

»Äh …« Schröder zückte seinen Notizblock und blätterte wild darin herum. »Alexej Borgmann.«

»Genau. Und du, Peter, machst dich schnell auf den Weg zu deiner Kleinen ins Krankenhaus. Schröder kann den Bericht schreiben. Danach brauche ich dich aber wieder für die Ermittlungen. Schlafengehen lohnt heute sowieso nicht mehr.«

»Es ist nicht meine Aufgabe, den Bericht zu schreiben«, sagte Schröder, als sie zum Streifenwagen hinuntergingen.

Ruste drehte sich zu ihm um. Er war mutig, das musste man ihm lassen! Vielleicht wurde es ja doch etwas mit ihm und dem Sauerland.

»Nein, das ist nicht ihre Aufgabe, Schröder. Völlig richtig«, sagte Ruste milde. »Aber der Kollege wird es Ihnen nie vergessen, wenn Sie ihm das abnehmen und er dadurch Zeit für seine kranke Tochter hat. Und bei mir hätten Sie auch was gut, Schröder.«

Schröder nickte. »Okay. Wenn das so ist, mache ich es gerne.«

*

Frühmorgens wachte Anna in einem der drei kleinen Schlafzimmer der Jagdhütte auf. Auf der Fensterscheibe zeichneten sich zarte Eisblumen ab. Die Morgendämmerung zeigte sich nur in einem schwachen Lichtschein am Horizont. Anna trat ans Fenster und blickte hinaus auf den Stausee der Listertalsperre. Von hier oben hatte man wirklich eine atemberaubende Aussicht! Sie erkannte, dass der Wasserstand der Lister bis an die Krone der Staumauer heranreichte. Auf der anderen Seite der Wand stürzten Wasserfälle durch die Überlauföffnungen herunter in den tiefer liegenden See der Biggetalsperre. Ein schönes Schauspiel, das sich Anna gern ansah.

Doch daran war heute nicht zu denken, ihre Sorge galt in erster Linie ihren Kühen. Hoffentlich hatte Ronald den Wernike angerufen und die Tiere waren versorgt.

Nachdem sie sich einen der Bademäntel für Gäste umgeworfen hatte, stieg Anna die Treppe hinunter. Im Kamin glommen noch einige Scheite. Anna legte Holz nach und blies kräftig in Glut. Dann machte sie sich in der Küchenzeile auf die Suche nach Kaffee und Filtertüten.

Während der Kaffee durchlief, nahm sie eine heiße Dusche, um sich aufzuwärmen. Als sie zurück in den Wohnraum kam, brannte das Feuer mollig warm. Tim saß bereits an dem großen Tisch.

»Guten Morgen, danke für den Kaffee«, begrüßte er Anna. »Möchtest du auch?«

Ohne eine Antwort abzuwarten, stand er auf und schenkte Anna eine Tasse ein. Mit Schrecken stellte sie fest, dass Tim seine verdreckten Sachen vom Vorabend trug, und sie ebenfalls keine saubere Kleidung zum Wechseln hatte.

»Komm, wir schauen mal, ob Ronald hier etwas zum Anziehen hat«, schlug sie vor. »Vielleicht passt uns ja was.«

Mit den Kaffeetassen in den Händen gingen sie nach oben in die Schlafräume und durchsuchten die Schränke. Tatsächlich fanden sie zwei verwaschene Jeans, T-Shirts und Pullover, die ihnen zwar nicht ganz passten, aber immerhin sauber waren. Nachdem Tim geduscht hatte, trat er in Ronalds Sachen in den Wohnraum. Anna musste grinsen. Die Hose war zu kurz, dafür schlackerte sie ihm um die Beine und den Bauch. Auch der Sweater sah aus, als ob er ihn zu seiner Konfirmation bekommen hätte. Tims lange Gliedmaßen ragten weit aus den Ärmeln hinaus. Seine dunklen Haare, die strubblig in alle Richtungen abstanden, machten das skurrile Bild perfekt.

»Du siehst auch nicht besser aus«, sagte Tim schmunzelnd, als Anna lauthals lachte.

»Gib mir lieber mal die CD«, forderte er sie auf.

»Was hast du damit vor? Ist sowieso nix drauf«, erwiderte Anna und wischte sich eine Träne aus dem Augenwinkel.

»Keine Musik, aber vielleicht was anderes«, antwortete Tim kryptisch.

Anna ging ins Bad, wo ihr dreckiger Kittel auf dem Boden lag. Die CD war tatsächlich noch da. War die Aufschrift ›Hits‹ also ein Täuschungsmanöver gewesen?

Nachdenklich kehrte sie zu Tim zurück. »Auf die Idee, dass es eine Daten-CD ist, hätte ich auch kommen können«, sagte sie.

»Bist du aber nicht. Vielleicht bringt sie uns in der ganzen Geschichte weiter«, erwiderte Tim, steckte die CD in seine Hosentasche und kramte ein paar Münzen aus seiner verdreckten Jeans. »Ich fahre nach Meinerzhagen in ein Internetcafé und schau mal, ob da was drauf ist.«

»Sollen wir das nicht zusammen machen?«

»Lieber nicht. Die sind hinter dir her, Anna. An deiner Stelle würde ich mich hier versteckt halten, bis wir herausgefunden haben, was es mit dieser CD auf sich hat.«

Anna zögerte. Doch was Tim sagte, war einleuchtend.

»Kann aber dauern«, verabschiedete er sich an der Tür. »Bevor ich in den Knast kam, waren die Busverbindungen in der Gegend furchtbar schlecht. Mal sehen, vielleicht komme ich per Anhalter nach Meinerzhagen.«

»So wie du aussiehst, glaube ich kaum, dass jemand anhält«, rief sie ihm lachend hinterher.

Anna schenkte sich noch einen Kaffee ein und setzte sich an den Tisch. Sie hatte das erste Mal seit Tagen ein gutes Gefühl. Sie glaubte daran, dass sich die Dinge aufklären würden und der Albtraum für sie bald ein Ende hätte. Aber sie plagte auch das schlechte Gewissen. Sie hatte Tim für einen skrupellosen Raser und Mörder gehalten – und sich damit all die Jahre getäuscht. Er war ein guter Kerl! Und er trug lediglich eine Teilschuld. Wären nur nicht diese gefälschten Teile im Auto eingebaut gewesen! Hätte, wäre, wenn! Es war ein tragischer Schicksalsschlag. Anna war langsam bereit, dies zu akzeptieren.

*

Rustes Schädel dröhnte. Nach den zwei Stunden Schlaf auf der Couch fühlte er sich alles andere als ausgeruht. Doch bevor er nach Kierspe zu den Eltern des Opfers fuhr, wollte er unbedingt auf dem verlassenen Bauernhof dieser Lobbisch vorbeischauen.

Ruste parkte seinen Dienstpassat vor dem Fachwerkhaus und ging zur Haustür. Noch immer war sie unverschlossen und niemand anzutreffen. Als er dem Weg zum Kuhstall auf dem Hügel folgte, hörte er bereits, dass drinnen die Melkmaschinen liefen. Ruste beschleunigte seine Schritte und schob eilig das Tor zur Seite. Ein alter Mann stand in dem Karussell und legte gerade den Kühen Zitzenbecher an.

»Guten Morgen, Ruste mein Name. Ich komme von der Kripo Olpe und möchte gerne mit Frau Anna Lobbisch sprechen. Ist die hier irgendwo?«, rief Ruste über den Lärm hinweg.

»Morgen«, gab der alte Herr knapp zurück und ließ sich nicht von seiner Arbeit ablenken.

»Kennen Sie die Bäuerin Anna Lobbisch, die diesen Hof bewirtschaftet?«, hakte Ruste nach und trat näher an das Rondell heran.

»Ja, sicher kenne ich die.«

»Und? Ist sie hier?«

Der Mann ließ seinen Blick durch den Raum schweifen. »Ich sehe sie nicht, woll?«

»Wer sind Sie denn und was machen Sie hier?« Langsam reichte es Ruste mit diesem grimmigen Kauz.

»Wernike. Ich melke die Kühe.«

»Das sehe ich. Machen Sie das immer? Sind Sie bei Frau Lobbisch angestellt?«

Wernike schüttelte den Kopf und antwortete mit einem entrüsteten: »Nee.«

»Das kann ich ja nicht wissen«, erwiderte Ruste forsch. »Jetzt machen Sie doch mal die Zähne auseinander. Wissen Sie, wo ich Frau Lobbisch finde?«

Wieder kam dem Mann nur ein lang gezogenes »Nee« über die Lippen.

Ruste verlor langsam die Geduld. Er war müde und musste noch nach Kierspe fahren. Er hatte überhaupt keine Lust auf dämliche Ratespiele.

»Wie kommen Sie dazu, hier zu melken?«

»Der Junge von den Webers hat mich angerufen. Die Anna sei verhindert und ob ich dann die Kühe versorgen könnte. Das mache ich gerne, habe ich ihm gesagt. Seit meiner Rente habe ich Zeit, woll? Wir hatten früher ja auch einen Hof. Mit 80 Viechern …«

Jetzt kam Wernike plötzlich ins Plaudern. Doch für Rustes Geschmack ein bisschen zu sehr. Er hob die Arme und unterbrach den Redeschwall des sauerländischen Bauern. »Moment! Sagten Sie ›der Junge von den Webers‹? Welcher Weber?«

»Na, wie heißt der Bursche noch? Der Kleine, der den Betrieb vom Vater übernommen hat. In Attendorn. Ach, ich komm gleich drauf … Rüdiger … Rolf … Roland …

Nee, Ronald heißt der, woll?« Die Augen von Wernike glänzten vor Freude.

»Sie meinen Ronald, Ronald Weber?«, vergewisserte sich Ruste.

»Ja, sag ich doch, woll?«

»Hat er Ihnen noch etwas erzählt? Warum Frau Lobbisch nicht kann oder wo sie sich aufhält?«

Wernike nahm die Zitzenbecher von einem Euter ab. Er fuhr sich durch seinen dichten weißen Haarschopf. »Nee!«

»Also hat er Ihnen nichts über Frau Lobbisch gesagt?«, fragte Ruste sicherheitshalber nach. Diese knappen Verneinungen des alten Bauern machten ihn verrückt.

»Sag ich doch«, bestätigte Wernike.

»Was denn? Was sagen Sie denn in Gottes Namen?«, hakte Ruste völlig entnervt nach.

»Na, dass er nix gesagt hat. Also der Junge von den Webers über die Anna. Er meinte nur, dass sie nicht kann. Und dafür kann ich ja nichts. Da müssen Sie nicht gleich so unhöflich werden, junger Mann! Auch wenn Sie von der Polizei sind! Mein Schwager, der war übrigens ebenfalls bei der Polizei. Aber nicht in Olpe, sondern in Schmallenberg. Vielleicht haben Sie ihn gekannt? Der hat … och … der hat schon vor ewig langer Zeit aufgehört … Wann hat der nur aufgehört?«

Wernike legte den Kopf schief und runzelte die Stirn. Ruste nutzte die unverhoffte Chance und verabschiedete sich schnell: »Vielen Dank für Ihre Hilfe.«

Im Eilschritt verließ er den Kuhstall und lief den Hügel zu seinem Passat hinunter. Mit quietschenden Reifen brauste er vom Hof auf die Landstraße. Zum Glück blieb ihm während der Fahrt nach Kierspe etwas Zeit, um wieder herunterzukommen. Der alte Bauer hätte ihn um ein Haar in den Wahnsinn getrieben!

Nach einer Weile merkte Ruste, wie übermüdet er war. Er versuchte, sich auf den Weg zu konzentrieren, doch die Augen fielen ihm immer wieder zu. Als er Kierspe erreichte, hielt er an dem erstbesten Kiosk und holte sich einen Kaffee. Mit dem Becher in der rechten Hand steuerte er durch die Straßen des beschaulichen Städtchens. Während er nach dem Haus der Familie Borgmann suchte, ging er nochmals alle Fakten durch. Die Geschichte wurde immer verwirrender. Hingen der Mordversuch vor der JVA und die nächtliche Schießerei zusammen? Dafür sprach, dass in beiden Fällen Russlanddeutsche aus Kierspe involviert waren. Hinzu kam das seltsame Jagdmesser als Tatwaffe. Und jetzt waren wieder Jäger in den Fall verwickelt. Waren das alles nur Zufälle?

Nachdem Ruste die richtige Adresse gefunden hatte, parkte er seinen Wagen vor dem großen Einfamilienhaus und ging durch den gepflegten Vorgarten zur Eingangstür. Er hasste diese Seite an seinem Job. Angehörigen eine Todesnachricht zu überbringen ging ihm immer selbst an die Substanz. Innerhalb eines kurzen Moments veränderten seine Worte ein ganzes Leben und stürzten die Menschen in einen Abgrund der Trauer. Das Schwierigste war jedoch, dass er sie in dieser Schocksituation meistens auch noch befragen musste.

Eine grauhaarige Frau öffnete Ruste die Tür, hinter ihr stand ein älterer Mann im Unterhemd. »Ja, bitte«, sagte die Frau mit einem leichten Akzent.

»Frau Borgmann, Herr Borgmann?«, fragte Ruste.

»Ja?«

»Ich bin Kommissar Ruste, können wir uns bitte drinnen unterhalten?« Er zeigte den Eheleuten seinen Dienstausweis.

»Geht es um Alexej?«, fragte Frau Borgmann mit sorgenvoller Stimme auf dem Weg in das nüchtern eingerichtete Wohnzimmer.

Ruste nickte und nahm auf dem Sofa Platz. »Ich muss Ihnen leider eine traurige Nachricht überbringen. Ihr Sohn wurde bei einem Schusswechsel tödlich getroffen.«

Die Frau schlug die Hände vors Gesicht, während ihr Mann nur den Kopf schüttelte. »Ich habe es kommen sehen, ich habe es kommen sehen!«, rief er aufgebracht. »Wie oft habe ich ihn vor denen gewarnt. Das sind alles Verbrecher! Dabei war er so gut in der Schule. Aber nein, Alexej wusste ja immer alles besser!«

Frau Borgmann ließ schluchzend die Arme sinken. »Mein Sohn war ein guter Junge. Seine Freunde, die sind böse und haben ihn auf die schiefe Bahn gebracht! Dieser Viktor, Boris, Roman und wie sie alle heißen.«

Ruste wartete eine Weile, bis sich die Eltern von Alexej etwas beruhigt hatten, bevor er fragte: »Die Freunde, von denen Sie gerade sprachen … Kennen Sie die vollständigen Namen oder die Adressen, Telefonnummern? Irgendwas?«

»Ja, die Adressen habe ich«, antwortete Frau Borgmann und ging zu dem schweren Wohnzimmerschrank an der Stirnseite des Raumes.

»Aber was ist eigentlich passiert?«, unterbrach ihr Mann.

»Die genauen Umstände sind noch nicht geklärt. Ich kann sagen, dass Ihr Sohn mit bislang unbekannten Komplizen gestern Nacht im Wald bei Ratemicke Jäger beschossen hat. Diese haben in Notwehr ebenfalls das Feuer eröffnet und dabei Alexej tödlich getroffen. Aber wie gesagt, wir stehen ganz am Anfang der Ermittlungen. Ich wäre Ihnen sehr dankbar, wenn Sie mir jetzt die Namen von Alexejs Freunden geben könnten.«

Frau Borgmann trat zurück ans Sofa und reichte Ruste ein kleines, ledernes Adressbuch. »Boris heißt Wassiljew, von Roman und Viktor kenne ich die Nachnamen nicht. Aber ich weiß, wo sie wohnen. Sind alle aus dem Ort.«

Zufrieden übertrug Ruste die Angaben auf seinen Notizblock. Endlich war er einen großen Schritt weitergekommen! Dass Boris Wassiljew zu den Freunden Alexejs gehörte, bestätigte seine Vermutung, dass die Fälle zusammenhingen. Blieb nur noch zu klären, wie. Wenn er das herausfand, würde er auch sehr bald den oder die Täter schnappen.

Ruste bedankte sich bei den Borgmanns und verabschiedete sich von ihnen. Vor ihm lag ein Tag voller Arbeit, er durfte keine Zeit verlieren. An Schlaf war heute auch nicht zu denken. Er wollte direkt zu Alexejs Bekannten fahren und sie vernehmen.

Auf dem Weg zu seinem Auto rief er Schröder an, um dessen Stand der Ermittlungen zu erfahren. Sein junger Kollege ging direkt nach dem ersten Klingeln ran.

»Ach, Chef, Sie sind es, ich hätte mich auch gleich bei Ihnen gemeldet.«

»Lassen Sie diese Arschkriecherei mit dem ›Chef‹ und erzählen Sie mir lieber, was es Neues gibt! Sind Sie mit den Befragungen im Dorf vorangekommen?«

Schröder räusperte sich. »Ich habe nochmals mit den Jägern gesprochen, das hat nichts gebracht. Das Feuer wurde ohne Vorwarnung eröffnet. Interessant war aber mein Gespräch mit der Wirtin der ›Dorfschenke‹, der Kneipe im Ort. Sie sagte, dass die vermisste Bäuerin, Frau Lobbisch, in der Nacht völlig verdreckt mit einem jungen, unbekannten Mann in die Gastwirtschaft gekommen ist. Frau Lobbisch hat erklärt, sie habe eine Panne gehabt, und dann vom Festnetz aus ein Telefonat geführt. Danach ist sie mit dem Mann verschwunden. Das Gespräch konnte die Wirtin nicht hören, auch wusste sie nicht, wen Frau Lobbisch angerufen hat. Anhand der Wahlwiederholung habe ich jedoch die Nummer ausfindig gemacht. Eine Handynummer. Ich habe sie überprüfen lassen, der Anschluss ist auf einen gewissen Ronald Weber eingetragen. Ein Industrieller aus Attendorn. Wir haben ihn bisher nicht erreichen können. Auch ist er heute noch nicht in seiner Firma aufgetaucht. Von Frau Lobbisch fehlt nach wie vor jede Spur.«

»Ronald Weber? Das ist ja interessant …«, erwiderte Ruste nachdenklich. Das war also der Anruf gewesen, den sein Schützenbruder gestern Abend erhalten hatte und wegen dem er überstürzt losgestürmt war. Dabei hatte er etwas von Schwierigkeiten in der Firma gemurmelt – und offensichtlich gelogen! Ruste versuchte, sich genauer zu erinnern. Hatte Weber nicht hartnäckig versucht, ihm Informationen über den Fall in Attendorn zu entlocken? Hatte das Opfer Boris Wassiljew nicht in Webers Firma gearbeitet? War Weber etwa in den Mordanschlag vor der JVA verwickelt?

»Herr Ruste? Sind Sie noch am Telefon?«, riss ihn Schröders Stimme aus seinen Gedanken.

»Ja, ja«, erwiderte Ruste. »Ich kümmere mich um Weber, den kenne ich persönlich. Außerdem haben mir die Eltern von Borgmann die Adressen von seinen engsten Bekannten genannt. Darunter ist auch Boris Wassiljew. Sieht also ganz so aus, als ob die Fälle zusammenhängen würden. Und dann wären da noch ein Viktor und ein Roman, deren Nachnamen die alten Herrschaften nicht kannten. Würde mich nicht wundern, wenn der eine dieser Neufeld ist. Denen werde ich jetzt einen Besuch abstatten, Sie können derweil die Vornamen und die Adressen durch unseren Computer laufen lassen. Ich werde Ihnen gleich die Daten per SMS schicken. Damit dürfte es nicht allzu schwer sein, an weitere Informationen zu kommen. Rufen Sie mich an, sobald Sie was in Erfahrung gebracht haben.«

»Da ist noch etwas«, sagte Polizeimeister Schröder schnell, bevor Ruste auflegen konnte. »Die türkische Frau, deren Finger abgeschnitten wurde. Ihr Verlobter hat sie in ein Kölner Krankenhaus verlegen lassen. Heute Morgen ist sein Anwalt gekommen und hat die Sache in die Wege geleitet. Wir konnten nichts dagegen unternehmen. Wir wissen aber, welches Krankenhaus es ist.«

Diesen Arslan hatte Ruste fast vergessen. Es gab so viele neue Spuren, die verfolgt werden mussten, dass er diese Verstümmelungstat überhaupt nicht gebrauchen konnte. Und wer wusste schon, ob es wirklich eine Verbindung zwischen Arslan beziehungsweise diesem Bandenkrieg in Köln und dem Anschlag in Attendorn gab!

»Na, ist doch gar nicht so schlecht, das mit dem Kölner Krankenhaus«, sagte er zu Schröder. »Rufen Sie die Kölner Kollegen an, die sollen den Fall von dieser Cengiz übernehmen. Sollen die sich doch mit diesem Arslan herumschlagen! Einen Bericht meiner Unterhaltung mit ihm reiche ich nach. Und die Kollegen sollen sich melden, wenn Sie etwas Neues über den Vorfall in der Diskothek herausbekommen. Damit wären wir diese Sache erst mal los. Wir haben genug zu tun, Schröder.«

Ruste legte auf. Er musste sich erst einmal auf die neuen Spuren konzentrieren. Sollten die Beamten in Köln doch in der Zwischenzeit den Rest erledigen! Viel entscheidender für den Fall in Attendorn erschien ihm die Schießerei letzte Nacht. Und er musste herausfinden, inwiefern Weber mit dieser Geschichte zu tun hatte. Er kannte ihn seit vielen Jahren als zuverlässigen Schützenbruder. Nie im Leben hätte er ihm irgendwelche kriminellen Verwicklungen zugetraut. Andererseits hatte Ruste in der Vergangenheit schon viele Fälle gehabt, bei denen er überrascht worden war. Die Idylle und die heile Welt des Sauerlands waren eben trügerisch, dachte Ruste. Bestes Beispiel war ja diese Bäuerin. Was hatte eine völlig unbescholtene Bürgerin mit solch einem Fall zu tun? Wieso war sie wie vom Erdboden verschluckt? Und warum war sie überhaupt beim Gülleausfahren beschossen worden? Doch nicht allein wegen des Scheißgestanks! Dass Gestalten wie der schießwütige Alexej Borgmann und dieser Boris Wassiljew in Verbrechen verwickelt waren, verwunderte Ruste wiederum nicht. Auch solche Leute lebten …

Mit quietschenden Bremsen lenkte Ruste seinen Passat rechts an den Straßenrand und brachte ihm zum Stehen. Das hatte er fast vergessen, heute war er wirklich nicht in bester Form! Aus der Innentasche seiner Jeansjacke holte er seinen Notizblock heraus und tippte die Angaben über Alexejs Kumpane ins Handy ein. Nachdem er die angekündigte SMS an Schröder verschickt hatte, durchforstete er seine Kontakte. Die Nummer von Ronald Weber war eingespeichert. Mit dem Mobiltelefon am Ohr steuerte er seinen Wagen wieder auf die Straße Richtung Olpe. Nach fünf Freizeichen meldete sich Mailbox.

»Ronald, hier spricht Ruste. Es ist sehr dringend, bitte melde dich sofort, wenn du die Nachricht abgehört hast.«

Ruste legte auf und warf sein Handy auf den Beifahrersitz. Er hatte Olpe fast erreicht, als das Funkgerät im Passat knackte. Er drehte die Lautstärke auf.

»Achtung. An alle Wagen in der Nähe von Sundern am Biggesee. An alle Wagen in der Nähe von Sundern am Biggesee. Begeben Sie sich sofort an die Anlegestelle der Bigge-Ausflugsschiffe. Spaziergänger haben dort ein Objekt im Wasser treiben sehen. Es könnte der entführte Schützenvogel oder eine ertrunkene Person sein. Ich wiederhole, es könnte der Schützenvogel sein. Es gilt äußerste Diskretion. Informationen dürfen nicht nach außen dringen.«

Sollen die Kollegen in den eiskalten Biggestausee springen, um den Vogel da rauszuholen? Ruste schmunzelte bei dem Gedanken. Zwar befand er sich in der Nähe, doch er dachte überhaupt nicht daran, sich um diesen Vogel zu kümmern.

»Lieber Gott, lass es einen Ertrunkenen sein, der macht weniger Ärger«, murmelte er und trat aufs Gas.

KAPITEL 10

25. April

Anna hatte in der Jagdhütte einen Tag voller Ungewissheit verbracht. Rastlos war sie immer wieder durch den Raum gelaufen und hatte alle fünf Minuten durch das Fenster nach Tim Ausschau gehalten. Es gelang ihr nicht, sich abzulenken. Ohne Fernseher, ohne Radio und Telefon war sie komplett von der Welt abgeschnitten.

Anna saß mit einem heißen Kaffee auf dem Sofa vor dem Kamin und versuchte, nicht in Panik zu geraten. Mittlerweile war es dunkel geworden und Tim war immer noch nicht zurückgekehrt. Vielleicht lag seine Verspätung an diesem verrückten Wetter? Obwohl es April war und der Winter überstanden schien, hatte am frühen Abend ein leichter Schneefall eingesetzt. So war das eben in ihrem schönen Sauerland, dachte Anna und seufzte. Der Frühling täuschte sein Kommen kurz an, bevor er sich wieder boshaft zurückzog und Minustemperaturen nochmals für glatte und rutschige Wege sorgten. Aber was, wenn Tims Wegbleiben nicht mit den schlechten Straßenbedingungen zusammenhing? Was, wenn er von ihren Verfolgern aufgespürt worden war?

Anna hoffte inständig, Tim würde bald zurückkehren. Sie war gespannt, ob die geheimnisvolle CD endlich Licht ins Dunkel bringen würde. Sie wollte das Ergebnis von Tims Recherchen noch abwarten, bevor sie sich der Polizei stellte. Das erschien ihr als der einzig richtige Weg. Anna war sich dessen bewusst, dass sie einige Jahre ins

Gefängnis müsste. Wenn der Mann nicht aus dem Koma erwachte, drohte ihr unter Umständen sogar eine lebenslängliche Haft. Diese Last, einen Mordplan verfolgt und dabei einen Unschuldigen erwischt zu haben, konnte sie unmöglich länger ertragen. Sie musste ein Geständnis ablegen, das hatte sie sich fest vorgenommen. Sobald Tim zurückkehrte, würde sie mit ihm darüber reden. Seltsam, dachte Anna, erst hatte er ihr Leben zerstört und nun zerstörte sie es selbst. Jetzt, wo doch alles hätte besser werden können. Sie würde auch mit Ronald sprechen müssen.

Plötzlich hörte Anna Motorengeräusche. Sie stürzte zum Fenster und spähte vorsichtig hinaus, sodass man sie von außen nicht sehen konnte. Sie erkannte den großen Geländewagen von Ronald. Anna öffnete ihm die Tür.

»Ich habe uns Verpflegung mitgebracht«, sagte Ronald fröhlich und reichte ihr zwei Supermarkttüten.

»Danke. Ich habe tatsächlich völlig vergessen, etwas zu essen. Tim ist bereits den ganzen Tag unterwegs. Hast du Bauer Wernike wegen der Kühe erreicht?«, empfing ihn Anna und nahm die Beutel entgegen.

»Da ist alles klar. Wernike hat gesagt, du sollst dir wegen der Kühe keine Sorgen machen. Er hätte sowieso in den nächsten Wochen nichts vor, und er freue sich, mal wieder auf einem Hof zu arbeiten.«

»Ronald, ich weiß gar nicht, was ich sagen soll.« Anna stellte die Tüten auf die Anrichte und drückte ihren alten Freund fest. »Das ist toll von dir. Ich hatte mir große Sorgen um die Tiere gemacht.«

»Es ist alles in Ordnung. Aber wir müssen besprechen, wie es weitergeht. Anna, du musst mir endlich erzählen, was passiert ist, damit ich dir helfen kann. Ich habe heute einiges erfahren, was mir große Sorgen macht.«

Anna schaute Ronald ernst an. »Setz dich erst mal und lass uns alles beim Essen bereden, ja? Vielleicht kommt Tim auch gleich zurück. Der hat bestimmt etwas herausgefunden, was wichtig sein könnte.«

»Was soll er denn herausgefunden haben?«, fragte Ronald neugierig.

»Gleich, Ronald, ich versprech es dir. Aber erzähl doch zuerst, was im Dorf los ist.«

Während Anna zur Küchenzeile ging und zwei tiefgefrorene Packungen Paella in eine Pfanne kippte, berichtete Ronald, dass er am Nachmittag zufällig seinen Schützenbruder Alfons Ströbel getroffen habe, der brühwarme Neuigkeiten über eine Schießerei im Wald bei Ratemicke ausgeplaudert hatte. Ronald machte eine Pause. Als Anna nicht reagierte, schilderte er detailliert alle Informationen, die ihm bislang zu Ohren gekommen waren.

»Die Polizei sucht dich, Anna. Ist dir das klar?«, schloss er seine Ausführung.

Anna stand entsetzt mit dem Kochlöffel in der Hand am Herd. Was hatte sie nur getan! Einer der Verfolger war gestorben und ein Jäger verletzt! Sie hatte diesen Stein ins Rollen gebracht, der nun nicht mehr aufzuhalten war!

Sie drehte sich zu Ronald um und wollte ihm gerade alles beichten, als die Tür aufging.

»Tut mir leid, dass ich so spät komme«, rief Tim, als er den Wohnraum betrat. Ronald Weber begrüßte er mit einem knappen »Hallo«.

Erleichtert lief Anna Tim entgegen. »Und? Hast du etwas rausgefunden?«

Er schaute irritiert zu Ronald. »Ja, habe ich. Ich musste allerdings extra nach Lüdenscheid, um ein Internetcafé zu finden. Ich würde dir das gerne unter vier Augen erzählen.«

»Soll ich rausgehen?«, fragte Ronald freundlich. »Sind das übrigens meine Sachen, die ihr da anhabt? Stehen euch nicht schlecht.«

Anna sah Ronald entschuldigend an. Offensichtlich hatte er versucht, mit dem Scherz die plötzlich angespannte Stimmung im Raum zu zerstreuen.

»Nein, bleib ruhig«, forderte sie ihn auf. »Ich muss dir sowieso alles erzählen. Du sollst alles erfahren. Aber jetzt essen wir erst mal.«

Ronald stand auf und deckte den Tisch, während Anna schweigend die Paella servierte.

»Man sagt im Dorf, dass der Tote zur Russenmafia gehört«, versuchte Ronald zwischen zwei Bissen, das Gespräch wieder in Gang zu bringen.

Tim blickte Anna mit großen Augen an. »Keine Sorge, Ronald weiß über gestern Bescheid. Es hat sich wie ein Lauffeuer herumgesprochen«, beruhigte sie ihn. »Leider ist einer der Verfolger ums Leben gekommen. Und ein unschuldiger Jäger, der an diesem Abend mit zwei Kameraden auf der Pirsch war, wurde verletzt. Vermutlich waren sie es, deren Stimmen wir im Wald gehört haben.«

»Es ist also nicht so, wie du mir erzählt hast, Anna. Es war kein Stalker, nicht wahr?«, fragte Ronald. Als sie ihm die Antwort schuldig blieb, wandte er sich an Tim: »Oder hast du Anna in die Sache reingezogen? Vielleicht steckst du ja dahinter? Du kommst doch direkt aus dem Gefängnis …«

»Ronald, bitte!«, unterband Anna das Gespräch.

Tim machte einen unruhigen Eindruck. Etwas schien in ihm zu rumoren. Als er einen Schluck Wasser trank, merkte Anna, dass seine Hände leicht zitterten.

»Vielleicht ist es auch völlig anders, Herr Weber. Vielleicht sind Frau Lobbisch und ich in eine Sache hineingeraten, die sich ganz anders darstellt, als sie erscheint?«, bemerkte Tim spitz.

»Was willst du damit sagen?«, mischte sich Anna in das Gespräch ein.

»Nicht alle, die sich als Freunde ausgeben, sind auch wirklich welche. Nicht wahr, Herr Weber?«

»Was sollen diese Andeutungen, Tim?«, fragte Anna besorgt.

»Lass ihn nur«, beschwichtigte sie Ronald. »Bei dem riesigen Schlamassel ist es doch klar, dass die Nerven blank liegen. Vielleicht erklärt ihr mir einfach, was sich alles ereignet hat. Das wäre doch am besten, oder?«

»Das glaube ich nicht«, sagte Tim entschlossen.

Ronald runzelte die Stirn und fixierte Tim. Anna behagte die Situation ganz und gar nicht. Sie wollte Ronald eigentlich ihre Taten beichten und dann zur Polizei gehen. Doch irgendwas lag hier in der Luft.

Als die beiden Männer sich in Schweigen hüllten, stand Anna auf und begann, den Tisch abzuräumen. Tim folgte ihr zur Küchenzeile. »Ich muss dich unter vier Augen sprechen«, flüsterte er ihr zu, als sie nebeneinander an der Spüle standen.

Anna schaute über die Schulter zu Ronald, der sie vom Tisch aus beobachtete. »Warum? Was hast du plötzlich gegen Ronald? Er hat uns immerhin geholfen«, wisperte sie und klapperte dabei lautstark mit dem Geschirr, damit Ronald sie nicht hören konnte.

»Hey, ihr braucht nicht zu flüstern. Wenn ihr mir nicht vertraut, kann ich rausgehen oder auch fahren«, rief er.

Anna merkte, wie sie rot anlief. Sie fühlte sich wie ein Schulmädchen, das beim Schwatzen ertappt worden war.

Langsam drehte sie sich zu ihrem alten Schulfreund um. »Ronald, das ist mir peinlich. Ohne dich wären wir hier nicht in Sicherheit. Selbstverständlich gehst du nicht raus. Wir bereden jetzt alles. Zu dritt. In Ordnung, Tim?«

»Das ist nicht peinlich, Anna. Die Lage ist überaus ernst«, erwiderte Ronald.

Tim schüttelte widerwillig den Kopf. Er blickte Anna flehend an.

»Ich muss zur Toilette«, entschuldigte sich Anna. »Ich habe den Tag über literweise Kaffee getrunken.«

Schnell verließ sie den Wohnraum. Sie musste einfach für einen Moment aus dieser unangenehmen Situation heraus. Was war eigentlich passiert? Was hatte sie da nicht mitbekommen? Ihr war völlig schleierhaft, warum sich Tim mit einem Mal so aufführte.

Im Badezimmer beugte sich Anna über das Waschbecken und warf sich kaltes Wasser ins Gesicht. Erschrocken blickte sie in den Spiegel. Die letzten Tage hatten ihre Spuren hinterlassen. Dunkle Augenränder zeichneten sich ab und ihr Gesicht hatte eine fahle Farbe angenommen. Seufzend trocknete sie sich die Hände ab und atmete tief durch. Sie musste bei klarem Verstand sein, um die zwei Streithähne zu besänftigen.

Als Anna den Wohnraum betrat, blieb sie irritiert stehen. Nichts war mehr wie vorher. Der Raum lag komplett im Dunkeln, von Ronald und Tim keine Spur. Lediglich von einer kleinen Flamme, die im Kamin an den schwarzen Scheiten hoch züngelte, fiel ein spärlicher Schein in den Raum.

»Ronald? Tim?«, fragte Anna unsicher.

Sie bekam keine Antwort. Alles blieb still. Nur das abgebrannte Holz knackte leise. Anna tastete nach dem Lichtschalter. Als sie ihn umlegte, blieb es dunkel. Sie hielt den Atem an. Hier stimmte etwas nicht! Hier stimmte etwas ganz gewaltig nicht! Aber wie konnte das sein? Von einer Minute auf die andere!

Sie versuchte, in dem spärlichen Zwielicht etwas zu erkennen. Ihr Blick blieb an dem Sessel neben dem Sofa hängen. Dort flimmerte etwas. Mit Herzklopfen ging Anna darauf zu. Als sie näher kam, erkannte sie den Blinker eines Angelhakens. Er reflektierte die letzte Flamme des Kaminfeuers. Anna ging ein paar Schritte weiter. Der Haken war an einer dünnen Angelschnur befestigt. Diese war … Anna blieb erstarrt stehen. Die Schnur war um Tims Hals gewickelt! Im Zwielicht sah sie, dass sein Mund offen stand. Seine Augen waren weit aufgerissen und blickten Anna glasig an. Er war tot.

Alles um Anna herum begann, sich zu drehen. Sie suchte nach einem Halt, doch ihre Hand glitt ins Leere. Sie wollte schreien. Dann packte sie eine Hand von hinten und presste ihr den Mund zu.

*

Frustriert stopfte Ruste Zigarettenpackung und Feuerzeug in die Tasche seiner Jeansjacke und schob die Unterlagen in die Schubladen seines Schreibtisches. Es war Zeit für den Feierabend! Sein Tag war schon enttäuschend genug verlaufen. Er hatte weder die Russen angetroffen noch Weber ausfindig machen können. Dabei waren das momentan seine heißesten Spuren!

Auch diese Lobbisch blieb weiterhin verschwunden. Ruste hatte vor ein paar Stunden nochmals zwei Streifenpolizisten zum Hof geschickt, doch die hatten nur den alten Wernike angetroffen und waren von ihm direkt dafür eingespannt worden, ihm beim Füttern der Kälber zu helfen! Als die Streifenpolizisten ihm das am Telefon erzählt hatten, war ihm nichts anderes übrig geblieben, als sie zu ermahnen. Doch er konnte sich gut vorstellen, dass die armen Teufel gegen diesen alten Knochen gar keine Chance gehabt hatten!

Ruste musste beim Gedanken an den alten Wernike grinsen. Der Kerl hatte ihm den Tag doch noch versüßt. Er und der Fund im Biggestausee! Natürlich war es weder der hölzerne Schützenvogel noch ein Ertrunkener gewesen, sondern ein alter, bunter Ohrensessel. Dass blaue Mülltüten die naturgeschützten Ufer des Biggesees säumten, war nichts Neues für Ruste. Aber ein Ohrensessel, der auf dem See trieb?

Müde rieb sich Ruste die Lider. Er sah schon schwarze Punkte und Fäden durch den Raum tanzen. Es war höchste Zeit, dass er etwas Schlaf bekam.

Auch Schröder saß mit geröteten Augen vor dem Computermonitor.

»Machen Sie Schluss!«, forderte Ruste ihn auf. »Wir kommen heute sowieso nicht mehr weiter. Die Streifen sind angewiesen, regelmäßig nach den beiden Russen, nach Weber und nach dieser Bäuerin Ausschau zu halten. Mehr können wir momentan nicht tun.«

Ruste erhob sich und genau in diesem Augenblick schellte das Telefon auf Schröders Schreibtisch. Schröder hielt den Hörer ans Ohr, lauschte kurz und schaute Ruste auffordernd an.

»Sie haben einen! Sie haben einen der Russenmafia geschnappt!«, flüsterte er Ruste zu, bevor er ins Telefon sprach: »Bringen Sie ihn sofort zu uns in Büro. … Genau, Olpe. … Ja, wir bleiben hier und nehmen ihn in Empfang. … Nein, der Mann ist noch nicht offiziell zu verhaften. Wir übernehmen alles Weitere. … Ist er bewaffnet. … Nein? Also bitte sofort herbringen. Aber passen Sie auf, er ist ein Verdächtiger.« Schröder legte auf.

Ruste war wieder hellwach. »Rufen Sie sofort die Spurensicherung an. Die sollen seine Hände direkt auf Schmauchspuren untersuchen!«

Roman saß dem Kommissar und seinem bleichen Handlanger im Vernehmungsraum gegenüber. Während Ruste wütend auf ihn einredete, musterte er das karge Zimmer, das in ein diffuses Neonlicht getaucht war. An der Wand hing ein Spiegel. Roman war sich sicher, dass dahinter die Befragung auf Video aufgezeichnet wurde. Doch er schwieg beharrlich. Aus ihm bekamen die Bullen nichts heraus, schließlich war er ein Profi! Schlimm genug, dass sie ihn geschnappt hatten. Aber wer hatte auch mit diesem Scheißschnee gerechnet! Er hatte einfach in dieser bescheuerten Kurve in Meinerzhagen die Kontrolle über seinem VW-Bus verloren. Bei seinem Glück hatte er natürlich ausgerechnet in den Wagen eines Bullen hineinrutschen müssen, der bereits Feierabend hatte. Als Roman die Sache schnell und ohne Polizei hatte abwickeln wollen, war der hellhörig geworden und hatte seine Kollegen übers Handy gerufen. Und jetzt saß er schon seit zwei Stunden diesen zwei Witzfiguren gegenüber.

Es klopfte an der Tür. Ein uniformierter Polizist reichte Ruste einige Papiere. Der Kommissar blätterte sie durch und sah Roman durchdringend an. »Sie wissen, was das ist?«

Roman schaute demonstrativ an Ruste vorbei in den leeren Raum.

»Das ist der Schmauchspurentest. Sie haben kürzlich eine Handfeuerwaffe betätigt. Und den Spuren nach zu urteilen, mehr als nur einmal. Sie müssen mindestens ein ganzes Magazin leer geballert haben. Also, wollen Sie uns nun etwas sagen?«

Als Roman nicht reagierte, schlug Ruste ärgerlich auf die Tischplatte. Der Hänfling neben ihm fuhr zusammen, doch Roman zuckte noch nicht einmal mit der Wimper.

»Sie wollen uns nicht sagen, wo Sie gestern Nacht waren. Damit haben Sie kein Alibi! Und Ihre Hand ist voller Schmauchspuren. Mein lieber Freund, Sie stecken richtig in der Scheiße!«, schrie ihn der Bulle an.

Roman dreht gelangweilt den Kopf zur Seite.

»Hören Sie zu, wenn Ihr Freund Viktor Stein in der Zwischenzeit eine weitere Straftat begeht, wird es für Sie nur noch schlimmer. Bis jetzt ist ein Jäger verletzt worden. Durch Ihre Schüsse. Erzählen Sie mir, was los war, bevor Sie sich noch tiefer reinreiten.«

Roman blieb stumm. Dachte der Kasper vor ihm etwa, er könnte ihn einschüchtern? Er würde auf rein gar nichts reagieren. Auf keine Anschuldigung. Auf keinen Zornausbruch. Und auf kein strafmilderndes Angebot.

Er bemerkte schadenfroh, dass der Kripobeamte mittlerweile vor Wut kochte. Ruste lehnte sich in seinem Plastikstuhl zurück und zündete sich eine Zigarette an.

»Kann ich auch eine?«, brach Roman sein Schweigen.

»Klar, wenn du uns Antworten gibst«, entgegnete Ruste und blies Roman Rauch ins Gesicht.

Roman schaute auf seine Rolex. »Dann eben nicht. Ich will jetzt einen Anwalt sprechen.«

»Scheiße! Du willst hier nur Zeit schinden! Dein Kollege Viktor plant doch etwas, oder? Und du meinst, du könntest uns hier hinhalten? Falsch gedacht, Freundchen!«

Ruste packte Roman über den Tisch am Kragen seines Designerhemdes. Der blasse Bulle sprang auf und hielt seinen Chef zurück. »Bitte, Herr Ruste.«

»Ja, schon gut«, erwiderte der Kommissar schroff und ließ Roman los.

Roman grinste und strich sich sein Hemd glatt. Mit solchen Mitteln war ihm, Roman Neufeld, nicht beizukommen!

Ruste drehte sich zum Spiegel. »Los, reinkommen und abführen. Dringender Tatverdacht wegen versuchten Mordes an den drei Jägern … Wie hießen die noch, Schröder?«

Der bleiche Polizist las drei Namen vor.

»Und verständigen Sie seinen Anwalt. Das ist sein Recht«, fauchte Ruste den Polizeibeamten an.

»Genau, das ist mein gottverdammtes Recht. Warum nicht gleich so?«, erwiderte Roman und grinste den Kommissar an, als er aus dem Raum geführt wurde.

*

»Pssst, keinen Mucks«, flüsterte eine Stimme Anna ins Ohr. »Jemand ist im Haus oder vor dem Haus.«

Es war Ronalds Stimme. Als er vorsichtig seine Hand von ihrem Mund nahm, atmete Anna leise auf. Fragend blickte sie Ronald an.

»Ich war kurz draußen, um frische Luft schnappen«, flüsterte er. »Ich wollte euch die Möglichkeit geben, allein zu reden. Dann ging plötzlich das Licht aus. Als ich wieder reinkam, hörte ich ein Geräusch an der Hintertür und Tim saß tot im Sessel. Das hat nur wenige Minuten gedauert, Anna. Wer immer es ist, der ist bestimmt auch hinter dir her. Wir müssen verschwinden.«

Ronald öffnete die Eingangstür einen Spaltbreit und spähte hinaus. »Wir müssen es riskieren. Wir müssen zum Auto. Bleib dicht hinter mir«, sagte Ronald mit leiser Stimme und winkte sie zu sich.

Anna fröstelte, als sie in die Finsternis hinaustrat. Es war nicht nur die Kälte, die ihr eine Gänsehaut bereitete. Es war Angst. Der Albtraum setzte sich fort. Einzig die warme Hand von Ronald, die sie festhielt, gab ihr Halt.

Gebeugt liefen sie über den schmalen Kiesweg zu Ronalds Auto. In den Sträuchern raschelte etwas. Anna schrak zusammen, doch Ronald zog sie weiter. Im Laufen drückte er auf die Fernbedienung seines Schlüssels. Als die Autotüren entriegelt wurden, leuchteten die Blinker des Wagens auf. Anna kam es vor, als erhellten grelle Blitze die Nacht. Nun wusste der Mörder von Tim genau, wo sie sich aufhielten. Wenn er zuschlagen wollten, dann jetzt.

Schnell sprangen Anna und Ronald ins Auto und verriegelten von innen die Türen. Ronald schaltete geistesgegenwärtig die Innenraumbeleuchtung aus. Er wartete nicht, bis der Diesel vorgeglüht war, sondern startete den Motor sofort. Im Rückwärtsgang jagte er den schmalen Weg hinunter und bog mit quietschenden Reifen auf die Landstraße ein. Geübt schaltete er in den nächsten Gang und trat aufs Gas. Anna blickte durch die Rückscheibe.

Niemand schien ihnen zu folgen. Beruhigt drehte sie sich nach vorn und lehnte sich zurück.

Als der Wagen durch ein tiefes Schlagloch rumpelte, das der Winter im Asphalt hinterlassen hatte, fiel etwas scheppernd aus Ronalds Jackentasche, glitt über die Mittelkonsole und landete vor Anna im Fußraum. Sie beugte sich herunter und hob es auf. Es war eine CD-Hülle. Auf der Silberscheibe darin stand ›Hits‹.

Der Schriftzug verschwamm vor Annas Augen. Das war zu viel für sie. »Wie kommst du an diese CD?«, schrie sie. »Die hatte Tim! Halt an. Halt sofort an, ich will aussteigen!«

»Moment. Beruhige dich. Ich kann dir alles erklären.« Ronald legte seine Hand auf ihr Knie.

Anna riss sie energisch fort. »Ich will keine Erklärung. Ich will nur noch raus. Ich will zur Polizei. Ich will nicht mehr!«

»Anna, reiß dich zusammen. Bitte. Es ist nicht so, wie du denkst«, versuchte Ronald, sie zu besänftigen.

Er bog von der Landstraße ab und brachte den Wagen auf einem Parkplatz an der Staumauer der Listertalsperre zum Stehen. »Anna, auf dieser CD sind Daten von mir.«

»Hast du etwas mit dem Tod von Tim zu tun?«

»Nein, natürlich nicht. Lass mich erklären.«

Anna wollte einfach nur weglaufen, doch sie widerstand dem Impuls. Stattdessen verschränkte sie ihre Arme vor der Brust und fauchte: »Da bin ich aber mal gespannt!«

»Die ganze Geschichte fing vor Jahren an«, begann Ronald, während er starr nach vorn sah. »Damals expandierte mein Unternehmen nach Russland. Wir haben eine neue Fabrik bei Sankt Petersburg gebaut, um den Markt vor Ort zu bedienen und um für Europa billig Autoteile zu produzieren.« Ronald machte eine Pause. »Es war ein Fiasko. Ich wurde sabotiert. Nichts klappte, nichts ging vorwärts, wir haben die Fabrik nicht zum Laufen gekriegt. Statt damit Geld zu verdienen, verschlang unsere russische Fertigung Unsummen. Ich war so gut wie bankrott. Dann boten mir russische Geschäftsleute Hilfe an. Sie sagten, sie würden sich mit diesen *speziellen* Schwierigkeiten auskennen und könnten sie aus dem Weg räumen.«

Ronald versuchte, Annas Hand zu ergreifen, doch sie zog sie weg. Anna merkte, wie Ronald schlucken musste, doch er fuhr fort: »Ich hätte mich niemals auf das Angebot einlassen sollen. Aber ich hatte keine andere Wahl. Wenig später ging es ging auch tatsächlich bergauf. Alles lief plötzlich wie am Schnürchen: Die Maschinenteile wurden geliefert, die Lkws trafen pünktlich ein. Nur der Preis dafür war hoch. Die Russen verlangten kein Geld, nein, sie wollten, dass ich mit meinen Transportpapieren gefälschte Autoteile nach Deutschland schmuggele. Es war ja so einfach. Niemand hat an den Grenzen die Ware genau kontrolliert. Sie wurde in große Holzkisten verpackt und mit meinem Label ›Weber Automotive‹ versehen. In Wirklichkeit waren es jedoch billige Nachbauten von Ersatz- und Verschleißteilen. Hier in Deutschland wurden sie dann in gefälschten Verpackungen in den Handel gebracht. Du kannst dir vorstellen, dass die Gewinnspanne für die Hintermänner ungeheuerlich hoch war. Aber was sollte ich tun? Ich musste mich darauf einlassen, sonst wäre ich ruiniert gewesen, glaub mir.«

Ronald sah Anna ins Gesicht, doch sie wandte sich ab. Sie konnte ihm nicht in die Augen schauen. Sie konnte nicht glauben, was sie da hörte!

»Ich habe zur Sicherheit, als eine Art Rückversicherung, alle Informationen, alle Namen, alle Liefertermine gespeichert. Um für den Fall der Fälle als Kronzeuge aussagen zu können«, erklärte Ronald weiter. »Auf Anweisung der Russen musste ich dann einen Mann einstellen: Boris Wassiljew. Er arbeitete im Lager und sorgte dafür, dass die Lkws mit den gefälschten Autoteilen frühzeitig umgeleitet wurden und nicht das Firmengelände erreichten. Wassiljew kümmerte sich auch darum, dass die Ware über Mittelsmänner, Großhändler und Direktabnehmer in den Verkehr gebracht wurde. Er war ein ehrgeiziger Bursche. Irgendwann wollte er mehr vom Kuchen abhaben, kannte aber nicht alle Hintermänner. Nun … Eines Tages muss ich eine Datei auf meinem Laptop nicht geschlossen haben und Wassiljew hat sie entdeckt. Dadurch ist ihm das gesamte Verzeichnis in die Hände geraten. Ich weiß nicht genau, wann und wie, aber er ist an meine Excel-Listen rangekommen. Er zeigte mir Ausdrucke davon und sagte, dass er alles auf eine CD kopiert hätte und sie seinen Kontaktmännern in Russland zukommen lassen würde, wenn ich ihn nicht zu meinem Teilhaber machte. Das ging beides nicht. Weder konnte ich diesen Kriminellen plötzlich zu meinem Partner machen noch durften die Russen die CD in die Finger bekommen. Du weißt, was das bedeutet hätte? Man hätte mich umgebracht.«

Ronald unterbrach seine Erklärungen, um nach Annas Knie zu tasten. Angeekelt fegte sie seine Hand weg.

»Anna, versteh doch. Es hätte mein Todesurteil bedeutet«, versicherte er in mitleidheischendem Ton. »Wassiljews Plan ging zwar nicht so auf, wie er es sich erhofft hatte, da er kurz darauf wegen anderer Delikte verhaftet wurde, doch er ließ mir durch seine Kumpane ausrichten, dass er mich im Gefängnis sprechen wollte. Als ich ihn besuchte, zeigte er mir wortlos eine CD. Mir war sofort klar, dass sich darauf alle meine Daten befanden. Er hatte die CD einfach als selbst gebrannte Musikscheibe getarnt und hinter Gitter eingeschleust. Er drohte mir, dass er nach seiner Haft alles auffliegen lassen würde. Tja, und dann geschah etwas sehr Seltsames. Wassiljew wurde direkt nach seiner Entlassung angegriffen. Der Mordversuch vor der JVA in Attendorn vor einigen Tagen, du erinnerst dich?«

Anna zuckte zusammen, reagierte jedoch nicht auf Ronalds Frage.

»Irgendwie muss dieser Tim etwas damit zu tun haben und an die CD gekommen sein. Er hat Wassiljew vermutlich in der JVA kennengelernt. Wahrscheinlich wissen noch mehr von der CD! Möglicherweise sind Wassiljews Kumpane jetzt hinter ihr her! Einer von denen hat bestimmt auch Tim ermordet! Als ich reinkam, war er schon tot und die CD lag neben ihm auf dem Boden. Ich habe sie einfach eingesteckt. So war es, Anna.«

Anna schwirrte der Kopf. Das war zu viel auf einmal. Erst wurde Tim getötet und jetzt entpuppte sich Ronald als widerwärtiges Scheusal! Wie hatte sie sich so in ihm täuschen können! Sie vertraute ihm nicht mehr, sie glaubte ihm kein Wort!

»Ich glaube dir nicht, Ronald!«, schrie sie hysterisch. »Warum sollte die CD achtlos herumliegen, wenn der Täter sie haben will?«

Anna entriegelte die Tür und floh in die Finsternis hinaus. Sie konnte nicht mehr in Ronalds Nähe bleiben!

Ronald folgte ihr. Er hob seine Stimme, um gegen das

tosende Wasser anzukommen, das durch die Überlauföffnungen der Staumauer unterhalb des Weges von der Listertalsperre in die tiefere Biggetalsperre stürzte. »Anna, steig wieder ein. Es ist zu kalt.«

Anna schrie ihn an: »Ich kann einfach nicht glauben, dass die CD da zufällig gelegen haben soll! Und weißt du, was ich am schlimmsten finde? Du hast diese gefälschten Autoteile ins Land geschmuggelt. Du hast dieses Mistzeug unter die Leute gebracht! Wegen diesem Dreck ist Klaus gestorben! Du bist schuld, dass mein Mann tot ist, du bist für diese Drecksteile verantwortlich! Du allein, Ronald!«

»Aber ich habe dir doch erklärt, dass ich keine andere Wahl hatte.«

Ronald berührte Annas Arm. Sie riss sich los und lief in Richtung Staumauer. Der Gehweg war von einer leichten Schneedecke überzogen, auf der sie ausrutschte. Im letzten Moment konnte sie den Sturz abfangen. Sie richtete sich wieder auf und marschierte weiter. Ronald lief ihr hinterher. Auch er schlitterte über den Boden, erreichte Anna jedoch wenig später.

»Geh, Ronald. Verschwinde aus meinem Leben! Du machst mir Angst«, rief Anna und beschleunigte ihre Schritte. Am Häuschen auf der Staumauer holte sie Ronald erneut ein.

»Anna, bitte. Es fing doch alles so gut an zwischen uns«, versuchte Ronald, sie umzustimmen. »Anna, ich habe dich schon immer geliebt. Wir können noch heute Nacht in ein Flugzeug steigen und gemeinsam ein neues, sorgenfreies Leben beginnen. Ich habe genügend Geld auf ausländischen Konten. Das Einzige, was ich will, ist mit dir zusammen sein. Wir können alles hinter uns lassen. Alles vergessen. Diese CD, dein Mordversuch …«

»*Mein Mordversuch …*?« Anna drehte sich langsam um und fixierte Ronald durchdringend. »Was weißt du wirklich? Was treibst du für ein Spiel mit mir?«

Ronald griff nach ihrer Hand. Anna wehrte sich und begann, um sich zu schlagen. »Lass mich los!«

»Ist ja gut, beruhig dich! Ja, ich weiß von deinem Mordversuch vor dem Gefängnis. Ich hatte einen Privatdetektiv beauftragt, Wassiljew sofort nach seiner Entlassung die CD abzunehmen. Und ja, er sollte dich beschatten und dir die CD unauffällig abnehmen. Aber ich möchte, dass du weißt, dass ich ihm die Anweisung gegeben habe, dir keinen Schaden zuzufügen! Ich habe auch nichts mit der Schießerei gestern Abend zu tun! Ich habe keine Ahnung, wer euch gestern verfolgt hat!«

Anna war für einen Moment sprachlos. Ronald hatte also die ganze Zeit Bescheid gewusst und ihr ins Gesicht gelogen. Und sie war auch noch so blöd gewesen und hatte sich Gefühle für ihn eingebildet!

»Ronald, ich habe dir vertraut und du hast mich die ganze Zeit hintergangen! Und ich kann es nicht fassen, dass du mich diesem Boxergesicht ausgeliefert hast! Er hat mich angegriffen!«

»Nein, so war es nicht. So glaub mir doch. Ich liebe dich, Anna. Alles sollte ohne Gewalt über die Bühne gehen. Warum hast du auch überhaupt auf diesen Russen eingestochen? Du hast alles vermasselt!«

Sie traute ihren Ohren nicht. »Es reicht! Ich gehe jetzt zur Polizei. So geht es nicht weiter mit uns. Verstehst du, es ist alles aus.« Sie wandte sich energisch ab und folgte wieder dem Weg auf der Staumauer.

Ronald lief mit schnellen Schritten hinter ihr her. »Ist das dein letztes Wort?«, rief er.

»Ja.«

Plötzlich packte Ronald Anna von hinten, schleuderte sie herum und drückte sie mit beiden Armen gegen das Geländer der Staumauer. »Anna, ich liebe dich. Ich habe dich immer geliebt und du hast mich all die Jahre nur ausgenutzt. Du kannst jetzt nicht einfach gehen. Du kannst nicht einfach alles kaputt machen. Es gibt nur zwei Möglichkeiten: Entweder du beginnst mit mir ein neues Leben oder …«

»Oder was?«, frage Anna mit brüchiger Stimme. »Lass mich los, Ronald! Lass mich sofort los! Oder willst du mich auch noch umbringen?«

»Nicht dich, uns beide.«

»Das ist krank!«

Ronald drückte Annas Oberkörper fester gegen das Stahlgelände. Doch er unterschätzte ihre Kräfte. Sie schlug ihn. Sie trat ihn. Sie schrie gellend um Hilfe. Schließlich biss sie Ronald mit aller Kraft in den Unterarm. Für einen kurzen Augenblick war Ronald irritiert. Anna spürte, wie sich sein Griff lockerte.

Sie befreite sich mit den Armen, griff nach Ronalds Hemd und presste ihn mit aller Kraft gegen das gegenüberliegende Geländer. Ronald fand auf dem rutschigen Boden keinen Halt und versuchte vergebens, mit hektischen Bewegungen seinen Sturz aufzuhalten. Mit der Hüfte schlug er gegen das Geländer und verlor schließlich das Gleichgewicht. Sein Oberkörper kippte über die stählerne Brüstung. Erstaunt blickte er Anna an, dann fiel er hinten über und klatschte direkt in das hochstehende Wasser des Staubeckens. Die starke Strömung zog ihn in eine der Überlauföffnungen. Er versuchte verzweifelt, sich an dem Betonrand festzuhalten. Dann wurde sein Körper von den Wassermassen mitgerissen.

*

Viktor traute seinen Augen nicht. Diese Bäuerin, die Boris niedergestochen hatte, hatte nun auch Weber über das Geländer in den Stausee geschubst! Zwar konnte er von seinem Versteck aus, zwischen all den Ästen, nur schemenhafte Gestalten erkennen, aber es war eindeutig: Nach dem Handgemenge blieb die kleine Person allein zurück.

Viktor ging tiefer hinter dem Busch in Deckung und fixierte diese Lobbisch, die wie angewurzelt auf der Staumauer stand. Er war darin geübt, Menschen unauffällig zu beschatten; Weber war er den kompletten Tag über unbemerkt gefolgt. Nachdem Roman ihm das Kennzeichen des Wagens vor der Kneipe in Ratemicke durchgegeben hatte, hatte er einen Verwandten beim Straßenverkehrsamt um einen Freundschaftsdienst gebeten. Im Handumdrehen hatte er den gewünschten Namen und die Adresse erhalten. Der Rest war ein Kinderspiel. Er behielt das Haus von Weber im Auge und verfolgte in sicherem Abstand den protzigen Geländewagen, als Weber früh morgens aufbrach. Den ganzen Tag heftete er sich an seine Fersen, doch Weber schien zunächst nur ziellos durch die Gegend zu fahren.

Schließlich steuerte er seinen Wagen zur Listertalsperre und verschwand in einer riesigen Blockhütte. Als er eine Weile lang nicht zurückkam, schlich sich Viktor an eines der Fenster heran und beobachtete, wie Weber sich mit einer Frau und einem jungen Kerl aufgeregt unterhielt. Das mussten die beiden sein, die Roman und Alexej in der vorigen Nacht verfolgt hatten! Obwohl sie kein Kopftuch trug, erkannte Viktor die Frau aus den Regionalnachrichten. Anna Lobbisch stand zum Greifen nahe vor ihm! Der reiche Sack hatte ihn zu seinem Ziel geführt.

Viktor schlich ein paar Schritte zurück, um im Schutz der Dunkelheit zu überlegen, wie er die Bäuerin entführen könnte, als plötzlich in der Hütte das Licht ausging. Bevor er einen Plan aushecken konnte, wie er mit den neuen Gegebenheiten umgehen würde, stürmten Weber und die Lobbisch aus dem Haus und jagten im Rückwärtsgang den Weg zur Landstraße hinunter. Als der Mercedes aus dem Blickfeld verschwand und keine Gefahr mehr bestand, dass sie ihn entdecken könnten, eilte auch Viktor zu seinem Auto. Er drückte aufs Gaspedal.

Als er auf die Straße einbog, sah er die Rücklichter des Geländewagens hinter einer Kurve verschwinden. Er folgte dem Mercedes in einiger Entfernung, bis Weber an der Staumauer Halt machte. Viktor ließ sein Auto in der Zufahrt weit vor dem Parkplatz stehen und versteckte sich in den Büschen. Verwundert registrierte er, dass die beiden offenbar miteinander stritten. Die Bäuerin schrie hysterisch herum und schien vor Weber auf die Staumauer zu flüchten.

Die Auseinandersetzung war immer weiter eskaliert, bis Weber schließlich die Lobbisch angegriffen hatte, um dann selbst gegen das Gelände gedrückt zu werden. Prompt war er in den See gestürzt.

Was das hieß, war Viktor klar. Immerhin hatte es in den letzten Tagen viel geregnet. Bei dem Hochwasser würde

Weber mitgerissen werden. Kein schöner Tod. Viktor hatte genug gesehen, jetzt war es an ihm, zu handeln.

*

Nachdem Anna sich instinktiv von Ronald abgewandt hatte, stand sie nun starr vor Entsetzen auf der Staumauer. Nach einer kurzen Weile wurden ihre Sinne wieder klar. Sie setzte sich in Bewegung und rannte panisch zu Ronalds Auto zurück. Sie hatte nur einen Gedanken: Sie musste so schnell wie möglich von hier verschwinden. Außer Atem erreichte sie den Wagen und zog am Türgriff. Gott sei Dank, unverschlossen.

Anna setzte sich auf den Fahrersitz und griff zum Zündschloss. Der Schlüssel fehlte. Voller Verzweiflung schlug Anna auf das Lenkrad. Ronald musste ihn abgezogen haben. Tränen stiegen ihr in die Augen. Schnell versuchte sie, sich wieder zu beruhigen. Sie musste einen kühlen Kopf bewahren.

Sie wischte sich die Wangen trocken und lehnte sich zum Handschuhfach auf der Beifahrerseite hinüber. Vielleicht war hier ein Ersatzschlüssel oder ein Handy, überlegte sie. Doch das einzig Brauchbare, was sie fand, war eine große Stabtaschenlampe. Sie würde damit zur Landstraße zurückgehen müssen und ein Auto anhalten.

Anna stieg aus, schaltete die Lampe ein und hielt sie fest umschlossen. Ihre Hände zitterten. Vorsichtig schritte sie den Weg zur rettenden Straße entlang. Der helle Strahl fiel auf die dünne Schneedecke. Gleich hätte sie es geschafft. Gleich würde der Albtraum ein Ende nehmen.

»Frau Lobbisch, wo wollen Sie denn hin?«

Anna blieb wie angewurzelt stehen.

»Schön, dass ich Sie endlich gefunden habe«, sagte eine Stimme mit osteuropäischem Akzent hinter ihr.

Anna wagte nicht, sich umzudrehen. Weg von hier, sie musste weg von hier, einfach weitergehen, befahl ihr eine innere Stimme. Zögerlich machte sie einen Schritt nach vorn.

»Frau Lobbisch. Ich habe eine Waffe auf Sie gerichtet. Wir werden jetzt eine kleine Autofahrt zu meinen türkischen Freunden unternehmen. Die erwarten Sie schon.«

Langsam wandte sich Anna der Stimme zu. Im Lichtkegel erblickte sie einen unscheinbaren Mann mittleren Alters. Er trug Jeans und eine Winterjacke … und bedrohte sie mit einer Pistole.

»Nehmen Sie die Taschenlampe herunter!«

Anna leuchtet vor ihm auf den Boden.

»Gut. Und jetzt gehen Sie voraus. Dort hinten steht mein Auto. Und ich warne Sie. Sollten Sie versuchen, zu fliehen, werde ich Sie erschießen.«

Durch den Akzent hörten sich die Befehle des Mannes unwirklich an. Wie in einem Film. Doch es war bittere Realität. Anna folgte den Anweisungen des Unbekannten und kehrte ihm den Rücken zu. Langsam setzte sie sich in Richtung Landstraße in Bewegung. Hinter sich hörte sie die Schritte des Mannes im Schnee knirschen.

Plötzlich zerriss ein spitzer Aufschrei die Stille, gefolgt von schwerem Keuchen. Anna erstarrte. Sie nahm all ihren Mut zusammen und drehte sich um. Mit der Taschenlampe leuchtete sie den Weg ab. Der Lichtkegel erfasste zwei Männer, die im Schnee miteinander kämpften. Anna traute ihren Augen nicht. Ronald lag triefend nass auf dem bewaffneten Mann und drückte ihn auf den Rücken. Ihr Angreifer wehrte sich mit allen

Kräften. Dann löste sich ein Schuss. Ronald stürzte nach hinten.

Anna rannte auf den Fremden zu, der im Begriff war, sich vom Boden aufzuraffen, und schlug ihm mit voller Wucht die Taschenlampe auf den Kopf. Ihr Gegner sackte in sich zusammen.

Polternd fiel die Lampe aus Annas Hand. Als sie über den Weg rollte, streifte ihr Lichtkegel die beiden leblosen Männer. Anna wandte sich ab. Ihr feines blondes Haar klebte strähnig an ihrem Kopf. Sie war erschöpft.

KAPITEL 11

26. April

Die Schützenbrüder trugen Ruste auf ihren Schultern durch Olpe. Über seinen Kopf stemmte er, bejubelt von zahlreichen Schaulustigen, mit beiden Armen den hölzernen Schützenvogel in die Höhe. Die Stadtkapelle spielte zackige Märsche. Ruste war ein Held. Er allein hatte den entführten Vogel gefunden. Charmant warf er den Frauen in der Menge ein Lächeln zu. Doch plötzlich mischte sich ein schräger Ton unter die jubilierende Musik. Aus einer Tuba ertönte ein schrilles Geräusch. Die Gesichter der Menschen wurden milchig grau. Alles um Ruste herum löste sich auf.

Ruste schlug die Augen auf. Auf dem Nachttisch klingelte sein Handy. Verschlafen schaute er auf den Funkwecker. 2.20 Uhr. Er hatte gerade mal zwei Stunden geschlafen. Er tastete nach seinem Mobiltelefon.

Nachdem er sich gemeldet hatte, kam Peter Leuters ohne Umschweife zum Punkt: »Ben, die verschwundene Bäuerin, diese Anna Lobbisch, hat sich gemeldet.«

»Ja, das ist doch prima«, antwortete Ruste todmüde. »Ich werde gleich morgen früh mit ihr sprechen.«

»Es wäre besser, wenn du sofort kommen könntest. Nicht zur Dienststelle, sondern zu einem Hotel an der Listertalsperre. Da ist sie nämlich.«

»Dann soll sie noch ein paar Stunden da bleiben«, murmelte Ruste ins Telefon.

»Sie hat aber drei Leichen gemeldet. Unser ganzer Apparat ist schon auf den Beinen.«

Ruckartig richtete sich Ruste im Bett auf. »Wiederhol das bitte noch mal.«

»Drei Leichen. Zwei an der Staumauer. Eine in einer Fischerhütte bei der Listertalsperre.«

Ruste fuhr sich durch die Haare. Träumte er noch immer? Stand irgendwo in der Ecke ein Tubabläser?

»Ben, bist du noch dran?«, riss Leuters ihn aus seinen Gedanken.

Es musste wohl wahr sein. Der Kreis Olpe würde dieses Jahr mit seiner Verbrechensstatistik gleichauf mit New York liegen.

»Ich bin unterwegs«, stöhnte Ruste ins Handy und erhob sich.

Wie gut, dass er als Junggeselle immer nur in Unterwäsche schlief. So konnte er gleich in Jeans und Kapuzenpulli schlüpfen.

Als Ruste mit seinem Passat am Hotel eintraf, wurde er bereits von Schröder erwartet. Wie konnte es auch anders sein! Wie schaffte es dieser blasse, rothaarige Junge bloß immer wieder, vor ihm am Tatort zu sein? Ob er im Präsidium schlief? Oder hörte er zu Hause den Polizeifunk ab?

Mit verquollenen Augen registrierte Ruste, dass Schröder auch zu dieser gnadenlos frühen Stunde wie aus dem Ei gepellt aussah. Einsatzbereit stand er mit seinem aufgeklappten Notizblock da, um Ruste direkt über alle Neuigkeiten zu informieren. Irgendwie kam es Ruste ja entgegen, dass er eine Art lebenden Computer als Assistenten hatte.

»Also, was ist los?«, fragte Ruste ohne Umschweife.

»Ähm, ja … Guten Morgen. Nun ja, ›gut‹ ist eigentlich etwas anderes … Wir haben zwei Leichen und einen Schwerverletzten. Zu den Toten: Bei dem einen handelt es sich um einen jungen Mann, der wie Wassiljew kürzlich aus der JVA in Attendorn entlassen wurde. Ein gewisser Tim Mazcevski. Er wurde in einer Blockhütte bei der Listertalsperre mit einer Angelschnur erdrosselt. Die Hütte gehörte Ronald Weber, den Sie ja gestern befragen wollten. Sie kannten ihn persönlich, nicht wahr? Nun, ja … Er wurde auf einem Parkplatz direkt an der Listertalsperre erschossen.« Schröder blickte Ruste zögerlich an.

Ruste steckte sich eine Zigarette an, bevor er reagierte. »So gut kannte ich ihn auch wieder nicht, also fahren Sie fort. Wissen wir, wer Weber getötet hat?«

»Der Dritte im Bunde, der Schwerverletzte, hat wohl den tödlichen Schuss abgegeben, bevor Anna Lobbisch ihn mit einer Taschenlampe niedergeschlagen hat. Dadurch erlitt er vermutlich eine Schädelfraktur, also ähnlich wie in dem Fall vor der JVA. Die Spurensicherung und der Mediziner sind noch bei der Arbeit. Die Identität des Verletzten konnten wir bisher noch nicht feststellen. Informiert wurden wir von der Bäuerin. Sie ist in die Tat oder sogar in beide Taten verwickelt. Oder auch nicht.«

»Was soll das heißen?«

»Nun, wir wollten auf Sie warten. Damit Sie die Bäuerin vernehmen. Das war doch richtig, oder?«

»Dann bringen Sie mich mal zu der Frau.«

Ruste folgte Schröder in die Gaststube des Landhotels. Drei uniformierte Beamte saßen um einen der rustikalen Tische und lauschten den krächzenden Stimmen aus ihren Funkgeräten. Etwas abseits auf einer Eckbank entdeckte Ruste eine zierliche blonde Frau, die auf die schmiedeeiserne Lampe über ihr starrte. Sie war in eine braune Wolldecke gehüllt und hielt mit beiden Händen einen dampfenden Becher. Hübsches Mädchen, ging es ihm durch den Kopf. Eine Bäuerin hatte er sich anders vorgestellt.

»Wo sind die anderen?«, fragte er Schröder.

»Die sind alle an den Tatorten. Ich dachte, ich bleibe lieber hier bei der Zeugin. Die drei Kollegen sind zum Schutz da.«

»Gut gemacht. Können Sie mir einen Kaffee besorgen?«

Schröder nickte und ging zum Tresen, hinter dem sich eine komplette Familie versammelt hatte. Ruste fixierte die Leute mit zusammengekniffenen Augen. Denen musste wohl das Hotel gehören. Solch eine Aufregung hatten die hier bestimmt noch nicht gehabt. Da gab es ja wieder genügend Stoff zum Tratschen!

Seufzend näherte sich Ruste der Frau und griff nach einem der Holzstühle, die ihr gegenüberstanden. Er nahm auf dem Sitzkissen mit gesticktem Blumenmuster Platz und musterte die Frau. Sie machte einen müden Eindruck.

»Ich nehme an, Sie sind Anna Lobbisch?«

Die Frau blickte von ihrem Becher auf. Ruste schaute in klare blaue Augen. Fasziniert bemerkte er einen gelblichen Sprenkel in der rechten Iris. Für einige Sekunden verlor er den Faden.

»Ähm … Man hat mir gesagt, unter den Toten befände sich Ronald Weber. Sie kannten ihn, oder?«

Anna Lobbisch nickte.

»Ich kannte ihn auch. Wir haben uns noch vor Kurzem gesehen. Er war einer meiner Schützenbruder. Ein netter Kerl, fand ich. Wie standen Sie zu ihm?«

»Er wollte mich umbringen.«

Ruste stutzte. Er hatte vermutete, dass die beiden befreundet waren, immerhin hatte sie Weber vor zwei Tagen angerufen.

»Oh. Damit hatte ich nun nicht gerechnet. Können Sie mir erzählen, wie es dazu kam?«, nahm er das Gespräch wieder auf, wurde jedoch sofort von Schröder unterbrochen, der mit einem Becher an den Tisch trat.

Ruste nippte vorsichtig am heißen Kaffee und nickte Anna Lobbisch aufmunternd zu.

»Ich hatte ihn für einen Freund gehalten«, erklärte sie traurig, »aber dann wollte er mich töten. Er wollte mich in die Listertalsperre stürzen.«

»Wissen Sie, warum er das tun wollte?«

Anna Lobbisch seufzte laut und trank einen großen Schluck aus ihrer Tasse. Dann blickte sie Ruste fast herausfordernd an. »Es ist eine lange Geschichte. Vor zwei Tagen tauchte Tim Mazcevski bei mir auf. Er hat vor nicht ganz fünf Jahren meinen Mann überfahren und war vom Unfallort geflüchtet. Mein Mann starb. Dieser Tim hat mich aus der Haft mit Briefen bombardiert, wollte unbedingt, dass ich ihm verzeihe. Zunächst konnte ich das nicht, doch mit der Zeit habe ich gemerkt, dass er die Tat wirklich bereute. Und irgendwann muss man ja auch die Vergangenheit ruhen lassen, meinen Sie nicht?«

Ruste stimmte ihr nickend zu.

»Als Tim nach seiner Haft zu mir auf den Hof kam, tauchten plötzlich fremde Männer auf und schossen auf uns. Wir sind mit meinem Traktor geflohen. Tim flehte mich an, dass ich die Polizei nicht rufen sollte. Jetzt weiß ich, dass das ein Fehler war, aber im ersten Moment habe ich nachgegeben und Ronald gebeten, uns in seiner Jagdhütte zu verstecken …«

»Hier, etwas zur Stärkung. Ein kräftiges Frühstück kann man immer gebrauchen, woll?«

Ruste hatte gar nicht bemerkt, dass der Hotelinhaber zu ihnen getreten war.

Nun stellte er lächelnd einen Teller mit Wurst- und Käsebrötchen auf den Tisch. »Wir können auch Rührei machen.«

»Ginge auch ein Krüstchen?«, fragte Ruste ironisch. Er ärgerte sich maßlos über diese unverfrorene Störung.

»Ja, sicher …«, antwortete der Wirt sichtlich irritiert, »allerdings um diese Uhrzeit? Aber kein Problem. Sie können auch ein …«

»Nein! Ist gut. Wir möchten nicht mehr belästigt werden!«

Beleidigt verzog sich der Hotelier hinter seine Theke. Ruste schob den Teller mit den Brötchen in Anna Lobbischs Richtung.

»Danke, ich habe keinen Hunger …«

»Können wir den dann haben?«, fragte einer der uniformierten Beamten, der plötzlich neben Ruste aufgetaucht war.

Ruste platzte der Kragen. Zwei Tote, ein Schwerverletzter und eine Frau, die diese ganzen schrecklichen Ereignisse nur um Haaresbreite überlebt hatte, und alle dachten nur ans Essen.

»Hier! Und jetzt ist hier Ruhe!«, rief er ungehalten und reichte dem Beamten unwirsch den Teller. Dann wandte er sich in ruhigem Ton wieder Anna zu. »'tschuldigung Fahren Sie bitte fort.«

Anna nippte an ihrer Tasse. »Ich hatte den Eindruck, dass Ronald und Tim sich kannten. Es ist nur eine Ahnung, aber gestern Abend in die Hütte herrschte eine angespannte Stimmung zwischen den beiden. Ronald hatte uns Essen gebracht und wollte mir mitteilen, dass der alte Wernike sich um meine Kühe kümmert. Ich ging kurz zur Toilette, und als ich wiederkam, fand ich Tim mit einer Angelschnur um den Hals in einem der Sessel. Ronald sagte, er habe nichts mit dem Mord zu tun. Er sei draußen gewesen und habe jemanden an der Hintertür gehört. Dann sind wir abgehauen und Ronald ist mit mir zur Talsperre gefahren. Er meinte, er wolle mit mir reden, also sind wir ausgestiegen und über den rutschigen Schnee zur Staumauer gegangen. Plötzlich hat er mich gepackt und wollte mich über das Gelände stoßen. Natürlich habe mich gewehrt … Dabei ist Ronald ins Wasser gestürzt.«

»Sie haben keine Ahnung, warum er sie umbringen wollte?«

Anna Lobbisch schüttelte den Kopf. »Nein, es gab überhaupt keinen Grund.«

»Und dann?«

»Als ich zurückging, um die Polizei zu holen, stand plötzlich dieser Mann mit dem osteuropäischen Akzent hinter mir. Er bedrohte mich mit einer Pistole und wollte wissen, wo Ronald ist. Und in dem Moment tauchte Ronald wie aus dem Nichts auf und stürzte sich auf den Fremden. Die beiden kämpften miteinander, bis der Mann auf Ronald schoss. Dann habe ich habe den Typen mit meiner Taschenlampe niedergeschlagen. Ist er tot?«

»Er ist nicht bei Bewusstsein. Er hat eine schwere Kopfverletzung.«

»Das wollte ich nicht«, sagte Anna Lobbisch. Sie senkte ihren Blick. »Ich wollte das alles nicht. Hätte ich bloß nicht auf diesen Tim gehört!«

»Ist Ihnen sonst irgendetwas aufgefallen? Haben dieser Tim und Weber in der Jagdhütte miteinander gestritten? Haben Sie über etwas geredet?«, hakte Ruste nach.

»Nein, ich habe nichts Außergewöhnliches bemerkt. Außer eben, dass die Stimmung zwischen ihnen angespannt war.« Anna Lobbisch machte eine Pause und hob wieder den Kopf. »Vielleicht noch eine Sache, die mir merkwürdig erschien. Ronald ist im Auto eine CD aus der Jacke gefallen. Als ich sie vom Boden aufhob, hat er mir sie unwirsch weggenommen. Richtig weggerissen. So kannte ich ihn gar nicht.«

»Wo ist diese CD jetzt?«

»Wahrscheinlich noch im Auto.«

Ruste winkte Schröder heran, der ein paar Tische weiter Platz genommen hatte. »Schröder, überprüfen Sie, ob sich in dem Wagen von Weber eine CD befindet!«

Nachdem Schröder hinausgeeilt war, schaute Ruste Anna Lobbisch eine Weile an und musterte ihre feinen Gesichtszüge. Hätte er vorher doch geduscht oder sich zumindest die Zähne geputzt! Was mochte diese hübsche Frau, die wie ein Häufchen Elend vor ihm saß, nur von ihm denken?

»Ich muss zu meinem Hof, zu meinen Kühen. Die müssen bald gemolken werden. Und dann würde ich gerne schlafen, geht das?« fragte Anna Lobbisch höflich.

Hilfsbereit wie er war, hätte Ruste gerne angeboten, sie zu ihrem Hof zu fahren. Doch als leitender Ermittler konnte er sich nicht einfach ins Auto setzen und den Chauffeur spielen – auch wenn sie die Hauptzeugin war und er ihr gern noch weitere Fragen gestellt hätte … Und er gern noch eine Weile in ihrer Nähe geblieben wäre, gestand sich Ruste ein. Nein, er musste unbedingt zu den Tatorten fahren, um sich selbst ein Bild zu machen.

»Ein Streifenwagen wird Sie zu Ihrem Hof bringen. Wenn es Ihnen recht ist, würde ich Sie morgen abholen und zur Dienststelle bringen lassen. Wir müssen Ihre Aussage zu Protokoll nehmen.«

»Ja, gar kein Problem«, stimmte Anna Lobbisch zu.

»Dann bis morgen«, verabschiedete sich Ruste. Er drückte ihre Hand. Einen kleinen Augenblick zu lange, wie er selbst feststellte, und schnell den Griff löste.

Anna ließ sich erleichtert auf den Rücksitz des Wagens fallen, den ihr der nette, junge Polizeimeister zugewiesen hatte. Auch der Kommissar hatte einen freundlichen Eindruck gemacht. Ob er ihr die Geschichte abgenommen hatte? Hatte sie überhaupt das Richtige getan?

Nachdenklich kaute Anna auf ihrer Unterlippe. Aber was hätte es jetzt noch für einen Sinn gehabt, die Wahrheit zu erzählen und dann womöglich ins Gefängnis zu kommen? Sie war immer tiefer in diese Sache hineingerutscht, war ein Spielball von Ronald und seinen russischen Kumpanen geworden. So wäre es sicherlich besser.

Müde schloss Anna die Augen. Vielleicht konnte sie noch ein paar Minuten schlafen, bevor ihr Hof und die Tiere wieder ihren vollen Einsatz verlangen würden.

KAPITEL 12

5. Mai

Frisch herausgeputzt saß Ruste in der Küche von Anna Lobbisch. Er trug seine Haare waren zwar immer noch halblang, hatte ihnen aber einen ordentlichen Schnitt verpassen lassen. Und statt Jeans und Kapuzenpulli hatte er sich für eine helle Stoffhose und ein dunkelblaues, sportliches Sakko entschieden. Nach dem desaströsen Eindruck, den er in dem Hotel gemacht haben musste, wollte er die sympathische und attraktive Bäuerin beeindrucken und das Bild von sich wieder geraderücken.

Ruste hatte sich schon über eine Woche auf dieses Wiedersehen gefreut. Nachdem er sich, angeschlagen wie er bereits war, am Tatort eine Mandelentzündung inklusive Fieber zugezogen hatte, hatte er Anna Lobbisch am Tag nach den Morden nicht vernehmen können. Stattdessen hatte Schröder ihre Angaben fein säuberlich zu Protokoll genommen. Es war wirklich eine verrückte Sache, in die die Bäuerin da unschuldig hineingezogen worden war und die sie fast das Leben gekostet hätte. Aber Anna Lobbisch war eben eine beeindruckende, tapfere Frau, die nebenher noch einen ganzen Hof allein bewirtschaftete.

»Es ist eine unglaubliche Geschichte, in die Sie da hineingeraten sind, Frau Lobbisch. Aber jetzt fügt sich langsam das Puzzle für uns zusammen. «Ruste nahm einen Schluck Bier aus der Flasche. Immerhin war er nicht im Dienst und sein Besuch mehr privater Natur. »Ich war gerade in der Nähe und dachte mir, ich komme mal vorbei, um Ihnen den Stand der Ermittlungen mitzuteilen. Ich denke, nach allem, was Sie erlebt haben, ist es ihr gutes Recht, das zu erfahren.«

Anna Lobbisch lächelte ihn an, schlug jedoch sogleich die Augen nieder. »Gerne«, sagte sie und strich imaginäre Falten auf der Kunststofftischdecke glatt.

Ruste beobachtete ihre hilflose Geste und musste grinsen. War sie etwa verlegen? Diese Seite kannte er gar nicht an ihr, machte sie aber nur noch sympathischer.

»Ich weiß gar nicht, wo ich anfangen soll, so verworren ist alles«, begann Ruste. »Also, am besten von vorne: In Ronald Webers Wagen haben wir die CD gefunden, von der Sie sprachen. Darauf waren Daten gespeichert, die belegen, dass Weber in Schmuggelgeschäfte mit der Russenmafia verwickelt war – und zwar in erheblichem Ausmaß. Er importierte unter dem Deckmantel seiner Firma gefälschte Teile nach Deutschland, die umdeklariert und als Originalersatzteile in Umlauf gebracht wurden. Der dabei entstandene Schaden geht wahrscheinlich in die Millionen! Auf der CD waren umfangreiche Informationen vorhanden: Hintermänner, Kuriere, Transportwege und vieles mehr.«

Ruste machte eine kurze Pause, um seinen Worten Gewicht zu verleihen. Das musste die arme Frau ja erst mal sacken lassen, ihn selbst hatte es fast umgehauen, als er von den Machenschaften des ach so unbescholtenen Webers erfahren hatte.

»Aufgrund der Fingerabdrücke gehen wir davon aus, dass sich die CD im Besitz von Boris Wassiljew befunden haben muss, einem hiesigen Anführer der Russenmafia«, fuhr Ruste fort. »Wassiljew saß in der JVA in Attendorn. Er muss dort die CD Tim Mazcevski übergeben haben, auch dessen Fingerabdrücke konnten wir nachweisen. Mazcevski ist derjenige, der Ihren Mann überfahren hat … Aber das wissen Sie ja.« Ruste räusperte sich. Er begann Blödsinn zu reden. Die Nähe dieser Frau machte ihn völlig konfus. Dabei wollte er wichtig und intelligent klingen.

»Äh, ja. Wo war ich? … Ach ja, die CD«, setzte Ruste seine Erklärung fort. »Wir gehen davon aus, dass die beiden, also Boris Wassiljew und Tim Mazcevski, Weber erpressen wollten. Wassiljew muss geahnt haben, dass Weber ihm nach seiner Haft auflauern würde, deswegen hat er wohl Mazcevski die CD gegeben. So weit klar?«

Anna Lobbisch nickte. Durch ihre Zustimmung bekräftigt, erklärte Ruste weiter: »Gut. Wassiljew wurde also entlassen und direkt vor der JVA niedergestochen. Den Täter haben wir noch nicht geschnappt, aber wir vermuten, dass es ein weiblicher Killer im Auftrag Webers war. Verrückt, oder? Es kann allerdings auch ein Privatdetektiv darin verwickelt sein, ein Mann, der untergetaucht ist. Wir haben nämlich in Webers Büro entsprechende Unterlagen sichergestellt. Aber dazu später mehr. Jedenfalls hatte Wassiljew bei seiner Entlassung die CD nicht bei sich. Wir gehen davon aus, dass die Angehörigen der Russenmafia wussten, dass nicht mehr Wassiljew, sondern Mazcevski nun die CD hatte. Als dieser die CD nicht direkt nach seiner eigenen Entlassung drei Tage später abgeliefert hat und stattdessen bei Ihnen aufkreuzte, war die Mafia ihm bereits auf den Fersen. Die Russen verfolgten ihn bis zu Ihrem Bauernhof und wollten ihm die CD abnehmen. Weil er mit Ihnen floh, kam es zu dieser Schießerei. Das haben Sie ja dann selbst erlebt, das brauch ich ja nicht …«

Ruste stoppte mitten im Satz. Was erzählte er da nur für einen Schwachsinn? Die Frau mit ihren blauen Augen brachte ihn wirklich um jeden klaren Gedanken. Nervös zupfte er an seiner Zigarettenpackung. »Darf ich rauchen?«

»Eigentlich nicht. Aber wenn Sie das Fenster aufmachen, dürfen Sie es ausnahmsweise.« Anna Lobbisch holte eine Untertasse aus dem Küchenschrank und stellte sie vor Ruste auf den Tisch.

»Ja, danke, sehr freundlich. Wo war ich? Ach ja, die Verfolgungsjagd mit dem Traktor. An diesem Punkt sind Sie jedenfalls mit in die Sache hineingezogen worden. Was mir jedoch nach wie vor schleierhaft ist: Warum haben Sie nach Ihrer Flucht Weber und nicht uns angerufen?«

»Es war der Junge, dieser Tim. Er wollte nicht, dass ich die Polizei benachrichtige. Er hat mir leidgetan, wir hatten uns erst kurz zuvor ausgesprochen, und er wollte nicht schon wieder mit dem Gesetz in Konflikt geraten. Deshalb habe ich stattdessen Ronald angerufen.«

»Hm, ein fataler Fehler. Aber Sie konnten ja nicht wissen, dass Weber in der Sache mit drin steckte. Nun denn, wir können es nicht ändern. In dem Blockhaus muss Mazcevski dann Weber erpresst haben, als die beiden allein im Raum waren. Oder Weber wusste, dass Mazcevski die CD hat. Wie auch immer: In Ihrer Abwesenheit hat Weber die Gelegenheit genutzt und seinen Gegenspieler umgebracht. An der Angelschnur um Mazcevskis Hals konnten wir seine DNA nachweisen und zudem haben wir entsprechende Einkerbungen an seinen Händen festgestellt. Als er die CD an sich genommen hatte, wollte Weber Sie wohl an der Staumauer umbringen, da Sie ja quasi eine Zeugin waren.«

Ruste blickte in das betretene Gesicht von Anna Lobbisch. Die Erinnerung an die eigene Todesgefahr schien sie mitzunehmen. Schnell zog er ein Foto aus der Jackentasche, um sie damit abzulenken. »Ist Ihnen dieser Mann schon einmal begegnet?«

Anna Lobbisch schüttelte den Kopf. »Nein, den kenne ich nicht.«

Ruste drückte seine Zigarette in dem provisorischen Aschenbecher aus. »Habe ich mir gedacht. Das ist Otto Lebrecht, der Privatdetektiv, den Weber beauftragt hatte. Wir haben seinen Wagen ganz in der Nähe von Ihrem Hof gefunden. Er selbst ist jedoch spurlos verschwunden. Wahrscheinlich haben ihn die Russen auf dem Gewissen und wir werden in einigen Jahren seine Überreste finden. Er muss auch hinter der CD und Mazcevski her gewesen sein, sonst hätten wir wohl kaum sein Auto in der Gegend aufgespürt.«

Ruste zeigte Anna noch zwei weitere Fotos.

Diesmal zögerte sie. »Die kommen mir bekannt vor. Es könnten die beiden sein, die Tim und mich verfolgt haben. Es war aber dunkel, ich konnte sie nicht genau erkennen. Wer sind die zwei?«

»Das sind Alexej Borgmann und Roman Neufeld, ebenfalls Leute von der Russenmafia. Einer von ihnen wurde bei dem Schusswechsel mit den Jägern im Wald getötet. Den anderen haben wir in Meinerzhagen geschnappt. Er schweigt aber. Wenn Sie mich fragen, das Cleverste, was er machen kann. Und der Dritte im Bunde der russischen Bande war Viktor Stein, den kennen Sie. Er war der Mann, der Sie an der Staumauer bedroht hat. Auch er wird uns nichts sagen können. Sie haben so kräftig zugeschlagen, dass er einen Hirnschaden davongetragen hat.«

Anna Lobbisch blickte ihn ängstlich an. Ruste zwinkerte ihr zu und versuchte, sie zu beruhigen: »Unter vier Augen – er hat es nicht anders verdient. Ich glaube kaum, dass Sie da mit einem Verfahren rechnen müssen. Tja, Frau Lobbisch, das ist der Stand der Dinge. Sie sehen, der Fall ist komplex. Wir haben noch immer keine Spur von dem Täter des Anschlags auf Wassiljew vor der JVA. Dieser versuchte Mord ist das noch fehlende Puzzleteil. Hier tappen wir weiterhin völlig im Dunkeln. Aber darüber darf ich Ihnen nichts Genaueres sagen. Für uns ist der Fall jedenfalls weitgehend geklärt. Jetzt muss ich mich nur noch um einen Schützenvogel und einen abgeschnitten Finger kümmern. Ich kann Ihnen sagen, es passieren Dinge, die glaubt man nicht.«

Ruste leerte den Rest aus seiner Bierflasche in einem Zug. Er schaute Anna an, in deren Gesicht ein großes Fragezeichen geschrieben zu sein schien. Er selbst hatte die ganzen Zusammenhänge seiner komplizierten Theorie ja auch nur verstanden, als er sie auf einen Flipchart mit den vielen Namen und Pfeilen und Linien aufgezeichnet hatte. Na ja, die Grundzüge hat sie bestimmt begriffen, dachte sich Ruste.

»Ich muss dann mal wieder weiter, Frau Lobbisch. Ich wünsche Ihnen alles Gute. Ich hoffe, Sie bald, vielleicht in einem anderen Rahmen, wiederzusehen.« Nach einer kurzen Pause fügte er zögerlich hinzu: »Falls Sie Hilfe bei der Verarbeitung dieser schlimmen Ereignisse benötigen, unser psychologischer Dienst steht Ihnen jederzeit zur Verfügung.«

»Danke. Es geht schon. Die Arbeit und die Tiere lenken mich ab«, erwiderte Anna Lobbisch und erhob sich.

Ruste stand ebenfalls auf. Er reichte ihr die Hand und

setzte sein charmantestes Lächeln auf. Dann drehte er sich um und trat in die Diele hinaus.

Anna Lobbisch begleitete Ruste bis zur Haustür. Er hatte bereits die Klinke in der Hand, als sein Blick auf das Paar Schuhe fiel, das neben dem Eingang auf dem Boden stand. In Rustes Kopf begann es, wie in einem Uhrwerk zu rattern. Er löste die Hand von der Klinke und hob die Schuhe hoch. Es waren Damenwinterschuhe. Der Firma Goretex. Im ausgeprägten Profil hingen Reste getrockneten Schlamms.

Ruste blickte Anna Lobbisch durchdringend an. Sie errötete und schaute ihn mit entsetzten Augen an. Spätestens in diesem Augenblick wusste er, dass er für diese zierliche Bäuerin mehr empfand als reine Sympathie. Ruste wollte etwas sagen, überlegte es sich jedoch anders. Er war hin- und hergerissen. Er hatte die Möglichkeit, die Schuhe zurückzustellen, hinauszugehen und alles zu vergessen. Aber konnte er das wirklich?

Erneut inspizierte er das charakteristische Profil der Sohlen. Dann schaute er Anna Lobbisch an, die seinem Blick tapfer standhielt. »Möchten Sie mir noch etwas sagen, Frau Lobbisch?«

»Ja«, antworte Anna ruhig. »Gehen wir zurück in die Küche.«

Nachdem Anna Lobbisch ihm alles erzählt hatte, auch von dem toten Privatdetektiv, der auf dem Grund ihres Güllebehälters lag, war Ruste aufgestanden und hatte ohne ein Wort den Raum verlassen. Vor der Tür des Bauernhauses zündete er sich eine Zigarette an. Sein Blick fiel auf die grünen Gummistiefel und den grauen Kittel neben der Tür. Und nun? Was sollte er nun tun?

Seufzend holte er sein Handy aus der Tasche und wählte Schröders Nummer. »Schicken Sie einen Streifenwagen zum Bauernhof von Anna Lobbisch. Wir haben eine Verhaftung vorzunehmen.«

Als Schröder, eifrig und dienstbeflissen wie er war, mehr über die Umstände hören wollte, würgte Ruste ihn ab. »Schicken Sie den Wagen und gut ist, Schröder.«

»Wie Sie meinen«, antwortete Schröder, um dann jedoch sofort fröhlich weiterzuplaudern: »Übrigens ist der Fall mit dem entführten Schützenvogel aufgeklärt. Es war der Sohn vom Vorsitzenden. Er hat sich durch die intensive Vereinsarbeit seines Vaters vernachlässigt gefühlt und mit einem Freund zusammen den Vogel auf dem Parkplatz vor dem Olper Freizeitbad angezündet. Ich kann Ihnen sagen, hier ist was los!«

Ruste legte auf. Tja, heute lösten sich wohl alle Fälle, dachte er bitter. Dann rief er den besten Anwalt von Siegen an und direkt danach einen Staatsanwalt vom Landgericht, den er gut kannte. Ruste hatte noch nie jemanden um einen Gefallen gebeten. Aber das war nun das Mindeste, was er für Anna tun konnte.

EPILOG

Anna Lobbisch wurde wegen versuchten Mordes an Boris Wassiljew angeklagt. Wegen mildernder Umständen wurde sie lediglich zu dreieinhalb Jahren Gefängnis verurteilt. Im Fall Viktor Stein entschied das Gericht auf Notwehr und bei Otto Lebrecht sogar auf Unfalltod, da der Huftritt der Kuh tödlich war, wie die Obduktion ergab. Prozessbeobachter dieses spektakulären Falls meinten, Anna sei mit einer äußerst milden Strafe davongekommen. Sie schrieben diesen Umstand der Tatsache zu, dass sie den besten Strafverteidiger der Gegend hatte. Und dass der Staatsanwalt ungewöhnlich zurückhaltend war. Wahrscheinlich spielte beides eine Rolle.

Ruste sorgte dafür, dass Bauer Wernike sein Rentnerdasein an den Nagel hing und Annas Hof in ihrer Abwesenheit bewirtschaftete. Er selbst kümmerte sich um die drei Katzen und half Wernike in jeder freien Minute bei der Viehwirtschaft. Allerdings waren 50 Kühe zu viel für die Männer. Sie verkleinerten die Herde auf 20 Tiere und melkten traditionell nur zwei- statt dreimal am Tag. Außerdem bekamen die Kühe neue Namen, weil Wernike sich diese ganzen ausländischen Namen nicht merken konnte.

Ronald Webers Unternehmen wurde von chinesischen Investoren gekauft. Die schafften das gesamte Know-how in ihr Land, verkleinerten die deutsche Produktion und nutzten die Firma, um mit sauberen Papieren gefälschte

Autoteile aus chinesischer Produktion nach Deutschland zu schmuggeln.

Boris Wassiljew wurde nach seiner Entlassung aus dem Krankenhaus Trauzeuge von Mustafa Arslan, als er seiner Özlem das Jawort gab. Der Braut fiel während der Zeremonie der Ehering vom Finger, als der nach dem Anstecken taub herunterklappte. Boris Wassiljew und Mustafa Arslan gründeten noch am Abend der Hochzeitsfeier eine russisch-türkische Schmugglerbande, um mit vereinten Kräften die neue chinesische Konkurrenz zu bekämpfen.

Viktor Stein, die ewige Nummer zwei, erholte sich einigermaßen von Annas Schlag mit der Taschenlampe. Na ja, nicht so ganz. Er lebt in einer psychiatrischen Anstalt, da er außer ›Ich bin der Anführer‹ keinen anderen Satz mehr zustande bringt. Seine Frau hat sich hingegen ans Schwarze Meer abgesetzt und verprasst dort das Geld, das Viktor für seinen Lebensabend gebunkert hatte.

Der Sohn von Willi Bremicke, dem Vorsitzenden des Olper Schützenvereins, wurden Sozialstunden aufgebrummt. Nach dieser einschneidenden Erfahrung brach er das Gymnasium ab und begann eine Schreinerlehre. Sein Gesellenstück soll ein Schützenvogel werden.

Polizeimeister Schröder hat auf der Toilette der Olper Polizei vorsorglich für sich eine Packung mit feuchten Tüchern deponiert. Mittlerweile gefällt es ihm im sauerländischen Olpe außerordentlich und man weiß ja nie, ob es nicht wieder plötzlich Alarm gibt.

Ruste streitet sich nach wie vor mit seinem Polizeidirektor Junge und besucht Anna, wann immer es geht, im Gefängnis.

DANKSAGUNG

Ich danke meiner Lektorin Ricarda Dück für ihre vielen wertvollen Anregungen, Hinweise, Verbesserungsvorschläge und die große Unterstützung. Ebenso danke ich der Cheflektorin Claudia Senghaas, die diese verrückte Story ausgewählt hat. Und last but not least geht mein Dank an das gesamte Verlagsteam für die tolle Arbeit.

Ihr Dirk Zandecki

Weitere Krimis finden Sie auf den folgenden Seiten und im Internet: www.gmeiner-verlag.de

Herbert Beckmann
Hühnerhölle
978-3-8392-1415-2

»Eine Kriminalgeschichte, frisch vom Lande. Hintergründig. Abgründig. Hochaktuell!«

Wilhelm Kock, Besitzer einer Hühnerfarm mit zigtausenden Tieren, liegt erschlagen auf dem Grab seiner ersten Frau. Kommissar Hufeland und Kripo-Azubi Kuczmanik ermitteln in der kleinen westfälischen Gemeinde Vennebeck. Im Grunde hatten alle Dörfler ein Motiv für den Mord, denn ganz Vennebeck stöhnt seit Jahren wegen des Gestanks und der Umweltbelastungen durch die Farm. Jetzt, da Kock tot ist, hoffen alle auf ein Ende der »Hühnerhölle«. Doch die Apokalypse steht Vennebeck erst noch bevor …

GMEINER

Wir machen's spannend

Sabine Klewe
Schwanenlied
978-3-8392-1428-2

»Sabine Klewe schreibt mit leichter Hand, in flüssigen Worten, geht mit uns durchs vertraute Düsseldorf von einem Schauplatz zum anderen.«
Rheinische Post

Die Fotografin Katrin Sandmann stößt im Elternhaus ihres Lebensgefährten auf einen geheimen Raum – und auf eine Mumie. Wer ist die unbekannte junge Frau und weshalb hat niemand sie vermisst? Was haben die Kinderbücher auf dem Nachttisch in der geheimen Kammer zu bedeuten?

Katrin, die selbst gerade in einer schwierigen Situation steckt, begibt sich auf Spurensuche. Doch irgendjemand scheint ein starkes Interesse daran zu haben, ihre Ermittlungen zu verhindern …

GMEINER
Wir machen's spannend

Klaus Erfmeyer
Rasterfrau
978-3-8392-1420-6

»Stephan Knobel rollt im Auftrag eines zu lebenslanger Haft Verurteilten den abgeschlossenen Fall wieder auf. Hochspannung!«

Mit gemischten Gefühlen übernimmt Rechtsanwalt Stephan Knobel die Vertretung von Maxim Wendel. Dieser wurde wegen Mordes zu lebenslanger Haft verurteilt und strebt eine Wiederaufnahme des Prozesses an. Doch er hat nicht nur die Tatwaffe zweifelsfrei berührt, sondern auch ein Motiv: Der ehemalige Lehrer, der zu Schulzeiten jungen Schülerinnen nachstellte, hat angeblich eine Studentin vergewaltigt, wobei das Mordopfer ihn beobachtet haben soll …

GMEINER

Wir machen's spannend

Unsere Lesermagazine

2 x jährlich das Neueste aus der Gmeiner-Bibliothek

24 x 35 cm, 32 S., farbig; inkl. Büchermagazin »nicht nur« für Frauen

10 x 18 cm, 16 S., farbig

Alle Lesermagazine erhalten Sie in Ihrer Buchhandlung oder unter www.gmeiner-verlag.de.

GmeinerNewsletter

Neues aus der Welt der Gmeiner-Romane

Haben Sie schon unsere GmeinerNewsletter abonniert?

Monatlich erhalten Sie per E-Mail aktuelle Informationen aus der Welt der Krimis, der historischen Romane und der Frauenromane: Buchtipps, Berichte über Autoren und ihre Arbeit, Veranstaltungshinweise, neue Literaturseiten im Internet und interessante Neuigkeiten.

Die Anmeldung zu den GmeinerNewslettern ist ganz einfach. Direkt auf der Homepage des Gmeiner-Verlags (www.gmeiner-verlag.de) finden Sie das entsprechende Anmeldeformular.

Ihre Meinung ist gefragt!

Mitmachen und gewinnen

Wir möchten Ihnen mit unseren Romanen immer beste Unterhaltung bieten. Sie können uns dabei unterstützen, indem Sie uns Ihre Meinung zu den Gmeiner-Romanen sagen! Senden Sie eine E-Mail an gewinnspiel@gmeiner-verlag.de und teilen Sie uns mit, welches Buch Sie gelesen haben und wie es Ihnen gefallen hat. Alle Einsendungen nehmen automatisch am großen Jahresgewinnspiel mit attraktiven Buchpreisen teil.

GMEINER

Wir machen's spannend

€2,-

W0412053

Kreativität

Christine Bolam: Kreativität
... die Kunst im Fluss zu sein
© Aurum Verlag in:
J. Kamphausen Verlag &
Distribution GmbH, Bielefeld 2005
info@j-kamphausen.de

Lektorat: Dr. Richard Reschika
Satz und Umschlag-Gestaltung:
Wilfried Klei
Illustrationen: Christine Bolam
Druck & Verarbeitung:
Westermann Druck Zwickau

www.weltinnenraum.de

3. Auflage 2010

Bibliografische Information der Deutschen Nationalbibliothek
Die Deutsche Nationalbibliothek verzeichnet diese
Publikation in der Deutschen Nationalbibliografie;
detaillierte bibliografische Daten sind im Internet
über **http://dnb.d-nb.de** abrufbar.

ISBN 978-3-89901-051-0

Dieses Buch wurde auf 100% Altpapier gedruckt und ist alterungsbeständig.
Weitere Informationen hierzu finden Sie unter www.weltinnenraum.de

Alle Rechte der Verbreitung, auch durch Funk, Fernsehen und
sonstige Kommunikationsmittel, fotomechanische oder vertonte Wiedergabe
sowie des auszugsweisen Nachdrucks vorbehalten.

Christine Bolam

Kreativität

… die Kunst im Fluss zu sein

AURUM

Meiner Schwester Ika

Zur Einführung

Im Fluss sein

... und der Rest

Zur Einführung

1. Kreativität ist kein Luxus

Ein verregneter, aber warmer Sonntagnachmittag im Mai. In der kleinen Werkstatt stehen Fenster und Terrassentür weit offen, ein sanfter Wind zieht durch den Raum und bringt die dünne Plastikschicht, die den Fußboden vor Farbflecken schützt, zum Rascheln. An den mit brauner Pappe abgedeckten Wänden leuchten die Bilder, als schiene die Sonne: Sie vibrieren vor Leben, jedes eine eigene, geheimnisvolle Welt.

Die sieben Maler und Malerinnen wuseln durch den Raum, waschen Pinsel und Paletten, leeren ihre Wassergläser und räumen ihren Malplatz auf. Der dreitägige Kurs ist fast zu Ende. Noch ein Tee und eine kurze Gesprächsrunde, bis die Bilder trocken sind, dann gehen wir wieder auseinander. Lachen, ein Liedchen beim Aufräumen – wo zu Beginn des Kurses Anspannung, vielleicht auch Angst herrschte, haben sich Begeisterung und Leichtigkeit ausgebreitet.

Ein Auto fährt vor. Die Freundin eines Kursteilnehmers kommt ihn abholen, verlegen steht sie in der Tür, will draußen warten, doch ihr Freund zieht sie in den Malraum: „Nur ein kurzer Blick, damit du sehen kannst, was ich das ganze Wochenende gemacht habe.“

„Moment“, sage ich, „schauen Sie da ruhig mal rein, aber bitte keinen Kommentar abgeben! Das ist hier eine Freizone: Kein Lob, keine Kritik.“

Schweigend schaut sich die Besucherin im Malraum um und wendet sich mir mit einem Lächeln zu: „Schön...“, flüstert sie und ich weiß, sie meint nicht nur die Bilder.

Während ihr Freund seine Werke aufrollt und das Gepäck zum Auto bringt, sitze ich mit ihr in der Küche und trinke Tee. „Ja“, sage ich, „diese Art zu malen ist etwas ganz Besonderes. Ich glaube, das haben Sie auch gemerkt.“

Die Besucherin stellt vorsichtig ihre Tasse ab und atmet tief durch. „Ach“, sagt sie, „ich wollte ja immer mal mitkommen. Aber wissen Sie – ich bin nicht besonders kreativ. Das war schon in der Schule so. Ich glaube, ich habe einfach kein Talent.“

Sie nimmt einen großen Schluck Tee, zögert kurz und fügt dann hinzu: „Außerdem habe ich für so etwas keine Zeit. Bei der Arbeit muss ich jeden Tag Entscheidungen fällen, der Druck ist enorm und Sie wissen ja, wie unsicher die Lage zurzeit ist. Ich habe Wichtigeres zu tun, als Bilder zu malen.“

Wie diese junge Frau glauben viele, Kreativität sei ein Luxus, etwas für den Feierabend. Sie gehen in Ausstellungen und Konzerte, um sich an der Kreativität anderer zu erfreuen, übersehen sie jedoch in sich selbst. In dem Glauben, nicht „begabt“ zu sein, versagen sie sich die Erfahrung einer dynamischen, lebendigen Kraft, die ihr Leben bereichern und transformieren könnte. Eine Serie von Missverständnissen hält sie davon ab, sich dessen bewusst zu werden:

Kunst wird mit Kreativität verwechselt und Kreativität mit Kunst. Daher wird angenommen, dass nur Künstler und „Begabte“ kreativ sind. Doch wie ich zeigen werde, ist die Kreativität ein Geschenk, das jedem von uns in die Wiege gelegt wird. Wir müssen nur lernen, mit ihm umzugehen.

Normalerweise wird die Kreativität an ihren Werken gemessen: Gelungenes Resultat – viel Kreativität, misslungenes Resultat – wenig oder keine Kreativität. Doch die Kreativität kennt keine Qualitätskontrolle, kein gut oder schlecht. Sie ist reines Leben, jenseits von Urteilen und Moden.

Nach dem Motto: „Zuerst die Arbeit, dann das Vergnügen" glauben viele, Kreativität sei ein Luxus, etwas für den Feierabend. Ihnen ist nicht klar, dass ihre Arbeit unter anderem so mühevoll ist, weil die Kreativität aus ihr verbannt wurde.

Solche und ähnliche Vorurteile haben zur Folge, dass die meisten ihr schöpferisches Potenzial nicht kennen und nicht nutzen. Sicher, nicht jeder will Gedichte schreiben, Bilder malen oder ein Instrument spielen, aber unsere Kreativität äußert sich nicht nur in künstlerischen Werken, sondern in allem, was wir tun. Im Grunde können wir es uns nicht leisten, auf sie zu verzichten – heute weniger denn je!

Unsere Kreativität versetzt uns in die Lage, konstruktiv mit Veränderungen umzugehen.

Unsere Kreativität befähigt uns, in Krisen die Chance zu erkennen.

Unsere Kreativität öffnet uns neue Türen, wenn wir glauben, in einer Sackgasse zu stecken.

Unsere Kreativität fordert uns heraus, unsere volle Größe einzunehmen.

Unsere Kreativität erlaubt uns eine ganzheitliche Sicht jenseits von schön oder hässlich, richtig oder falsch.

Unsere Kreativität lässt uns hinter Illusionen und Masken blicken und erlaubt uns, das Mysterium in allen Dingen zu schauen.

Und nicht zu vergessen: Unsere Kreativität lehrt uns, zu spielen, zu forschen und leidenschaftlich zu leben.

Die schöpferische Kraft in uns macht uns erst wirklich lebensfähig: Schließlich gibt es nichts Kreativeres als das Leben selbst. Es trägt uns von Sicherheit zu Unsicherheit zu Sicherheit, von Bewegung zum Innehalten zu neuer Bewegung. Es konfrontiert uns mit wechselhaften, manchmal schwierigen Umständen, die neue Sichtweisen von uns fordern: Wir verlieben uns, werden krank, verlieren den Arbeitsplatz oder entdecken die ersten grauen Haare, und plötzlich ist alles anders als vorher. Doch selbst in der schwierigsten, unbequemsten Lebenssituation können wir uns auf unsere schöpferische Natur verlassen. Sie öffnet uns die Augen für neue Horizonte und ermutigt unser Herz, das Unvorstellbare großmütig zu umarmen.

Nur – wer kennt schon sein eigenes kreatives Potenzial? Nie gefördert, nie entwickelt, liegt es in uns brach und steht uns auch in Krisenmomenten nicht zur Verfügung. Je mehr sich in unserem Leben ändert, desto mehr kämpfen wir darum, alles beim Alten zu halten: „Verliebt? Der andere muss sich an meine Vorstellungen anpassen. Krank? Mein Arzt wird das schon richten, dann ist alles wieder wie vorher." Verbissen kämpfen wir gegen das Leben, weil wir außer dem Gewohnten keine Sicherheit kennen.

Um gleich ein weiteres Missverständnis auszuräumen: Auch die Gewohnheit, bei jeder kleinsten Herausforderung sofort zu springen und alles zu verändern, ist nicht kreativ, sondern nur das – eine Gewohnheit (ich spreche aus Erfahrung).

Nur zu oft wird die Kreativität mit ihrer Cousine, der Innovation, verwechselt. Dann klingt die einfache Rechnung so: Entweder ich halte am Alten fest und bin nicht kreativ, oder ich mache etwas Neues, Innovatives und bin kreativ. Doch Kreativität ist auch nicht das Neue, das Andere um jeden Preis – sie ist das vollkommen Andere.

Zwei Mönche wollen wissen, wie es wirklich im Himmel aussieht und treffen eine Abmachung: Derjenige, der zuerst stirbt, erscheint dem anderen im Traum und gibt kurz Nachricht. Ist der Himmel so, wie man ihn sich vorstellt, mit Engeln, Harfen und dem lieben Gott auf dem Thron, sagt er „taliter" (*so*). Ist der Himmel anders, als gedacht, sagt er „aliter" *(anders)*.

Eines Tages stirbt einer der beiden Mönche. In der folgenden Nacht erscheint er wie abgemacht seinem Freund im Traum und schweigt. „Nun sag schon, wie ist es dort?", fragt der Träumende ungeduldig, „taliter? aliter?"

„Nein," entgegnet sein Freund, „totaliter aliter" (*vollkommen anders*).

Wie der „Himmel" ist auch die Kreativität letzten Endes ein Ort jenseits der Dualität. Beide sind nicht neu oder alt, gut oder schlecht, so oder so, sondern vollkommen anders – *totaliter aliter* – als jede vergleichende Vorstellung. Beide entziehen sich unserem auf Unterscheidungen eingestellten Verstand. Die schöpferische Kraft offenbart sich über unseren ganzheitlichen Sinn, die Intuition, und ihr Eintrittstor ist immer die Gegenwart. Nur hier – und jetzt – können wir sie erleben, und *erleben* müssen wir sie, um diese fließende, lebendige Eigenschaft des Seins in uns wieder zu finden.

Mit diesem Buch möchte ich Sie einladen, Ihre schöpferische Natur wieder zu entdecken, zum Ausdruck zu bringen und zu erfahren, wie sie Ihr Leben transformiert. Es hat seinen Grund, warum die meisten Beispiele vom Malen handeln: In meiner

Erfahrung ist das Intuitive Malen (auch *Point Zero-Malen*[1]) der direkteste Weg, um mit der Schöpfungskraft zu fließen und Blockaden, die ihren Strom hemmen, zu überwinden.

Dabei geht es nicht um das Malen als Kunstform, sondern als Möglichkeit, sich wieder mit der eigenen schöpferischen Natur zu verbinden und diese frei auszudrücken. Deshalb ist dieses Buch auch kein Buch über die Kunst oder speziell für Künstler.

Alle, die den Ausdruck ihrer schöpferischen Natur zu ihrem Beruf gemacht haben, wissen, wie viel Disziplin und Hingabe nötig sind, um eine Technik zu erlernen, zu vervollkommnen und ein gelungenes Werk an die Öffentlichkeit zu bringen – doch darüber schreibe ich nicht. Das Buch handelt nicht von Methoden, Techniken und Theorien oder dem Ausüben künstlerischer Berufe.

Was ich beschreibe und erzähle, betrifft etwas viel Grundlegenderes, etwas, ohne das es keinerlei künstlerischen Ausdruck gäbe: Die dynamische Beziehung eines jeden Menschen zu seiner eigenen schöpferischen Natur. Ist diese Beziehung aus irgendeinem Grund gestört, verliert auch ein ausgebildeter Künstler die Lust am Schaffen, beginnt, an seiner „Begabung" zu zweifeln oder produziert perfekte, aber seelenlose Werke und Kopfgeburten.

Jeder Mensch kann mit seiner schöpferischen Natur verbunden sein oder auch nicht – das hängt nicht davon ab, ob er ein Künstler ist. Insofern ist dieses Buch für jeden.

Dasselbe gilt auch für das Intuitive oder *Point Zero*-Malen: Es ist für jeden und jeder kann es! Um auf diese Weise zu malen, müssen wir nichts hinzulernen und nichts verbessern oder verfeinern. Keine lange Ausbildung ist nötig und keine künstlerischen Ansprüche müssen erfüllt werden, im Gegenteil – wir dürfen alle

---

1 Michele Cassou: *Point Zero – Entfesselte Kreativität,* s. Buchempfehlungen Seite 130

Urteile und hinderlichen Vorstellungen nach und nach ablegen, bis wir am *Point Zero,* dem Nullpunkt angekommen sind, an dem die schöpferische Kraft – durch uns – in die Welt drängt.

Das Intuitive Malen ist ein Abenteuer und eine Entdeckungsreise, die dem Erleben und der Befreiung unserer schöpferischen Natur dient. Die Bilder, die daraus resultieren, sind Dokumentationen eines lebendigen Prozesses und nicht zur Veröffentlichung oder Vermarktung gedacht. Erst, wenn wir wissen, dass kein Zuschauer, kein Publikum unsere Werke sehen wird, können wir uns trauen, wirklich frei zu sein.

Doch die tiefere, natürlichere Beziehung zu unserer schöpferischen Natur, die wir auf diese Weise gewinnen, kommt auch unseren künstlerischen Werken zugute. Ein Beispiel aus meinem Leben: Erst seit meinen Erfahrungen mit dem Intuitiven Malen habe ich gelernt, ein längeres kreatives Projekt wie dieses Buch bis zum Ende durchzuführen, ohne in Urteilen, Blockaden und Kompromissen stecken zu bleiben.

Die Übungen am Ende des Buches sollen als Anregung für alle dienen, die gerne etwas ausprobieren wollen. Sie illustrieren die Geschichten und Erkenntnisse im Text und machen sie erfahrbar. Vielleicht fühlen Sie sich durch die eine oder andere Übung angesprochen, in Aktion zu treten: Wie schon oben erwähnt, müssen wir die schöpferische Kraft erleben, um wirklich zu wissen, was sie ist, wie sie wirkt und wie wir mit ihr fließen können. Unsere schöpferische Natur ist so lebendig wie am Tag unserer Geburt – verdrängt vielleicht, fehlgeleitet, ungeliebt. Doch lebendig. Lassen wir uns auf sie ein, beginnt ein Abenteuer, das uns von Entdeckung zu Entdeckung in die Freiheit führt.

Im Fluss sein

2. Alles fließt

Am Anfang allen Lebens stand, so erzählt uns die Bibel, ein schöpferischer Akt, in dem Gott in sechs Tagen die Welt, die 10.000 Dinge, mich, dich und alles, was wir kennen, quasi aus dem Nichts erschuf. Am siebten Tage aber ruhte er: Die Welt war fertig. Feierabend. Schöpfungsakt beendet!

Doch stopp – das kann nicht stimmen. Ist nicht alles in ständiger Bewegung und Veränderung? Wird die Welt nicht in jedem Augenblick weiter erschaffen und geformt? Aus Samen wachsen Blumen und riesige Bäume, Sterne entstehen und verglühen, Menschen und Tiere werden geboren und sterben. Eine geheimnisvolle Kraft scheint am Werk zu sein, die unermüdlich Milliarden von Formen erschafft, die wir als die Welt wahrnehmen. Sicher, die Menschen erschaffen auch so einiges – sie bauen Autos und backen Brot, fällen Bäume und schreiben Bücher. Aber wer macht die Menschen, wer die Bäume, wer den Regen und wer die Sterne?

In alten Zeiten haben die Menschen Mythen erfunden, um das Geheimnis ihrer eigenen Existenz und der Welt zu erklären. In manchen Kulturen gab es einen Schöpfergott oder mehrere Götter, in anderen waren Tiere die Schöpfer. Sie füllten das Meer, häuften die Berge aufeinander, warfen die Sonne an den Himmel und bildeten aus Mondstaub, Schlamm oder ihren eigenen Fingernägeln den Menschen.

Unsere heutigen Mythen kommen ohne Götter oder allmächtige Tiere aus – schließlich kann der Mensch alles selbst erschaffen, erforschen und verändern. Na ja, *fast* alles, ihm fehlen nur noch ein paar wissenschaftliche Erkenntnisse. Doch ebendiese Wissenschaft hat auch festgestellt, dass der allmächtige Mensch, wenn man genau hinsieht, aus Atomen besteht, in denen winzige Teilchen im Nichts kreisen, Teilchen, die auch Wellen sein können und manchmal gar nicht da sind.

Wir blinken wie kleine Lichter auf dem weiten, dunklen Meer des Universums: Aus – an. Da – nicht da. Nichts – etwas – und wieder nichts.

Wenn wir wie Kinder immer weiter fragen, begegnen wir unweigerlich dem Mysterium, dem Unerklärlichen, dem Entstehen der Dinge (und Menschen) aus dem Nichts, ihrer Substanzlosigkeit, ihrem Auftauchen und Verschwinden. An der Basis dieser so fest erscheinenden Welt finden wir eine geheimnisvolle schöpferische Kraft, ständige Bewegung, Entstehen, Vergehen und gleichzeitig vollkommene Stille.

3. Eins mit allem

Die Schöpfung fließt und webt – auch jetzt, in diesem Augenblick – und erschafft uns, die Welt, das Leben. Nicht wie ein Schöpfergott, der neben seiner Schöpfung steht und sie wohlgefällig betrachtet, sondern ohne jede Trennung: Die Schöpfung und ihre Geschöpfe sind eins. Alles fließt aus derselben Quelle und alles *ist* die Quelle.

Alles, was wir sehen, hören, schmecken und sogar was wir denken, wird in jedem Augenblick erschaffen. Doch nehmen wir das wirklich so wahr? Ist das lebendige Fließen, das Einssein mit der Schöpfung wirklich unsere Lebenserfahrung?

Meistens richten wir unser Leben an dem Wissen und den Vorstellungen aus, die uns von unseren Eltern und der Gesellschaft überliefert worden sind und die auf einem Weltbild beruhen, in dem lauter einzelne Dinge nebeneinander existieren. Auch wir kommen uns wie fest umrissene Einzelwesen vor, die irgendwann (in der Vergangenheit) geboren wurden, irgendwann (in der Zukunft) sterben werden und sich in der Zwischenzeit bemühen, ihr Leben einigermaßen in den Griff zu bekommen.

Wenn wir alles richtig machen und irgendwann selbst richtig sind, dann werden wir Glück und Frieden finden – so glauben wir. (Was „richtig" ist, wird anhand innerer Maßstäbe entschieden, die für jeden anders sind). Alles wird wunderbar, wir müssen nur zuerst... und dann kommt die Liste der Maßstäbe und Ansprüche, die entweder wir selbst oder – je nach persönlicher Weltsicht – die anderen erfüllen müssten.

Hinter diesem Streben nach zukünftiger Perfektion steht die tiefe, oft unbewusste Überzeugung, unfähig, unzulänglich und irgendwie falsch zu sein. Man fühlt sich hilflos an eine feindliche Welt ausgeliefert. Das Leben selbst scheint gefährlich, wenn man nicht aufpasst wie ein Luchs, und am Ende steht der Tod, dem keiner entweichen kann, wenn er sich auch noch so bemüht.

Ganz schön anstrengend!

Kein Wunder, dass wir uns im Grunde unseres Wesens danach sehnen, loszulassen und wieder in den Strom der Schöpfung einzutauchen – all unsere Träume und Wünsche sind letzten Endes Ausdruck dieser Sehnsucht. Sie gründet auf dem organischen Wissen, dass dieses Fließen einst natürlich für uns war – und immer noch ist.

Die Erinnerung an das Einssein mit allem und an die Geborgenheit im Sein lebt in der Tiefe unserer Seele wie eine dunkle, kostbare Blüte, und immer wieder gibt es Lebensmomente, in denen ihr Duft uns erreicht. Dann kommt uns unser Leben plötzlich wunderbar vor und für einen Augenblick sind alle Sorgen verschwunden. Ein weiter, freier Raum scheint uns zu umgeben. Die Lebensumstände haben sich nicht geändert, die viel versprechenden Ziele sind nicht erreicht worden, und trotzdem fühlen wir uns plötzlich nicht mehr wie Fremde im Universum, sondern geborgen, ja, untrennbar eins mit allem, was ist.

Solche Momente sind häufiger, als wir vielleicht denken, nur erkennen wir sie meist nicht als das, was sie sind.

– Hör, eine Amsel singt! – oh!

– Du verlierst dich in den Augen des Geliebten.
Die Zeit steht still.

– Jemand erzählt einen Witz – was? – wie? – ach so!

– Der erste warme Tag, und plötzlich die Weite...

– In der sexuellen Begegnung plötzlich ein Fließen,
eine Welle, in der sich alle Trennungen auflösen.

– Tanzend vom Rhythmus erfasst, bewegt sich
der Körper mühelos wie von selbst.

– Im heftigsten Gewühl des Ausverkaufs ein
befreiendes Lachen – hey, so ein Quatsch!

Der enge Kokon der Gewohnheiten reißt auf, und plötzlich: Kein Innen, kein Außen, nur noch Weite.

Einen Moment lang erleben wir uns als Strömen, und all unsere Vorstellungen und Konzepte – auch das Konzept, ein getrenntes Einzelwesen zu sein – sind wie weggespült.

Manchmal dürfen wir erleben, dass uns der Schöpfungsfluss tage-, ja wochenlang so nahe ist, dass sein Rauschen unser tägliches Leben begleitet wie eine Bassnote. Das Gewebe der alltäglichen Abläufe und Routinen ist plötzlich nicht mehr so zwingend, so überzeugend, und unser Leben fühlt sich reich und beseelt an. Alles scheint möglich!

In solchen gesegneten Zeiten sind die Grenzen, die uns normalerweise vom Strom der Schöpfung fern halten, dünn und durchlässig geworden. Er ruft uns, lockt uns aus unserer kleinen sicheren Ecke, in der wir täglich unsere Kreise ziehen, und fordert uns auf, zu forschen, zu spielen, alles Bekannte infrage zu stellen und neu zu betrachten.

Plötzlich trauen wir uns, die alten Gardinen abzuhängen, ein neues Rezept auszuprobieren, unsere Arbeit zu verlassen, eine Weltreise zu machen, unserem Herzen zu folgen und selbst in Fluss zu kommen, um mitzuspielen beim großen Spiel der Schöpfung.

4. Das Spiel der Schöpfung

Es hat geschneit. Morgens liegt eine dichte weiße Decke auf Straße, Hof und Feld. Ein Kind stapft mit langsamen Schritten über die glitzernde Weite und schaut sich ab und zu über die Schulter, um die Spur zu betrachten, die es gerade erschaffen hat. Lachend lässt es sich in den Schnee fallen und klopft mit Armen und Beinen einen Engel mitten auf das Feld.

Eine Großstadtnacht mit heulenden Sirenen, bunt blinkenden Lichtern und einsamen Straßen. Im Schatten unter der Eisenbahnbrücke schmiegt sich eine dunkle Gestalt an das Gestänge und schüttelt klappernd eine Farbdose mit der freien Hand. Zischend entstehen verschlungene Formen auf dem Beton, Buchstaben, Gesichter, Lebenszeichen.

In einer kleinen, hell erleuchteten Küche streicht eine junge Frau mit einem großen, flachen Messer Schokolade um eine Torte. Jetzt die Spritztüte mit der Sahne! Punkt für Punkt entsteht eine Zackenreihe um den Tortenrand, dann ein Stern in der Mitte, der wird mit Puderzucker bestäubt, damit er leuchtet. Ein paar Mandelsplitter, Schokostreusel und zum Abschluss die bunten Kerzen – hmm, das sieht lecker aus.

In allem, was wir erschaffen, äußert sich die schöpferische Kraft. Sie fließt durch uns hindurch und klopft Engel in den

Schnee, sprüht bizarre Zeichen an Betonwände und verziert Schokoladentorten mit Sternen aus Schlagsahne. Es ist seltsam befriedigend, etwas „Eigenes" zu machen, etwas, das vorher nicht da war und uns, wenn wir es betrachten, an uns selbst erinnert. Wie Gott, der einst sich selbst zum Bilde die Welt erschuf, malen, schreiben, singen, tanzen und spielen wir, um zu spüren und uns zu erinnern, was die Welt ist und was wir selbst sind. Und je tiefer und intensiver wir uns auf das kreative Schaffen einlassen, desto weiter entfernen wir uns von allen konditionierten Maßstäben und Mustern und desto größer, ergreifender und geheimnisvoller wird unsere Erfahrung.

Eine Frau verziert eine Torte mit Schokolade und Sahne, und beim Tüpfeln und Formen kommt ihr die Inspiration, nicht einen, sondern viele Sterne zu formen, kleine und große, rund um die Torte. Ach nein, so eine Torte ist viel zu klein – wie wäre es, eine große Torte mit Sonne und Mond und rundherum zwölf kleine Törtchen mit verschiedenfarbigen Sternen zu machen?

Die Frau rührt den Teig, backt eine große und zwölf kleine Torten und hat beim Schlagen der Sahne das Gefühl, dass gar keine Sterne auf die kleinen Törtchen sollen, sondern Planeten – ja, genau, die Sonne auf die große Torte und Merkur, Venus, die Erde, Mars, Jupiter, Saturn, Uranus, Neptun und Pluto drum herum. Doch was kommt auf die restlichen drei Törtchen? Und wie stellt sie die Planeten dar?

Als die Sonne fertig ist, weiß die Frau plötzlich mit absoluter Sicherheit, dass Merkur in der Form eines Hahnes dargestellt werden muss. Keine Ahnung, warum, aber es muss ein Hahn sein – genau, und als der Hahn fertig ist, muss Venus eine Schildkröte werden, mit silbernen Schuppen, dafür nehme ich diese kleinen silbernen Perlen, die es in Süßwarengeschäften gibt. Weitere Tiere erscheinen, eines für jedes der zwölf Törtchen – nein, auf das letzte malt die Frau mit Sahne ihr eigenes Gesicht.

Da ist ihr plötzlich klar, dass ihr Gesicht das nächste Mal auf die mittlere Torte muss und drum herum dreieckige Törtchen wie Zacken.

Als das Tortengesicht mit den Strahlen fertig ist, weiß die Frau plötzlich ohne jeden Zweifel, dass die Tortenphase vorbei ist. Etwas Festeres muss her – ja, Steine. Und dieses Mal muss eine Spirale gelegt werden, mit dem dicksten Stein in der Mitte und den kleineren drum herum. Die kommt in den Garten, neben das Frühbeet. Auf die Steine müssen Gesichter gemalt werden – mit was für einer Farbe? Nein, nicht mit Farbe, das fühlt sich nicht richtig an. Es muss etwas sein, das wieder abgeht. Ach ja, Gesichter aus Lehm, die beim Regen wieder abgewaschen werden...

Und die Geschichte ist damit nicht zu Ende. Wenn ein Mensch beginnt, dem schöpferischen Fluss zu folgen – ganz gleich, ob er tanzt, malt, singt, musiziert oder japanische Gärten anlegt –, dann wird er von Abenteuer zu Abenteuer getragen. Die Kreativität nimmt ihren eigenen, unergründlichen Weg, der für jeden von uns einzigartig ist. Genau wie unser Lebensweg wird uns auch die Reise auf dem Strom der Schöpfung immer wieder überraschen. Wechselnde Uferlandschaften, breite Strömungen, Wehre, Schleusen und Engpässe fordern uns heraus, klug zu navigieren und jeden Augenblick wach zu sein. Und dann zum Schluss das Meer, das vor uns in der Sonne glitzert und sich in der Unendlichkeit verliert...

Doch Moment, so weit sind wir noch nicht! Das Abenteuer fängt ja gerade erst an!

5. Zurück in die Wirklichkeit

Was bewegt die Menschen, die nicht damit zufrieden sind, einmal im Jahr eine Torte zu dekorieren, ihre Grußkarten im Computer selbst herzustellen oder ihre Wände in Wischtechnik bunt zu streichen? Was drängt sie, von Torten auf Steine überzugehen, Kunst zu studieren, einsam am Computer ein Buch zu schreiben und sich mit der schöpferischen Kraft und allem, was sie mit sich bringt, immer wieder auseinander zu setzen?

Ich stelle mir das ungefähr so vor:

Aus irgendeinem geheimnisvollen Grund nimmt der schöpferische Fluss eine Form an, die aussieht wie ein Mensch, denkt wie ein Mensch und sich für ein eigenständiges Wesen hält. Eine Form, die aus der Einheit des gegenwärtigen Seins hervortritt und sagt: „Ich bin ein Einzelwesen und bestimme mein Leben."

Dieser einzelne Mensch – ich, du, die Frau von nebenan – lebt, arbeitet, wird älter, kriegt Kinder, die sich bald auch für eigenständige Wesen halten, und ist doch die ganze Zeit eins mit allem, mit dem Ganzen, mit dem schöpferischen Strom des Lebens.

Das spüren wir vielleicht nicht, jedenfalls nicht direkt, aber die Einheit, die mächtiger ist als all unsere Vorstellungen, ruft uns leise und unnachgiebig zu sich zurück. Sie lässt nicht locker. Ihr Ruf ist immer präsent, und jeder von uns nimmt ihn ständig wahr – als vage Ahnung, dass uns etwas Wichtiges fehlt. Und das tut es ja auch: Wir vermissen das eindeutige Gefühl, wirklich gegenwärtig zu sein, geborgen zu sein, eins zu sein mit dem Mysterium des Seins.

Meistens wissen wir nicht, warum wir so selten wirklich zufrieden sind. Wir schieben es auf die äußeren Umstände, die ja, wie wir alle wissen, immer wieder Anlass zu Beschwerden bieten. Und egal, was wir tun, egal, wie viele schöne Dinge uns zufallen – früher oder später holt uns die Unzufriedenheit wieder ein.

Die Stimme der Schöpfung gibt keine Ruhe, solange wir uns nicht als Teil des Ganzen erfahren. Sie flüstert, lockt, singt und schreit, sie spricht viele Sprachen. Jeder von uns wird gerufen, und jeder reagiert auf seine Weise:

Manche laufen von Verliebtheit zu Verliebtheit, denn selten sind wir der Schöpfungskraft so nahe, wie in der Liebe und in der sexuellen Verschmelzung.

Manche verlegen sich darauf, Dinge anzusammeln – Geld, Apparate, Möbel, Kleider, Aktien, Autos –, um sich daran festzuhalten und bei jeder Neuanschaffung für einen kurzen Augenblick das Glück zu erleben, im Fluss zu sein.

Manche verwickeln sich in Strategien zur Selbstverbesserung – wenn sie nicht so hässlich, dumm, hilflos oder falsch wären, würde ihnen das Glück geschenkt, wieder eins mit dem schöpferischen Strom zu sein.

Manche versuchen, die Zugehörigkeit zur Schöpfung mit Macht wieder zu erlangen. Wenn ich alles kontrolliere, sagen sie, dann wird dass Leben endlich wieder so, wie ich es gerne hätte.

Manche beginnen, in Seminaren oder Therapien die alten Muster, Vorstellungen und Überzeugungen auszuräumen, die sie daran hindern, sich eins mit der schöpferischen Lebenskraft zu fühlen.

Manche versuchen es mit Drogen und Alkohol.

Manche – und das sind die meisten – kennen all diese und noch andere Arten, die verlorene Einheit wieder zu finden. Wenn man genau hinschaut, kann man in jedem menschlichen Bestreben die Sehnsucht erkennen, wieder im Einklang mit dem Schöpfungsstrom zu fließen. Sie dient als Antrieb, als Hoffung, als zündender Funke, der uns immer wieder befähigt, die alt vertraute Landschaft unseres Lebens infrage zu stellen und neue Horizonte zu ahnen, zu suchen und manchmal zu finden.

Ja, und dann gibt es jene, die von der schöpferischen Kraft gedrängt werden, sich selbst als Schöpfer zu erleben. Das sind die Malenden, Tanzenden, Singenden, Spielenden, Sie und ich, alle, die dieses Buch lesen.

Immer, wenn wir selbst zu Schöpfern werden, können wir erleben, dass sich die Schleier lüften, die sich zwischen uns und unser wahres Wesen gelegt haben. Für einen Augenblick, eine Ewigkeit, sind wir im Zentrum der Schöpfung angekommen. Unser Herz wird weit, alles strömt, wir sind beschwingt, beglückt und wissen oft gar nicht, warum: Das Bild ist doch noch nicht fertig, das schöne Ziel noch gar nicht erreicht! Trotzdem geht es uns plötzlich so gut, fühlen wir uns so lebendig und frei.

Für einen Augenblick haben wir uns auf das Strömen eingelassen und alle Ziele abgelegt. Wir sind einfach nur da, wo wir sind. Dieser Augenblick, in dem wir dem Strom der Schöpfung

Form und Farbe verleihen, ist magisch – ein Tor öffnet sich, und alles, was wir je wollten, ist plötzlich da.

Die gute Nachricht: Wir brauchen keine Künstler zu sein, um dieses Tor zu öffnen. Es reicht, ein Blatt Papier, einen Pinsel und ein paar Farben zu nehmen und einfach anzufangen*.

* Kapitel 17, Übung 1

6. Ein kreativer Weg

„Einfach anfangen?", sagen Sie jetzt vielleicht, „schön, wenn das so einfach wäre!"

Es scheint, als gäbe es bestimmte Menschen, „Künstler", die einfach losmalen oder schreiben können, und daneben die anderen, unbegabten, die besser die Finger davon lassen.

Nun, ich glaube, ich sollte an dieser Stelle meine eigene Geschichte mit der Kreativität erzählen:

Schon als ich klein war, wollte ich Künstlerin werden.

Keiner malte so schön wie ich, keiner erzählte spannendere Geschichten, entwarf lustigere Theateraufführungen und nähte ungewöhnlichere Puppenkleider. Eltern und Erwachsene lobten mich und stellten mich den anderen Kindern als Vorbild hin. In der Schule ging das so weiter.

Fast alle Lehrer sagten mir eine schöpferische Karriere voraus. Sie sahen mich schon als Malerin, Journalistin, Schriftstellerin oder am Theater und überzeugten mich, dass ich sehr begabt war.

Nach dem Abitur gab ich meine Mappe an einer Kunstschule ab, bestand die Prüfung mit Leichtigkeit und meinem weiteren Werdegang schien nichts mehr im Wege zu stehen.

Doch anstatt zu lernen und aufzublühen, wurde ich immer verwirrter. Die Dozenten schienen zu wissen, was *wirklich* Kunst war und was nicht. Sie beurteilten meine Werke anhand geheimer Maßstäbe von gut oder schlecht, richtig oder falsch, die ich nicht verstand. Ich bemühte mich, irgendeine Gesetzmäßigkeit hinter ihren Urteilen zu entdecken, um endlich alles richtig zu machen und eine gute Künstlerin zu werden.

Wie ich es in der Schule gelernt hatte, arbeitete ich auch hier für gute Zensuren und entfernte mich immer weiter von mir selbst und meinem Zugang zur Quelle der Schöpfung.

Mir war nicht bewusst, dass ich meine Kreativität von Kindheit an den kritischen Augen der anderen geopfert hatte. Meine Bilder mussten aufgehängt und meine Gedichte gelobt werden. Meine Kreativität musste mir von anderen bestätigt werden. So kannte ich es und so brauchte ich es. Fremde Maßstäbe entschieden über den Wert meiner Schöpfungen. Ich war vollkommen abhängig vom Wohlwollen meines Publikums, und als mir dieses Wohlwollen an der Kunstschule nicht mehr automatisch zuflog, zweifelte ich an mir selbst, meiner Begabung, meiner Lernfähigkeit und meinem geplanten künstlerischen Lebensweg.

Nach zwei Jahren packte ich meine Sachen, gab meine Wohnung auf und verließ die Schule, ohne mich zu verabschieden.

Erst Jahre später wurde mir klar, dass all die offensichtlichen und – mehr noch – die verborgenen Ansprüche meine schöpferische Natur so massiv unterdrückt hatten, dass ihr kein Spielraum mehr blieb. Mein Verständnis von Kreativität war mir zum Gefängnis geworden, und ich musste eine völlig neue Sicht erwerben, um wieder frei zu werden: Ich musste (und muss immer wieder) quasi bei Null anfangen und alles beiseite stellen, was ich je über Kunst und Kreativität gelernt habe. Nur so kann ich den schöpferischen Fluss in mein Leben einladen, ohne Bedingungen zu stellen, kann mich ihm anvertrauen, ohne gleich ein Ziel im Sinn zu haben.

Im Rückblick kann ich sehen, dass die Schöpfungskraft auch in schwierigen Zeiten immer präsent war. Sie verbarg sich in Hindernissen und schmerzhaften Krisen, die mich zwangen, mehr Freiheit in mein Leben zu lassen. Sie sprach zu mir aus Büchern und morgens, kurz vor dem Erwachen, aus Träumen. Sie schickte mir Erlebnisse, die plötzlich eine Tür öffneten, und sandte mir Boten, die in mein Leben schneiten und mich verwandelt zurückließen.

Sie arrangierte Begegnungen wie vor einigen Jahren, als ich auf einem Kongress im oberbayerischen Garmisch den Vortrag der französischen Malerin Michele Cassou hörte.

Ich war als Übersetzerin dort und hatte eher „zufällig" den Weg in einen Vortrag gefunden, in dem es um Kreativität gehen sollte. Gebannt saß ich im Halbdunkel des großen Auditoriums, lauschte dem Bericht der Vortragenden über ihren eigenen kreativen Weg und sah die Diashow mit den Augen eines Menschen, der gerade Zeuge eines Wunders wird.

Ja, genau, das ist es, flüsterte meine schöpferische Natur aufgeregt.

Hier war das Puzzlestück, das mir gefehlt hatte!

Mein jahrelanges Ringen mit der schöpferischen Kraft, meine Frustrationen, meine Hilflosigkeit – all das fiel plötzlich in einen größeren Zusammenhang, und ich konnte das Weben der Schöpfung in allem erkennen. Ich spürte ihre Einladung, zu spielen, zu malen und zu schreiben, ohne gleich zu wissen, was am Ende herauskommen würde, ja, ohne dass es „Kunst" werden musste. „Ich bin hier", hörte ich den Schöpfungsstrom flüstern, „spring einfach rein und fang an! Und wenn es nicht weiter geht, bin ich nicht weg – du musst nur den richtigen Schlüssel finden, um wieder mit mir zu fließen. Hör gut zu, was da vorne erzählt wird. Das ist der Schlüssel!“

Ich spürte, dass sich endlich ein Tor geöffnet hatte, vor dem ich schon viele hundert Mal wieder umkehren musste und vor dem ich auch meine Seminarteilnehmer immer wieder stehen sehe. Das Tor wird von unseren Vorstellungen, Zweifeln und Urteilen gebildet und behindert den Zugang zu der freien Bewegung unserer schöpferischen Natur. Es schneidet uns von unserer Kreativität ab, doch wie jedes Tor kann es geöffnet werden. *Wir* können es öffnen: Indem wir lernen, mit den einschränkenden Überzeugungen umzugehen, aus denen es besteht, erwerben wir die Macht, das Tor in die Freiheit immer wieder aufzustoßen und in das Mysterium der Schöpfung zu treten, Schritt für Schritt.

In der Nacht nach dem Vortrag träumte ich von den Bildern der Diashow, und als ich Michele Cassou morgens beim Frühstück im Hotel begegnete, sprach ich sie an. Ich hatte etwas Wichtiges erhalten und wollte es nicht wieder verlieren – ich wollte es erfahren, umsetzen, leben. Schon bald übersetzte ich Micheles Buch, das sie in ihrem Vortrag vorgestellt hatte, und begann seit langem wieder regelmäßig zu malen. Ich malte ein Bild, dann das nächste und noch eins. Oder richtiger: Ich malte einfach, und der schöpferische Strom trug mich von Bild zu Bild, von Ausdruck zu Ausdruck und immer weiter.

Wie im Leben gab – und gibt – es weiterhin Krisen, Blockaden und Frustrationen, doch sehe ich sie jetzt in einem anderen Licht. Auch der schöpferische Strom hat Wehre, Schleusen, Sumpfgebiete. Manchmal versickert er in der Wüste und fließt unterirdisch weiter. Manchmal ruht er für eine Weile als großer, stiller See. Manchmal steigen seine Wasser auf und werden zu

Wolken, die später auf Gärten, Städte und Meere regnen. Formen entstehen und vergehen, doch des Fließens ist kein Ende: Wer hätte gedacht, dass ich heute, fünf Jahre später, das Wissen weitergebe, das ich damals erhielt und mir beim Malen, beim Schreiben und im Leben zu Eigen machte.

Nun sitze ich hier und schreibe mein zweites Buch. Das erste entstand, nachdem ich entdeckt hatte, dass es mich nicht umbringt, die alten Vorstellungen loszulassen und dem Schöpfungsstrom zu vertrauen.

Ist es nicht verrückt, denke ich, dass sichtbare Resultate wie zum Beispiel Bücher durch mich erscheinen, nachdem ich gelernt habe, nicht mehr auf Resultate zu schielen? Meine früheren Lehrer würden sich freuen, sie haben ja immer gewusst, das aus mir mal eine Künstlerin wird: „Sie hat zwar etwas lange gebraucht, aber besser später als nie!"

„Vielen Dank", würde ich dann sagen, „aber beim nächsten Mal bringen Sie mir bitte gleich bei, was es mit der Kreativität auf sich hat. Und falls Sie immer noch Lehrer sind: ich glaube, davon könnten alle Kinder profitieren!"

7. Was, einfach malen?

Immer, wenn ich in meinen früheren Seminaren die Malblöcke auspackte und die bunten Kreiden auf den Tisch legte, ging eine Welle des Entsetzens durch den Raum. „Was, malen? Ich kann nicht malen!"

Fast alle Menschen verwechseln das Malen mit der Produktion von künstlerischen Werken, die anderen gefallen, von der Kritik gelobt werden, viel Geld einbringen und vielleicht einmal im New Yorker Guggenheim Museum oder der Münchner Pinakothek der Moderne hängen.

Die zu Mythen erstarrten Lebensgeschichten der großen Maler haben uns gelehrt, dass zum Malen ein gewaltiges Talent, Leidenschaft bis zum Getriebensein und ein langjähriges Studium gehören, in dem man Perspektive, fotografisch perfektes Abmalen von Gegenständen und viele wichtige Methoden lernt.

Doch um den Schöpfungsstrom als Realität zu erfahren, brauchen wir nichts von alledem: Malen kann jedes Kind. Auch wir haben einmal frei gemalt, ohne daran zu denken, ob das, was aus unserem Stift oder Pinsel floss, Kunst war oder nicht.

Zum Malen brauchen wir keine Grammatik, keine Fingerübungen, keine Technik. Anders als beim Schreiben oder Musizieren müssen wir keine Regeln pauken und kein Instrument beherrschen. Wir haben keine Ausreden, müssen nicht erst noch etwas dazulernen. Solange wir wissen, wie man einen Pinsel hält, ihn mit Farbe füllt und die Farbe zu Papier bringt, sind wir dabei.

Wir treffen uns an einem Ort, wo Platz für Papier und Farbe ist – vielleicht am Küchentisch, am Schreibtisch oder an der Staffelei. Das leere Blatt liegt vor uns, und für einen Augenblick legen wir all unsere Vorstellungen beiseite. Wir tauchen den Pinsel ins Wasser, tupfen ihn am Rand des Glases ab und nehmen uns von der roten (blauen, grünen, gelben, schwarzen ...) Farbe, je nachdem, welche uns gerade anspricht. Ein tiefer Atemzug – und schon setzen wir unser erstes Zeichen auf das Blatt. Einen Punkt, einen Kreis, eine kleine rote Figur. Plötzlich ist da eine Form, wo vorher nur eine 50 x 70 cm große weiße Fläche war (oder wie groß ist Ihr Zeichenblock?). Ist das nicht ein Wunder? *

Schon möchte ein Kreis hinzukommen, eine Linie, eine Fläche, ein Quadrat. Oh, eine Hand! Und daneben eine Wolke, die muss ganz dick werden, und ganz hell – ja, hellgelb. Und jetzt ein gelber Hund mit einem buschigen Schwanz. Ich weiß nicht, wie man einen Hund malt, aber ich fange einfach mal mit dem Schwanz an, dann wird der Rest schon kommen.

Oh, das wird aber ein großer Hund, der füllt ja das ganze Blatt aus! Ach so, in seinem Bauch sind Häuser und Bäume. Und zuerst kommt der größte Baum, der steht in der Mitte. Daneben das Haus, ach nein, das soll jetzt eine Hundehütte werden. Lila muss die sein.

Wir verlassen uns auf unsere Lust. Auf das, was sich *jetzt* und immer wieder jetzt richtig anfühlt. Diese Unschuld brauchen wir, um uns einen Raum zu erobern, in dem wir nichts gut oder schlecht machen können, weil es kein gut oder schlecht gibt.

---

* s. Kapitel 17, Übung 2

Wir malen ohne Ziel, ohne Stil, ohne Absicht. Wir malen, wie wir es einmal konnten, bevor unsere Bilder gelobt, kritisiert oder interpretiert wurden. Schließlich wollen wir weder mit Kandinsky wetteifern noch eine Ausstellung machen oder unsere Werke verkaufen.

Kein Kritiker wird sie je zu sehen bekommen. Niemand muss erkennen, was sie darstellen, keiner wird uns sagen, dass sie zu bunt oder nicht bunt genug, zu hässlich, kindlich, kitschig, albern oder laienhaft sind, und keiner wird sie loben und damit einen Maßstab für weitere Erfolge setzen.

Was will das werden? Eine Wolke? Und eine gelbe Sonne in der Ecke? Das kann ich doch nicht malen, mein Gott, so malt meine kleine Tochter. Na gut, warum eigentlich nicht! Ach so – neben der Sonne kommt ein schwarzes Loch – ach so, das führt in eine Höhle, die zieht sich nach links unten und da glitzern bunte Sterne, nein, das sind Reklametafeln an einem großen Platz, oh, Wolkenkratzer. Aha, aus dem einen springt ein Tiger, auf dem sitzt eine Frau – eine nackte Frau, die hat ganz dicke Brüste und hält ein Baby. Nein, kein Baby, es ist ein kleiner alter Mann. Warum kommen mir jetzt die Tränen? Macht nichts, weine ich eben beim Malen. Oh ja, und der ganze Himmel muss rot werden wie Feuer. Lauter kleine Flammen. Wenn ich jetzt drüber nachdenke, was das bedeutet, fange ich an, aus dem Kopf zu malen. Also atmen, fühlen und weiter.

Wir malen einfach, bis wir früher oder später aus dem Fluss kommen. Das ist anscheinend unvermeidbar – unsere Innenwelt ist so beschaffen, dass wir zu Beginn nur kleine Freiheitsstrecken erleben dürfen, bevor unsere innere Urteilsmaschine zuschlägt. Und hier nun das Paradox: Es gibt nichts zu lernen, und es gibt doch etwas zu lernen.

Kreativität brauchen wir nicht zu lernen. Wir legen sie einfach wieder frei, lassen uns auf sie ein und machen unsere Erfahrungen mit ihr. Doch wir müssen lernen, alles, was unsere schöpferische Natur davon abhält, sich ungehindert auszudrücken, aus dem Weg zu räumen. Bei manchen ist das die Gewohnheit, jeden Strich und jede Form zu interpretieren, bei anderen der Zwang, nur schöne Bilder zu malen – die behindernden Muster haben viele Gestalten. Solange wir sie nicht durchschauen, halten wir sie für hilfreiche Kritik, wichtige Analysen, künstlerische Zielsetzung und lassen uns von ihnen nur zu gerne einschüchtern.

Es ist nicht immer einfach, unsere inneren Hindernisse als solche zu erkennen – wir sind sozusagen betriebsblind. Doch vielleicht bringt dieses Buch etwas mehr Licht in Ihr schöpferisches Tun (und Ihr Leben) und zeigt Ihnen, dass der Strom der Schöpfung auch für Sie unaufhaltsam fließt. Je öfter wir in ihn eintauchen, desto klarer können wir die behindernden Stimmen und Muster identifizieren, durchschauen und transformieren. Auch sie sind einstige Schöpfungen, und die kreative Energie, die sie einmal schuf, wirkt immer noch in ihnen. Wenn wir ihre Befehle infrage stellen, anstatt blind auf sie zu reagieren, können wir zu ihrem kreativen Kern vorstoßen und die in ihm enthaltene Energie für uns nutzen.* So werden sie zu einem wichtigen Teil des schöpferischen Prozesses, zu Herausforderungen, die uns zu größter Präsenz anspornen. „Was, malen?“, können wir dann sagen, „das bringt mich immer an meine Grenzen. Spannend!
Mal sehen, was auf der anderen Seite der Mauer ist!“

* s. Kapitel 17, Übung 10

8. Kleckse machen oder die Angst vor dem leeren Blatt

Es hat geschneit.

Ich weiß, ich habe schon ein früheres Kapitel mit denselben Worten begonnen. Aber wissen Sie – ich erlaube mir das. Während ich dieses Kapitel schreibe, schneit es hier, in Oberbayern, Tag und Nacht. Jeden Morgen darf ich Schnee schaufeln, jeden Abend hoffen, dass ich am nächsten Tag mein Auto aus der Garage bekomme. Der Schnee bezaubert, langweilt, ärgert und inspiriert mich. Also darf er noch einmal erscheinen. Sie und ich wissen, es gibt tausend Arten, über den Schnee zu schreiben. Hier eine zweite Möglichkeit:

Es hat geschneit.

In der Nacht ist leise der Winter gekommen und hat Dächer, Straßen, Autos und Bäume unter einer weißen, flauschigen Decke versteckt. Beim Aufwachen bemerkt man zuerst das bläuliche Licht oder die veränderten, gedämpften Geräusche.

Der Nachbarin, die ihre Autoscheiben frei kratzt. Das rhythmische Hussch und Flappsch der Schneeschaufeln.

Das Lachen und Schreien der Kinder auf dem Schulweg, die sich mit Schneebällen bewerfen und jede noch unberührte Fläche mit ihren Fußstapfen markieren.

Die Faszination einer frischen Schneefläche: Eine Einladung, Spuren zu hinterlassen, Zickzacklinien zu entwerfen, Kreise und Spiralen zu ziehen, Quadrate flach zu trampeln und sich schließlich ganz fallen lassen, um mit Armen und Beinen einen Engel zu erschaffen. „Hallo, Welt! Ich war hier!“

Auch frisch gestrichene Hauswände, neu errichtete Mauern und weiß überklebte Plakatwände laden geradezu zum Beschmieren und Verzieren ein!

Oder ein Teller voll Pudding mit Erdbeersoße (Straßen und Kanäle bauen), ein weißes Laken auf der Leine, das im Wind knattert (Erde und Sauerkirschen darauf werfen), ein frisch gebügeltes Sonntagskleid (mit Schokoladentorte beschmieren), ein neues, glänzend lackiertes Auto (Muster reinkratzen), eine neu geteerte Straße (Linien und Punkte in den noch warmen Teer ziehen), der Rücken des Freundes am Strand (mit Sonnenöl Herzen draufmalen) und eine kahle Höhlenwand (mit rotbraunem und schwarzem Pigment Stiere, Pferde und kleine menschliche Figuren aufleben lassen).

Bei einem meiner längeren Malkurse wurde mittags für uns gekocht, und als am Wochenende der Kindergarten geschlossen war, brachte unsere Köchin ihre dreijährige Tochter Sarah mit. Schon bald wanderte das Mädchen von der Küche in den Malraum und begann mit sehnsüchtigen Augen auf die Farben und Pinsel zu schauen. „Möchtest du gerne mitmachen?“ Ja, unbedingt, sofort, jetzt gleich – all das drückte ihr schüchternes Nicken aus.

Ein Tischchen wurde hergezaubert, ein Zeichenblock und eine Hand voll Buntstifte tauchten auf und mit heiligem Eifer begann Sarah zu malen. Eine halbe Stunde verging, eine Stunde – tief versunken in ihre Schöpfungen füllte die kleine Künstlerin

Bild um Bild mit Leben. Und dann, plötzlich, war es genug. Gastspiel beendet. Etwas anderes tun: Möhren schälen, etwas trinken, draußen auf dem Rasen Gänseblümchen pflücken.

Kleine Kinder haben noch keine Angst vor dem leeren Blatt, der weißen Fläche. Sie kritzeln. Sie klecksen. Sie ziehen kühne Linien. Zunge im Mundwinkel, ganz konzentriert, wissen sie genau, was sie malen wollen – welche Farbe, welche Form, welche Menschen, Tiere, Gegenstände.

Es fällt ihnen noch leicht, die Umgebung mit ihren Krakeln zu prägen – so leicht, dass sie oft gestoppt werden müssen, damit es keinen Ärger mit dem Nachbarn gibt (das neue Auto) und die frisch gestrichenen Wände nicht sofort mit Häusern und Flugzeugen voll gekritzelt werden.

Für sie ist es dasselbe, zu spielen oder sich kreativ auszudrükken. Spielend erschaffen sie ganze Welten und lassen sie dann sang- und klanglos wieder untergehen. Ein neuer Moment, eine neue Idee, eine neue Welt ist dran. Ein Bild wird gemalt, ist dann eindeutig fertig und das nächste wartet schon.

Auch als Erwachsene kennen wir noch die Lust, leere Flächen, die uns anlächeln wie frisch gefallener Schnee, mit Mustern zu versehen. Auf die beschlagene Autoscheibe unseren Namen zu malen. Beim Telefonieren die Schreibunterlage zu verzieren. Den dunklen Himmelshintergrund mit buntem Feuerwerk zu beleben.

Sicher, wir halten uns meistens im Zaum und sehen die Welt durch die Brille der Vernunft, nicht mit den Augen des Schöpfers, der eine interaktive, Form gebende Beziehung mit ihr eingeht. Doch tief in uns lebt immer noch das malbegierige Kind, dem es in den Fingern juckt, den Dingen einen eigenen Stempel aufzudrücken, sich mit Farben und Formen zu verewigen, die Innen- und Außenwelt abzubilden und immer neue Spuren zu hinterlassen.

Wenn im Atelier oder beim Malkurs das leere Blatt vor uns liegt, siegt zunächst meistens die Vernunft. Sie ist es gewohnt, unser Leben zu bestimmen, und will das auch jetzt gerne tun. „Gut", sagt sie dann, „das hier ist ein Blatt Papier, und deine Aufgabe ist es, Kunst zu machen. Lass uns überlegen – wie sollen wir das tun? Es muss natürlich gut werden, künstlerisch, und auch irgendwie schön. Gar nicht so einfach!"

Das freie, spielfreudige Kind in uns verkriecht sich in eine dunkle innere Ecke und schweigt gelähmt.

Mutter, Vater, Lehrer, große Schwester, Tante – sie alle schauen uns über die Schulter und geben ihre Kommentare ab:

„Was malst du da?"

„Das wird sicher ein Elefant! Soll ich dir mal zeigen, wie man den Rüssel malt?"

„Warum malst du immer so schreckliche Sachen? Geht es dir nicht gut?"

„Willst du wirklich eine Katze malen? Kannst du denn die Proportionen? Das musst du erstmal eine Weile üben!"

„Was, schon wieder ein Haus? Fällt dir denn gar nichts Neues ein?"

„Ach, abstrakt nennst du das. Schöne Ausrede dafür, dass du einfach keine Gegenstände malen kannst."

„Das ist doch keine Kunst, was du da machst."

... und so weiter.

Nichts lieben unsere inneren Kunstkritiker und Vernunftapostel mehr als die weiße Leinwand, das leere Blatt, unsere Angst, womöglich etwas falsch zu machen. Sofort lassen sie uns wissen, dass wir uns sehr, sehr viel – wahrscheinlich zu viel – vorgenommen haben. Aber sie werden uns gerne helfen – mit ihren Urteilen, Einwänden und Vorschlägen, die zumindest eines immer erreichen: Uns weit von unserer spontanen, schöpferischen Natur zu entfernen.

Nun bestimmen *sie*, was Malen ist – und schon werden wir unsicher, vertrauen unserem ersten Impuls nicht mehr und verlieren auf diese Weise den Kontakt zu uns selbst.

Die Stimmen und Gegenstimmen haben uns in der Hand, und wir quälen uns, mühen uns ab und sind unglaublich erleichtert, wenn wir endlich den Pinsel beiseite legen dürfen. Ich habe es doch immer gewusst, können wir dann sagen, Kreativität ist nichts für mich.

In meinen Kursen besteht ein großer Teil des Lernens darin, die kritischen inneren Instanzen, von denen schon im letzten Kapitel die Rede war, wahrzunehmen, zu identifizieren und ihnen die Macht zu nehmen. Wir haben ein Recht auf unsere schöpferische Freiheit! Und das gilt für jeden, ausnahmslos: Es gibt keine unkreativen Menschen, nur solche – und das sind die meisten –, deren Kreativität mehr oder weniger blockiert und von Einwänden und Urteilen überlagert ist. Soll das so bleiben?

Wir können nicht wirklich malen, schreiben, spielen, ohne uns unserer Intuition anzuvertrauen, und deren leise Stimme wird erst hörbar, wenn wir nicht mehr automatisch unseren inneren Besserwissern folgen.* Um beide voneinander unterscheiden zu können, müssen wir sie zuerst kennen und erkennen lernen. In den folgenden Kapiteln werde ich deshalb unsere inneren Kritiker aus verschiedenen Perspektiven beleuchten, anschauen, wie sie entstehen, und im Übungsteil am Ende des Buches Tipps geben,

* s. Kapitel 17, Übung 13

wie Sie ihrer Herr werden können. Doch auch die Intuition wird nicht zu kurz kommen. Ich werde immer wieder auf sie hinweisen und Anregungen geben, wie Sie ihre intuitiven Fähigkeiten fördern können.

Meine Mutter erzählte gerne von einem ostpreußischen Brauch, bei dem die Gastgeberin zu Beginn des Festmahls (Porzellan mit Goldrand, Kristallgläser, Rosengebinde, Tischkarten, fünf Sorten Besteck, die Gäste in Abendkleidung, betörender Duft aus der Küche) die Rotweinflasche nahm und mit Schwung eine dicke Tropfenspur auf die frisch gemangelte Damasttischdecke schleuderte. „Herzlich willkommen“, hieß das, „esst, trinkt und sorgt euch nicht um die Kleckse!“

Genauso können wir mit dem leeren Blatt umgehen: Wir machen den ersten Klecks. Und noch einen. Und jetzt eine Linie, eine Schlange, einen violetten Baum. Wie der Held oder die Heldin im Märchen gehen wir auf eine Art Pilgerreise, ohne zu wissen, was uns erwartet. Eins ist sicher: Wir werden Drachen und Monstern begegnen, hilfreiche Geister werden uns zur Seite stehen, und immer wieder wird es goldene Äpfel regnen. Der Schatz, den wir auf diese Weise erwerben, enthüllt sich mit jedem Schritt, den wir tun, und mit jedem Klecks, den wir wagen.

9. Die Kunst, Hindernisse zu bauen

Eine gute – vielleicht die beste – Möglichkeit, den inneren Lähmungsexperten weiterhin die Macht zu geben, ist es, gar nicht erst mit dem Malen, Spielen, Leben anzufangen, sondern die schöpferische Kraft darauf zu verschwenden, Hindernisse zu bauen.

Das geht dann so:

Zuerst war da der Wunsch, etwas zu gestalten.

Die Idee und die Lust.

Dann die Entscheidung: Hey, ich mache das!
Ich wollte immer schon mal...

Schließlich der richtige Zeitpunkt, die Gelegenheit.

Und – das leere Blatt, die Leinwand, der Augenblick, in dem es losgeht.

Nun ja, losgehen könnte, wenn da nicht die Einwände wären...

Einwand Nr. 1

Ach, die Welt ist so *voll* mit Dingen, Büchern, Bildern. Die Werke von Picasso, tausende von Gemälden, Skulpturen, Zeichnungen. Der war wenigstens begabt. Hat aber auch viel früher angefangen. Und studiert hat er auch. Für mich ist es zu spät. Ja, wenn ich damals den Mut gehabt hätte, Kunst zu studieren – aber die haben es mir ja ausgeredet. Was soll ich in meinem Alter noch anfangen. Da lachen ja die Hühner!

Einwand Nr. 2

Ich weiß, dass ich begabt bin. Ziemlich sogar. Ich kann viel besser malen als der Typ, der neulich bei meinem Zahnarzt im Wartezimmer eine Ausstellung hatte. Mein Gott, sich so zu blamieren! Das wird mir nicht passieren! Ich fange erst an, wenn ich wirklich perfekt bin. Vielleicht in ein, zwei Jahren.

Einwand Nr. 3

Mir fällt sowieso nichts ein. Mir ist noch nie was Gutes eingefallen.

Einwand Nr. 4

Ich bin nicht kreativ. Macht doch nichts, es muss auch Zuschauer (Leser, Hörer, Bewunderer) geben.

Einwand Nr. 5

Ich glaube, es lohnt sich jetzt nicht, Farben und Papier rauszuholen. Da liegt noch die angetrocknete Palette von vorgestern. So eine Vergeudung. Oder soll ich heute mal nur in einer Farbe malen? Dann sind nachher nicht so viele Reste übrig. Nur rot? Ach nee, nicht besonders prickelnd. Ich wasche lieber mal die Pinsel richtig aus, dann sind sie morgen gleich gebrauchsfertig. Ach, und wo ich schon dabei bin, kann ich gleich den Fußboden wischen.

Einwand Nr. 6

Letzte Woche wusste ich noch genau, wie ich weitermalen wollte. Hätte ich auch tun sollen. Stattdessen stehe ich hier vor diesem blöden Bild und weiß gar nichts mehr. Ich könnte es in Stücke schneiden und in den Papierkorb werfen. Sollte ich auch tun, ich bin eh nicht begabt – sonst würde ich nicht ständig diese Krisen haben.

Einwand Nr. 7

Das letzte Bild, das ich gemalt habe, ist richtig klasse. Alle, die es gesehen haben, sind begeistert und sagen: Mach weiter so, aus dir wird noch mal was. Ehrlich gesagt, war es wahrscheinlich nur ein Zufallstreffer. So etwas Schönes gelingt mir nie wieder. Ich weiß ja nicht mal, wie ich das nächste Bild anfangen soll, jeder Strich kommt mir so albern vor. Na ja, blindes Huhn findet auch mal 'n Korn, aber das war's dann auch.

Wenn Ihre Einwände immer wieder den Sieg davontragen, ist es jetzt an der Zeit, sie genauer kennen zu lernen: Ist Ihnen eigentlich klar, wie albern viele von ihnen klingen? Hören Sie doch mal genau hin, was für fadenscheinige Gründe Sie daran hindern sollen, den Schritt nach innen zu tun und Ihrer schöpferischen Natur etwas mehr Raum zu geben. Kommt Ihnen das nicht langsam etwas blöd vor? *

Und noch etwas: Jeder Einwand, jede urteilende Stimme, jeder innere Grenzposten, Richter oder Spaßverderber wurde einst von uns selbst erschaffen. Sie alle sind unsere kreativen Schöpfungen, denen wir irgendwann die Macht gegeben haben, unser Leben, unsere Handlungen und unsere Grenzen zu bestimmen. Wir lassen uns von unseren eigenen Kreaturen regieren.

* s. Kapitel 17, Übung 4

Wenn wir uns dessen bewusst werden, können wir uns endlich darauf besinnen, wer der Herr oder die Herrin im Haus ist – wir selbst!

Sicher, es ist vielleicht nicht einfach, vom Sklaven zum Herrn zu werden und in unserem Leben wie in der Kreativität die Verantwortung zu übernehmen. Zu lange haben wir uns von den Einflüsterern gängeln lassen, zu lange uns als Opfer (unserer Unfähigkeit, der Umstände, der anderen) gefühlt: Wir wissen oft gar nicht, wie es ist, selbst die Macht zu ergreifen und zur bestimmenden Instanz in unserem Leben zu werden.

Eins ist sicher: Wernn wir das Sagen haben, folgen wir nicht dem Beispiel der inneren Richter, Druckmacher und Urteilsverkünder. Wir beginnen nicht, uns mit besseren Zielen, wichtigeren Plänen und perfekteren Ansätzen unter Druck zu setzen, sondern üben von Anfang an, uns unserer schöpferischen Natur anzuvertrauen. Der einzige Plan, den wir machen müssen, ist der, immer wieder Gegenwärtigkeit, Achtsamkeit und Wachheit zu üben – den Rest erledigt die Schöpfung selbst.* Sie ist die Quelle unserer Macht, die bestimmende Kraft, die ursprüngliche Impulsgeberin. Im Einklang mit ihr können wir endlich aus voller Kraft malen, selbstbestimmt leben, uns zu unserer wahren Größe entfalten und Berge versetzen.

* s. Kapitel 17, Übung 5

10. Mut zur Lücke

Vor Jahren las ich eine Kurzgeschichte, in der ein junger Büroangestellter sich in seine Kollegin verliebte, die ihm am Schreibtisch gegenüber saß.

Den ganzen Tag stellte er sich vor, wie er sie nach Büroschluss ansprechen würde, abends schrieb er ihr Liebesbriefe, die er alle verbrannte, und in der Nacht träumte er von ihr.

Am Ende der Geschichte hatte er seiner Angebeteten immer noch nicht gestanden, wie es um ihn stand, und es schien, dass er im Grunde seines Herzens ganz froh darüber war. Je länger er sich die mögliche Liebesgeschichte in der Fantasie ausmalte, desto schöner und beglückender wurde sie – und es wäre doch zu schade gewesen, eine solch vollkommene Liebe einer ungewissen Realität zu opfern.

Oft gleichen unsere Träume von der Erfüllung unserer Sehnsüchte und dem glücklichen Leben, das uns irgendwann in der Zukunft zustehen wird, den Fantasien dieses Angestellten. Wir schieben den Augenblick hinaus, in dem unsere Träume endlich wahr werden und wir wieder verbunden sind mit dem, was wir lieben.

Dabei sitzt uns unsere Geliebte, die schöpferische Kraft, nicht einmal am Schreibtisch gegenüber. Sie pulsiert in jeder Zelle, schlägt im Einklang mit unserem Herzen, beflügelt unsere Sehnsucht. Mit kleinen oder großen Gesten macht sie auf sich aufmerksam, schickt uns Krisen, die uns aufwecken sollen, und ekstatische Momente, die uns an sie erinnern.

Doch sie drängt sich nicht auf. Es liegt an uns, sie zu bemerken und in unser Leben einzuladen.

Wie der Angestellte aus der obigen Geschichte neigen wir gerne zum Träumen. Unsere Vorstellungen sind uns wichtiger als das gegenwärtige Mysterium unseres kostbaren, geheimnisvollen Lebens. Doch um die Schöpfungskraft einzuladen, müssen wir lernen, auf unsere Vorstellungen zu verzichten und uns dem zu stellen, was hier und jetzt wirklich da ist. Und was ist das in diesem Augenblick? Das weiße Papier, der Pinsel, die Farben und unsere eigene, unerforschte Gegenwärtigkeit.

Der Verstand kommt mit seinen Plänen und Ratschlägen, wie er es immer tut. Doch dieses Mal üben wir, nicht sofort auf die Anregungen und Befehle unserer Vorstellungen zu reagieren. Wir ertragen die Spannung, die auftaucht, wenn wir uns trauen, einfach zu *sein,* und unserem Sein mehr Aufmerksamkeit zu schenken als dem Drängen der alt bekannten Stimmen. Sie werden uns sagen, was wir tun sollen, was wir nicht tun dürfen, was richtig ist und was falsch, doch wir gehorchen ihnen nicht blind, sondern nehmen sie einfach als Teil des Gesamtbildes – eine Welle in unserem Sein. Das reicht manchmal schon, sie aufzulösen oder die reine Energie, die hinter den Ermahnungen steht, freizusetzen und für unser Leben verfügbar zu machen.

Vielleicht gehören Sie zu denen, die bei jeder Aufgabe sofort loslegen ohne viel nachzudenken – doch dieses Mal erlauben Sie sich zuerst eine Pause.

Vielleicht ist es Ihre Art, zuerst alle Optionen durchzudenken, bevor Sie sich für eine entscheiden. Gut, tun Sie das, und wenn Sie fertig sind, lassen Sie das Ergebnis los und spüren Sie die Lücke. Wenn es etwas zu tun gibt, werden die meisten sofort aktiv. Sie handeln, planen oder wägen Möglichkeiten ab.

Doch dieses Mal tun wir nichts davon, sondern halten einen Augenblick inne. Wir ertragen die Lücke, das Nichts.*

Das ist unsere Einladung an die schöpferische Kraft.

Wenn wir auf diese Weise innehalten, kann es sein, dass hinter all den eifrigen Vorschlägen und dem Druck, etwas zu tun, auf einmal eine tiefere Ahnung, ein Wissen, ein allumfassendes Gefühl von Richtigkeit auftaucht.

Es kann eine Weile dauern, bis wir lernen, es zu erkennen und als wichtiges Signal zu nutzen. Gelingt uns das, sind wir direkt mit unserer kreativen Natur verbunden:

Die Schöpfungskraft ist unserer Einladung gefolgt und spricht durch unsere Intuition. Sie lädt uns ein, aus unseren tieferen Quellen zu schöpfen und wirklich kreativ zu werden. Ihre Stimme klingt in jedem unserer Knochen, schwingt mit dem Resonanzfeld unseres Körpers, vertreibt jede Enge, jeden Druck.

Das „Ach ja!“, das sich in uns ausbreitet, entspringt einer körperlichen Gewissheit und Überzeugtheit, einem Gefühl von Entspannung und Wärme. Plötzlich wissen wir ohne jeden Zweifel, was als Nächstes getan, gesagt, geplant oder gemalt werden muss Der Strom hat uns ergriffen.

Im Grunde kennt jeder von uns die feinen, oft drängenden Ahnungen, mit denen unser tiefstes Wesen uns den Weg weist. Doch im Laufe ihrer Erziehung haben die meisten von uns gelernt, diesen Ahnungen nicht mehr zu vertrauen, sondern über sie hinwegzugehen.

---

* s. Kapitel 17, Übung 9

Damals gab es nur die Wahl, den Anweisungen der Eltern, Erzieher und Lehrer zu folgen oder sich – in einer Illusion von Freiheit – gegen sie zu stellen. Das eigene, organische Wissen wurde verdrängt, oft so massiv, dass es nun in der Tiefe unseres Wesens begraben liegt und unsere Sinne kaum noch erreicht.

Doch nun hissen wir plötzlich die rote Fahne. Wir malen. Wir spielen. Wir hören nicht mehr auf die Stimme der so genannten Vernunft, sondern lauschen unserer Intuition. Wir lassen uns von unserer schöpferischen Natur führen und geben unserer Intuition mehr Aufmerksamkeit als den mahnenden Stimmen.

Natürlich werden sie reagieren und versuchen, uns wieder auf ihre Linie zu zwingen. Doch mit der Zeit lernen wir, dass das mit zum Spiel gehört: Immer, wenn wir unseren Spielraum erweitern, wenn mehr Lebendigkeit strömt, wenn die Freiheit wächst, stehen die inneren Besserwisser automatisch auf der Matte, um zu prüfen, ob wir auch keinen Unfug machen.*

Oder andersherum gesehen: Immer, wenn es eng wird, wenn wir blockiert sind, wenn uns unser Werk total missfällt oder wir das, was wir zuletzt gemalt haben, am liebsten wegradieren würden – das heißt, wenn die kritischen Stimmen laut werden –, können wir sicher sein, dass wir gerade dabei sind, die Komfortzone des Gewohnten, Sicheren zu verlassen und neue Räume dazuzugewinnen.

Faustregel Nummer eins: Vor jedem Zuwachs an Freiheit wächst zuerst einmal das Unbehagen. Und das nicht nur beim Malen!

Das Leben der meisten Menschen wird viel stärker, als sie glauben, von den inneren Mahnern bestimmt. Die von ihnen

* s. Kapitel 17, Übung 10, 11, 12

gesetzten Grenzen entscheiden über unseren Freiraum, und wir gehorchen automatisch, aus alter Gewohnheit – bis wir eines Tages vom Leben herausgefordert werden, unseren Radius zu erweitern.

Eine Krise rüttelt uns wach, ein Glückserlebnis zeigt uns, wie viel Freiheit möglich ist, wir beginnen zu malen, zu singen, zu schreiben. Wir erweitern unseren Horizont und wollen uns recken und strecken, um den Rahmen des „Erlaubten" zu überschreiten. Pläne werden gemacht, gute Vorsätze gefasst, alles scheint möglich. Und – wer wird versuchen, uns daran zu hindern? Genau, unsere inneren Grenzposten und Kritiker.

Das Problem ist, dass es ihnen in den meisten Fällen sogar gelingt. Sie schaffen es, uns in die alte Enge zurückzuzwingen, weil wir sie und ihre Macht unterschätzen oder nicht einmal kennen.

Die schöpferische Kraft hat uns angestoßen: „Komm! Du bist wie ich, mutig, fließend, frei. Spring aus deinem Käfig und spiel mit mir!"

Doch die Macht der Gewohnheit zieht uns zurück an unseren alten Schreibtisch. Und da sitzen wir nun wie der kleine Büroangestellte, spitzen die Bleistifte, ordnen die Heftklammern, putzen den Computerbildschirm und träumen von der Liebe, ohne darauf zu kommen, dass wir ja aufstehen und die Geliebte ansprechen können.

Wir können das Leben ergreifen, oder richtiger: Wir können uns vom Leben ergreifen lassen. Alles, was wir brauchen, ist in uns. Unsere schöpferische Natur brennt darauf, sich zu äußern und uns zu neuen Horizonten zu tragen. Indem wir nur für einen Augenblick das Nichts, die Lücke, das Nichtwissen zulassen, laden wir sie ein, sich zu erkennen zu geben – und das tut sie immer, ausnahmslos.

Bald werden uns die Lücken so vertraut, dass wir sie nicht länger fürchten, sondern begrüßen, einladen, hofieren. Sie sind wie eine Öffnung in den endlosen Raum, der alles enthält, was wir kennen, alles, was wir nicht kennen, und alles, was wir nie kennen werden, sondern von Moment zu Moment erfahren müssen.

11. Jenseits von richtig und falsch

Die Besserwisser und Kritiker, die sich zwischen uns und unsere Kreativität schieben, sind im Grunde gar nicht so schwer zu erkennen. Wir müssen nur auf bestimmte Zeichen achten, die ihre Anwesenheit signalisieren:

Wir geraten aus dem Fluss.

Wir langweilen uns.

Uns fällt nichts ein.

Wir sind nicht richtig da.

In uns zieht sich alles zusammen.

Wir mögen nicht, was wir machen.

Wir stehen unter Druck, etwas „richtig" machen zu müssen, und haben gleichzeitig das Gefühl, irgendwie „falsch" zu sein.

In dem Sommer, als ich „richtig" malen lernte, saß mein Großvater jeden Morgen auf der Veranda vor unserem Haus, rauchte eine Zigarre nach der anderen und hielt kurze Schwätzchen mit jedem, der vorbeikam. Alle Erwachsenen waren beschäftigt – außer ihm. Außerdem war er fast immer guter Laune, und so kam es, dass ich gerne und oft auf meinem kleinen Schemel neben ihm saß.

Eines Morgens brachte ich mein Malzeug mit: ein altes Auftragsbuch, in dem die Rückseiten der Formblätter unbeschrieben waren, einen dicken, ovalen Graphitstift und eine blaue Kreide, die mein Vater benutzte, um die Baumstämme, die in unser Sägewerk gebracht wurden, zu kennzeichnen. Ich hatte eine Seite nach der anderen mit den Zeichen meiner inneren Welt gefüllt. Wie das Blau über das Papier rutschte! Dick und fettig wie ein Honigbrot, wie die Schmierseife in der Waschküche, der Himmel vor einem Gewitter.

Wenn ich den Stift vorsichtiger aufsetzte, entstanden zartblaue Schlieren und feine, durchsichtige Flächen wie der Sommerhimmel. Wie die Freude, neben meinem Großvater zu sitzen.

Der schwarze, gut gespitzte Graphitstift gab meiner Farbwelt Bewegung. Striche, Kratzer, Kurven und Punkte erzählten von meiner Ungeduld, der Freude am Spielen und den vielen Dingen und Ereignissen, die jeden Tag auf mich einstürmten. Doch meine neueste Entdeckung: Ich hatte begonnen, bestimmte Dinge zu malen! Das Pony, das eine Karre mit Brennholz vom Hof zog. Den Fluss neben dem Haus. Das Gesicht meiner Mutter.

„Weißt du", fragte mein Großvater über meine Kunstwerke gebeugt, „wie man ein Gesicht malt?"

„Wie denn?"

„Na, gib mal her!"

Er beugte sich vor, legte seine halb gerauchte Zigarre in den Aschenbecher, fand eine leere Seite in meinem Malbuch und griff nach der blauen Kreide. „So", sagte er, „jetzt sieh mal gut zu: Punkt, Punkt, Komma, Strich – fertig ist das Mondgesicht!" Strahlend hielt er mir das fertige Bild hin: „Und jetzt du!"

Ein Spiel begann: Mein Großvater zeigte mir das „richtige" Malen, und ich übte Gesichter, Häuser (dies – ist – das – Haus –

vom – Ni – ko – laus), die Sonne (einen Kreis mit Strahlen) und Menschen mit Kopf, Bauch, Armen, Beinen, fünf Zehen und fünf Fingern. Plötzlich gab es für alles ein Konzept, und ich folgte den Vorgaben, bis es mir langweilig wurde.

Denn komischerweise war das Malen auf einmal lange nicht mehr so faszinierend wie früher. Immer schneller tauchte eine gähnende Langweile auf, immer öfter musste ich meinen Großvater frage: „Was soll ich malen?“ und „Wie geht das denn?“

Die festen Vorstellungen und Konzepte beginnen, unser intuitives Wissen über die Natur der Dinge zu überlagern: Wenn ich im Kopf gespeichert habe, wie man ein Haus „richtig“ malt, werde ich mich bei jedem weiteren Haus auf diese Information stützen und verliere nach und nach das Vertrauen in meine Fähigkeit, in jedem Augenblick eine eigene, neue Beziehung zu den Dingen, der Welt, den Menschen zu erleben.

Beim Intuitiven Malen üben wir, Wesen und Gegenstände, die auf dem Bild erscheinen wollen, ohne feste Vorstellungen oder Pläne zu malen. Wir lassen zu, dass sie sich von Moment zu Moment entwickeln. So entstehen eigene, lebendige Formen, die dem dynamischen Mysterium unserer Seele entspringen, und es erübrigt sich auch die Frage nach der richtigen Vorlage oder der Einwand: „Ich kann aber kein Kamel malen!“

Es gibt kein „richtiges“ Kamel, nur dasjenige, das in diesem Augenblick auf meinem Papier erscheint – und das kann vollkommen anders aussehen als das Kamel, das ich morgen oder in einem Jahr malen werde.

Die schöpferische Kraft kennt kein richtig oder falsch, nur ein Strömen von richtig zu richtig zu richtig. Wenn wir mit ihr strömen, wird jedes unserer Werke zu einem ganzheitlichen Abbild unserer jeweiligen Gegenwärtigkeit.

Die Konzeptsammlung in unserem Kopf verführt uns zu der Annahme, die Dinge von vornherein zu kennen. Wir gehen quasi im Halbschlaf durch unser Leben und schicken unsere Sinne, Gefühle und Empfindungen auf Urlaub – wozu jedes Mal neu hinspüren, wenn wir schon längst Bescheid wissen? Auch beim Malen glauben wir genau zu wissen, wie es geht – oder wir glauben, es wissen zu *müssen,* und suchen nach dem richtigen Rezept, der richtigen Technik.

Nichts gegen Techniken und Methoden – doch ohne unsere Rückverbindung zu unserer eigenen schöpferischen Natur nützen uns die besten Techniken nichts. Wir folgen erprobten Rezepten, malen nach Zahlen und trauen uns nicht, aus unserer eigenen Quelle zu schöpfen.

In den letzten Jahren war ich öfters eingeladen, Buchvorlesungen zu geben oder Vorträge zu halten – Neuland für mich. Besonders beim ersten Mal geriet ich fast in Panik: Kann ich das denn? Plötzlich war es, als hätte ich nie etwas über Kreativität und das Vertrauen in meine eigene schöpferische Natur gelernt.

Klar, dachte ich, ich kann sprechen, ich kann Worte aneinander fügen, ich habe viel, über das ich erzählen kann. Aber genügt das? Kann ich damit einen Abend füllen?

Also setzte ich mich an meinen Schreibtisch und erarbeitete ein Konzept. Fünf Seiten, zehn Seiten – Bilder und Ideen flogen mir nur so zu, und ich brachte sie in eine fließende, überzeugende Form. Was für ein toller Vortrag, dachte ich voller Zuversicht, und begann mich auf meine Zuhörer zu freuen.

Dann war der große Abend endlich gekommen und ich stand aufgeregt vor meinem Publikum, Unterlagen in der Hand, froh, etwas zum Festhalten zu haben.

Beim Erzählen ergriff mich nach und nach dieselbe Begeisterung, die ich auch bei der Vorbereitung meiner Ausführungen gespürt hatte. Ich glühte, ich sprach mit Engelszungen... Doch nach zwanzig Minuten merkte ich, dass ich die Verbindung zu meinen Zuhörern verloren hatte – nein, ich hatte sie gar nicht erst zugelassen.

Da saßen etwa dreißig interessierte Menschen, die mich mit leuchtenden Augen anblickten, aber in meiner inneren Gleichung kamen sie nicht vor.

Am folgenden Morgen ließ ich den Abend und all meine Eindrücke noch einmal Revue passieren. Ich bin nicht wirklich präsent gewesen, dachte ich, sondern habe mich auf ein altes, Tage vorher angefertigtes Konzept gestützt.

Sicher, gut, dass ich es hatte. Ohne es hätte ich den Schritt auf die Bühne nie und nimmer gewagt. Aber wäre es nicht spannend, fragte ich mich, zu üben, während meines Vortrags wirklich gegenwärtig zu sein und mich von Moment zu Moment auf meine schöpferische Natur zu verlassen? Wie aufregend! Ob ich mich das jemals traue?

Etwas, das mir beim Malen oder Schreiben nicht mehr besonders schwer fällt – auf meine Intuition zu hören und mich vertrauensvoll dem Strom der Schöpfung zu öffnen –, beim Halten von Vorträgen kam es mir vor wie eine Unmöglichkeit. Und genau deshalb reizte es mich!

Hier, dachte ich, sind alle meine inneren Kritiker versammelt. Beim Malen oder Schreiben kriegen sie nur noch selten den Fuß in die Tür, aber sobald ich vor einem Publikum stehe, ist ihre Stunde gekommen. Ich wusste gar nicht, dass sie noch so viel Macht über mich haben.

In welchem Lebensbereich liegen Ihre stärksten Grenzen? Oft neigen wir dazu, aus Unsicherheit genau diesen Bereich zu vermeiden. Doch vielleicht ist inzwischen klar geworden: Genau dort, wo es heiß oder eiskalt ist, wo unsere Ängste, unsere Kritik, unsere Frustration aufflackern, liegt eine Grenze, die überschritten oder zumindest betrachtet und erforscht werden will.

Inzwischen habe ich viele Lesungen und Vorträge gehalten, und ich muss zugeben, ich bereite sie immer noch ausführlich vor. Zur Sicherheit. Doch immer öfter bleiben meine Notizen in der Handtasche und ich nehme es mit den inneren Kleinmachern und Miesepetern auf.

Je entspannter ich werde, desto leichter fällt es mir, einfach da zu sein und aus dem jeweiligen Moment zu schöpfen. Manchmal holt mich die Aufregung ein und ich falle aus der Gegenwärtigkeit – und fühle mich sofort wie abgeschnitten von der Quelle der Schöpfung (die inneren Kleinmacher triumphieren). Das sind die spannendsten Momente: Sobald ich nicht gegen sie kämpfe, sondern vertraue, dass die Quelle immer da ist – jetzt, in mir –, spüre ich wieder den Strom, der mich trägt, oder richtiger, der ich *bin*.

Komm, sagt die schöpferische Kraft, trau dich, einfach *da* zu sein! Vergiss deine Vorstellungen von richtig und falsch, atme tief durch und vertrau mir. Lass die Worte und Bilder frei erscheinen.

Probieren Sie's selbst!

Ich kenne kein größeres Abenteuer.

12. Ich bin, wer ich bin – oder?

In meinen Malkursen darf ich Zeugin der Schöpfung werden. Entspannt sitze ich neben dem Tisch mit Farben, Pinseln und Papiervorrat, die Zeit fließt dahin, und vor mir im Raum enthüllt sich der schöpferische Strom auf den weißen Malflächen, die sich langsam mit Farben, Formen, Gestalten füllen.

Ich kann sehen, wie Urteile, Bedenken und Vorstellungen den schöpferischen Fluss hemmen oder stoppen. Manchmal lösen sie sich nach einer Weile von selbst auf, manchmal helfe ich, sie zu überwinden. Dann öffnet sich plötzlich eine neue Landschaft, eine einladende Weite, und der nächste Schritt ist eindeutig und klar. Ach so! Eine blaue Wand mit Zacken. Spitze Zacken, die bis an die Oberkante des Bildes reichen! Ganz dunkelblau, fast schwarz müssen die sein...

Der Strom beginnt wieder zu fließen, und ich sitze auf meinem Stuhl und schaue zu.

Von hier aus betrachtet ist unübersehbar, dass die Schöpfungskraft wahrer und stärker ist als all unsere gesammelten Vorstellungen. Angesichts ihres Fließens, ihrer Dynamik, ihrer Weite scheinen unsere Bedenken und Einwände so wenig Substanz zu haben wie eine kleine, dunkle Wolke, die sich kurz vor die Sonne schiebt und in ihrem Strahlen zerschmilzt.

„Mach dir nicht solche Probleme", möchte ich der Frau sagen, die mit verkniffenem Gesicht vor ihrem Bild steht, oder dem jungen Mann, der zum fünften Mal sein vollkommen sauberes Malwasser wechselt „schau, hier – wo du bist – ist der Strom der Schöpfung, der uns alle trägt. Vertrau dich ihm einfach an!"

Doch „innen", in der eigenen Erfahrung, können sich die Blockaden schier unüberwindbar anfühlen: Gerade malen wir noch im Fluss unserer Intuition, da ist uns auf einmal mulmig und die fließende Verbindung zu unserer schöpferischen Natur geht uns verloren. „Stopp!", flüstern die Grenzposten, „geh hier bloß nicht weiter. Höre auf mich, und alles wird gut! Mach für heute Schluss. Fange ein neues Bild an. Übermale dieses hässliche Grün lieber. Versuche doch, so ähnlich zu malen wie Matisse. Oder besser noch: Tue lieber etwas Vernünftiges."

Unser Leben findet in einem abgegrenzten, von den inneren Kritikern bewachten Bereich statt, an den wir uns gewöhnt haben. Wir glauben zu wissen, was wir können, was wir dürfen, wer wir sind, und wer nicht. Diese scheinbare Gewissheit, uns selbst und unsere Grenzen zu kennen, wiegt uns in Sicherheit, und an dieser Sicherheit halten wir fest – so fest, dass unsere feste Vorstellung, wer wir sind, unser Selbstbild, zum mächtigsten Konzept in unserem Leben wird. Obwohl es nur einen minimalen Bereich dessen einschließt, was wir sind und was wir sein können, kommt es uns vor, als seien wir nur es. Den Rest blenden wir aus.*

Mit fünf oder sechs Jahren – ich war noch nicht in der Schule – begleitete ich meinen Großvater an einem heißen Sommertag zu einer befreundeten Familie. „Falls ihr Papier und Stifte habt – sie malt gerne", verkündete er und zog sich dann mit dem Hausherren zu einem Schnaps und einer Zigarre in das Büro zurück.

---

* s. Kapitel 17, Übung 6

Ich wurde unterdessen mit einem Zeichenblock und einer Schachtel Buntstifte auf die Terrasse verfrachtet, wo ein Junge und ein Mädchen an einem runden Tisch ihre Schularbeiten machten.

Ein Platz wurde frei geräumt, und mit baumelnden Beinen begann ich zu malen, froh, in dieser fremden Umgebung etwas Bekanntes vorzufinden. Blau, rot, grün, gelb, schwarz und ein Blatt Papier – ich vertiefte mich in mein Bild und sah aus dem Augenwinkel, wie der Junge sein Schreibheft beiseite legte, sich ein Blatt nahm und auch zu malen begann. Als kurz darauf die Mutter eine Flasche Saft und drei Gläser auf den Tisch stellte, malten wir alle drei. Mit den Händen in den Schürzentaschen sah sie uns zu.

„Schaut mal", sagte sie nach einer Weile, „wie schön die Christine das macht. Das sieht richtig gut aus, nicht so ein Durcheinander. Könnt ihr nicht auch so malen?"

Die beiden Kinder schauten nicht von ihren Blättern auf. Ich merkte, wie verlegen sie waren. Als die Frau in das Haus zurückging, legten beide die Buntstifte beiseite und machten sich wieder an ihre Schulaufgaben. Ich trank ein Glas Saft und war stolz. Ich war besser als die beiden. Sie konnten ja nicht mal richtig malen!

Aber auch ich hatte für heute die Lust am Malen verloren, und als mein Großvater kam, um mich zu holen, war ich erleichtert.

Als ich an jenem fernen Sommertag hörte, dass meine Bilder viel schöner waren als die der anderen Kinder, wurde meinem Selbstbild ein weiterer kleiner Mosaikstein hinzugefügt. Schließlich brauchte ich nur ein Bildchen zu malen, um Lob und Anerkennung zu gewinnen. Ich war begabt! Ich wurde gelobt! Ich wurde gesehen und gut befunden!

Eigentlich war ich schüchtern und unsicher – aber wenn ich malte, konnte ich besser sein als die anderen. Das gab mir Sicherheit, Macht, ein Gefühl von Größe. War es nicht viel besser, sich groß und strahlend zu fühlen als klein und unsicher? So wurde meine allseits gelobte künstlerische Begabung zu einem Teil meines Selbstbildes. (Wie mir eben dieses Selbstbild später im Wege stand, habe ich im siebten Kapitel erzählt.)

Um ein Identitätsgefühl zu entwickeln, schauen wir in der Kindheit auf die Reaktionen der Menschen in unserem Umfeld. Wir achten auf jede Emotion, die uns begegnet, nehmen jeden Klaps und jedes Lächeln als einen Hinweis darauf, *wer* wir sind, *wie* wir sind und wie wir sein *sollen*. Keine Stimmung entgeht uns, kein Zwischenton bleibt unbemerkt. Wir spiegeln uns sozusagen in den Augen der anderen und erleben uns als das Gegenüber, das sie in uns sehen oder sehen wollen. Alles, was nicht zu dem gespiegelten Bild passt, versuchen wir auszublenden. Die inneren Richter entstehen, um uns dabei zu helfen – ein Leben lang, wenn wir sie lassen.

Mitten in einer Welt ständiger Bewegung und Veränderung versuchen die Grenzposten nun, uns an die starren, alten Selbstvorstellungen zu ketten. Damit das gelingt, dürfen wir unsere fließende Innenwelt aus Gefühlen, Empfindungen und Wahrnehmungen nicht mehr spüren, sondern müssen blind auf die Befehle der inneren Rechthaber reagieren, die uns im erlaubten Rahmen halten. Meistens nehmen wir sie gar nicht wahr, haben gar nicht die Wahl, ihnen zu folgen oder nicht, sondern halten sie für unsere eigenen Impulse, denen wir automatisch nachgeben. So bleibt das starre und begrenzte Bild unserer selbst bestehen: Wir halten uns für das, was wir und andere über uns denken, und nicht mehr für das, was wir in jedem Augenblick spüren, erfahren und wahrnehmen. Das ist, als hätten wir eine Außenschicht – unser Selbstbild – und eine unendlich weite, grandiose Innenwelt: das, was wir in jedem Augenblick von uns spüren und erleben können.*

Außen: eine feste Schale. Innen: endlose Möglichkeiten.

Außen: das, für was wir uns gehalten haben. Innen: eine Entdeckungsreise in die Unendlichkeit, die wir sind.

Wir laufen in einer Art Maßanzug herum, der hier ein bisschen zwickt („ich würde ja gerne, aber das kann ich nicht"), dort ein bisschen kneift („man muss halt seine Grenzen kennen"), dessen Ärmel viel zu kurz geworden sind („na ja, das ist eben nichts für mich") und der um die Brust herum etwas eingelaufen ist („wenn ich mich doch nur trauen würde…"). Doch er verleiht uns auch das sichere Gefühl, uns selbst zu kennen – also nehmen wir ihn in Kauf.

Und dann kommt das Leben angebraust und sagt: „Hey, willst du nicht mal was anderes anziehen? Latzhose, trägerloses Abendkleid, Clownskostüm? Du könntest auch mal nackt gehen, herausfinden, wer du sonst noch bist." Wir lernen etwas dazu und machen neue Erfahrungen. Wir werden älter. Eine neue Arbeit lockt oder wir werden entlassen. Unser Körper verändert sich. Die Kinder verlassen das Haus. Alte, längst vergessene Ängste klopfen an die Tür. Neue Möglichkeiten locken voller Verheißung.

Die Schale unseres Selbstbildes wird viel zu eng, Risse entstehen, und das, was wir wirklich sind, drängt hervor. Aus alter Gewohnheit versuchen wir dann meist, die alte Form, das alte Selbstbild zu erhalten, zu kitten und mit Macht beisammen zu halten. Das ist unangenehm, tut weh, strengt höllisch an und

* s. Kapitel 17, Übung 7

macht uns eng und unglücklich. Doch was sollen wir tun? Schließlich kennen wir nichts anderes oder glauben es zumindest.*

„Aber hallo", sagt die schöpferische Kraft, „ich habe hier was für dich! Du könntest mich endlich kennen lernen und erleben, dass deine alten Scheinsicherheiten überflüssig sind. Hier, wo ich bin, ist die einzige Sicherheit, die es gibt. Du glaubst mir nicht? Finde es heraus! Male, schreibe, tanze!"

Das schöpferische Tun ist wie ein Übungsfeld für das Leben und gleichzeitig das Leben selbst, eins zu eins. Anders als bei vielen Therapien malen wir nicht „als-ob". Wir tun nicht nur, als ob wir malen, wir malen nicht zur Probe, sondern voll und ganz, mit allem, was wir sind. In der Kreativität gibt es keine Proben, nur Premieren. Jeder Moment ist frisch und neu, jeder Moment fordert unsere ungeteilte Aufmerksamkeit.

Wir malen auch nicht „um-zu". Es gibt keine Zukunft, keinen Plan, etwas zu erreichen, zu verbessern, zu heilen, sondern nur unsere Gegenwart hier und jetzt, hundert Prozent.

Etwas anderes bleibt uns auch gar nicht übrig: Sobald sich ein Um-zu oder ein Als-ob einschleicht, stockt der Strom und wir stehen vor einer Grenze – beim Malen und ganz real, hier und jetzt, in diesem Augenblick: Die schöpferische Kraft zwingt uns, mit allem, was wir gerade sind, anwesend zu sein – egal, was es ist.* Ich glaube, das muss ich wiederholen: Egal, Was Es Ist.

Unsere Sehnsucht, mit dem, was hinter unserem glatten Selbstbild schlummert, angenommen zu werden – hier wird sie tausendfach erfüllt.

* s. Kapitel 17, Übung 8 * s. Kapitel 17, Übung 6

13. Ein Bild ist ein Bild ist ein Bild

Ein Ton ist ein Ton ist ein Ton

Gegen Ende meiner Malkurse sortiere ich die fertigen Bilder, die sich in der Ecke des Raumes stapeln, damit die Teilnehmer ihr gesammeltes Werk mit nach Hause nehmen können. Wie viele es sind – und wie verschieden!

Die Vielfalt der Ausdrucksmöglichkeiten und die einzigartigen Kombinationen von Farben und Formen begeistern mich jedes Mal aufs Neue. Kein Bild ist wie das andere, und alle strotzen vor Leben.

Ich sehe sie als Energiediagramme – als greifbaren Ausdruck eines lebendigen Fließens, das manchmal stockt, wieder befreit wird und weiter strömt. Ist es nicht ein Wunder, sage ich mir, dass hier, an der Quelle der Schöpfung, die höchste Individualität sichtbar wird?

Als ich noch in Hamburg lebte, lud mich meine Freundin Angela eines Tages ein, sie zum Gesangsunterricht zu begleiten. Ihr damaliger amerikanischer Lehrer kam regelmäßig für ein, zwei Wochen nach Deutschland und gab seine Stunden im Übungssaal einer Tanzschule. Der Unterricht war offen, jeder, der zu einer Stunde kam, konnte bleiben und den anderen Schülern beim Singen zuhören und zuschauen.

Als wir am frühen Nachmittag den Raum betraten, fand gerade eine Stunde statt. Eine dicke Frau in einem geblümten Kleid sang, begleitet von einer Pianistin, die bekannte Arie aus dem Phantom der Oper. Sie hatte sichtliche Mühe, alle Töne zu treffen und schien extrem angespannt. Plötzlich schoss der Gesangslehrer aus dem Halbdunkel hervor, klatschte in die Hände und begann die Frau unter den Armen zu kitzeln. Sie stockte. „Weitersingen!“, rief der Lehrer ihr zu, „singen, singen!“

Halb lachend, halb weinend arbeitete sich die Schülerin durch die Arie. Der Lehrer war anscheinend verrückt geworden. Er nahm ihr das Notenblatt weg, warf es in die Ecke und hob ihre Arme. „Weitersingen! Ohne Worte! Einfach La la la...“

Da geschah das Wunder. Die Sängerin richtete sich auf, breitete die Arme aus und begann, loszuschmettern. Ihre Augen blitzten. Jedes Bemühen, irgendetwas richtig zu machen, war auf einmal von ihr abgefallen.

Gänsehaut lief mir über den Rücken: Ja, das war *ihre* Stimme!

Abends, nachdem ich sechs, sieben ähnliche Stunden miterlebt hatte, saß ich mit meiner Freundin bei Kerzenlicht auf ihrem Balkon und wir ließen den Tag Revue passieren.

Ich erfuhr, dass die Frau in dem Blumenkleid Verkäuferin in einem Supermarkt war und heute die dritte Gesangsstunde ihres Lebens hatte. Die restlichen Schüler des Nachmittags: Zwei Opernsängerinnen, eine Steuerberaterin, ein Kirchentenor, ein Heilpraktiker, eine Musiktherapeutin und eine Schauspielerin, die meisten von ihnen professionell als Sänger ausgebildet.

„Das war unglaublich“, sagte ich, „all diese perfekt ausgebildeten Leute! Normalerweise hätte mich ihr Gesang total beeindruckt – aber hier konnte ich sehen, dass es noch um etwas anderes geht als Technik“

„Ja“, fand auch meine Freundin, „eine gut ausgebildete Stimme ist schon was Wunderbares. Aber erst wenn die Seele dazukommt, berührt einen der Gesang.“

„Genau," lachte ich, „und wie! Sogar wenn die Töne falsch sind!"

Jeder authentische schöpferische Ausdruck berührt etwas Tiefes in uns – auch wenn er nicht perfekt ist. Es scheint als hätte die Singende, die Tanzende, der Malende einen Moment lang alle Bemühungen um das perfekte Selbstbild fallen lassen und sich in ihrer oder seiner Essenz gezeigt. Wir dürfen sehen, was hinter all den Konzepten und Masken verborgen liegt.

Am Ort der Schöpfung in uns, der Quelle, aus der all unsere Werke fließen, sind wir einzigartig wir selbst und gleichzeitig eins mit allem. Die Werke, die aus dieser Quelle strömen, sind in gewisser Weise magisch. Sie tragen die Prägung unserer Seele und gleichzeitig den Duft der Einheit aller Dinge.

Wenn wir malend unsere schöpferische Natur befreien, entstehen immer häufiger Bilder, die uns bezaubern und beglücken. Manchmal so sehr, dass wir es schwer finden, sie hinter uns zu lassen und aufs Neue mit leeren Händen in den Strom der Schöpfung einzutauchen.

Es gehört zum Wesen der Kreativität, dass die Werke, die wir (oder andere) im Einklang mit dem Schöpfungsstrom erschaffen, unser Herz erfreuen und uns innerlich bereichern. Doch die Verführung ist groß, jedes „gelungene" Bild festzuhalten und zur Erhöhung des eigenen Selbstbildes zu benutzen. Was könnte geeigneter sein, unseren Wert zu steigern und sichtbar zu machen als ein Kunstwerk? Hier ist ein Zeugnis des Mysteriums, das ich bin – lebendig und unvergleichlich. Oh, das habe *ich* gemacht.

Schaut nur, bin ich nicht gut?

Unser Werk kommt uns plötzlich vor wie eine Eintrittskarte in den Salon der gelungenen Menschen. Endlich haben wir etwas vorzuweisen. Endlich sind wir wer... doch in Wirklichkeit sind wir in der Falle.

Falls wir vorhaben, aus dem Fluss zu kommen und uns in eine Blockade zu manövrieren, brauchen wir nur an unseren gelungenen Werken festzuhalten, um uns mit ihnen zu schmücken. Schon haben wir einen Standard gesetzt, an dem sich alle weiteren Bilder messen müssen.

Und wer eilt sofort herbei, um diesen Standard einzufordern?

Natürlich: unsere inneren Preisrichter, unsere Messlattenhalter, unsere unermüdlichen Kritiker. Eifrig setzen sie uns unter Druck, auch beim nächsten Mal ein schönes, künstlerisch einwandfreies Bild zu produzieren.

Wie wollen wir da noch darauf vertrauen, dass aus dem Nichts, der Lücke, die wir erlauben, immer das Richtige erscheint – selbst, wenn wir es nicht gleich verstehen? Alles, was jetzt erscheint, wird ja sofort an unserem letzten, „perfekten" Bild gemessen.

Wissen Sie, es ist ganz einfach:

Jedes Bild, das wir malen – und sei es noch so vollkommen – ist letzten Endes nichts weiter als ein Bild, Farbe auf Papier.

Vielleicht dient es als Spiegel unserer Gegenwärtigkeit, als Fenster zum Himmel, durch das wir unsere Seele und das lebendige Strömen der Schöpfung erahnen können. Doch warum sollten wir an ihm festhalten? Wir sind schon längst woanders, fließend, immer neu. In jeder Gegenwärtigkeit wartet ein neues Mysterium auf uns, eine Entdeckung, ein Abenteuer, eine geheime Mitteilung. Warum auf die Vergangenheit schauen?

Beim Intuitiven Malen können wir üben, das Alte immer wieder hinter uns zu lassen und darauf zu vertrauen, dass jeder gegenwärtige Moment seine eigenen Geschenke mit sich bringt: Nur unsere eigene Erfahrung kann uns zeigen, ob das wirklich so ist.

Wir lassen uns auf den Strom der Schöpfung ein und erkennen mit der Zeit, dass auch wir fließend sind. Hinter den starren Selbstbildern öffnet sich die dynamische Landschaft unserer Seele.

„Kehr lieber um", werden die inneren Grenzposten sagen, „und orientiere dich am Bekannten und Bewährten. Sammle deine guten Bilder, nimm sie zum Vorbild für weitere Werke. Vielleicht schaffst du es dann, uns endlich einmal zufrieden zu stellen." Doch je öfter wir es wagen, ihnen nicht mehr automatisch zu folgen, sondern die in ihnen verborgene Energie für uns zu nutzen, desto mehr fühlen wir uns in der unerforschbaren Weite unserer wahren Natur zu Hause.* Die Zeit wird kommen, in der wir über das Bedürfnis, uns mit unseren Werken aufzuwerten, sowie über die Minderwertigkeitsgefühle, die dahinter stehen, nur noch lächeln.

---

* s. Kapitel 17, Übung 12

14. Aus der Mitte entspringt ein Fluss

Bevor ein japanischer Kalligrafiemaler den ersten Strich tut, nimmt er sich die Zeit für ein umfangreiches Ritual. Zuerst werden Papier, Wasser, Pinsel, Tuscheblock und Schaber an ihren Platz gelegt, dann wird die Maltusche vorbereitet.

Der Maler befeuchtet den kleinen, schwarzen Tuscheblock mit ein paar Tropfen Wasser und beginnt dann mit dem Schaber zu reiben, damit sich Wasser und Pigment zu einer malfähigen Farbe vermischen. Wenn nötig, fügt er noch etwas Wasser hinzu und reibt den Tuscheblock so lange, bis die Farbe genau die richtige Konsistenz erhält – nicht zu dick, nicht zu flüssig und ohne Klumpen. Erst dann nimmt er seinen Pinsel und beginnt zu malen.

„Warum wird das so gemacht?", fragte ich, als ich meinen ersten Tuscheblock sah. „Sind die Japaner etwa so zurückgeblieben, dass sie nicht wissen, wie man eine glatte, perfekte Fertigtusche herstellt?"

„Nein", belehrte mich mein japanischer Freund, „das Reiben der Tusche ist eine Art Meditation, die den Maler mit sich in Verbindung und in die Gegenwart bringt. Er muss *da* sein, bevor er zum Pinsel greift, und das Ritual hilft ihm dabei."

Beim kreativen Schaffen kann leicht das Missverständnis auftauchen, dass wir in einer Art Rausch von der Muse ergriffen werden und uns dabei ganz verlieren sollen: Ist es nicht unser Ziel, uns an das Strömen der Schöpfungskraft hinzugeben? Ist da nicht eine größere Macht am Werk, die uns so mitreißt, dass wir uns für eine Weile völlig vergessen? Finden die kreativen Momente unseres Lebens nicht letzten Endes ohne uns statt?

Solche Fragen sind gar nicht so abwegig.

Wenn wir in Schaffensmomenten bewusst mit dem Strom der Schöpfung fließen, scheinen die vertrauten, starren Persönlichkeitsgrenzen von uns abzufallen und wir erleben uns als weit und strömend. Das, was wir normalerweise für uns selbst halten, scheint sich aufgelöst zu haben. Für einen Augenblick dürfen wir erleben, wie es ist, frei von festen Vorstellungen und Begrenzungen zu leben.

Doch der Strom der Schöpfung fließt nicht dort draußen. Wir müssen das, was wir sind, nicht hinter uns lassen, um ihn einzuholen. Er ist immer nur hier, verborgen im Kern unseres Seins. Um ihn zu spüren und wieder bewusst in sein Strömen einzutauchen, müssen wir zuallererst *da* sein.

Als ich im Labyrinth der Kunstschule meinen Weg (meinen Ausdruck, meine Form) suchte, ging es die ganze Zeit um Techniken, Methoden, andere Künstler und ihr Werk, Vergleiche, richtig oder falsch. Wenn ich zurückblicke, sehe ich, dass das Wichtigste vernachlässigt wurde – ja, es kam überhaupt nicht vor: Nicht ein einziges Mal ging es um die schöpferische Kraft und wie wir Zugang zu ihr gewinnen. Nicht ein einziges Mal kam die Sprache auf all die Muster und Hindernisse, die wir ihr in den Weg stellen. Und nicht einmal wurden wir ermutigt, zuallererst auf uns selbst als Quelle jeglicher Inspiration zu achten.

Vielleicht wäre es klug, denke ich jetzt, im ersten Semester zuerst zu üben, die eigenen Farben zu reiben: Auf den Arbeitstischen warten die halbfertigen Werke vom Vortag, Farben, Werk-

Schule

zeuge und Materialien bedecken jede freie Fläche, und die Notizen und Skizzen an den Wänden künden von Ideen, Inspirationen, Plänen. Die Studenten stürmen herein, begierig, alles zu lernen, was den Funken in ihnen weckt, und alles, was sie brauchen, um ihre Intuitionen in Farben und Formen zu verwirklichen.

„Guten Morgen", sagt der Dozent, „schön, dass Sie da sind. Aber sind Sie wirklich *da?* Nein? Macht nichts, heute habe ich etwas Besonderes für Sie. Räumen Sie doch zuerst einmal Ihre anderen Sachen beiseite, und holen Sie sich dann einen von diesen Tuscheblöcken, einen Schaber und etwas Wasser..."

Nichts gegen die gestalterischen Theorien und Methoden, die in Malkursen, Kunstschulen und Akademien unterrichtet werden. In ihnen spiegelt sich das Vermächtnis all derer, die vor uns dem Strom der Schöpfung gefolgt sind. Doch der einzige Boden, auf dem dieser kostbare Wissensschatz etwas fruchten kann, ist unsere eigene, wache Gegenwärtigkeit:

Wir müssen *da sein,* um zu erleben, dass wir der schöpferischen Kraft nicht in Methoden, Rezepten und Trends begegnen, sondern in uns selbst.* Erst dann können wir entscheiden, welche Technik uns nützen kann und welche wir nicht brauchen.

Wenn wir *da* sind, sind all unsere Sinne geschärft.

Wir verlassen uns nicht auf unsere automatische Steuerung und geben auch dem Kopf nicht die alleinige Macht. Der von ihm gewebte Teppich aus Erinnerungen, Vorstellungen und Plänen trägt uns weit, weit fort aus der Realität. Nein, wir halten inne und nehmen Witterung auf – nach innen. Wir spüren, riechen, hören, fühlen *uns* im gegenwärtigen Augenblick: eine Gefühlsqualität, eine Energiedynamik, eine umfassende Wahr-

* s. Kapitel 17, Übung 5

nehmung dessen, was hier *ist*. Um auf diese Weise wahrzunehmen, brauchen wir unseren Körper, den Ort ständiger Gegenwart, in dem sich Form und Formlosigkeit begegnen. Wir lenken uns nicht mehr von uns ab, wir lenken uns zu uns hin.

Im Kontakt mit dem Körper und den sechs Sinnen wechseln wir den Standpunkt. Wir verlassen die Horizontale, das blinde Eilen von A nach B und sinken in den gegenwärtigen Moment. Wir begegnen dem, was Eckhart Tolle den „inneren Körper" nennt[2].

Hier: die Zeitlosigkeit, die Weite, die Stimme der Intuition – oder richtiger, das tiefe Gefühl von Stimmigkeit und selbstverständlicher Autorität, das uns den Weg weist, in der Kreativität und im Leben*.

Manchmal sehe ich in meinen Malkursen, wie ein Teilnehmer oder eine Teilnehmerin einen Schritt zurücktritt und mit dem Malen innehält. Oh, sage ich mir dann, der Fluss ist unterbrochen – und was passiert jetzt? Kommt jetzt die unvermeidliche Gedankenmühle, das Energieloch, die Panik, die Unlust? Oder nimmt sich derjenige nur einen Moment Zeit, um wieder mit sich in Verbindung zu treten?

Fast sehe ich den Knoten, der sich immer fester zurrt oder langsam auflöst, je nachdem, ob die Blockierte sich in automatischen Reaktionen und Gedanken verliert oder ihre Aufmerksamkeit zurückholt in den gegenwärtigen Augenblick. Die Methoden, um wieder mit der Intuition verbunden zu sein und in Fluss zu kommen, beginnen alle hier, mit dem, was ist.

„Na, wie geht es dir?", frage ich dann vielleicht, und dasselbe können auch Sie sich fragen, wenn der kreative Fluss stoppt:

2 Eckhart Tolle, *Jetzt! Die Kraft der Gegenwart*   * s. Kapitel 17, Übung 8

„Wie geht es mir eigentlich in diesem Augenblick?“ *

„Ach“, antwortet meine festgefahrene Teilnehmerin, „ich weiß nicht, wie es weitergeht.“

„So“, sage ich mit einem Lächeln, „das habe ich schon gemerkt. Aber eben warst du doch noch total im Fluss. An welcher Stelle hat es denn aufgehört?“

„Dort“, antwortet die Malerin und deutet auf eine Stelle in ihrem Bild, „da ging es auf einmal nicht weiter.“

„Und was wäre gewesen“, frage ich die Festgefahrene, „wenn du da weitergemalt hättest?“ Fragende Augen. „Wenn du dich getraut hättest, weiterzumachen?“

„Oh“, kommt die verlegene Antwort, „ich hätte am liebsten eine schwarze Bombe gemalt, aber das ist doch schrecklich! So etwas Furchtbares will ich nicht malen!“

Oft fahren wir fest, weil es uns gerade nicht gefällt, wirklich *da* zu sein. Vielleicht sind uns die auftauchenden Gefühle nicht recht. Vielleicht verurteilen wir die Bildvorstellungen, die unsere Intuition uns schickt. Wir wollen etwas anderes und schieben das, was da ist, wie gewohnt zur Seite: Wir gehen aus dem Kontakt mit uns selbst.

Im täglichen Leben ist das gang und gäbe: Anstatt auf unsere Intuition zu achten, die uns zeigt, was stimmig ist, verlieren wir uns in endlosen Strategien. Keiner merkt es, jeder tut es – aber beim Malen kommen wir damit nicht durch. Die Impulse, die unsere Intuition uns schickt, stehen nicht zur Diskussion. Sie sind nicht verhandelbar. Sie sind so stimmig, wie in einem gegebenen Augenblick etwas stimmig sein kann: Hundert Prozent, ohne Ausnahme. Nehmen wir sie an, strömt der Fluss weiter.

* s. Kapitel 17, Übung 10

Lehnen wir sie ab, gerät er ins Stocken.

„Wie wäre es", ermutige ich die Malerin, „wenn du dir die Erlaubnis gibst, die schwarze Bombe zu malen? Die Bilder werden nicht ausgestellt, wir werden sie nicht interpretieren und wer weiß, was nach der Bombe kommt? Du wirst es nie herausfinden, wenn du deiner Intuition plötzlich nicht mehr vertraust."*

„Okay!" Verschmitzt lächelnd taucht sie den Pinsel in die schwarze Farbe, „ich mache das jetzt einfach mal."

Der „verbotene" Bereich sieht bei jedem anders aus. Manche Menschen dürfen keine Herzchen malen, andere keine Genitalien, bei manchen ist Schwarz eine schlimme Farbe, bei anderen ist Rosa nicht erlaubt.

Viele Bildimpulse müssen unterdrückt werden, weil sie mit abgelehnten Gefühlen einhergehen: Wenn ich das zarte Blümchen male, ist mir das peinlich und ich fühle meine lang verdrängte Scham. Wenn ich den Penis male, spüre ich meine Angst vor Strafe, und wenn ich es mir erlaube, wie ein Kind zu malen, fürchte ich die Kritik aller Kunstsachverständigen.*

Ein junger Mann traute sich endlich, ein Hakenkreuz zu malen – fast nichts ist in Deutschland stärker tabuisiert. Beim Malen war er so aufgeregt, dass wir ihn alle laut schnaufen hörten. Doch er hielt durch, und als es gemalt war, öffneten sich die Schleusen seiner Kreativität wie nie zuvor.

Die Bombe ist fertig gemalt. Quer durch den Raum kann ich die Energie spüren, die von der Malerin ausgeht. Mit glühenden Wangen schaut sie zu mir herüber und winkt mich zu ihr. „Weißt du", sagt sie, „es hat wirklich Spaß gemacht! Ich war auf einmal total wütend, aber es war okay!"

---

* s. Kapitel 17, Übung 7 * Kapitel 17, Übung 12

„Na prima“, sage ich lachend, „und? Geht es weiter?“

„Keine Sorge, ich bin wieder voll im Fluss!“*

Unsere Intuition wirkt jenseits von Moral, gutem Benehmen und kulturellen Maßstäben. Sie ist wild, frei, ungezähmt und mitreißend – so mitreißend wie die schöpferische Kraft, deren Mittler sie ist. Um wieder zu lernen, auf unsere Intuition zu hören, brauchen wir einen urteilsfreien Raum, in dem auch Glöckchen, Vaginas und Hakenkreuze gemalt werden dürfen. Alles, was aus der Quelle auftaucht, ist richtig und stimmig – für den jeweiligen Augenblick. Durfte es erscheinen, strömt der kreative Fluss weiter und nimmt neue Formen an, endlos, wunderbar.

Die Gefühle, die mit manchen Bildvorstellungen einhergehen, haben schon lange in uns geschlummert. Jetzt dürfen sie sich äußern, gefühlt werden, mitströmen. Sie gehören ebenso zu unserem dynamischen Lebensstrom wie unser Atem, unser Herzschlag, die Wärme unseres Körpers – und ebenso wie diese brauchen sie nicht hervorgehoben, festgehalten, interpretiert zu werden.

Das Intuitive Malen ist eine Reise in unsere eigenen Tiefen (oder Höhen). Strich für Strich erwerben wir den Mut, mit dem zu verweilen, was gerade *wirklich* in uns da ist, ohne es zu beschönigen, dramatisieren, verklären oder in Selbstmitleid zu versinken – wir malen einfach, was stimmig ist, spüren, was da ist, leben diesen Moment mit allem, was er bringt und gehen weiter. Die Sonne geht auf? Wunderbar!

Es regnet? Ja, auch das gehört dazu.

Dabei brauchen wir uns nicht zu bemühen, irgendetwas anzunehmen oder gut zu finden – oh, nein, damit wollen wir ja gerade aufräumen! Es reicht, unseren Platz in der Mitte der

---

* s. Kapitel 17, „Fragen“

Schöpfung einzunehmen, hier, genau hier, wo wir sind. Alles, was hier durch uns strömt, ist reines Leben, reine Kreativität, und wie alles, was uns die schöpferische Kraft beschert, ist es weder gut noch schlecht, weder richtig noch falsch, sondern einfach nur ein Tor in die Einheit der Schöpfung, unser Zuhause.

15. Krisen, Chancen und Projekte

Wieder geht eine Malgruppe zu Ende. In der Abschlussrunde sprechen die Teilnehmer von den Erfahrungen, die sie gemacht haben, Raum ist entstanden, Blockaden haben sich gelöst, der schöpferische Prozess ist ins Fließen gekommen.

„Ist dieser Prozess eigentlich nur etwas für Leute, die schon viel gemalt haben", fragt mich eine junge Frau, „oder kommen manchmal auch Leute in die Kurse, die bei Null anfangen?"

„Was für eine tolle Frage," sage ich. „Sie trifft genau den Punkt, um den es geht: Egal ob man Anfänger ist oder schon achtzig Jahre malt – um wirklich kreativ zu sein, muss man immer wieder bei Null anfangen!"

Wenn wir uns darauf einlassen, kreativ zu werden, fordern wir die schöpferische Kraft heraus, uns über die Grenze des Bekannten zu locken. Wir erklären uns bereit, den erprobten Bereich fester Konzepte zu verlassen und uns zu trauen, nichts zu wissen.

Anfängern, die noch nicht viel gemalt haben, ist meistens bewusst, dass sie nichts über das Malen wissen und ins Unbekannte gehen müssen, doch die inneren Kritiker stehen bereit, um ihre Vorschläge zu machen: Auch ein Anfänger beginnt nicht bei Null. Um frei malen zu können und sich auf den Schöpfungsstrom einzulassen, muss er oder sie zuerst lernen, mit den inneren Kritikern umzugehen.

Buch

Sind wir schon länger schöpferisch tätig, haben wir vielleicht schon geübt, die inneren Kritiker zu entmachten. Doch nun können wir der Illusion verfallen, genug über das zu wissen, was wir tun: Wir bleiben im sicheren Bereich des Erprobten stecken und beginnen, nach Plan zu malen oder uns selbst zu kopieren – bis die schöpferische Kraft bei uns anklopft und sich meldet. Großzügig, wie sie ist, schenkt sie uns Krisen, Probleme, Blockaden und lädt uns ein, all unser kostbares Wissen loszulassen und genau wie ein Anfänger bei Null anzufangen.

Der Punkt, an dem wir wissen oder spüren, dass wir nicht weiter wissen, ist kostbar. Wenn wir der scheinbaren Leere, die ihn umgibt, nicht ausweichen, sondern gegenwärtig bleiben, öffnen sich neue Türen. Beim Intuitiven Malen bedeutet das, am Bild zu bleiben, zu sich zu kommen, *da* zu sein und die richtigen Fragen zu stellen.*

Wollen wir ein längeres kreatives Projekt durchstehen, brauchen wir dieselben Ressourcen, die wir beim Intuitiven Malen üben: die Fähigkeit, *da* zu sein, Lücken zu ertragen, mit den Stimmen der inneren Kritiker umzugehen und sie von der Stimme der Intuition zu unterscheiden. Doch sobald wir ein Projekt planen, setzen wir uns auch ein Ziel. Wir wollen etwas Bestimmtes erreichen – zum Beispiel ein Buch über die Kreativität schreiben – und haben nicht die Freiheit, einfach auf das, was zu uns kommt, einzugehen, ohne Rücksicht auf Inhalt, Form und Verständlichkeit zu nehmen. a)

Hier kommt ein zusätzlicher Aspekt ins Spiel, eine Eigenschaft, die wir schon besitzen, meist ohne es zu wissen: Wenn wir uns auf ein Ziel ausrichten, können wir dieses Ziel spüren, als b)

* Kapitel 17, Übung 14, 15, 16

würden wir es schon kennen – nicht wie Dinge, die wir im Kopf wissen, sondern mit allem, was wir sind. Das fertige Resultat sendet sozusagen ein Schwingungsfeld voraus, eine Art Matrix, die wir im Körper (in unserem Energiefeld, das im Körper fühlbar ist) spüren und halten können, wenn uns unsere Intuition vertraut ist. An diesem tiefen intuitiven „Wissen“ können wir alles, was wir tun, immer wieder messen. Wenn uns jemand auffordern würde, das Feld und seine Details zu beschreiben, müssten wir passen. Es geht nicht. Das Schreiben des Buches oder die Ausführung des Projektes *ist* die Beschreibung des inneren Schwingungsfeldes: Erst durch das, was wir tun, wird es konkret. Unser fertiges Werk spiegelt die Qualität des inneren Feldes im Bereich der Form. Indem wir das Schwingungsfeld immer wieder fühlend anpeilen, können wir mit Gewissheit sagen, ob das, was wir tun, im Einklang mit unserem Ziel ist oder nicht – selbst wenn der Kopf das nicht versteht. Die unbestimmte Weite des Feldes erlaubt Versuche, Fehler und Korrekturen, sie gibt Raum zum Spielen und lässt uns auch in die Irre gehen. Jeder Umweg hat seinen eigenen, dem Kopf nicht erkennbaren Sinn, und wenn wir gegenwärtig bleiben, werden wir immer wieder auf die richtige Spur gelenkt.

Wie so oft sitze ich an meinem Computer und schreibe. Ein Artikel über ein großes Thema – vielleicht das größte – soll es werden: Über die Liebe. Um mich auf die richtige Wellenlänge zu bringen, beginne ich, meine Notizzettel zu ordnen. „Liebe“, tippe ich in die Tasten, und schon erscheint unten rechts auf meinem Bildschirm ein kleines Männchen, das winkt mir zu und sagt: „Hallo, ich sehe, Sie wollen einen Brief schreiben!“

Ehe ich ihn stoppen kann, öffnet der kleine Wicht seine Aktentasche, zieht einen Zettelstapel hervor und fuchtelt mir damit vor dem Gesicht herum. „Da kann ich Ihnen mit 12 verschiedenen, vorgefertigten Formularen weiterhelfen: Privatbrief, formeller Geschäftsbrief, informeller Geschäftsbrief, Liebesbrief..." Hier endet die Aufzählung, denn ich klicke den eifrigen Denkhelfer weg. Vielen Dank, rufe ich ihm hinterher, dein Hinweis kam genau zur richtigen Zeit: Ich bin mal wieder komplett in meinem Kopf und seinen Zielen und Konzepten gefangen!

Ich schalte den Computer aus und mache einen Spaziergang an den See. Kaum ein Mensch ist unterwegs. Eine Lerche schraubt sich in den Himmel. Die Freiheit vom Schreibtisch lässt mich entspannen. Der Artikel ist im Computer gut aufgehoben, soll er doch sehen, wie er mit dem Konzeptmännchen klarkommt! Die Vorstellung bringt mich zum Lächeln, und ich habe das körperliche Gefühl, von meiner Aufgabe abgenabelt zu sein.

Ich nehme die Abkürzung durch eine Senke, an einem mit dichten Büschen bestandenen Zaun entlang. Plötzlich bemerke ich das sirrende, zeternde Zwitschern von unzähligen Staren, das aus einem der Büsche kommt – ich hatte es bis jetzt nicht bewusst wahrgenommen. Während ich mich dem singenden Busch langsam nähere, wird das Zwitschern immer lauter, bis es mich vollkommen einhüllt. Bezaubert bleibe ich stehen – und im selben Augenblick stoppt das Konzert.

Stille.

Ich spüre die Stare und die Stare spüren mich. Nichts bewegt sich, alles ist still und endlos weit. Oh, denke ich, Liebe!, und der Gedanke löst sich in der Stille auf.

Minuten oder Stunden später verlasse ich meine unsichtbaren, stummen Freunde und mache mich auf den Heimweg. Wolken ziehen auf, ich denke an meinen Artikel und bin inspiriert. Zitate fallen mir ein und berühren mich, Erfahrungen fallen mir ein und sind vollkommen präsent. Diese albernen kleinen Cartoons fallen mir ein, die immer mit „Liebe ist..." beginnen und dann mit: „...ihm das warme Essen hinstellen" oder ähnlichem Schwachsinn weitergehen. Ich muss lachen: Darüber könnte ich schreiben! Über diese blöden Cartoons und wie sie am Thema vorbei gehen – genau wie das Konzeptmännchen in meinem Computer. Über die Stare, über die Stille und was sich in ihr enthüllt.

Abstand und innere Weite sind entstanden, ich spüre meine Freude am Spielen, fühle mich im Fluss und auf der Welle. Genau, über das Lachen könnte ich etwas schreiben, über gute Witze und schlechte Witze und was das alles mit der Liebe zu tun hat!

Ich ziehe Bleistift und Papier aus der Tasche und mache mir ein paar Notizen – jetzt darf auch der Verstand seine kleine, aber wichtige Rolle spielen. Ich schreibe, was ich fühle und fühle was ich schreibe. Hey, das macht Spaß!

Der schöpferische Prozess pendelt zwischen Weite und Enge, Fließen und Stocken, Lust und Frust. Um einem gesetzten Ziel treu zu bleiben und gleichzeitig schöpferische Freiheit zu erfahren, müssen wir zwischen den Extremen tanzen. Unsere Mittel sind Intuition und Logik, Herz und Verstand, wahlfreie Offenheit und präzise Auswahl. Wir brauchen unsere so genannten weiblichen und unsere so genannten männlichen Anteile gleichermaßen: Der schöpferische Prozess stellt uns vor die Herausforderung, ganz zu werden.

Auch der Kopf mit seiner Logik und seinen Konzepten spielt dabei eine Rolle – aber weder als Kritiker, der uns mit seinen Urteilen und Ansprüchen unter Druck setzt, noch als eifriger Konzeptgeber, der uns seine banalen, aufgewärmten Vorschläge unterbreitet, sondern als kluger Diener.

Einst haben wir gelernt zu denken und mit Konzepten umzugehen, während der „Rest" – Gefühle, Empfindungen, Intuition und ganzheitliche Wahrnehmung – meist für nebensächlich, selbstverständlich oder störend gehalten wurde. Im Verlauf dieses Buches habe ich dargestellt, wie begrenzt der logisch-begriffliche Bereich in Wirklichkeit ist und wie leicht wir in ihm gefangen werden.

Die Begegnung mit der schöpferischen Kraft fordert uns heraus, die Enge mentaler Übermacht zu verlassen, unsere schlummernden Eigenschaften zu üben und den weiten Raum unserer wahren Natur wieder zu entdecken. Sind wir mit unserer schöpferischen Natur verbunden, können wir dem einst so überbewerteten Verstand seine rechtmäßige Rolle zuweisen. Erst wenn er nicht mehr dominiert, sondern dem Ganzen dient, wird er wirklich glänzen.

In diesem Sinne könnte man die Kreativität als Medizin für das mentale Übergewicht unserer westlichen Gesellschaft betrachten: Sie zeigt uns fühlbar, wie einseitig wir von unserem Verstand regiert werden und dass wir ohne unsere „weiblichen" Fähigkeiten nicht auskommen. Lassen wir uns auf die schöpferische Kraft ein, zwingt sie uns, all unsere Anteile zu integrieren und die Einheit hinter den mentalen Konzepten und Vorstellungen zu entdecken.

Ich sitze wieder an meinem Computer und mache mich daran, die von meinem Spaziergang mitgebrachten Schätze zu einem lesbaren Text zu verarbeiten. Die Inspiration und die Weite, die ich mitgebracht habe, erfüllen mich. Mein Arbeitsraum, der Garten, die bekannten Gegenstände – sie alle leuchten wie von einer geheimen Kraft beseelt. Sicher, denke ich, das sind sie ja auch, nur kann ich es jetzt sehen und spüren. Ich lege die bei meinem

Spaziergang beschriebenen Zettel auf den Arbeitstisch und glätte sie mit der Hand. Soll ich das alles erstmal in den Computer übertragen?

Mir fallen Bücher und Diagramme über die verschiedenen Phasen kreativer Prozesse ein. In welcher Phase befinde ich mich gerade? Müsste ich meinen Standpunkt auf der Karte der Schöpfungsprozesse kennen, damit ich nichts falsch mache?

Ach, denke ich, bisher habe ich es immer ohne geschafft. Mein innerer Kompass ist so zuverlässig, wie er sein kann, und ich brauche nur auf ihn zu achten, um auf dem richtigen Weg zu bleiben und mein Endziel, den fertigen Artikel, zu erreichen.

Ich beginne, die Notizen durchzusehen, um nachzuspüren, welche von ihnen eine Resonanz mit dem inneren Schwingungsfeld erzeugen. Der Ausdruck „auf dem richtigen Weg bleiben" geht mir durch den Kopf. Stimmt doch gar nicht, stelle ich fest, ich brauche auf gar keinem Weg zu bleiben! In Wirklichkeit gibt es keinen Weg, nur die Einladung, immer wieder fühlend gegenwärtig zu sein und auf diese Weise zu wissen, was der nächste Schritt ist.

Wie beim intuitiven Malen richten wir auch bei längeren Projekten unsere Aufmerksamkeit immer wieder auf das, was in uns *da* ist – egal, was es ist. Mit der Zeit lernen wir, die Brüche und Krisen, die im Laufe des Prozesses auftauchen, nicht zu übergehen, sondern genauer zu erspüren. Unsere Krisen sind wichtige Wegmarken, die uns zeigen, dass eine Abzweigung, ein Stopp, eine andere Dimension vor uns liegt. Immer, wenn wir im schöpferischen Prozess von einer Phase zur anderen wechseln müssen, wird es entweder von selbst passieren oder eine Krise wird uns darauf aufmerksam machen.

Mein Artikel über die Liebe ist fertig – so glaube ich jedenfalls. Ich lese das Geschriebene noch einmal durch und bin begeistert: Genau das wollte ich sagen!

Am besten maile ich den Text gleich an den Empfänger – doch als ich mein E-Mail-Programm aufrufe, merke ich, dass ich meinen Körper kaum spüre. Die Begeisterungswellen haben ihn quasi mit sich fort getragen, und ich komme mir vor wie aus Luft gemacht. Das Gefühl kenne ich schon, es sagt mir, dass ich vor Begeisterung die Bodenhaftung verloren habe und meinem Urteil nicht trauen kann. Halt, stopp! rufe ich mir selbst zu und stelle den Computer aus, du musst dir das später noch mal ansehen, wenn du „nüchtern" bist.

Am folgenden Morgen lese ich meine Worte noch einmal durch und sehe, dass ich mich an drei Stellen wiederholt habe und dass eine Erklärung nicht sehr verständlich klingt. Jetzt, aus dem Abstand, kann ich mein Werk lesen wie ein Fremder, ein Leser, und ich kann körperlich spüren, ob der Sprachfluss sich im Ungewissen verliert oder von festen, sicheren Ufern eingegrenzt wird und durchgängig Sinn macht.

Ich arbeite noch ein paar Stunden an verschiedenen Details, bis ein gutes, dunkles und rundes Gefühl mir meldet, dass mein Job abgeschlossen ist. Jetzt kann der Artikel auf die Reise gehen.

Eine der Phasen im kreativen Prozess hat damit zu tun, das Werk oder die Entscheidung auf den Boden zu bringen und zu realisieren. Das kann eine längere Arbeitsstrecke bedeuten, in der wir uns in die Tiefe schreiben (malen, proben, tanzen, üben) und immer wieder korrigieren, bis wir „zufrieden" sind. Die Disziplin, die das erfordert, ist nichts, wozu wir uns zwingen müssen. Wir erledigen keine leidige Pflichtarbeit und müssen nicht brav ein Pensum abarbeiten, um ein gutes Resultat zu erzielen – wenn wir im Einklang mit unserer schöpferischen Natur schaffen, können wir nicht anders. Alles in uns strebt danach, in *diesem* Augenblick den Diamant unseres Werkes zu schleifen, bis er funkelt. Wir müssen es nur spüren – und das werden wir, je mehr wir üben, das Strömen unserer schöpferischen Natur fühlend zu erleben und alle Hindernisse wahrzunehmen und zu transformieren. Der Schaffensprozess zwingt uns, aus unserem Halbschlaf aus automatischen Reaktionen und Kompromissen aufzuwachen und 100% da zu sein. Er fordert uns heraus, zu voller Größe aufzuwachsen und nichts von dem, was wir sind oder sein können, auszulassen. So entsteht Leidenschaft.

„Und wie wissen wir", fragt meine innere, fantasierte Leserin, „dass unser Werk (Bild, Buch, Übungssitzung, Entschluss) fertig ist?"

„Wie weiß eine Mutter", frage ich sie, „dass ihr Kind geboren ist und jetzt neben ihr liegt?" Sie weiß es. Ein Prozess ist abgeschlossen und ein neuer beginnt.

Der Apfel fällt vom Baum, wenn er reif ist.

Unser Werk fällt von uns ab, wenn es vollendet ist – nicht, weil wir glauben, dass es fertig sein müsste, oder weil unsere Begeisterung uns vorgaukelt (wie bei meinem Artikel), dass es nicht mehr besser oder präziser werden könnte. Wenn wir üben, immer wieder aus unserer Mitte, dem Strom der Schöpfung, zu schaffen, werden wir nach jeder abgeschlossenen Phase, jedem gelungenen Satz und jedem echten, lebendigen Strich dasselbe Gefühl haben: Etwas ist vollendet und etwas Neues strömt nach.

Sicher, auch an dieser Stelle werden die urteilenden Stimmen gerne ihren Senf dazugeben. Wenn es nach ihnen ginge, wäre das Werk jedes Mal fertig, wenn es nicht weitergeht oder wenn es gerade „schön aussieht". Mit all ihren Tricks und Bedenken hindern sie uns daran, die echten Hinweise und Einschränkungen zu spüren: das Gefühl von Ungleichgewicht (da stimmt was nicht), von Unruhe (da auch nicht) oder von Fülle, Richtigkeit und Resonanz (ich bin im Fluss oder dieser Abschnitt ist fertig).

Während ich das schreibe, kann ich spüren, dass auch dieses Werk seinem Ende zugeht. Gleichzeitig merke ich, dass noch ein paar Fragen im Raum stehen. Wenn ich mir vorstelle, sie noch zu beantworten, werden es immer mehr. Was ist da los? frage ich mich. Bin ich nun fertig oder nicht?

Ich spüre meine Tendenz, den Lesern auf jedem Schritt ihres Weges zur Seite stehen zu wollen und jede mögliche Frage zu beantworten. Die Lehrerin in mir will perfekt sein und nicht loslassen. Als ich das wahrnehme, öffnet sich eine größere Perspektive. Ich sehe, dass jeder Leser und jede Leserin genau wie ich jetzt und immer am Anfang steht – bei Null. Und wie ich werden auch Sie Ihre Antworten finden, wenn Sie loslegen und selbst Erfahrungen mit der Kreativität machen (wie auch ich es gerade jetzt und immer wieder tue). Die Fähigkeit, mithilfe unserer inneren Ressourcen in Fluss zu kommen und schöpferisch zu leben, braucht Übung, Erfahrung und manchmal Unterstützung von außen – mehr als dieses oder selbst das umfangreichste, ausführlichste Buch jemals leisten kann.

Oh, merke ich, es fällt mir schwer, mich von meinen fantasierten Lesern zu verabschieden. Es war so nett, andere an meinen Erkenntnissen teilhaben zu lassen.

Ich spüre das Gefühl von Einsamkeit, den Abschied. Fast bin ich ein wenig traurig. Als ich mir erlaube, die Traurigkeit zu spüren, muss ich plötzlich lachen. Hey, sagt mir meine Intuition, jetzt hast du sogar noch den Bogen zu der Tatsache geschlagen, dass alles im Leben kreativ ist und wir von Phase zu Phase von der schöpferischen Kraft geführt werden.

Der Prozess, ein Buch zu schreiben, es zu bearbeiten, zu beenden, loszulassen und mich auf das einzulassen, was hinterher kommt – das ist Teil meines Lebens, meines wichtigsten kreativen Projektes.

Das zum Abschluss: Unser wichtigstes kreatives Projekt ist unser Leben. Genau wie der schöpferische Prozess führt es uns immer wieder an neue Grenzen. Wir erleben Krisen und wollen alles anders, wir stoßen auf Tabus und wollen ausweichen, wir haben Angst oder werden wütend, erleben Durchbrüche und Momente purer Ekstase, und wie beim Malen können wir üben, *da* zu sein und uns auf die Wellen des schöpferischen Stromes einzulassen.

Wir alle sind Schöpfer, die von Krise zu Krise immer mehr in Einklang mit ihrer schöpferischen Natur kommen können. Sind wir dazu bereit, wird unser Leben zu einem ständig sich erneuernden Werk, das sich wundervoll durch uns entfaltet und abfällt, wie das welke Blatt vom Baum, wenn es vollendet ist – damit eine neue Phase beginnen kann.

… und der Rest

16. Die Anatomie schöpferischer Prozesse

Alle, die ihre Erfahrungen mit dem Intuitiven Malen auf längere Projekte anwenden wollen, an deren Ende ein fertiges Resultat steht, begeben sich in einen neuen Raum, der sie herausfordert, freies Fließen und angemessene Form, Intuition und Zielgerichtetheit miteinander zu verbinden. Jeder schöpferische Prozess bringt uns immer wieder an Grenzen, die jeweils den Beginn einer anderen Phase markieren. Wenn wir das wissen, lassen wir uns nicht so leicht dazu verführen, an jeder neuen Grenze aufzugeben oder in die Irre zu gehen. Deshalb hier ein kleiner Überblick über die wichtigsten Phasen schöpferischer Prozesse.

Wie ein Fluss, der Schleusen, Wehre und Stromschnellen passieren muss, um ans Meer zu gelangen, wird auch jeder schöpferische Prozess ganz von selbst verschiedene Stufen oder Phasen durchfließen, die wir spüren und wahrnehmen können und auf die wir kreativ eingehen müssen, um immer wieder ins Fließen zu kommen und unser Ziel – das fertige Werk – zu erreichen.

Zwar müssen wir bei Projekten, die auf ein Ziel zusteuern, immer auch das energetische Feld, in dem sich dieses Ziel spiegelt, mit einbeziehen und halten. Doch wie umfangreich das geplante Werk auch werden soll – ebenso wie der Intuitive Malprozess besteht jedes Projekt aus lauter Momenten der Gegenwärtigkeit, die uns mit dem nicht planbaren, freien und lebendigen Strömen des schöpferischen Prozesses (und seinen Phasen) verbinden.

Wie Reisestrecken, die wir mit der Zeit immer besser kennen lernen, können wir auch die Phasen schöpferischer Projekte einteilen und aufzeichnen. So entstehen Landkarten, die uns helfen können, im Verlauf unseres Projektes nicht zu sehr in die Irre zu gehen oder aus Unkenntnis der Landschaft stecken zu bleiben.

Fast jedes Buch über die Kreativität bietet eine solche Landkarte an, doch obwohl sie in den Grundzügen übereinstimmen, gleicht fast keine Karte der anderen: Manchmal ist von vier, manchmal von fünf, sechs oder sieben Stufen die Rede, und die Beschreibungen der verschiedenen Stufen unterscheiden sich auch voneinander.

In der hier vorgestellten Liste möchte ich mich auf die vier wichtigsten Phasen beschränken, die jedem, der sich ein kreatives Projekt vornimmt, begegnen werden, im Großen wie im Kleinen: Das gesamte Projekt wird sich von Stufe zu Stufe vollenden, doch jede einzelne Stufe kann wiederum vier oder mehr Phasen haben. Und wenn wir genauer hinschauen, sehen wir, dass auch der Prozess des Intuitiven Malens in vier Phasen eingeteilt werden kann.

1. Vorbereitungsphase / Sammeln

Materialien, Ideen, Perspektiven, Möglichkeiten sammeln. Brainstorming. Skizzen machen. Notizen machen. Literatur wälzen. Träumen. Weite, Menge, Chaos erlauben. Noch nicht sortieren. Noch nicht die Spreu vom Weizen trennen.

Schreiben, ohne auf Grammatik und Stil zu achten.

Planen, ohne in Betracht zu ziehen, ob die Pläne praktikabel sind.

Skizzen machen. Fantasieren. Quer denken.

Im Malprozess: Wir sammeln uns. Wir erlauben uns, wirklich da zu sein und alles, was uns im gegenwärtigen Augenblick ausmacht, mit einzubeziehen. Wir spüren uns selbst/den Moment/das Hindernis/die Gefühle usw.

2. Inkubationsphase / Köcheln lassen

Beginnt oft mit dem Gefühl, dass das Gesammelte keinen Sinn mehr macht.

Kein Überblick. Der rote Faden scheint verloren. Wir arbeiten uns lustlos durch unser Material und müssen uns zur Arbeit zwingen.

Jetzt ist die Zeit gekommen, eine Pause einzulegen, spazieren zu gehen, die Wäsche zu waschen, Freunde zu treffen, ins Theater zu gehen oder was uns sonst so einfällt. Keine Sorge – der Prozess geht weiter.

Der innere Kritiker *liebt* diesen Moment. Oft bewegt er uns an dieser Stelle zum Aufgeben, weil er nicht versteht, was los ist. Dabei geht es nur darum, unsere Bemühungen loszulassen; das Gesammelte arbeitet im Unterbewussten weiter. Es beginnt sich von selbst zu ordnen. Das ist, als hätten wir ein Ei gelegt, das wir jetzt ausbrüten müssen.

Ist die Phase zu Ende, beginnen wir entweder, voller Freude weiter zu sammeln (Phase 2), das Gesammelte zu ordnen und durchzuarbeiten (Phase 4), oder wir erhalten die zündende Eingebung, die uns in die dritte Phase katapultiert.

Im Malprozess: Wir erlauben und ertragen die Widersprüche, die Lücke, selbst wenn wir das Gefühl haben, der Kontakt zu unserer Intuition sei uns abhanden gekommen. Der Moment, in dem wir nichts wissen und doch da bleiben.

3. Erkenntnis / Aha-Erlebnis

Die Erkenntnis, das „Heureka, ich hab's!" können wir nicht erzeugen. Wir können es nur einladen, indem wir sammeln, köcheln lassen und ordnen, je nachdem, welche Aktivität gerade dran ist (unsere Intuition wird es uns sagen).

Plötzlich ordnet sich das Chaos, alles macht strahlenden Sinn, Begeisterung wird frei. Man möchte hundert Hände haben, um alles gleichzeitig zu verwirklichen.

Jetzt gelingen die besten Sätze, kommen die genialsten Ideen, erscheint die unerwartete Lösung für ein scheinbar unlösbares Problem. Wir bekommen Lust, uns auf den Hosenboden zu setzen, voller Begeisterung zu arbeiten und unsere Idee umzusetzen (Phase 4), oder eine neue Sammlung anzulegen (Phase 1).

Im Malprozess: Die Stimme der Intuition führt uns zum nächsten Schritt, zur richtigen (oft völlig überraschenden) Form. Der Strom fließt weiter und wir wundern uns, dass wir eben noch so müde waren: Plötzlich hat uns die Leidenschaft ergriffen.

4. Verifikationsphase / Umsetzung

Die gewonnene Einsicht wird in Form gebracht, die Sätze werden geschrieben, der Plan wird umgesetzt.

Plötzlich haben wir die Geduld und die Disziplin, Sätze hin und her zu schieben, bis das, was wir sagen wollten, klar erkennbar wird. Wir sind voll dabei – um unsere Erkenntnis umzusetzen, ist uns nichts zu viel: Wir machen uns daran, die Firma umzustrukturieren, die neue Einsicht in unser Leben zu integrieren, den Umzug vorzubereiten, den Pullover zu stricken, Masche um Masche – bis zur nächsten Phase.

Im Malprozess: Wir stellen uns dem Prozess und gehen mit jedem Hindernis kreativ um – bis wir festfahren und innehalten: Bin *ich* noch da? (Weitergehen zu 1.)

17. Anregungen für Motivierte

Wir können über die Schöpfungskraft spekulieren, sie poetisch oder bildlich darstellen und von ihr träumen. Doch was sie wirklich ist, erkennen wir nur, wenn wir sie erleben. Mit den folgenden Übungen möchte ich Sie anregen, Ihre eigenen Erfahrungen mit der Kreativität zu machen. Die Übungen werden verschiedene Aspekte beleuchten, auf die ich auch im Buch hingewiesen habe:

Der direkteste Weg, den ich kenne, um mit der schöpferischen Kraft bewusst in Kontakt zu kommen, ist das Intuitive Malen. In der Rubrik *„Malen"* finden Sie Hinweise, wie Sie beginnen können.

Im täglichen Leben sind wir meistens darauf eingestellt, permanent auf die Außenwelt einzugehen und in ihr zurechtzukommen. Dabei verlieren wir leicht den Kontakt zu unserer inneren Wahrnehmung und damit mit der Intuition und unserer schöpferischen Natur. Die Übungen in der Rubrik *„Da sein"* können als Anregung dienen, um den Kontakt zur Innenwelt wiederherzustellen und fühlend gegenwärtig zu sein.

Wenn wir beginnen, da zu sein, spüren wir unsere innere Welt. Hier können wir in Kontakt mit unserer Intuition kommen, die uns beim schöpferischen Tun leitet. Oft verbirgt sich die Intuition jedoch hinter Ansprüchen, Urteilen und Vorstellungen, die uns daran hindern, kreativ zu sein und im Einklang mit der

Schöpfung zu fließen. Wenn wir die inneren Störenfriede und Kritiker kennen lernen, beginnen wir ihre Irrealität zu durchschauen. In der Rubrik *„Hindernisse"* finden Sie Anleitungen zum Umgang mit den inneren Kritikern.

Eine Möglichkeit, Hindernisse und Blockaden spielerisch aufzulösen, besteht darin, die richtigen Fragen zu stellen. In der Rubrik *„Fragen"* finden Sie eine Auswahl verschiedener Fragen, mit denen Sie experimentieren können. Mit der Zeit werden Sie lernen, für jede Blockade die richtige Frage zu stellen.

Und vergessen Sie nicht: Ihr wichtigstes schöpferisches Projekt ist Ihr Leben! Alle angegebenen Übungen werden Sie bei Ihrem größten, dem Lebenskunstwerk, wunderbar unterstützen.

Malen

Wer einen Pinsel halten, ihn in die Farbe tunken und den ersten Strich (und dann den nächsten) tun kann, besitzt alle Voraussetzungen, um mit dem Intuitiven Malen zu beginnen. Doch vorab noch ein paar Hinweise zu dieser Methode, die ich am Anfang meiner Kurse gebe, um den richtigen Rahmen zu setzen.

Um frei von Urteilen und Maßstäben malen zu können, brauchen wir gewisse Regeln, die uns helfen, den Stimmen der Kritiker nicht mehr automatisch zu folgen. Hier die wichtigsten:

- In Malgruppen werden weder die Bilder der anderen noch die eigenen beurteilt, gelobt oder kommentiert. Hingegen ist es völlig okay, über den Malprozess zu sprechen. Das gilt auch für Freunde, denen man die Bilder zeigen möchte.
- Die fertigen Bilder werden (in Kursen) nicht aufgehängt, sondern nummeriert und gesammelt. Aufgehängte Bilder können den Prozess behindern, weil sie ein Beispiel setzen und unfrei machen. Im Zweifelsfall auch zu Hause lieber nicht aufhängen.
- An den „Schlüsselpunkten" ist es klug, sich (in einem Kurs) Hilfe zu holen oder (zu Hause) Fragen zu stellen.

Schlüsselpunkte: Wenn es nicht weiter geht, wenn das Bild „fertig" zu sein scheint, wenn man das Bild zerstören oder übermalen möchte, wenn man ein neues Bild beginnt.

– Nach Kursen oder nach einer längeren Malperiode kann es total interessant sein, die Bilder in der Reihenfolge, in der sie gemalt wurden, zu betrachten und plötzlich Erkenntnisse über den Prozess zu gewinnen.

Und nun ein paar einleitende Übungen für alle, die mit dem Intuitiven Malen beginnen wollen.

1. Anfangen zu malen

Die Zutaten beim Intuitiven Malen: Ein Blatt festeres, weißes Papier (ca. 170 Gramm oder mehr, 50x70 cm oder kleiner), Gouachefarben (mindestens rot, blau, grün, gelb, schwarz und weiß, aber idealerweise auch rosa, violett, türkis, orange und alle Farben und Schattierungen, die Ihnen gefallen), eine Palette oder ein Pappteller, ein dickerer und ein feiner Aquarellpinsel (ideal: die „französischen Aquarellpinsel" beim Kunstversand Boesner), ein Glas Wasser und ein Lappen zum Abstreifen der Pinsel. Um eine „Staffelei" zu erschaffen, kleben Sie ein großes Stück Packpapier mit Tesakrepp an die Wand (um diese zu schützen) und darauf Ihr Malpapier. Sie können natürlich auch an einem Tisch malen.

Beginnen Sie, indem Sie 4-6 Farben auf Ihre Palette tun. Mit der Zeit werden Sie merken, dass man nur sehr wenig Farbe braucht – man kann ja immer nachfüllen. Auf dieser Weise müssen Sie nicht so viele Farbreste wegwerfen, wenn Sie fertig sind.

Fragen Sie Ihr Gefühl: Mit welcher Farbe oder Farbmischung will ich anfangen? Welche Farbe ruft mich? Das Malen beginnt nicht erst, wenn Sie den Pinsel aufs Papier bringen, sondern jetzt. Fangen Sie erst an, wenn Sie mit der gewählten Farbe wirklich zufrieden sind.

2. Folgen Sie Ihrer Lust

Tauchen Sie den Pinsel in die Farbe, die Sie im Augenblick am meisten anspricht. Wenn Sie merken, dass Ihr Kopf mit ihnen über die „richtige" Farbe diskutieren will, verweigern Sie ihm Ihre Aufmerksamkeit: Es GIBT keine „richtige" Farbe – nur die Farbe, die Sie im Augenblick am meisten anzieht. Machen Sie mit dieser Farbe den ersten kleinen Klecks. Erlauben Sie sich, 10 Minuten lang auf diese Weise weiterzumalen. Falls sich der innere Kritiker mit Lob oder Kritik einmischt, erklären Sie ihm: Es soll kein „Bild" werden, nur eine Übung darin, in jedem Augenblick der eigenen Lust zu folgen.

3. Ich spiele nur

Wir sind es gewohnt, dass alles, was wir tun, einen Zweck haben und einen Anspruch erfüllen muss. Meistens merken wir es gar nicht. Erst wenn jemand sagt: Folge einfach deiner Lust!, kommen wir ins Schleudern: Aber was soll ich tun? Aber wie geht das denn?

Es ist mehr oder weniger unmöglich für uns, einfach frei zu sein – wir müssen es wieder lernen. Hier eine weitere Übung: Setzen Sie den Pinsel auf das Papier, und spüren Sie die Bewegung Ihres Armes, Ihrer Hand, der Farbspur auf dem weißen Untergrund. Lassen Sie die Vorstellung los, ein Bild zu malen. Sagen Sie sich: „Ich spiele nur", und beobachten Sie, wie sich der Pinsel bewegt. Wissen Sie nicht, was Sie malen sollen? Okay, lassen Sie Ihre Hand, Ihren Atem, Ihren Pinsel den Weg finden.

Fragen Sie sich: „Wie würde ich malen, wenn ich vier Jahre alt wäre?"

4. Einwände kennen lernen

Fällt es Ihnen schwer, sich für das Malen oder einen anderen kreativen Ausdruck Zeit zu nehmen? Gibt es immer tausendundeinen Einwand, warum es *jetzt* gerade nicht geht?

Nehmen Sie sich einen Augenblick Zeit, um genauer auf die inneren Stimmen zu hören, die Sie davon abhalten, loszulegen. Schreiben Sie auf, was Ihnen da entgegengebracht wird: Ein, zwei, fünf, zehn verschiedene, oft widersprüchliche Einwände. Wenn wir schwarz auf weiß lesen, was uns behindert, können wir uns bewusst entscheiden, ob wir auf die Einwände hören wollen oder nicht. Sie *müssen* nicht malen.

Aber vielleicht *wollen* Sie endlich frei werden, Ihre schöpferische Natur auszudrücken. Nehmen Sie nun einen zweiten Zettel und schreiben Sie auf, was *dafür* spricht, sich Zeit zum Malen, Schreiben, Ausprobieren zu nehmen.

Fertig? Sehen Sie, schon sind Sie kreativ gewesen: Die beiden Zettel mit den Einwänden und Ermutigungen sind Ihr erstes Gedicht.

Und – wie wär's jetzt mit Farbe und Pinsel?

Da sein

Hallo, sind Sie da?

Wenn wir spüren, dass wir *da sind,* stoppt unser unermüdliches Streben von dem, was ist, zu dem, was wir erreichen wollen, oder von dem, was wir sind, zu dem, was wir sein wollen. Wir verlieren für einen Augenblick den Eindruck, uns von A nach B zu bewegen (und bewegen zu müssen) und halten inne, wo und wie wir sind.

Hier, bei A, ist *alles:* Unser Körpergefühl, unsere Sinneswahrnehmungen, unsere Gefühle, unsere Gegenwärtigkeit, unsere Intuition, die Stimmen der inneren Kritiker, die schöpferische Kraft, das Leben, das Mysterium des Seins. Wir stellen uns dem, was *ist* und dem, was wir sind – und entdecken ein Geheimnis, in das wir immer tiefer eintauchen können.

Um schöpferisch tätig zu sein, müssen wir zuerst und immer wieder *da sein.* Daher ist das Intuitive Malen, wie jede Form der schöpferischen Betätigung, eine Übung im *Da-Sein,* eine Form der Meditation.

5. Gegenwärtig sein

Sobald Sie beginnen, automatisch zu werden, verlieren Sie den Kontakt zu Ihrer Intuition. Sie geben dem inneren Kritiker den Pinsel in die Hand und steuern auf eine Grenze zu.

Mit der Zeit üben Sie, sich dabei zu erwischen, dass Sie nicht präsent sind, doch selbst wenn Sie es nicht merken, wird mit Sicherheit eine Blockade auftauchen, um Sie aufzuwecken. In beiden Fällen ist es ratsam, zunächst einen Augenblick innezuhalten, vielleicht kurz die Augen zu schließen, wenn es Ihnen hilft, und Ihre Aufmerksamkeit auf Sie selbst und Ihren Körper zu richten.

Atmen Sie tief durch: „Hier – bin – ich."

Bleiben Sie bei sich, egal, wie sich das gerade anfühlt. Das, was Sie von sich spüren können, ist Ihre Kreativität in Rohform.

6. Ja zu dem, was ist

Unsere Kreativität ist nicht außerhalb von uns. Sie verbirgt sich in dem, was wir von uns spüren. Doch meistens sind wir nicht in Kontakt mit unseren Empfindungen und Gefühlen. Wir neigen dazu, sie zu beurteilen und anders haben zu wollen, und beginnen automatisch, sie zu unterdrücken oder zu manipulieren. Nach und nach wird der Rahmen der „erlaubten", nicht unterdrückten Erfahrungen immer kleiner. Wir schränken uns selbst ein und beginnen, uns für diesen begrenzten Teil unserer selbst zu halten. Ein enges Selbstbild entsteht.

Mit jedem Gefühl, jeder Regung, die wir verdrängen, unterdrücken wir außerdem unsere schöpferische Kraft.

Atmen Sie tief durch. In der Pause nach dem Ausatmen spüren Sie zu sich hin. Was fühlen Sie in Ihrem Inneren?

Wenn es Ihnen hilft, können Sie es innerlich benennen: eng, heiß, weit, angespannt, unruhig, ängstlich, hell und so weiter.

Nun nehmen Sie noch einen tiefen Atemzug und spüren wieder zu sich hin. Wie fühlt sich Ihre Innenwelt jetzt an? Genauso? Anders?

Jetzt noch mal tief durchatmen. Und nach dem Ausatmen fühlen.

Stellen Sie sich vor, dass Sie zu dem, was Sie von sich fühlen, innerlich „Ja" sagen: So, wie es gerade ist, ist es.

7. Den Fluss spüren

Nehmen Sie sich Zeit, die vorige Übung zehn Minuten oder länger zu machen. Wenn Sie bemerken, dass Sie sich dabei anspannen, weil Sie alles richtig machen wollen, stehen Sie auf (falls Sie sitzen) und schütteln Sie sich aus. Atmen Sie kräftig aus, um die Anspannung abzulassen. Vielleicht tut es auch gut, einen Ton herauszulassen.

Dann machen Sie im Stehen weiter: atmen, Pause, und in der Pause zu sich hinspüren.

Wenn Sie das öfter üben, werden Sie feststellen, dass sich Ihr innerer Zustand während der Übung nach und nach verändert. Das tut er auch sonst: Ihr Innenleben ist nicht statisch, sondern im Fluss.

Das Fließen, was Sie wahrzunehmen beginnen, entspricht dem Strömen der schöpferischen Kraft. Setzen oder legen Sie sich zum Schluss einen Augenblick hin, und spüren Sie einfach nur das innere Strömen.

8. Der innere Körper

Mit den vorigen Übungen haben Sie begonnen, Ihren „inneren Körper“ zu spüren. Der innere Körper ist ein Energiefeld, das unseren physischen Körper durchzieht und lebendig macht: Sobald wir üben, uns innen zu spüren, kommen wir in Kontakt mit unserem inneren Körper.

Üben wir weiter, wird uns der innere Körper – die innere Wahrnehmung unserer selbst – immer vertrauter. Wir lernen die Veränderungen kennen, die unser Fühlen durchmacht, und beginnen, hinter den Veränderungen unsere Gegenwärtigkeit zu erkennen, das, was immer da ist. Im Kontakt mit dem inneren Körper können wir traurig sein, wütend sein, Angst haben – was immer der Prozess uns beschert – und *gleichzeitig* im Fluss mit unserer Intuition weitermalen. Unsere Gegenwärtigkeit ist so endlos weit, dass alle Gefühle in ihr Raum haben.

Immer, wenn Sie der kreative Prozess mit starken Gefühlen konfrontiert, bleiben Sie bei sich, ohne etwas wegzuschieben. Atmen Sie tief durch, und sagen Sie zu sich selbst: „Ich bin hier.“ Spüren Sie Ihr Da-Sein, fühlen Sie Ihre Gefühle und malen Sie weiter.

9. Die Lücke spüren

Unsere Gegenwärtigkeit ist wie das Meer, und unsere wechselnden Gefühle und Empfindungen sind wie die Wellen auf dem Meer. Wenn wir, wie in der vorigen Übung, beides gleichzeitig erleben, wächst unsere Fähigkeit, Spannungsfelder zu ertragen, ohne sofort etwas zu verändern. Unsere Gefühle und Empfindungen machen uns keine Angst mehr, und wir verurteilen sie auch nicht, sondern erleben sie 100% und beobachten gleichzeitig, wie sie kommen und gehen.

Immer, wenn Sie mit Ihrem Prozess nicht weiter wissen oder an eine Blockade kommen, stehen Sie an der Grenze zum Unbekannten. Üben Sie, die „Lücke" zu erlauben, die entsteht, wenn Sie sich eingestehen, dass Sie *nicht wissen,* was kommt. Wie fühlt es sich an, nichts zu wissen? Spüren Sie Ihr Nichtwissen im inneren Körper. Ertragen Sie die Spannung, die Leere. Atmen Sie tief durch.

In Ihrem Innersten warten alle Antworten.

Wenn Sie mit dem, was in Ihnen *ist,* im Kontakt sind, werden Sie wieder vom Strom der Schöpfung eingeholt und wissen intuitiv, wie es weitergeht. Wenn nicht, können Sie die richtige Strömung wieder finden, indem Sie die entsprechenden Fragen stellen.[3]

3 Beispiele für Fragen finden Sie im Abschnitt „Fragen" oder in den Büchern von Michele Cassou.

Hindernisse

„Immer, wenn wir unseren Freiraum erweitern, stehen die inneren Besserwisser auf der Matte“, hieß es im Text. Inzwischen wissen wir, dass alle Blockaden ein Hinweis auf die einschränkenden Aktivitäten der inneren Kritiker sind. Diese stammen aus der Zeit unserer Sozialisierung und versuchen, uns im Rahmen des damals Erlaubten festzuhalten.

Wenn wir uns weiterentwickeln, beginnen wir, den altvertrauten Rahmen zu durchbrechen, und die Stimmen werden laut, um uns zurückzuhalten. Allerdings nehmen wir sie meistens nicht als Stimmen wahr, sondern spüren ihre Bestrebungen, uns an der Expansion zu hindern – oder unsere automatischen Reaktionen auf diese Bestrebungen – im Körper. Die entsprechenden Körpergefühle sind uns oft so vertraut, dass wir sie gar nicht mehr wahrnehmen. Um uns von den inneren Kritikern zu befreien, müssen wir zu Beginn oft üben, ihre Anwesenheit überhaupt wahrzunehmen, denn nur dann haben sie uns nicht mehr in der Hand und wir können beginnen, uns von ihnen zu befreien.

10. Die Stimmen der Kritiker erkennen

Wenn Sie schon geübt haben, Ihren inneren Körper zu spüren, können Sie jetzt anfangen, den Empfindungen im Körper auf die Spur zu kommen, die auf die inneren Kritiker hinweisen.

Das wichtigste Zeichen für Kritikeraktivität ist die Empfindung, nicht 100% präsent zu sein. Dazu kommen oft ein mulmiges Gefühl, Enge, Unruhe, flacher Atem, Langeweile, Rastlosigkeit, Dumpfheit, Schwäche, blinder Zorn, Groll, dumpfe Angst, Schuldgefühle und das Gefühl, ausgeliefert zu sein. Auch wenn Sie nach einem Gefühlsausbruch sagen: „Ich weiß gar nicht, was da in mich gefahren ist!“, können Sie sicher sein, dass die inneren Kritiker am Werk waren.

Üben Sie eine Woche lang, beim Malen und im Leben immer wieder darauf zu achten, ob Sie noch „bei sich“ sind oder ob sich der Schatten eines inneren Kritikers über ihre Gegenwärtigkeit geschoben hat. Was für ein Gefühl entsteht dadurch? Atmen Sie tief durch und geben Sie dem Gefühl oder der Empfindung einen Moment lang Ihre Aufmerksamkeit. Wo im Körper ist die Empfindung? Wie genau fühlt sie sich an? Ist Ihnen dieses Gefühl vertraut? Gehört es vielleicht sogar zu ihrem Selbstbild?

Nach einer Woche beginnen Sie, sensibler für die Anwesenheit des inneren Kritikers zu werden. Möchten Sie das Experiment noch eine Woche länger durchführen?

Mit der Zeit werden Sie immer schneller merken, wann eine Kritikerstimme beginnt, Ihr Leben zu bestimmen.

11. Die Macht der Gewohnheit brechen

In der letzten Übung ging es darum, die Anwesenheit des inneren Kritikers im Körper wahrzunehmen und immer schneller zu merken, wann er zuschlägt. Solange wir das nicht können, sind wir ihm auf Gedeih und Verderb ausgeliefert. Dann schwächt er unser Energiefeld mit seinen alten Vorstellungen und verführt uns zu blinden Reaktionen.

Die folgende Übung ist eine Vertiefung der letzten:

Üben Sie in der nächsten Woche weiterhin, den Gefühlen, die der innere Kritiker in Ihnen erzeugt, nachzuspüren. Doch bleiben Sie dieses Mal etwas länger im Kontakt mit dem Gefühl oder der Empfindung. Atmen Sie tief durch, und fragen Sie sich: Wenn dieses Gefühl eine Stimme hätte, was würde es sagen?

Beim Malen können das Sätze sein wie: „Mach bloß nicht weiter, du versaust das Bild!“ oder „Das sieht ja total beschissen aus!“ oder „Wenn du *das* jetzt malst, blamierst du dich.“

Hinter diesen drei Sätzen verbergen sich folgende Aussagen: „Du darfst beim Malen nichts versauen oder falsch machen/du musst alles richtig machen.“ „Alles, was du machst, muss gut aussehen.“ „Du darfst dich nicht blamieren.“

Was ist der Satz hinter Ihrem mulmigen Gefühl? Was dürfen Sie nicht, oder was sollen Sie? Schreiben Sie den Satz auf und finden Sie dann den Kernsatz, der dahinter steht.

Diese Kernsätze dienen uns als Munition gegen die inneren Richter!

Wir benützen die Ladung, die in ihnen steckt, um die Blockade aufzulösen und uns von der Einschränkung zu befreien. In der nächsten Übung finden Sie heraus, wie Sie das tun können.

12. Den Spieß umdrehen

In jeder Aussage des inneren Kritikers steckt Energie – die schöpferische Kraft, die wir einst verwendet haben, um diese Einschränkung zu errichten, und die Energie, die wir aufwenden müssen, um sie aufrechtzuerhalten.

Wenn wir beim intuitiven Malen (und im Leben) auf Blockaden stoßen, können wir die in ihnen enthaltene Energie benutzen, um uns von ihnen zu befreien.

Haben Sie ein, zwei Kernsätze gefunden? Sicher haben Sie gemerkt, dass die in ihnen enthaltenen Aussagen einen großen Einfluss auf Ihr Leben haben.

Beim Malen führen sie zu Blockaden und hindern uns daran, ins Fließen zu kommen.

Kehren Sie den ersten Kernsatz, den Sie entdeckt haben, nun um, und formulieren Sie ihn als Frage. Bei den drei Beispielen aus der letzten Übung würde das so aussehen:

„Was würde ich malen, wenn es egal wäre, ob ich mein Bild versaue?“

„Was wäre, wenn ich *alles* malen dürfte, egal, wie es aussieht?“

„Was würde ich malen, wenn es Spaß machen würde, sich zu blamieren?“

Oder so ähnlich.

Es gibt viele verschiedene Abstufungen – probieren Sie herum, bis die Frage *stimmt.* Haben Sie sie richtig formuliert, können Sie förmlich spüren, wie sich die Blockade auflöst und freier Raum entsteht.

Sie sind wieder im Fluss.

13. Kritiker versus Intuition

Durch die Intuition sind wir mit unserer schöpferischen Natur verbunden. Sie ist die Stimme oder das Gefühl, das uns beim Malen und im Leben auf eine Weise führen kann, die immer im Einklang mit unserem wahren Wesen und dem Strom der Schöpfung ist.

Wenn wir üben, die Stimmen der inneren Kritiker und Richter zu identifizieren, fällt es uns leichter, sie von der „leisen inneren Stimme" der Intuition zu unterscheiden:

Die Stimme des inneren Kritikers ist wie ein Fremdkörper – die Stimme der Intuition ist eins mit dem, was wir sind.

Die Stimme des inneren Kritikers zieht uns von uns selbst weg – die Stimme der Intuition verbindet uns mit uns selbst.

Die Stimme des inneren Kritikers bringt Enge, Unruhe und Anspannung – die Stimme der Intuition bringt Weite, Ruhe und Gelassenheit.

Die Stimme des inneren Kritikers ist streng – die Stimme der Intuition bringt authentische Gefühle, manchmal auch ein befreites Lachen.

Die Stimme des inneren Kritikers folgt der Logik – die Stimme der Intuition ist unlogisch, frei, einfach stimmig.

Die Stimme des inneren Kritikers zieht uns in die Vergangenheit und die Zukunft – die Stimme der Intuition vertieft unsere Gegenwärtigkeit.

Nehmen Sie sich einen Augenblick Zeit, um Ihren inneren Körper zu spüren – Empfindungen, Gefühle, Energien. Atmen Sie tief durch. Fragen Sie sich: Welche Gefühle oder Empfindungen weisen auf die Aktivität des inneren Kritikers hin?

Atmen Sie noch einmal tief durch: Die Stimme des inneren Kritikers gleicht den Wolken an Ihrem inneren Himmel. Spüren Sie jetzt den Himmel, der hinter und zwischen ihnen liegt. Ihre Intuition ist Teil des Himmels und hat dieselbe weite, offene Qualität.

Fragen

Wenn wir üben, den Blockaden und Herausforderungen beim Malen und in unserem Leben mit Gegenwärtigkeit und offenem Interesse zu begegnen, lösen sich viele Knoten wie von selbst. Doch das gelingt uns nicht immer.

Egal, ob Ihnen die in diesem Buch dargestellte Perspektive noch neu ist oder Sie Ihre Kreativität schon länger auf diese Weise erforschen – Sie werden immer wieder einmal das Gefühl haben, verloren, aufgeschmissen und festgefahren zu sein. Dann besteht die Gefahr, dass Sie sich unter Druck setzen und glauben, es können zu *müssen.* Achtung! Das ist nichts als die Stimme des inneren Kritikers, der eine neue Möglichkeit gefunden hat, Sie zu triezen!

Die oben beschriebene Fragetechnik wird Sie mit der Zeit in die Lage versetzen, immer mehr Knoten allein zu lösen. Für die Momente, in denen das nicht gelingt, folgt auf den nächsten Seiten eine Anzahl Fragen zur Anregung. Sie stammen aus Michele Cassous Büchern und meinen Kursen. Ich empfehle meinen Kursteilnehmern auch, ein Heftchen anzulegen, in das sie alle Fragen schreiben, die beim Malen hilfreich waren: So schaffen Sie sich eine wertvolle Ressource für die Momente, in denen es nicht weitergeht.

14. Fragen, die einen neuen Raum öffnen

- Was würde ich malen, wenn ich keine „Kunst“ zu machen brauchte?
- Was würde ich malen, wenn ich nur für mich malen würde?
- Was würde ich malen, wenn es Spaß machen dürfte?
- Was würde auf dem Bild erscheinen, wenn ich es zulassen würde?
- Was würde ich malen, wenn Proportionen oder Perspektive keine Rolle spielten?
- Was würde auf dem Bild erscheinen, wenn ich den Mut dazu hätte?
- Was würde ich malen, wenn ich alle Zeit in der Welt hätte?
- Was würde ich malen, wenn ich mich selbst nicht so ernst nehmen würde?

15. Fragen, die mit alten Vorstellungen aufräumen

- Was würde ich malen, wenn alles, was ich tue, richtig wäre?
- Was würde ich malen, wenn ich drei Jahre alt wäre?
- Was würde ich malen, wenn *ich* wichtiger wäre als das Bild?
- Was würde ich malen, wenn ich nie etwas von Malen oder Kunst gehört hätte?
- Was würde auf dem Bild erscheinen, wenn es kein „Bild" werden müsste?
- Was würde ich malen, wenn ich meine Intuition wäre?
- Was würde ich malen, wenn es mich glücklich machen dürfte?
- Was würde ich malen, wenn ich nicht verstehen müsste, was ich male?

16. Fragen, die Tabus durchbrechen

- Was würde ich malen, wenn es Spaß machen würde, frech zu sein?
- Was würde ich malen, wenn ich nichts falsch machen könnte?
- Was würde ich malen, wenn ich weiß, dass niemand dieses Bild je sehen wird?
- Was würde ich malen, wenn ich alles dürfte – außer übermalen und das Bild zerstören?
- Was würde ich malen, wenn ich aufhören würde, mich und mein Bild zu schützen?
- Was würde ich malen, wenn ich etwas wirklich Schockierendes malen wollte?
- Was würde ich malen, wenn ich keine Konsequenzen tragen müsste?
- Was würde ich malen, wenn es keinerlei Bestrafung oder Kritik gäbe?

17. Häufige Fragen

Bein Intuitiven Malen geht es nicht um das Endprodukt, das „schöne“ Bild, sondern um uns, die Malenden und um unseren Prozess. Wir wollen keine Künstler sein, sondern wieder mit unserer schöpferischen Natur in Kontakt kommen und fließen. Erst wenn wir uns von dem Zwang zur Schönheit, zur Perfektion, zur Bedeutung befreien, kann sich unsere Kreativität frei ausdrücken und ihre eigene, tiefe Schönheit und Bedeutung aufscheinen lassen.

Den meisten ist diese Sicht nicht vertraut, sie müssen zuerst umdenken, und manchmal taucht Unsicherheit auf. Die folgenden, häufig gestellten Fragen spiegeln diese Unsicherheit. Vielleicht können Ihnen die Antworten auch helfen.

Frage: Darf ich jetzt nicht mehr schön malen?

Antwort: Wenn du der schöpferischen Kraft vertraust, wird alles schön, aber oft kannst du es erst später erkennen. Deine Vorstellung von schön wird sich ändern.

Frage: Ich male sonst mit Acrylfarben auf Leinwand. Warum sind Papier und Gouachefarben besser?

Antwort: Kein Material ist besser, nur eigenen sich Gouache und Papier am besten für diese Methode.

Frage: Ich unterrichte Aquarellkurse und weiß jetzt nicht mehr, wie ich mit den Leuten arbeiten soll.

Antwort: In Aquarellkursen wird eine bestimmte Technik unterrichtet, Planung und Resultat sind wichtig. Sieh es als ein Handwerk, das du ausübst und lehrst, während das Intuitive Malen ein Schlüssel zu deiner Traumwelt ist.

Frage: Ich bin Landschaftsmaler und habe demnächst eine Ausstellung. Das kann ich mit dem Intuitiven Malen nicht vereinen.

Antwort: Du musst es auch nicht vereinen. Wenn du für eine Ausstellung malst, ist das, wie wenn ein Autor ein Buch schreibt oder eine Sängerin ihren Part in einer Oper singt. Das Intuitive Malen ist dagegen wie Tagebuchschreiben oder freies Singen, bei dem du deiner Essenz begegnest. Beide haben ihren Platz, doch du wirst bald merken, wie das Intuitive Malen dein Singen, Scheiben, Tanzen oder Landschaftsmalen bereichert.

Frage: Ich weiß nicht, ob das was für mich ist – ich konnte nie gut malen.

Antwort: Das ist die beste Voraussetzung! Hier brauchst du nicht "gut" zu malen, sondern einfach nur zu malen.

Frage: Warum darf ich mein Bild nicht übermalen oder wegwerfen?

Antwort: Auch in unserem Leben können wir nichts nachträglich entfernen oder ausradieren (obwohl wir es versuchen). Stehe zu dem, was war und mache weiter. Jetzt ist jetzt.

Buchvorschläge

Falls Sie auf den Geschmack gekommen sind, möchten Sie bestimmte Aspekte der Kreativität oder dieses Buches vielleicht weiter vertiefen. In der folgenden Liste finden Sie eine kleine Auswahl von Büchern, die ich gelesen habe und hilfreich fand, nach Themengebieten geordnet.

Kreativität allgemein

Julia Cameron, *Der Weg des Künstlers,* Knaur, München1996.

Julia Cameron, *Der Weg des Künstlers im Beruf,* Droemer Knaur, München 2003.

Gabrielle Roth, *Das befreite Herz,* Heyne, München 1990.

Gabrielle Roth, *Leben ist Bewegung,* Heyne, München 1998.

Malen und Zeichnen

Michele Cassou, *Point Zero – Entfesselte Kreativität,* Aurum, Bielefeld 2002.

Michele Cassou, *Wer malt hier eigentlich?* Aurum, Bielefeld 2004.

Michele Cassou, mit Steward Cubley, *Life, Paint and Passion,* Tarcher/Putnam, New York 1995.

Michele Cassou, *Kids Play – Igniting Chidren's Creativity,* Tarcher/Penguin, New York 2004.

Betty Edwards, *Der Künstler in dir,* Rowohlt, Reinbek bei Hamburg 1987.

Betty Edwards, *Das neue Garantiert zeichnen lernen,* Rowohlt, Reinbek bei Hamburg 2000.

Wassilij Kandinsky, *Punkt und Linie zur Fläche,* Benteli Verlag, Bern 1955.

Schreiben

Dorothea Brande, *Schriftsteller werden,* Autorenhaus Verlag, Berlin 2002.
John Gardner, *On Becoming a Novelist,* W. W. Norton & Company, New York 1982.
Bonni Goldberg, *Raum zum Schreiben,* Autorenhaus Verlag, Berlin 2004.
Natalie Goldberg, *Schreiben in Cafes,* Autorenhaus Verlag, Berlin 2003.
Patricia Highsmith, *Suspense oder wie man einen Thriller schreibt,* Diogenes, Zürich 1988.
Anne Lamott, *Wort für Wort,* Autorenhaus Verlag, Berlin 2004.
Gabriele L. Rico, *Garantiert schreiben lernen,* Rowohlt, Reinbek bei Hamburg 1984.

Kreative Prozesse

Alexander Jeanmaire, *Der kreative Funke,* Ariston, Kreuzlingen 1997.
Verena Kast, *Der schöpferische Sprung,* DTV, München 1987.
M. Luther & J. Gründonner, *Königsweg Kreativität,* Junfermann, Paderborn 1998.

Innerer Kritiker

Byron Brown, *Befreiung vom inneren Richter,* J.Kamphausen, Bielefeld 2001
Rhea Powers, *Entfaltung der Seele,* Aurum, Bielefeld 2005.
Hal und Sidra Stone, *Du bist richtig,* Heyne, München 2002.

Gegenwärtigkeit

Christine Bolam, *Einladung zum Glück,* J.Kamphausen, Bielefeld 2003.
Pema Chödrön, *Beginne, wo du bist,* Aurum, Bielefeld 2000.
Francis Lucille, *Ewigkeit jetzt,* J.Kamphausen, Bielefeld 2001.
Eckhart Tolle, *Jetzt! Die Kraft der Gegenwart,* J.Kamphausen, Bielefeld 2001.
Barbara Vödisch, *Erwachen ist einfach,* J.Kamphausen, Bielefeld 2003.

Mein Anliegen ist es, den freien, schöpferischen Fluss des Seins in uns selbst und unserem Leben wieder zu entdecken und freizulegen. Ich arbeite mit Intuitivem Malen (nach dem Point Zero-Malen von Michele Cassou), Kreativem Schreiben, Meditation, Körperarbeit und allem, was uns hilft, der Freude im Zentrum des eigenen Wesens zu begegnen.

Christine Paro Bolam,
Künstlerin, Heilpraktikerin/Therapeutin

Foto: Mathias Vietmeier

Danke!

Ich danke Ernst und Irma, meinen Eltern, die mir Kreativität vorgelebt haben,
Joachim Kamphausen, der meinen Büchern ein Zuhause gibt,
Savita, die es ermöglichte,
Michele Cassou, die ein Aha-Erlebnis lieferte,
Isabel de Fouchécour, die dem Aha Wurzeln verschaffte,
Osho, der mir einst den Mut gab,
Eckhart Tolle, der immer wieder „Jetzt" sagt,
A. H. Almaas, der Türen öffnet,
Vivien, die zuhört und auf den Punkt kommt,
Cornelia, die mitschwingt und Träume wahr macht,
Enni, die gegen den Strom schwamm,
meinen Kursteilnehmern, die mich zwingen, im Fluss zu bleiben,
den vielen Freunden, die dem Bild die Farben geben,
und der schöpferischen Kraft, ohne die nichts wäre.

Malen, üben, weiter lernen

Allen, die mehr wissen und lernen möchten, empfehle ich die Bücher von Michele Cassou und/oder die Teilnahme an einem meiner Kurse.
Auf meiner Website **www.cbolam.com** finden Sie einen Überblick über meine Angebote und meine derzeitige Adresse, falls Sie mir schreiben oder mich anrufen wollen.

Die Website des J.Kamphausen/Aurum Verlages weist auch auf meine Kurse, Vorträge, Lesungen und andere Angebote hin: **www.weltinnenraum.de**

E-Mails erreichen mich unter: **info@cbolam.com**

K r e a t i v i t ä t

Michele Cassou

Point Zero –
Entfesselte Kreativität

240 Seiten, Broschur
ISBN 978-3-89901-007-7

Kreativität ist reine Schöpfungskraft, sie steckt in jedem von uns – als Leidenschaft, Freude am Spiel und Lust am freien Ausdruck. So wird der kreative Weg zu einem spirituellen Weg der Selbstbefreiung.

Michele Cassou stellt eine neue Methode vor, um kreatives Potenzial anzuregen und schöpferische Leidenschaft zu wecken. Sie beschreibt praktische Verfahren zur Auflösung kreativer Blockaden, die auch die Inspiration beflügeln und stellt dem Leser eine „Nicht-Technik“ zur Verfügung, die er selbständig anwenden kann, um seine Einzigartigkeit, seine Originalität und seinen persönlichen Stil zu fördern. Außerdem weist das Buch nachdrücklich auf die Tiefe und spirituelle Schönheit der intuitiven Kraft hin – auf ihre heilenden und erweiternden Eigenschaften.

Point Zero ist so mitreißend, dass es nicht nur als Lehrbuch für eine entfesselte, intuitive Kreativität taugt. Es ist gleichzeitig eine Anleitung für jeden, frei und echt zu leben.

AURUM
weltinnenraum.de

...hier geht's weiter!

Verehrte Leserin, verehrter Leser,

wir laden Sie herzlich ein, mit uns neue, inspirierende und multimediale Wege zu gehen.

ONLINE

informieren – austauschen – mitwirken – begegnen

Nutzen Sie die vielen Möglichkeiten unserer Website.

- Info-Pakete & Online-Kurse
- Mitschnitte & Tageslosungen
- Aktionen, Foren & Newsletter
- Communities in „mein.weltinnenraum.de"
- Blogs und Vlogs, u. ä.

Wir freuen uns auf Sie

Ihr

Joachim Kamphausen, Verleger

weltinnenraum.de

J.Kamphausen | Mediengruppe